—————— 阅读之前 没有真相

午夜文库

Dorothy L. Sayers

多萝西·L.塞耶斯
Dorothy L. Sayers (1893—1957)

多萝西·L.塞耶斯,侦探小说黄金时代一个不朽的名字,以其塑造的贵族神探彼得·温西勋爵为人熟知。同时她还是杰出的诗人、剧作家、翻译家、神学研究者。

一八九三年,塞耶斯出生于英国牛津一个牧师家庭,很小便开始学习拉丁语和法语,十九岁考入牛津大学,专修中世纪文学,是第一批获得牛津大学学位的女性之一。毕业后她先任职于出版社,后成为广告公司撰稿人。在此期间,她开始酝酿写作侦探小说,并于一九二三年发表了首部作品《谁的尸体》(*Whose Body?*),彼得·温西勋爵首次出场。此后,塞耶斯为这位贵族业余神探创作了十多部小说,温西勋爵成为广受读者喜爱的侦探人物。他幽默风趣,出语不凡,学识渊博,爱好收藏珍本书,喜欢品酒、弹钢琴,有个聪明、体贴的男仆,算得上是塞耶斯心目中理想的男人形象。最初他多少有些喜欢卖弄、爱出风头;随着作品的不断问世,塞耶斯让他的个性逐步得到发展,成为一个越发稳重、成熟的形象。最终,温西勋爵在一九三七年的《巴士司机的蜜月》(*Busman's Honeymoon*)中退场,此后只偶尔出现于短篇小说中。

塞耶斯的侦探小说兼具解谜趣味和文学意蕴，这也是她区别于其他侦探小说作家的一个重要特征。她刻画人物细腻，善于渲染场景，关注人性善恶、社会问题、女性问题、道德问题，等等，大大延伸了作品的思想性。

完成温西勋爵探案系列后，塞耶斯宣布不再写作侦探小说，转而从事自己喜爱的广播剧写作和神学研究，整理并翻译了但丁的《神曲》，只可惜未完成《天堂》篇的翻译。

此外，塞耶斯还是始建于一九二八年的英国侦探俱乐部的主要奠基者，从一九四九年起担任俱乐部的名誉主席，直至去世。

塞耶斯认为她的神学研究最令自己满意，但真正让她扬名于世的却是她的侦探小说，或许这有违作家真正的心愿，但不管怎样，我们幸运地拥有了她留下的这份珍贵的礼物。

多萝西·L.塞耶斯 作品年表

1923	Whose Body?
1926	Clouds of Witness
1927	Unnatural Death
1928	The Unpleasantness at the Bellona Club
1928	Lord Peter Views the Body
1930	Strong Poison
1931	Five Red Herrings
1932	Have His Carcase
1933	Hangman's Holiday
1933	Murder Must Advertise
1934	The Nine Tailors
1935	Gaudy Night
1937	Busman's Honeymoon
1939	In the Teeth of the Evidence
1998	Thrones, Dominations

| 1930 | The Documents in the Case |

（和罗伯特·厄斯塔斯合著）

巴士司机的蜜月
Busman's Honeymoon

(英) 多萝西·L. 塞耶斯 著
赵文伟 译

新星出版社 NEW STAR PRESS

**致：穆里尔·圣克莱尔·伯恩、
海伦·辛普森和马乔里·巴伯**

亲爱的穆里尔、海伦和巴伯：

　　上帝知道你们是以怎样一种女性特有的耐心在《巴士司机的蜜月》的写作过程中聆听这个故事的。也许我的谈话都能让太阳厌倦无数次——不论什么时候，只要有人来告诉我你们死了，我会很容易相信，一定是我把你们说到坟墓里去了。奇怪的是，你们竟然活了下来，还能接受我的感谢。

　　你，穆里尔，从某种意义上来讲，是个命中注定的牺牲品，是你和我一起把这部小说改写成话剧的，而最初它只是一些枝枝杈杈和外部华丽的辞藻。我亏欠你很多，我怎能让你忍受如此长时间的折磨？你们，海伦和巴伯，在友情的圣坛上毫不吝惜地奉献着，虽然有人认为女性在这方面并不具备能力。

　　我怀着谦卑的心情、含泪奉上这部情感喜剧。

　　正如我和他人所言，关心爱情对侦探小说来说只能是个侵扰。但是涉及角色，关心探案对这个爱情故事来说才是令人恼火的侵扰。而且它提供了某种答案,毕竟温西勋爵和哈丽雅特解决了他们的婚姻问题。如果在难以忍受的大量蜜糖中还掺杂微量的探案的话,就把这个原因权当做借口好了。

全心感激你们的

多萝西·L.塞耶斯

要是演得活灵活现，那还得掉下几滴泪来。要是我演起来的话，让观众们留心自个儿的眼睛吧，我要叫全场痛哭流涕，管保风云失色……我会把厄剌克勒斯①演得非常好，或者什么吹牛的角色，管保吓破了人的胆……情郎还得忧愁一点。

——莎士比亚，《仲夏夜之梦》

---

① 厄剌克勒斯（Ercles），此句出自第一幕第二场。

目录

1	婚礼预祝歌
27	第一章　新婚的勋爵
41	第二章　鹅绒床
51	第三章　乔丹河
59	第四章　家神
73	第五章　枪的愤怒
94	第六章　再次回到军队
105	第七章　荷花和仙人掌
128	第八章　无限期英镑
143	第九章　时间和季节
164	第十章　四杯淡色啤酒酒吧
180	第十一章　警察这些家伙
191	第十二章　家常便饭
201	第十三章　这样和那样
216	第十四章　验尸官的检查
235	第十五章　雪利酒——和苦味啤酒
253	第十六章　婚姻的王冠
265	第十七章　皇室的王冠
275	第十八章　头发中的稻草
289	第十九章　霸王树
308	第二十章　当你知道"如何"的时候，就知道是"谁"了
323	颂歌
325	第一章　伦敦：正式道歉
333	第二章　丹佛公爵府：权力与光荣
347	第三章　塔尔博伊斯：天上的王冠

婚礼预祝歌

婚礼请柬

彼得·戴斯·布兰登·温西
——已故丹佛第十五世公爵杰拉德·莫蒂默·布兰登·温西的次子，
哈丽雅特·黛博拉·范内
——已故赫特福德郡①大帕格福德医学博士亨利·范内的独女
将于
十月八日
在牛津圣·克劳斯教堂
举行婚礼。

米拉贝尔——萨沃恩伯爵夫人和泰晤士
致
霍诺丽亚·卢卡斯达——丹佛公爵遗孀

---

① 赫特福德郡（Herts），位于英国英格兰东南部。

我亲爱的霍诺丽亚：

彼得真的结婚了：我为半数的熟人预订了柳条冠，如果柳树只剩下光秃的枝条的话，我也同样会分发出去，至少可以用它们来抽打前胸。

一个坦诚的老女人对另一个坦诚的老女人应该无话不谈吧，你对这件事怎么看？一个愤世嫉俗者应该可以找到感恩的理由，毕竟你亲爱的甜蜜的小魔鬼儿子与一位牛津布卢姆斯伯里的女学究联姻应该能为这个季节增添不少欢乐的气氛。我还没瞎到看不清彼得是怎样一个人，以他的情感，如果我能年轻半世纪的话，我也会嫁给他的，当然只是为了消遣。但是这个女孩有七情六欲吗？你说她全身心地爱着他，我可知道，她曾经和一个诗人传过绯闻。我的老天，诗人是个什么东西？一个不给"上床"写首颂歌就不上床的玩意儿。彼得要的不仅仅是虔诚的崇拜者，愿意拉着他的手，背诵诗篇给他听，他有一个愚蠢而又可人的毛病，他总是一次只守护在一个女人身旁，也许这对于一段永久的关系来说，他会感觉不那么便利。如今，并没有多少婚姻可以被称做"永恒"的，但我无法想见彼得只是为了娱乐就出现在离婚法庭，毫无疑问，如果是被迫的，他也会把整件事情宣扬一番。（这让我想起我那白痴的曾外甥，休吉，他总是把事情搞得很糟。一开始他还表现得像个绅士，后来他带着一个雇来的不知道是谁的家伙偷偷摸摸地潜到布来登。法官既不相信旅馆账单，也不相信打扫房间的女佣，这一切都再清楚不过了。也就是说，一切都要从头开始。）

好吧，亲爱的，我们应该看见我们应该看见的，你可以放心，我会尽量善待彼得的妻子，哪怕只是为了刁难海伦，她会不遗余力地让她的新妯娌心情不舒畅。自然，我才不会关心那些荒唐过时势力的什么"门不当户不对"的废话。和电影以及夜总会里的渣滓相比，一个乡村医生的女儿即使曾经和一个诗人有染，也算是一个可尊敬的奇迹了。如果这个年轻女人有脑子、有心肝的话，她应该做得很得体。你认为他们会要孩子吗？如果海伦知道他们有这个打算，肯定会气炸了肺，她还指望用彼得的钱供她去见圣·乔治呢。丹佛，我对他还是有一点了解的，万一圣·乔治在他的车里折断了脖子，他会更关心获得继承权。不管他们怎么做，总有人会义愤填膺，我猜他们会自得其乐的。

很抱歉我不能参加婚宴了——看来你很巧妙地骗过了媒体——最近我的哮喘病又严重了。尽管如此，谢天谢地，我还是长时间地保持了我的才能和幽默感。告诉彼得，让他从这次神秘的蜜月旅行回来后就马上带哈丽雅特来见我。相信我，亲爱的霍诺丽亚（尽管我的老舌头总是分泌毒液），我永远是你挚爱的

米拉贝尔·萨沃恩和泰晤士

琪珀里·詹姆士夫人
致
尊敬的楚佩·哈特夫人

……唉，亲爱的，做好准备，我要告诉你一个惊人的消息：彼得·温西结婚了。真的，真结婚了，和那个非同寻常的年轻女人，就是和那个布尔什维克主义者或者音乐家什么的搅在一起，然后把他杀掉或者怎么样的那个女人。具体怎么回事，我记不太清了，八百辈子以前的事儿了，这种怪事天天发生，不是吗？那些钱浪费得让人伤心，但是这也说明温西一家肯定有什么不对劲的地方——你知道，那个被禁闭在蒙特的小别墅里的家伙的行为真是太古怪了。彼得，不管怎样，也该四十五岁了吧。亲爱的，我总是觉得你那时候让他认识莫尼卡不明智。当然，你曾经那么努力地想促成他们，我也不好意思说。

达里拉·斯尼佩夫人

致

艾玛兰斯·斯尔维斯特－奎克小姐

  温西和范内的联姻真是耸人听闻哪。这肯定是一项社会学实验，因为，你知道，亲爱的，他是世界上最冷漠的老道学。我真替那个女孩难过，当然除了金钱、头衔，还有所有的一切。但是，任何东西都不能弥补她跟一个戴着眼镜、喋喋不休的冰柱绑在一起带来的损失。太乏味了，我看长久不了。

海伦——丹佛公爵夫人

致

格鲁米芝夫人

我亲爱的马乔里：

  谢谢你亲切的问询。星期二那天我确实疲惫不堪，不过，今天晚上休息得很好。对我们所有人来说，这段时间都是很难熬的。彼得，当然，还是一如既往的讨厌，非常讨厌。首先，他坚持在教堂结婚，通盘考虑之下，我认为还是在登记处办理比较适宜。我把一切托付给了汉诺威广场的圣·乔治，我会尽我所能把一切处理妥当，如果我必须这么做的话。但是我婆婆剥夺了我的权利，我仍然认为婚礼要在我建议的那天——也就是下星期三——举行。你就瞧着吧，这只是彼得的恶作剧之一。我强烈地感觉到被侮辱了，特别是我们不怕麻烦地对那个女孩表示礼貌，还邀请她吃晚饭。

  哼！上星期一晚上，我们在丹佛接到彼得打来的电话，他冷冰冰地说："如果你真想看到我结婚的话，明天下午两点，请在圣·克劳斯教堂出现。"我气坏了——那么远的地方，我的礼服还没准备好呢。更气人的是，杰拉德那天邀请了十六个人和他一起射击，他像白痴一样地笑着说："这对彼得有好处！"他坚持让我们一起去，把所有的客人都甩在那里不管。我怀疑杰拉德事先就知道了这一切，虽然他发誓说，他一无所知。不管怎样，杰里早就知道了，所以他留在了伦敦。我总是告诉杰里，对他来说，他的叔叔比他的父母意味着更多。虽然我不需要强调，我认为彼得不会给这个年纪的男孩带来什么好影响。杰拉德，很男人地说，彼得有权利决定他何时何地结婚。他从来不考虑这些古怪的行径会给他人造成怎样的尴尬和不安。

我们去牛津，找到了那个地方——一个隐蔽在小巷里的阴暗的小教堂，看起来阴森潮湿。那个新娘（仁慈地说，跟我的生活没有任何关系的人）是从一个女子大学里接来的。还好，彼得的礼服穿得很得体，我算是松了一口气。我开始真的以为他要穿着睡袍、戴着睡帽举行仪式呢。杰里做男傧相，我婆婆心情舒畅、喜笑颜开，好像做了什么聪明的事。他们还搜罗到保罗·德拉盖蒂叔叔，他走起路来关节吱嘎作响，可怜的老东西，衣服的扣眼儿里还别着一枝栀子花，尽量表现出很欢快的样子，那么大岁数，看起来真恶心。教堂里充斥着各种各样奇怪的人——实际上没有一个是我们的朋友，有荒唐的克林普森那个老女人，有彼得从那些"案件"中认识的食客，还有几个警察。查尔斯和玛丽在最后的时刻出现了。查尔斯指给我看一个穿救世军制服的男人，他说那个人是个退役的盗贼。但是我几乎不相信，哪怕是彼得说的话。

新娘被一些难以置信的女傧相们照顾着——都是牛津大学的教师。还有一个肤色灰暗的古怪女人把她交给新郎，那个人应该是学院的头头。我还是要心怀感激，哈丽雅特（我现在应该这么称呼她了）虽然身上背负着过去的历史，还是很得体的，她没穿白色丝缎礼服，也没拿橙色的捧花。但我还是忍不住认为一件朴素的衣服比金色的布料更适合她。我应该立刻跟她谈谈服装的问题，但是我怕这对她来说有难度。从来没见过任何人这么得意扬扬又不堪入目。当然，从某种意义上来说，这是她的权利。必须承认她这着棋走得很妙。彼得苍白得像张纸，我以为他要病倒了呢。很有可能,他意识到卷入这一切都是为了什么。他们用古老的、粗鄙的祈祷书形式举行了婚礼,新娘还口念"顺从"——这也许是他们幽默的方式,因为新娘看起来倔犟得像头骡子。

小祈祷室里混乱地亲成了一团,然后所有稀奇古怪的东西都被打包装进了汽车(毫无疑问,这一切都要彼得付费)。回城的路上,当地报社的记者们紧紧地跟着我们。我们去我婆婆的小房子,所有的人都去了,包括那些警察和金盆洗手的盗贼。婚礼早餐(我承认味道确实不错)后,德拉盖蒂叔叔,在法语修辞的装饰下,发表了一番讲话。新人收到很多礼物,其中有些礼物很可笑。那个盗贼的礼物是一本充斥着平庸赞美诗和废话的厚书!新郎和新娘很快就消失了,我们等了很长时间,直到我婆婆微笑着走下楼来,宣布他们已经离开半个小时了,连个地址都没留下。我不知道他们去了哪里,没有任何人知道。

整件事情让我们感到痛苦和荒唐。灾难性恋情的不光彩结局,我就是这么认为的。这个可怕的女人居然成了我妯娌的现实也没给我带来丝毫安慰。警察也糟糕透顶,但至少他是安静的,而且行为端正。彼得的妻子会让我们声名狼藉,早晚有一天,会爆出丑闻。然而,我们会尽量遮掩。除了你,这些话我真的不知道该跟谁说。

对你的同情我深表感激。

你诚挚的
海伦·丹佛

莫文·本特先生
致
本特老夫人

亲爱的母亲:

我在一个"地址不明"的乡下给您写信,希望这封信很快能到您手中。因为一个不值一提的事情，我只能点着蜡烛给您写信，希望您能原谅我潦草的笔迹。

母亲，今天早晨他们幸福地结合了，婚礼很美妙。我只是希望您能在老爷的邀请下出席，但是我跟他说，八十七岁的年纪，身体肯定会比较虚弱的。希望您的腿好些了。

就像我上封信中写到的，我们准备摆脱海伦夫人的干涉，我们做到了，一切都那么准确无误。新夫人，范内小姐，前一天去了牛津，老爷、圣·乔治少爷和我当天晚上赶到，途中在迈特逗留。老爷用绝对仁慈的口吻和我讲话，他暗示我，基于我服务了二十年，他相信我在这座新房子里也能生活得很自在。我告诉他，我希望自己是合适的人选，可以提供最满意的服务。恐怕我说得过分了，老爷被真诚地感动了，他说我不要这么傻。我冒昧地给他开了些镇静剂，我劝少爷让他一个人待一会儿，后来他睡着了。我不能用"周到体贴"这样的字眼形容圣·乔治少爷，他的某些玩笑和嘲弄是因为喝了太多香槟酒的缘故。

老爷早晨看起来很平静，这让我轻松了不少，毕竟花了我不少力气。很多微贱的朋友坐特殊的交通工具赶到这里，把他们安顿好不闹事，是我的职责。

亲爱的母亲，我们随便吃了点早餐，我要给大人们更衣，准备去教堂。我的绅士沉默得像只羔羊，没有制造一点麻烦，甚至没有一贯的玩笑话，可是圣·乔治少爷兴致高昂，我可有不少事要做呢。他连着五次假装丢了戒指，偏等我们要出发的时候，他故意放错了地方。老爷凭借一贯的侦探本领，马上就替他找到了，还自己担起责任。尽管有这些小麻烦，我们还是准时出现在圣坛，我得说，他们都让我感到骄傲。少爷英俊的外表真是无懈可击，在我印象中，没人比这个小绅士更标致了。

夫人也没让我们过多等待，她浑身金灿灿的，好看极了，手里还捧着一束菊花。她并不漂亮，但是很惹眼，我相信她的眼里只有老爷，没有其他男人。她由大学来的四位女士陪同，她们没穿女傧相的衣服，但是个个整洁雍容。整个仪式的过程中老爷都很严肃。

　　之后我们一起回到老夫人宅邸的招待会上。新夫人对客人的态度非常令人愉悦，从各个方面来说都是坦诚友好的。当然老爷一定会选择一个贵妇风度的女人为妻。我和她之间一定不会有任何不悦。

　　招待会结束后，我随新郎新娘从后门离开了，把报社记者关在小休息室里。现在，亲爱的母亲，我必须告诉你……

莉蒂希娅·马丁小姐——牛津什鲁斯伯里学院院长
致
琼·爱德华兹小姐——同一基金会科学讲师及导师

亲爱的泰迪：

　　我们参加了婚礼，这可是学院历史上的重要日子！利德盖特小姐、德·范恩小姐、小切尔派瑞克和我是女傧相，学监老爷把新娘交给新郎。不，我亲爱的，我们并没有穿得多么别出心裁。我个人以为，如果我们穿学院的礼服可能看起来更整齐，但是新娘认为，如果报纸的头条登出这样的新闻，"可怜的彼得"会非常苦恼的。于是，我们把最好的衣服都穿出来了，我还穿了新买的皮草。我们齐心合力把德·范恩小姐的头发盘起来、固定住。

　　丹佛一家都在。老夫人是个极可爱的人，看起来像个娇小的十八世纪的女侯爵。公爵夫人很难对付，怒气冲冲，像扑克牌一样僵硬。她总想用气势压倒学监老爷，真滑稽。可是一点都没有改变，相反，倒是她在小礼拜室里被学监老爷搞得惊慌失措。她走向新郎，伸出手表示祝贺。他坚定地吻了她的手，接着说了些什么，就没人知道了。然后他亲吻了我们所有的人。（勇敢的男人！）利德盖特小姐也热情真心地予以回应。此后，男傧相（英俊的圣·乔治少爷）走进来，大家又开始互相拥抱，我们不得不再次把德·范恩小姐的头发固定好。新郎送给每个女傧相一只可爱的水晶瓶子，还有一套刻花玻璃器皿（雪利酒宴上用的，难得他如此费心！）学监得到一张二百五十英镑的奖学金支票，真的很大方啊。

哎呀，我都激动得忘了说新娘了。我从没想到哈丽雅特·范内能如此引人注目。在我的印象里，她还是那个笨手笨脚、头发蓬乱的一年级生，瘦骨嶙峋的，脸上总是挂着一副不高兴的表情。昨天她就像从画框里走出来的文艺复兴时期的肖像画。他们互相做出承诺的方式也棒极了，好像一切都与他人无关，其他人根本不存在似的。他是我见过的唯一知道自己在做什么，知道自己打算做什么的新郎。

回城的路上——哦！对了，温西勋爵坚决不听门德尔松①和罗恩格林②，我们被巴赫的音乐折磨死了。公爵被他乖戾的夫人搞得筋疲力尽，只好把她交给我来取悦了。他很英俊，却有着乡绅的愚蠢，如果不是去掉了臃肿、刮掉了胡子，来到了当代，他就是一个活生生的亨利八世。他有点忧虑地问我是否认为"那个女孩"对他的兄弟真心。我说我敢肯定是真的。他又掏心窝子地跟我说，他从来没搞懂彼得是怎样一个人，也从来没想到他会安定下来，他希望一切都顺利。在他思维的深处，我想潜藏着某种怀疑，他的兄弟彼得也许还有一点什么东西他自己也没弄明白，如果一个人不用去考虑事业问题，也许是好的东西。

老夫人家的招待会真有意思——头一次有婚礼提供这么充足的食物和饮品。没有达成愿望的就属那些报社记者了，他们闻风而来，挤挤插插在门前排成两个方阵，然后被关在小屋子里，他们被告知勋爵很快就会接见他们。最终"勋爵"确实来了，但不是温西勋爵，而是威尔沃特勋爵。这位英国外交部官员发表了一番重要讲话，对阿比西尼亚③的现状进行了条分缕析的陈述。对此，记者们不敢

---

①门德尔松（Mendelssohn，1809—1847），德国作曲家。
②罗恩格林（*Lohengrin*），三幕歌剧，瓦格纳于一八四六年至一八四八年间所作。
③阿比西尼亚（Abyssinia），埃塞俄比亚的旧称，位于非洲东部。

不听。他结束演讲的时候,我们的勋爵和夫人已经偷偷从后门溜走了,留给他们一屋子的结婚礼物和吃剩的蛋糕。老夫人和蔼地看着他们离开。他们很幸福地走掉了,没留下任何蜜月所在地的照片和信息。事实上,我只相信老夫人,只有她知道他们究竟去了哪里。

就是这样。我衷心祝福他们。德·范恩小姐认为两个人都太聪明了。我告诉她别这么悲观。我知道很多笨得像猫头鹰一样的夫妻一点都不幸福。我们不能这么轻易地下结论,你说是吗?

你永远的

莉蒂希娅·马丁

霍诺丽亚·卢卡斯达——丹佛公爵遗孀日记摘录

五月二十日

彼得今天早晨打来电话,特别激动,可爱的小东西说他和哈丽雅特确实订婚了。但是荒唐的外交部派他马上去罗马,吃完早饭就得动身。他们这么做好像是故意的。一边是幸福,一边是恼怒,他听起来那么心烦意乱。我要拼命地抓住哈丽雅特,让她明白她是受欢迎的。这个可怜的孩子要面对我们所有的人,这对她来说很难,她什么事情都不确定,甚至包括她自己。我给她在牛津的地址寄了封信,告诉她,她让彼得幸福也让我快乐。如果她来这里,我会去见她。亲爱的彼得!我希望,我祈祷,她可以用他需要的方式爱他。见面就知道了。

五月二十一日

下午茶后,富兰克林通告"范内小姐驾到"的时候,我正在读《星光闪耀》。(内容很压抑,和我从书名上猜想的不一样。我脑海里一定还唱着圣诞颂歌,现在想起来可能与圣墓①有关系——我得

---

① 圣墓(Holy Sepulchre),传说是耶稣死亡、埋葬和复活的地方。

问问彼得,也许他知道。)太吃惊,太高兴了。我一下子跳了起来,忘了膝盖上还睡着亚哈随鲁,它感觉被侮辱了。她看起来跟我印象中的判若两人。当然那是五年半以前了,在那么一个沉闷的老城堡里没人能保持最佳状态。她径直走向我,好像面对行刑队一样,用她奇怪的低沉嗓音唐突地说:"您的那封信充满了慈爱,我不知道该如何回答,我想还是亲自来一趟比较好。您真的不介意我和彼得在一起吗?我深爱着他,这也是没有办法的事。"然后我说:"请继续爱他吧,他也非常需要你的爱,他是我所有的孩子中最可爱的一个,虽然做父母的不应该这样说。但是现在我可以很高兴地把这些话讲给你听。"我亲吻了她,亚哈随鲁很生气地跳到她腿上乱抓一气,我向她道歉,把亚哈随鲁打跑,然后我们坐在沙发上,她说:"您知道吗,从牛津来的路上我就一直自言自语,如果我们的会面一切顺利,我就找到可以跟我聊彼得的人了。否则……这是唯一使我却步的原因。"可怜的孩子,这就是她想要的一切。她还很茫然,显然,一切都发生在星期日的晚上,他们半夜都没睡,在一个平底船里热烈地接吻,可怜的小家伙们,然后他必须离开,什么都没安排。如果他没把刻有印章的戒指在最后一刻匆忙地套在她手上,也许一切只是一个梦而已。拒绝了他这么多年,突然一下子这样,好像泉水喷发一样,她也一时不知所措。自从童年开始,她就不记得曾如此幸福过,她感觉内心一下子空了。我想她的肚子一定也是空的,她不吃也不睡,一直在谈论从那个星期日开始的事情。我让富兰克林拿点雪利酒和饼干来,留她吃晚饭。我们一直不停地聊彼得,我仿佛听到彼得在我耳边说:"母亲,亲爱的,你们是在狂欢吗?"哈丽雅特瞥见大卫·贝利兹给彼得拍的照片,彼得本人很不喜欢,我问她怎么样。她说:"嗯,是一个不错的英国绅士,不过既不是疯子,也不是诗人或情人,对吗?"我同意她的看法。(想不起来为什么要围绕这些事情聊天,除了取悦大卫之外。)她拿出家庭相册,还好没有死死盯住彼得婴儿时在小毯子里拼命踢腿的照片,我无法忍受太母性的年轻女人,虽然彼得小的时候头发毛茸茸一丛一丛的,确实很滑稽,但是现在已经好了,何必要勾起回忆呢?她立即发现了被彼得分别称做"小淘气"和"丢失的和弦"的两张照片,她说:"一定是了解他的人拍的——是本特吗?"她指着右边第二个人。然后,她承认,她对本特深感内疚,希望他的感情不会受到伤害,因为如果他说出来,彼得会很伤心的。我坦诚地告诉她,这一切都看她的了,我肯定本特不会离开,除非撵他走。哈丽雅特说:"您不要以为我会那样做。我不希望彼得失去什么。"她看起来很哀伤,我们都掉了两滴眼泪。突然,我们都意识到两个人为本特流泪这件事很滑稽,如果本特知道了,肯定会很吃惊的。我们立刻振奋精神高兴起来,我把照片递给她,问她有什么计划,既然他们已经走到了这一步。她说彼得也不知道什么时候能回来,她也要尽快完成手头的那本书,到时候就有钱做衣服了。她让我给她推荐一个合适的裁缝。如果那个裁缝很有想法,她会付可观的酬劳。可我劝她要小心点,我可不知道写书的人是怎么回事。我是如此的愚笨无知,千万别触犯了她的骄傲。总体来说这是一个安心的晚上。晚上睡觉前,和彼得通了一个热情的电话。希望罗马不那么闷热。炎热的天气他可适应不了。

五月二十四日

哈丽雅特来喝茶。海伦走进来,我向她介绍哈丽雅特的时候,她表现得粗鲁而厌烦。她说:"哦,是吗?彼得在哪儿?又跑到国外去了?他可真是莫名其妙!"我们继续聊城里,聊乡下,什么都涉及了。"你认识某某吗,范内小姐?不知道?他们可是彼得多年的老朋友了。""你打猎吗,范内小姐?不?太可惜了!我真的希望彼得不要放弃这个爱好,出去散散心对他有好处。"哈丽雅特非常敏感地用"不"和"当然"回答每一个问题,没有解释,也没有道歉,因为它们通常是很危险的。(好一个迪斯雷利[①]!)我问哈丽雅特那本书进展如何,彼得的建议是否起作用。海伦说:"哦,对了,

---

[①] 《迪斯雷利》(*Disraeli*),一九二九年上映的一部美国电影,又名《英宫外史》。

你是作家，是不是？"好像她从没听说过一样，还问了书名，好从图书馆借阅。哈丽雅特非常严肃地说："你真好，不过请允许我给你寄一本。出版商答应给我六本。"终于有点儿脾气了，不过我不责怪她。海伦走后，我替海伦向她道歉。还说，我很高兴我的二儿子是为了爱结婚的。恐怕我的词汇无可救药地老套，尽管我读书精挑细选。（必须记得问富兰克林我是怎么读《星光闪耀》的。）

六月一日

彼得来信说，他想从麦克马斯那里买下位于奥德利广场的倍尔切斯特家的房子，然后布置一下。感谢上帝，相对于镀铬管子，哈丽雅特更喜欢十八世纪风格的优雅。哈丽雅特吃惊于房间的大小，但是还好，她没吵嚷着为彼得装扮一个家。我跟她解释，准备房子，把新娘请进门应该是彼得分内的事——现在的特权显然只限于贵族和神职人员，他们不能选择自己的住处，可怜的人们，房子往往对他们来说太大了。哈丽雅特指出，在王室，一般由新娘负责选择印花棉布。但我说，这就像家庭妇女的义务是写在廉价的文件上一样。幸运的是，彼得的妻子没有这些义务。一定要给他们找一个能干的管家，彼得不懈工作的妻子一定不能被大厅里仆人们的叫嚷声打扰。

六月五日

家庭情绪的突然爆发真是令人讨厌。首先杰拉德正在烦恼他妻子说的话，海伦问这个女孩是否拿得出手，在孩子的问题上是否观点新潮，也就是不想要孩子。我让杰拉德把自己的事先管好，也就是圣·乔治的事情。然后是玛丽，玛丽说要是"小彼得"得了水痘，这个女孩能否照顾得了彼得。我告诉她，彼得可以照顾好自己，肯定不需要一个妻子满脑子想的都是水痘还要给他煮鱼吃。找到了漂亮的奇彭代尔式①镜子，在哈里森的店里看到了绣绒的椅子。

---

①奇彭代尔式（Chippendale），指十八世纪英国的家具样式。

六月二十五日

　　与莫伯斯置业公司的庄严面谈困扰着爱的梦想——可怕的长长的文件，各种可预料的、无法预料的事情，枝枝权权的，甚至包括每个人的死亡和再婚。就像莫伯斯注明的"依据遗嘱（用大写字母）"。没想到彼得在对付伦敦地产方面还有一套。那些条款让哈丽雅特越来越不舒服。为了把她从沮丧的处境中拯救出来，我带她去鲁佩梅耶喝茶。最后她告诉我："自从我离开学校，我就没花过不是自己挣的一分钱。"我对她说："那么，亲爱的，把你的感觉告诉他，但是请记住，他和大多数男人一样虚荣、愚蠢，一脚踩上去也不比任何"蜥蜴"（chameleon）闻起来更香。"斟酌之下，或者是"甘菊"（camomile）？（莎士比亚？我得问问彼得。）想给彼得写封信转达一下这个意思，但是最好不要——年轻人应该自己战斗。

八月十日

　　昨天从乡下回来，房子的问题解决了。哈丽雅特把彼得婉转地对我表示同情的三封信转交给我。开头说："当然我对困难有所预见。"结尾说："无论是你的骄傲还是我的骄傲都要牺牲一下。我只能求助于你的慷慨，让它成为你的骄傲。"哈丽雅特说："彼得总是能看到困难，这是让人放心的地方。"衷心地表示同意。无法忍受"不知道忙乱是什么"的人。哈丽雅特温顺地准备接受合适的收入，并通过在博灵顿商场用现金购买两打丝绸衬衣的方式来慰藉骄傲。这表明了，与她有关的事情，她都抱有坚定的决心。如果海伦挑刺的话，就只能由彼得来忍受了，每件任务他都会坚决地付诸于智慧。这显然跟所受的教育有关系——教授对事实的接受能力。哈丽雅特正在和彼得的立场进行较量——有的瞧了。收到彼得的长信，对国际联盟深表怀疑。收到一个图书馆如何摆放书籍的详细说明，一个威廉和玛丽风格的床架，对他被留在罗马一事依旧耿耿于怀。"就像一个水管工人，修补外交漏洞。"英语在意大利不通用（英国人在意大利不受欢迎），但是彼得还是和罗马教皇就一个古代手稿进行了心平气和的探讨——也许对两个人都有令人愉快的改变。

八月十六日

　　哈丽雅特到乡下观察水车（和她的新书有关），从赫特福德郡路过的时候，她顺便去了一趟在大帕格福德的老家。说说她的家人——安静的乡村医生和他的妻子，父亲有可观的收入，但是从来没有想过攒点钱（好像他会永远活下去）。无论如何，我非常担心。哈丽雅特应该接受过良好的教育，事实也是如此。哈丽雅特说，她从小就梦想着赚足够多的钱，买下邻村那幢古老的、叫做塔尔博伊斯的农舍。她又去看了一次，伊丽莎白风格的，很漂亮。她说，事情跟预想的差异很大。我说，那正是她和彼得需要的，可以用来度周末的房子。哈丽雅特吃了一惊，说，是的，她就是这么想的。然后就没再提起。

八月十九日

　　找到了和床架相配的幔帐。海伦说所有这一类的东西都非常不卫生。据说杰拉德带来了鹧鸪的坏消息，并认为乡下是猎狗的天地。

八月二十日

　　哈丽雅特把想购买塔尔博伊斯的事情写信告诉了彼得。她认为彼得是一个喜欢"给予别人东西"的人。他确实如此，可怜的孩子。现实显然只能面对一次，好像彼得能一下子得到五年半的欠款一样。说得委婉些，我认为没有比这事儿更能让彼得开心的了。她走了以后，我在客厅里跳起了快步舞，吓了富兰克林一跳。（愚蠢的女人，她这次知道我是怎样的人了。）

八月二十一日

　　哈丽雅特的书结稿了，交给了出版商。不幸的是，这让她开始有空闲关心阿比西尼亚的事情了，真让人烦心。她深信——文明会消亡，再也见不到彼得了。就像一只站在热砖头上的猫一样，她说，浪费了彼得五年的大好时光，她无法原谅自己。说他超龄了也无济于事，因为，他的良知上写满了军事情报，即便他七十岁，也可能被毒死或者在一起空袭中被炸死。希望再也不要打仗了，再也不要经历用票买肉、没有糖却有人死的日子了——荒唐，而且没有必要。也许墨索里尼小的时候被他妈妈打得太多或者太少了——谁也不知道，到处都是心理学。我清楚地记得曾经打过彼得，可是这并没让他心理扭曲，所以心理学家很可能都是错的。

八月二十四日

彼得让代理商和塔尔博伊斯的现任主人——一个叫诺阿克斯的男人协商。他给我的信中表现得很谨慎，也很愉快。罗马的状况渐渐安定下来，至少就他的工作而言。但是哈丽雅特还是为战争的前景感到不安。

八月三十日

哈丽雅特有点受宠若惊，彼得来信说："即使是见到世界的薄暮，天黑之前，我也要在你的臂弯里入睡。"（这让我想起了二十年前那个老派的华而不实的彼得。）补充一句，他补漏的工作结束了，他被要求提交证件，这才是关键。

九月四日

他们选择的枝形吊灯很不错，大厅布置得也很漂亮。杰拉德说，他们可以从蓝房①搞一些挂毯。我认为，放在上层楼梯的平台比较合适。让他们好好翻修清扫一下，非常有这个必要。（彼得要发言了，但我很清楚我要表达的意思。）亚哈随鲁病倒在富兰克

---

① 蓝房（Blue Room），白宫的第二大房间，是白宫中的会客室，这里经常是总统夫妇款待贵宾的地方，同时也是正式餐会的会场，一次可容纳一百四十人。

林的卧室里了——它怎么那么喜欢她，可是她一点儿都不喜欢猫。

九月七日

彼得打电话说他下星期回来。哈丽雅特坚持请我出去吃晚饭，给我的香槟酒付账。她说，这可是最后的机会了，再说，彼得也不喜欢香槟，这是为了悼念她很快就会失去的自由。她的言辞机智而且很简短。我想看看如果海伦带我出去吃饭是怎么听别人说话的。

九月十四日

彼得回来了。他和哈丽雅特吃完饭来见我——只有他们，真是好孩子，当然我说过，也把她带来。他看起来消瘦、倦怠，一定是墨索里尼、天气或者其他什么造成的，因为显然没有什么让他怀疑的（当然国际联盟除外）。让我不解的是，他安静地坐了将近两个小时，没有随便乱动，什么话都没说，真稀奇，因为通常，热铲子上的青豆绝对不会这样。能给他们的家帮上忙，真好啊，哈丽雅特也没什么经验。除了本特和管家，他们还需要八个仆人。我可要忙活一阵子了。

九月十五日

哈丽雅特今早给我看了她的戒指——一枚镶有大颗红宝石的戒指。是老亚伯拉罕按照特殊要求切割的。哈丽雅特嘲笑了自己一番，她说，昨天彼得把戒指送给她，十分钟后再问她，她就忘了戒指的颜色。她说恐怕永远学不会他人的举止，而彼得却只是说，这是他头一次比红宝石更加受珍视。彼得中午和我们一起吃饭，海伦也来了。她要求看看红宝石，还刻薄地说：" 天哪，我希望你们上保险了。"公正起见，我不认为她能想出更失礼的话来，也许她是用双手考虑了两个星期，而不是用脑子。她接着说，她猜想他们是不是打算在注册处悄悄地结婚。彼得说，不，如果海伦有什么宗教上的顾虑，他可以在火车站的候车室里结婚。海伦说，哦，我明白了，那就在汉诺威广场的圣·乔治吧。她继续安排一切，包括日期、牧师、客人和音乐。当她提起"在伊甸园呼吸的声音"时，彼得对海伦说："哦，看在上帝的分上，不要提国际联盟了。"他和哈丽雅特开始胡诌一些粗鲁的打油诗，把海伦完全抛在一边，因为她从来就不擅长客厅里玩的游戏。

九月十六日

　　海伦非常热心地拿来一份婚庆服务所要求填写的新表格的复印件，把所有粗俗的部分都省略掉了，那只是自找麻烦。彼得风趣地说，他知道所有"繁衍后代"的理论知识，虽然并没有实际应用过，但"增长人类数量"的其他方法对他来说太先进了。如果他曾经沉溺于此种娱乐的话，他会在妻子的同意下，履行老派的手续。他还说，至于"禁欲的天赐"，他并不把它视作什么礼物，也不反对予以接纳。说到这里，海伦起身离开了。留下彼得和哈丽雅特就"服从"这个词语继续商讨。彼得说，他认为对妻子下命令是违背礼仪的。但是哈丽雅特说，哦，不。如果什么地方着火了，树倒了，或者他想让她站到一边的话，他可以以最快的速度命令一声。彼得说，在那种情况下，两个人应该都说"听着"，但是这样可能造成报社记者的混乱。留给他们自己解决吧。当我回来的时候，我发现彼得已经就"捐赠"而不是"分享"世俗财产方面表示同意了。情感把原则彻底打败了。

九月十八日

　　真该死！恶心的报纸把哈丽雅特和菲利普·博伊斯的旧事全抖搂出来了。彼得暴怒。哈丽雅特说："早想到了！"我害怕哈丽雅特会提出取消婚约，但是她的自控能力很好。希望她能意识到重提这件事几乎相当于杀了彼得。很可能是斯尔维斯特－奎克那个女人做出来的，因为她尽一切努力想抓住他，他一直怀疑她为周末报纸写八卦专栏。海伦（从楼上下来，脚步声很重）站在家庭的这一边，认为最好的计划就是邀请社交圈子里所有的人，举行一次盛大的婚礼，这样谣言就不攻自破了。只有她知道究竟为什么在十月十六日结婚才是吉利的。她好心地选择伴娘，从我们的朋友中挑选，哈丽雅特的朋友显然是不可能的。提出租借一个房子举行婚宴，没落的贵族可以提供十处别墅用来度蜜月。彼得实在没耐心听下去了，说："谁结婚，海伦？你还是我们？"杰拉德努力做出家里老大的样子，但是没人理睬他。海伦又开始发表见解，最后说："那就定在十六号了。"彼得说："你爱怎么定怎么定。"海伦说，如果他意识不到她是在为他们着想，她就不离开。杰拉德带着祈求的眼神让彼得为他的不礼貌道歉。

九月二十日

　　代理商给塔尔博伊斯报了一个价。需要重建和修缮的地方很多，但是布艺方面不用考虑。同意立刻购买，现任主人将逗留到蜜月结束，然后彼得可以去看看还有什么地方需要改善，把工人带过去。

九月二十五日

　　情况如下：海伦和报社，变得无可救药。彼得为圣·乔治的主意和总体的喧嚣而烦躁不安。哈丽雅特虽然尽量掩饰她的自卑感，但是最近还是深受其痛。停止了所有的邀请。

九月二十七日

　　彼得跟我说，如果再这样继续下去，他们都要发疯了。他和哈丽雅特决定一切悄悄进行，除了他们各自的朋友，谁也不告诉。在牛津举行小型婚礼，婚宴设在这里，在乡下找个僻静的地方度蜜月。我欣然同意，并表示帮助他们。

九月三十日

　　他们和诺阿克斯商量好了在塔尔博伊斯度蜜月，其他人对此一无所知。显然，诺阿克斯在短时间内就可以把房子打扫干净，并借给他们所有的家具。我问："下水道怎么办？"彼得说，该死的下水道——他小的时候就没有下水道。（我记得有！）婚礼在十月八日举行，让海伦最后想想她还喜欢什么——还有报纸。哈丽雅特舒了一口气。彼得补充道，在宾馆度蜜月挺恶心的。在自己的屋檐下（最好是伊丽莎白风格的）度蜜月才够英国绅士。匆忙地准备结婚礼服——沃斯牌的——金丝浮花的裙子，长袖，方领口，可撩起的面纱，没有首饰，除了从曾姨母德拉盖蒂那里继承的我的长耳环。（注意：出版商可以就此在新书上大做文章了。）哈丽雅特把学院当成娘家（很好，我想）——太多的事要保密。本特要去塔尔博伊斯看看是否一切都准备好了。

十月二日

我们必须取消本特的行程。他被记者们缠住了。其中一个人从货梯强行进入彼得的公寓。本特差一点因人身袭击而被法院传唤了。彼得说，最好把塔尔博伊斯（包括下水道）托管起来。付完款，诺阿克斯说他会把一切准备好的，他习惯了在暑假出租房屋，应该没有什么问题。哈丽雅特很不安，因为十六号的请柬一份都没送出去。我告诉她，是否在十六日，还没定呢。海伦问，为什么要推迟？是彼得胆怯了，还是那个女孩又跟他发火了？我建议，结婚是他们自己的事情，他们也老大不小了。他们除了本特，没带其他仆人，本特也是被邀请的客人之一，找一些当地人帮忙，就能办妥一切了。我想，哈丽雅特害怕和一群陌生人一起立刻出发，彼得不想让她心情不好。城里的女仆到了乡下总是很惹人厌的。如果哈丽雅特能和本特搞好关系，家务方面一定不会有什么麻烦。

十月四日

去彼得的公寓给他出点主意，他从意大利捡了些石头回来。

邮局送来一个大而平的挂号信——哈丽雅特的笔迹。我在想，什么是她想寄来却不想带来的呢？（我的好奇心可真强。）彼得一边伴装研究锆石（好可爱的颜色啊），一边打开它。突然彼得满脸绯红，好像什么人跟他说了些悄悄话。他站在那里盯着那个东西，把我也弄得怪紧张的，我说："什么东西？"他用怪怪的声音说："新娘给新郎的礼物。"我担心了一阵子，她怎么跟自己作斗争的，因为真的没有很多东西可以送给一个富有的男人，除非这个人也非常富有。送错了还不如不送，但是同样，也没人愿意听见另一个人好心地告诉他，他们真的没有更好的礼物可送，除了他们自己——如此漂亮，但是如此要人领情，如此伯利勋爵①——毕竟，我们都有人类的本能，给予是其中之一。我跑上前来，看见一张纸上写满了漂亮的十七世纪字体。彼得说："滑稽的是，这个目录是从罗马寄来的，我拍过电报想要这个，但是让我生气的是，已经卖出去了。"我说："但是你不收藏手稿。"他说："不，但是我想把这个送给哈丽雅特。"他把那张纸翻过来，我看见上面的签名，"约翰·多恩"，这下子明白了，彼得总是对多恩很费解。看起来这是多恩写给一个教区某位夫人的美丽信笺，谈到了神圣和世俗的爱。我想尝试着读几句，可我从来都看不懂这种老式的文体。（不知道海伦怎么想，她肯定认为一个金质打火机更合适。）我听到彼得在电话上说："听着，我的甜心。"一辈子没听他用这种语气讲过话。走出房间，和从门厅过来的本特正好撞在一起。我真怕彼得会无法控制，因为他放下电话后，本特报告说他已"在沃登贵族预定了最好的房间，我的老爷，十六号晚上，按照指示，保留去门托尼②的船舱和火车住宿"。彼得问，是"地狱猎犬"叫你这么做的吗？本特说，是的，领头的"地狱猎犬"正一如既往地用泵一样的工作效率全速冲击他。我问，为什么是沃登贵族，

---

①伯利勋爵（Lord of Burleigh），英国女王伊丽莎白一世的重臣，他在伊丽莎白一朝一直担任重要职位，对当时英国政府的政策产生了一系列重要而又深远的影响。
②门托尼（Mentone），美国地名。

而不是夜轮或者飞机呢？本特回答，夫人晕船，晕机。"猎犬"令人满意地出现了，还给本特十先令的小费。本特说他要冒昧地把这些钱捐给"囚犯援助协会"。我说："真的吗，彼得？"但是他说，为什么不能为夫妇安排一次应得的大陆旅行？然后把预订单给克林普森小姐，这对得了结核病的会计师和他状况不佳的妻子有好处。（询问：该如何减少排场？）

十月五日

　　沃斯尽了很大努力，把礼服送过来了。精挑细选了一些朋友，邀请他们来看嫁妆。包括克林普森小姐，彼得送给她的水貂皮斗篷简直让她哑口无言了。九百五十九尼①，无可否认，不是什么了不起的奢侈，只是他的心意。拿出手的时候，他还很恐惧内疚，就像小的时候，他和那个他喜欢的老无赖梅里韦瑟整个晚上偷猎，被他父亲当场抓住，麻袋里装满了兔子。他的小屋子可真臭！但那是一件漂亮的斗篷，哈丽雅特不忍心多说什么，"哦，罗切斯特先生！"——开玩笑的，像简·爱一样，我一直认为她对那个可怜的男人表现得很没有教养——这么令人沮丧地娶了妻，虽然犯了重婚罪，还坚持要灰色羊驼呢或者美利奴毛纱，或者其他什么。"地狱猎犬"在《晨星报》上发表了一段文章，虽然很小心，没有署名，但一看就相当明确无误。海伦打电话来问是否属实。我说，千真万确，全是虚构的。晚上带彼得和哈丽雅特去夏安街和保罗吃晚餐，他坚持要参加婚礼，不管有没有关节炎。注意到彼得和哈丽雅特之间有些异常的拘谨，昨天晚上我送他们去餐馆和戏院的时候还好好的。保罗看了他们一眼，然后开始谈论他永恒的话题——景泰蓝和自然成熟的法国葡萄酒的优越性。每个人都不像自己了，这个晚上真让人感觉不舒服。最后，保罗把彼得和哈丽雅特送上一辆出租车，说他想和我谈点正事，显然是借口。我问

---

①英国的旧金币，值一镑一先令。

他，是不是觉得有什么不对头？保罗咧嘴笑着说："我想知道彼得什么时候才能不设防？他就是他爸爸的翻版。还带着一点我的风格。霍诺丽亚，一点我的风格！"不能再和保罗一起浪费时间和呼吸了——保罗是个彻头彻尾的一夫多妻制信奉者。彼得的父亲当然也是，我是多么爱他啊。我说："保罗，你觉得哈丽雅特——"保罗说："她喝的葡萄酒是葡萄酿成的。"真的无法忍受保罗的"爱情基因"说，他会没完没了继续下去，变得越来越法国，同时绘声绘色地讲一些发生在他身上的逸事。当然，他只有我八分之一法国化。我仓促地告诉他，他的斜线（diagonal）是正确的——是不是我想表达"观点"（angle）或者"诊断结论"（diagnosis）——我也期望如此。从来不知道保罗在恋爱过程中犯过什么错误。考虑到她的谨慎，和他通常对女人的口味，就能明白为什么他和哈丽雅特进展如此顺利，虽然没人想到会这样。我建议保罗快去睡觉。保罗丧气地说："是啊，霍诺丽亚，我老了，我的骨头也疼了。我的罪恶正在抛弃我。如果可以从头再来，我会犯下更多的罪恶。打败彼得！""快钻到你的被窝里去吧。"我生气地说，"怪不得彼得管你叫潘达洛斯叔叔！你这个邪恶的老东西！"保罗说："无可否认是我教会了他技能，他不会给我们两个人丢脸。"没有回应，走开……我又在读《星光闪耀》，里面的人真讨厌……事实上，没人能看清自己的儿子……但是我也不必和保罗如此动怒。

十月七日

去牛津前，哈丽雅特来看我，对我很好。我认为彼得需要的，她都能给。是的，我真是这么想的，如果任何人能够……虽然如此，还是忧郁了大约半个小时……之后，为了准备婚宴，为了保密，一切变得更加困难。彼得来电话，突然脾气很暴躁，因为昨天下了一夜雨，路面湿滑，他认为，在去牛津的路上，如果哈丽雅特急刹车，就会出事。我求他别这么愚蠢，我对他说，如果他想正常一点，可以过来帮富兰克林清洗橱柜里的装饰物。他没来，但是杰里来了,兴高采烈地准备做男傧相,还打碎了一个德累斯顿①的牧羊女。

当日稍晚

彼得和杰里安全抵达了牛津。(感谢上帝!)准备停当,通知了所有的客人,给穷亲戚们也安排了交通工具。晚上接到海伦从丹佛打来的长途电话,她接到彼得的电话,问我们"不顾及他人的行为"指的是什么。很高兴(用了很长时间,花了她很多钱)地告诉她,指的是她不够老练。

十月八日

彼得大喜的日子。筋疲力尽,做的要比写得多,一切顺利。哈丽雅特看起来太可爱了,她就像一艘入港的轮船,浑身闪亮,彩旗飘扬。彼得很苍白,可怜的孩子,好像第一次得到一块表,唯恐碎在自己手里,或者发现它不是真的。但是他打起精神,热情接待所有来宾。(我相信,如果他被审讯的话,也会使出浑身的社交天赋来取悦审讯者。)……五点三十分回到城里。(彼得还得经受一个考验,他要关在一个封闭的汽车里,在拥挤的路上再走六十英里。真的不能让他开敞篷戴姆勒车把穿着婚纱、戴着高帽子的哈丽雅特带回去。)……差一刻七点,他们逃出了房子。本特正在停车场那边等着他们。

二十三点

希望他们一切顺利,必须睡会儿觉,否则明天早上就提不起精神了。《星光闪耀》不适合睡前阅读。再看会儿《透过窥视镜》吧。

---

① 德累斯顿(Dresden),德国城市。

第一章　新婚的勋爵

我同意德莱顿的说法,"婚姻是高尚的大胆"。

——塞缪尔·约翰逊,《席间闲谈》

　　莫文·本特先生耐心地坐在停在摄政公园的戴姆勒车里,沉思着时间的流逝,担心着车后座上那一箱子被鸭绒塞满的三十瓶波尔多佳酿①。高速行车,两个星期内不能喝酒。如果超速行驶,六个月内都不能喝这些酒。他还操心着塔尔博伊斯准备得怎么样了,还有什么没想到的。他希望等他们到的时候一切都有条不紊,否则,他的女士和先生可能会饿肚子,如果什么吃的都没有,还不知道要等到什么时候。当然,他准备了很多吃的,可是没有刀、叉、盘子怎么办?他多么希望可以提前到那儿,就像早先说好的那样,由他先去视察一下情况。这不是老爷能不能忍受的问题,而是不应该让他忍受任何事情。况且,在某种程度上,夫人还是未知因素。在过去的五六年里,老爷不得不

---

①一种酒精浓度较高、味甜、供餐后饮用的红葡萄酒。

忍受她的地方只有他自己知道，不过本特可以猜出一二来。确实，夫人好像正在令人满意的改善之中。但是，一切都需要确认，在琐碎的不便带来的压力下，她到底会如何表现呢？本特先生不需要在危机时分才作出判断，他的职业习惯使他可以通过日常生活中的细节了解一个人。本特先生还担心老夫人那边怎么样了，他真的不能相信，没有他的协助，一切能否组织和执行得井井有条。

看出租车到了，他松了口气，终于可以放心了，应该没有记者坐在备胎上或者潜伏在下一辆车里。

"我们到了，本特。平安无事？好小子。我来开车。你不冷吧，哈丽雅特？"

本特先生把一块小毯子盖在哈丽雅特的膝盖上。

"老爷，记得我们车里还有波尔多酒吗？"

"我会非常小心的，就像一个婴儿躺在怀里一样。这毯子怎么了？"

"小事一桩，老爷。我已经自作主张地去掉了一磅的分量和四分之三的手提行李，还有很多鞋袜。"

"那肯定是圣·乔治勋爵的主意。"哈丽雅特说。

"可能吧，夫人。"

"夫人"——她从没想到本特会接受这个现实。除了本特，其他人都有可能。但是显然他做到了。她一定是真的嫁给彼得·温西了。他们的车在往来的车辆间穿梭，她坐在那里，看着彼得。他高高的、鸟状的侧影，还有放在方向盘上的长胳膊，一切都是那么的熟悉。但是突然间又变成了陌生人的脸和手。（彼得的手里握着天堂和地狱的钥匙……这是小说家的习惯，总是用文学的暗指思考所有的事情。）

"彼得？"

"什么，亲爱的？"

"我只是想知道是否还能认出你的声音，你的脸怎么好像离得那么远。"

她看到他长长的嘴角抽搐了一下。

"不像同一个人吗？"

"不。"

"别担心。"他沉着地说,"晚上就好了。"

经历太多就不会觉得有什么可奇怪的,太诚实便没必要装不明白。她记得四天前发生的事情。看完戏,他送她回家。他们在壁炉前,她随便开了几句他的玩笑,突然他转过身来大吼大叫。

言辞和声音加在一起就像一道闪电映出过去和未来。一道火光刺痛了她的眼睛,继而是厚重灰暗丝绒般的寂静。当他的嘴唇不情愿地解放出来的时候,他说:

"对不起。我不想把整个动物园都吵醒。但是上帝啊,我很高兴它还在,而且没有不讲理的老虎。"

"你认为我是一只不讲理的老虎吗?"

"我想也许是,不过有一点胆怯。"

"不胆怯,看起来像是一只全新的老虎。以前我从来没有过——只有对动物的仁慈。

"我的太太给我一只老虎,
一只毛色光亮的漂亮老虎,
一只长满花纹的闪亮老虎,
覆盖在生命的叶子之下。"

没有别人认为哈丽雅特对老虎起疑——当然除了老德拉盖蒂,那双充满讽刺的眼睛能看到一切。

彼得最后的言论是:

"我现在把自己的一切都呈现出来了。没有英语词汇表。没有其他英国女人。该说的我都说了。"

* * *

慢慢地，他们摆脱了伦敦的光束。车加速。彼得回过头来。

"我们没有吵醒孩子吧，本特？"

"现在的颤动还是可以忽略不计的，老爷。"

又回到了早前的记忆中。

"关于孩子的问题，哈丽雅特。你真的很想要孩子吗？"

"不是很确定。我和你结婚也不是为了生孩子，如果你指的是这个。"

"谢天谢地！他不希望在乡下的光线里注视自己，或者被注视……你真的不关心孩子的问题吗？"

"大体上不关心。但是我想可能有一天我会想要。"

"你自己的？"

"不，你的。"

"哦！"他出乎意料地、惊慌地说，"明白了。那确实……你想过没有，我会是怎样一个父亲？"

"我很清楚。随意、懂得认错、不情愿，而且可爱。"

"如果我不情愿，只是因为我对自己没有深层的信任。我们的家族一直都这样。圣·乔治没有个性，他的妹妹，没有生命力——更不用说圣·乔治和我之后的第三个继承人，他完全就是个疯狂的蠢货。你想想，保罗曾经说过，我是神经和鼻子的组合。"

"这让我想起克莱尔·克莱蒙特对拜伦说过的话，我将永远记住你优雅的行为和原始狂野的面容。"

"不，哈丽雅特。我说的是真的。"

"你哥哥娶了他的表妹。你妹妹嫁给一个平民，她的孩子们也还不错。你不可能所有事都自己做，你知道，我也很普通，那又怎么了？"

"对，你说得很对。我是一个没有责任感的懦夫，一直如此。亲爱的，如果你想这样，而且敢于冒风险的话。"

"我不认为这是多大的风险。"

"很好。那交给你吧。如果你想这样,当你想这样的时候。当我问你这个问题的时候,我期待你回答不。"

"你非常害怕我说:'是的,当然!'吗?"

"也许是吧。我并没有期待你说什么。不要这么严肃地对待一个人,好吗?我很尴尬的。"

"但是,彼得,抛开我的个人情感和你那些双蛇发女怪、九头水螅的病态的愿景或者任何你期望的东西——你想要孩子吗?"

她被他那张不自然的、写满冲突的脸逗笑了。

"自私的白痴就是我。"他终于说话了,"是的,是的。我应该。上帝知道为什么。为什么应该有孩子?为了证明会生吗?为了炫耀我的儿子在伊顿上学吗?或者因为——"

"彼得!我们订婚后,莫伯斯先生为你草拟那个长长的可怕的遗嘱的时候……"

"哦,哈丽雅特!"

"你把财产留给谁?那些地产怎么办?"

"好吧。"他呻吟了一声,"谋杀案结束了,限定继承权了。我承认。但是莫伯斯先生希望每个人——该死,别那样笑。我不能跟莫伯斯先生争论那个问题。任何不测都可能发生。"

一座城镇,宽阔的石桥,灯光映在水面上,勾起从早晨开启的回忆。紧闭的车里,贵妇端正地坐在司机旁,她自己则穿着金色的衣服,披着皮大衣。彼得穿着礼服正襟危坐,衣领上别着一枝栀子花,膝盖上平放着丝绸的帽子。

"哈丽雅特,我们已经过了卢比肯河了,有什么疑虑吗?"

"那天我们去彻韦尔,把车停在河岸远侧,你也问了同样的问题,那个时候我有更多的疑虑。"

"谢谢上帝!亲爱的,继续这样,还剩一条河了。"

"那是乔丹河。"

"如果吻你,我会不知所措的,这个该死的帽子也会捣乱。我们装作很陌生,很有教养,就像根本没结婚吧。"

还有一条河。

"我们接近什么地方了吗?"

"是的,这里是大帕格福德,我们过去住的地方。你看,那个门前有三个台阶的老房子就是我们的。那里还住着一位医生,手术灯还亮着呢……再开两英里,右转到帕格福德帕尔瓦,再走三英里,看见一个大谷仓就左转,然后一直沿着那条小路走。"

当她还是小孩子的时候,范内医生有一辆轻便的双轮马车——就像老书里记载的那样。她在这条路上走过无数次,就坐在父亲身旁,有时父亲也允许她拉着缰绳。后来,他们有了一辆小轿车,又小、又吵,和这个行驶平稳、有着长长的引擎盖的大家伙太不一样了。第二辆车就舒服多了,是一辆战前的福特车。她也学会了开车。如果她的父亲还活着,也该七十岁了,他古怪的新女婿应该称他"先生"。这次回到这个不是家的家,感觉很奇怪。这里是帕格海姆,那个手上患有严重风湿病的老女人在这里住过——沃纳老夫人。她一定离开很长时间了。

"那就是谷仓,彼得。"

"对,是那个房子吗?"

贝特森夫妇住过的房子——非常可爱的一对。是走路蹒跚的达比和琼夫妇,他们总是用草莓和蛋糕款待范内小姐。是的,那个房子——黑色的山形墙,两根高烟囱遮住了星光。门是开着的,可以直接走进去,穿过沙土的入口就是大厨房,厨房里摆着木制的高背椅子、橡木的橡子,墙上挂着自制的火腿。不过,达比和琼已经死了,诺阿克斯(她隐约记得他——一个严厉而贪婪的男人,靠出租自行车为生)

会迎接他们。但是塔尔博伊斯没有一盏灯是亮的。

"我们来得有点晚了。"哈丽雅特紧张地说,"他也许不想等了。"

"那我们就应该坚决把自己送到他手里。"彼得欢快地说,"你和我这种人都没么容易被摆脱。我跟他说过八点以后来。这好像就是大门了。"

本特爬出车子,出奇安静地接近大门。他知道——清楚地知道——一切都没有安排好。无论付出什么代价,哪怕是徒手勒住记者的脖子,也应该提前来看一下。车的大灯照见门上的一张白纸。他疑惑地看了看,轻轻把那张纸取下来,纸是用一个大头钉固定在木头上的,他一句话没说,递给主人。

"没有面包和牛奶,"上面写道,"再等通知(TILL FURTHER NOTISE)。"

"嗯,"彼得说,"我想主人已经动身了。看起来,这张纸已经在上面挂了好几天了。"

"他应该在这里等,让我们进去。"哈丽雅特说。

"他很可能委托了某人。这不是他亲手写的,他可以把 NOTISE 拼成 NOTICE。这个'某人'可能没想到我们需要面包和牛奶。不过,我们可以解决这个问题。"

他把纸片翻转过来,在背面用铅笔写上:"请给我面包和牛奶。"又交给本特,本特再次小心地把纸片钉回原处,心情阴郁地打开大门。汽车慢慢地从他身边移过,驶上一条不长的泥泞道路,路的两旁是精心修整过的花坛,开满了菊花和大丽花。花坛后面升起灌木丛的阴影。

"铺点沙砾也没什么坏处。"本特在泥路上一边走,一边轻蔑地自言自语。橡木的门廊两边摆放着椅子,在一扇厚重而坚硬的门前,彼得按响了清脆的喇叭。没人答应,房子里没有动静,没有烛光跳跃,没有突然敞开的地下室,没有尖叫声问他们是干什么的。只有一条狗在不远处不耐烦地吠着。

本特先生阴沉着脸,努力控制着情绪,抓起沉重的门环,在夜晚一次次叩响。狗犬声又起。他试着拉动门环,门关得很紧。

"哦，天哪！"哈丽雅特说。

她觉得这是她的错。首先这是她的主意。她的房子。她的蜜月。她的——不可预测的因素——她的丈夫。（一个压抑的词，想起它，就是抱怨。）富有的男人。有权利的男人——包括不用他的财产开玩笑的权利。仪表盘上的灯光熄灭了，她看不到他的脸。她感觉到他转过身，他靠过来对她喊的时候，左臂在椅背上移动。

"试试后门！"他肯定的口气让她想起他是在乡下长大的，他清楚农舍更容易从后面攻破，"如果那里也没人，就去狗叫的地方看看。"

他又按了一下喇叭，狗随之又狂吠了一阵。本特的影子在房子周围移动。

彼得继续说："他得忙活一会儿了。在过去的三十六小时里，我们把大部分时间都花在了琐事上，一点都没有注意对方。女人，你意识到我成功了吗？我得到你了。你跑不掉了，除非死亡或者离婚。忘了本特，我才不在乎是他找狗，还是狗找他。"

"可怜的本特。"

"是啊，可怜的家伙。新婚的钟声没有为他敲响。不公平，是不是？所有的拳脚都给他，所有的亲吻都给我。继续，小子，把邓肯敲醒。别在乎再多几分钟。"

敲门声大作，狗更加歇斯底里了。

"总得有人来啊，"哈丽雅特还是带着一丝愧疚，"因为，如果不这样的话……"

"如果不这样……昨夜你睡在鹅绒床上。但是鹅绒床和新人只有在歌谣里才是不可分割的。你想和绒毛还是有鹅的床结婚？我说的是，雄鹅。还是你宁可和勋爵在寒冷的空地上轮班睡？"

"如果在汉诺威广场的圣·乔治礼堂结婚的话，他也不会在一个寒冷的旷野里一筹莫展。"

"不，如果没有拒绝海伦在里维埃拉的十幢别墅……万岁！有人扼住了狗的脖子，这步走对了……高兴点！时间还早呢，我们也许可以在乡村俱乐部找到一张鹅绒床，或者睡在一个度假圣地的草堆上。我相信，如果我只能给你提供草堆，可能你几年前就嫁给我了。"

"我不会奇怪的。"

"该死！你看我都错过了什么。"

"我也是啊。这个时候可能我们的膝下都有五个孩子了，你还把我打了个乌眼青，然后我跟那个深表同情的警察说，让他做我的男人吧，即使他打我。"

"看起来，"她的丈夫责怪地说，"相对于那五个孩子，你更后悔没有被打个乌眼青。"

"当然，你绝对不会把我打成那样的。"

"恐怕没有什么东西那么容易痊愈。哈丽雅特——我在想怎样对待你才算有分寸。"

"我亲爱的彼得——"

"是的，我知道。但是我从来没有——现在我在想——我从来没长时间地让谁痛苦过，除了本特。你咨询过本特吗？你认为他会让我有个好性格吗？"

"听起来好像本特捡了一个女朋友。"哈丽雅特说。

两个人的脚步声正在从房子后面慢慢靠近。一个人正在尖声地规劝着本特什么。

"我得亲眼看见才能相信。诺阿克斯先生在布若克斯福德。我告诉你，上个星期三就去了，他没跟我说，也没跟任何人说起房子、先生和太太的事。"

汽车的大灯照见了说话的人，这是一个棱角分明、长相严厉，看不出多大岁数的女人，她穿着一件防水衣，披着手织的围巾，一顶男式帽俏皮地遮住头发，头发上别着圆头的、闪亮的发卡。车子的大小、镀铬的抛光、闪亮的灯光好像都没有打动她，她呼哧呼哧地走到哈丽雅特身边，很好斗地说：

"你是谁，你们想要什么，闹出这么大动静？让我看看。"

"用一切手段。"彼得打开仪表盘上的灯。他黄色的头发和眼镜给人一种不祥的印象。

"哼。"那个女人说,"你看起来像个电影演员——"接着又瞥了一眼哈丽雅特的皮草,"我肯定,没人比你更应该是。"

"很抱歉打扰你。"彼得说,"请问……"

"我的名字叫拉德尔。"戴帽子的夫人说,"拉德尔夫人,一个令人尊敬的已婚女人,有一个成年的儿子。他刚脱了裤子想睡觉,穿上后就拿着枪从村舍那边赶过来。这么早就得干活。现在,诺阿克斯先生在布若克斯福德,刚才我跟那个小伙子也是这么说的。你从我这里得不到什么,因为不关我的事。我只负责清扫。"

"拉德尔?"哈丽雅特说,"他是不是曾经在五棵榆树给维基先生打过工?"

"是的。"拉德尔夫人马上说,"但那是十五年前的事了。五年前的米伽勒节①我失去了他。他可是个好丈夫,当然,当他做自己的时候。你怎么认识他的?"

"我是住在大帕格福德的范内医生的女儿。你还记得他吗?我记得你的名字,我想我也记得你的脸。但是你以前不住在这里。贝特森夫妇有一个农场,村舍那里住着一个养猪的叫斯威廷的女人,她有一个侄女,好像脑子有点问题。"

"天哪!"拉德尔夫人大声喊道,"想起来啦!范内医生的女儿就是你吗,小姐?让我好好看看你,确实就是你这个样子。你们离开帕格福德已经十七年了吧。我听说他去世了,真可惜啊,他可是个既优秀又聪明的医生啊,是你的父亲,小姐。真是上天可怜我,但是你也许会说,我的伯特他投错了胎,对于一个女人来说,这真是一个悲伤的考验。小姐,这些年,你过得怎么样?我听说你在警察局那儿有点麻烦,但是我跟伯特说,不能相信报纸上写的东西。"

"说得很对,拉德尔夫人。他们抓错了人。"

"他们!"拉德尔夫人说,"还有那个乔·塞伦。他想搞清楚是不是伯特偷了艾吉·特威特敦的母鸡。'母鸡,'我说,'你接下来就要查

---

①米迦勒节(Michaelmas),九月二十九日,英格兰、威尔士和爱尔兰的结账日。

他是不是拿了诺阿克斯先生的钱包,弄得鸡飞狗跳的。你们去看看乔治·威瑟斯的后厨房。'我肯定地说,就在那里,'你还管自己叫警察,'我说,'乔·塞伦,有一天,我都能当一个比你更好的警察。'我就是这么跟他说的。如果没人付钱给我做警察,我一点都不信他们警察说的话,小姐,你不这么认为吗?我确定我很高兴见到你,小姐,你看起来这么好,但是如果你和这位先生想找诺阿克斯——"

"我们确实在找他,希望你能帮助我们。这是我丈夫,我们买下了塔尔博伊斯,我们跟诺阿克斯先生说好了要来这里度蜜月。"

"你怎么不早说呢!"拉德尔夫人突然说,"真是要恭喜你们啊,小姐,先生。"她在衣服上擦了擦那双瘦骨嶙峋的手,然后把它们轮流伸向新娘和新郎,"蜜月——太好了!不用一分钟我就能把干净的床单换上,晾在农舍里了,如果你们现在能把钥匙给我——"

"这就是我们的麻烦所在。"彼得说,"我们没有钥匙,诺阿克斯先生说他会做好准备,到这里迎接我们的。"

"哦!"拉德尔夫人说,"他可什么都没跟我说。上星期三晚上他坐十点的巴士去了布若克斯福德。跟谁都没说什么,也没提给我留下周薪的事儿。"

"但是。"哈丽雅特说,"既然你在这里做清洁工,你没有房子的钥匙吗?"

"我没有。"拉德尔夫人回答道,"他不给我钥匙,好像怕我偷什么东西,其实也没什么可偷的。所有的窗户都安了防盗锁。我跟伯特说过很多次,如果他不在的时候房子着火了,最近也得到帕格福德才能找到钥匙。"

"帕格福德?"彼得说,"我记得你说他在布若克斯福德。"

"他是在那里啊,靠半导体业务过清闲日子。你们肯定找他有事。我想。我有点聋。你们最好去住在帕格福德的艾吉·特威特教那里要钥匙。"

"那个养鸡的女人?"

"就是她。你记得河边那个小房子吗,小姐?就是老布兰特过去住的地方？就是那里，她有房子的钥匙。他不在的时候就由她来照看这里，上个星期我没见到她。她身体不是很好。如果他知道你们要来，应该会告诉艾吉·特威特敦。"

"希望如此吧。"哈丽雅特说，"也许她想让你知道，她病倒了就照看不了了。我们过去看看。非常感谢。你认为她会给我们一条面包、一点黄油吗？"

"上帝保佑你，小姐。我可以啊。现在我家里有一条香喷喷的面包，几乎没碰过，还有半磅黄油。"拉德尔夫人没有一分钟忘记抓住本质，"还有干净的床单，我现在就去拿来，用不了多少时间，你和先生把钥匙拿回来的时候，我也能赶回来。对不起，小姐，你夫家姓什么？"

"彼得·温西夫人。"哈丽雅特好像自己都不敢确定这是她的名字。

拉德尔夫人突然把头转向本特，"我没留意到他。请原谅，小姐，这些经商的家伙也得说点什么，不是吗？"

"哦，我们都要留意本特。"温西说，"他是这群人里最可靠的。现在我们就去特威特敦那里取钥匙，二十分钟内赶回来。本特，你留在这里，看看能不能帮拉德尔夫人什么忙。还有什么回旋的余地吗？"

"好的，老爷。不，老爷。我想没有回旋的余地。我会给老爷开大门。老爷您的帽子。"

"给我吧。"哈丽雅特说，彼得的手正忙着给汽车打火。

"是，夫人，谢谢，夫人。"

他们把车倒回大门口的时候，彼得说："这之后，本特会跟拉德尔夫人解释清楚——万一她没明白我们的意思。彼得·温西勋爵和太太是老爷和夫人。可怜的老本特！他从来没这么痛苦过。你看起来像个电影演员！没人比你更应该是！这些经商的家伙要说什么吧！"

"哦，彼得！我希望嫁给的人是本特，我是如此爱他。"

"新娘的新婚夜告白！标题是：花花公子杀死贴身男仆，之后自杀。我很高兴你喜欢本特——我欠他很多……你了解这个我们要去见的艾吉·特威特敦吗？"

"不——但是我记得帕格福德帕尔瓦有个老工人叫这个名字，他好像总是打老婆。他们不是爸爸的病人。真可笑,即使她病了,也不应该不给拉德尔夫人传个信。"

"很可笑。我明白诺阿克斯这个人了。西姆柯克斯——"

"西姆柯克斯?那个代理商吗?"

"他很奇怪这地方卖得如此便宜。当然,只有这所房子和两块地。诺阿克斯好像只卖了部分的房产。上星期一我给他支票,到了星期四才在伦敦兑现,我怀疑他同时兑换另一张支票。"

"什么?"

"诺阿克斯朋友。这并不影响我们买房子——抬头是对的,也没有抵押贷款,这些我确认过了。事实是,没有抵押关系到两个方面:如果他有困难,就期待抵押;但如果他有很大的困难,可能就要急于出手。你在这里生活的时候他经营一家自行车店,那个时候他有经济困难吗?"

"不知道。我想他把商店卖掉了,那个买主说他被人骗了。诺阿克斯在讲价方面很厉害的。"

"是啊。我听西姆柯克斯说,他用很少的钱买下了塔尔博伊斯。他好像给老主人压力,然后让掮客介入。我感觉他喜欢买卖东西用来投机。"

"有人说他总是忙来忙去的。"

"各种小买卖?便宜买进,然后打包零售出去获得利润那种?"

"很可能是那种。"

"嗯。有时候可行,有时候不可行。我在伦敦有个老房客,二十年前开始捣鼓地下室的零碎物件。我给他建了一些漂亮的公寓楼,有阳光房、维他玻璃①什么的。他干得很好。再说,他是个犹太人,知道自己在做什么。我要把钱赚回来,他也是。他有资金周转的诀窍。我们把他请过来吃晚饭,他就会告诉你他是怎么做到的。他在战争期间开始干,他有一点残疾,还有一个德国名字。但是他死之前,肯定比我

---

①能透过紫外线的玻璃。

富有多了。"

　　哈丽雅特问了一两个问题，她的丈夫回答了，但是口气漫不经心，她意识到他把四分之一的心思用在那个能干的犹太人身上，对她只是敷衍。他很可能在思考诺阿克斯先生的奇怪举动。对此她已经习惯了，一点不怨恨，他总是这样突然陷入沉思中。他会在向她求婚的过程中突然停止，因为一些景象或声音给了他进一步探索谜案的机会。他沉思的时间不长，因为五分钟内他们就到了大帕格福德。他不得不欠起身来问他的同伴，特威特敦小姐的房子该怎么走。

第二章 鹅绒床

对于婚床来说,什么才是合适的,
这还没有被讨论过。

——德雷顿①,《第八新妇②》

这个村舍,有三面黄砖墙,和红砖的门面,就像难看的玩具房子,孤零零地位于镇子的一角,怪不得特威特敦小姐在小心翼翼地打开门之前会从上面的窗户伸出脖子来,尖声尖气、紧张兮兮地询问访客——尽管他们的动机真诚。她看起来是个四十来岁、小个子、黄头发、慌慌张张的老处女,身穿一件粉红色的法兰绒晨衣,一只手拿着支蜡烛,另一只手握着一只大就餐铃。她不知道发生了什么。威廉舅舅什么也没告诉她。她甚至不知道他已经走了。他从来没这样一

---

①迈克尔·德雷顿(Michael Drayton, 1563—1631),英国诗人。
②新妇(Nimphall),希腊语"Nymph"的意思是"新妇",泛指山林水泉的女神,在希腊神话中有许多关于她们的恋爱故事,多以美丽女子的形象出现,有时会化身为树、水和山等自然之物。

声不吭地走过。他也从来不会不通知她一声就把房子卖了。她半开着拴着门链子的门,斩钉截铁地重复着这些话。她一直捏着那个铃铛,万一这个戴眼镜、长相古怪的男人变得粗暴起来,她就摇响铃铛,寻求帮助。最后,彼得从口袋里掏出诺阿克斯先生写给他的最后一封信(出发前他小心地把它放在这里,以防任何意见上的分歧),从半开的门缝中递过去。特威特敦小姐颤巍巍地接过去,好像手里托着一个炸弹,然后砰的一声把门关上。她拿着蜡烛,退回前厅,仔细地研究起文件来。显然精读的结果还是令人满意的,最后她回过身,打开门,让客人们进去。

客人们被引进一间客厅,这间屋子被绿色的丝绒和胡桃木板装修成套房,房间里摆着各种各样奇怪的小玩意儿。"请原谅我这么接待你们。"特威特敦小姐说,"请坐吧,彼得夫人。请原谅我穿成这个样子。我的房子有点冷清,不久前我的鸡窝被抢了。真的,整个事件完全无从解释。我都不知道该怎么办。真让人上火——我那奇怪的舅舅——无法想象你们是怎么看我们的。"

"这个时间把你吵醒真的不好意思。"彼得说。

"现在才十点差一刻。"特威特敦小姐回答道,并用不赞成的眼神扫了一下三色堇形状的小瓷钟,"当然,对你们没什么,可是我们乡下人睡得早,起得也早。我早晨五点就得起床喂鸡,所以我也是一只早起的鸟——除了排练赞美诗的晚上。你知道——星期三,第二天就是赶集的日子,真是很紧张。可能对亲爱的牧师来说很方便吧。当然但凡我知道一点点威廉舅舅做出如此出格的事,我都会在那里等你们的。如果你们可以等我五分钟,不,也许十分钟,这样我可以好好梳洗一下。我也可以现在就走,不过我看你们开来一辆漂亮的车。"

"特威特敦小姐,不用麻烦您了。"哈丽雅特对前景有点恐慌,"我们有很多备用品,拉德尔夫人和我们的仆人今天晚上可以照顾我们。您只要把钥匙给我们就行了。"

"钥匙——哦,对了。这么冷的天,大晚上的不能进门,真是糟糕——威廉舅舅应该想到这些的。他什么都没说,天哪!他的信真让我心烦,我都不知道自己读了些什么。你们的蜜月?他是不是这么说的?希望你们吃过晚饭了,没吃吗?我只是不明白舅舅怎么能——但是你们想不想吃一点蛋糕,喝一口家酿的葡萄酒呢?"

"哦,真的,我们不想打搅您——"哈丽雅特说,但是特威特敦小姐已经在碗橱里找什么了。站在她身后,彼得把手放在脸上,做了一个无声而惊骇的顺从手势。

"来了!"特威特敦小姐凯旋而归,"我肯定你们吃些点心会感觉好一点儿。今年我的欧洲防风草酒棒极了。杰利菲尔德医生每次来都会喝一点。当然他不常来,令人欣慰的是我的身体非常健康。"

"别阻止我喝酒。"彼得迅速地把酒喝光,看起来好像是因为急切,但是对哈丽雅特来说,他只是勉强让气味停留在上颌,"我也给您倒一杯吗?"

"您真好!"特威特敦小姐喊道,"天色不早了,但我还是要为庆祝你们的新婚喝一杯。就来一点,温西勋爵。亲爱的牧师总是说我的欧洲防风草酒可没有它看起来的那么天真无邪——天哪!您也再要一点吗?绅士的头总要比女士的更硬。"

"多谢。"彼得温顺地说,"但是您要记住我还得开车带我妻子回帕格海姆呢。"

"再喝一杯也没什么坏处。好吧,就喝半杯吧。当然,你们想要钥匙。我现在就去楼上取。我知道不应该让你们久等。就一分钟。彼得夫人,再吃一块蛋糕吧。是自家做的。我给自己和舅舅烘焙食品——真是不知道他怎么了。"

特威特敦小姐跑出去了,留下这对夫妻在蜡烛的光线下互相凝视。

"彼得,我可怜的,长期忍耐的,英勇的羔羊,把酒倒在蜘蛛抱蛋①里吧。"

温西朝着那株植物挑起眉毛。

---

①一种高大的植物,别称一叶,常为室内盆栽。

"哈丽雅特,它现在看起来就不够好。我的习惯是对双方有利。你可以把我嘴里的味道吻走……我们的女主人还是很文雅的,这是我没料到的。她一下子就叫对了你的头衔。她的生活里肯定有某种跟荣誉有关的东西。她父亲是谁?"

"我想是个牛仔。"

"后来他娶了一个比自己地位高的女人。他的妻子,大概是诺阿克斯小姐。"

"我想起来了,她曾经是布若克斯福德附近一个学校的老师。"

"这下明白了……特威特敦小姐下来了。我们站起来,扣上老皮帽的带子,抓起绅士柔软的帽子,做出马上要出发的姿态。"

"钥匙!"特威特敦小姐气喘吁吁地来了,手里又拿了一根蜡烛,"大的那把是后门的,但是你会发现门已经闩上了。小的是开前门的——这是一把专利防盗锁。如果你找不到正确的方法,也许打开有点难度。或许我还是跟你们去一趟吧,告诉你们怎么办。"

"不用了,特威特敦小姐。我很熟悉这些锁。真的。非常感谢您。晚安,很抱歉打扰您。"

"我必须替舅舅向你们表示歉意。我真的不明白他怎么能用这种漠不关心的态度对待你们。我真的希望你们一切顺利。拉德尔夫人不是很聪明。"

哈丽雅特让特威特敦小姐放心,本特会照应一切的,他们终于成功逃脱了。让彼得难忘的是特威特敦小姐那无法名状的欧洲防风草酒,如果一个人应该在新婚之夜病倒,那也应该在去往南安普顿①和勒阿弗尔②的路上。

本特和拉德尔夫人还在等那个拖拖拉拉的伯特(不是忙着拿枪,而是忙着穿裤子)。门打开了,本特拿着一个手电筒,一行人走进充满腐烂和啤酒味道的宽敞的石头过道。右手边有扇门通往一间空旷低矮

---

① 英国英格兰南部海港。
② 法国西北部海港。

的、石头铺成的厨房。橡子因年久而发黑,装饰在烟囱下的巨大的老式炉灶很干净。粉刷过的炉边有一个油炉。油炉前有一把扶手椅,椅面因为年代久远而下陷了。桌子上放着两个吃剩的煮鸡蛋、过期面包残渣和一块奶酪,另外还有一个盛过可可的杯子,卧室的烛台上留有燃了半根的蜡烛。

"哎呀!"拉德尔夫人说,"如果诺阿克斯先生告诉我,我肯定会都打扫干净的。那肯定是他十点前吃的晚饭。但是我不知道,也没钥匙。诺阿克斯先生把食物都拿到这里来了,夫人,可能去客厅会更舒服一点。那个房间更明亮,装修得也很漂亮。"拉德尔夫人好像掉了什么东西,行了一个屈膝礼。

客厅确实比厨房更"明亮"。两把古老的橡木高背椅摆在通向烟囱位置的两侧。一架老式的美国挂钟镶嵌在墙壁里,哈丽雅特记忆中所有老房子的家具都保留着。拉德尔夫人点燃的烛光闪烁不停,映照着深红色的爱德华风格的椅子。屋里有一个高大沉重的餐具柜,一个圆形乌木的摆着蜡雕水果的餐桌,一个竹子做的不带镜子的古董架,它附带的小书架向四面八方伸展,一排盆栽的蜘蛛抱蛋摆放在窗帘下,奇怪的植物吊挂在金属丝篮子里,一个大半导体柜上方吊下来用黄铜的贝拿勒斯①碗装的扭曲的仙人掌,许多画着玫瑰的镜子,一个有垂直扶手的坐卧两用长沙发上铺着令人激动的蓝色长毛绒毯,两张有着交叉图案、色彩浓艳的地毯盖住了黑橡木的地板——这些物件的集合事实上表明,诺阿克斯先生用那些他没法再次卖出去的拍卖便宜货和一些剩余的真正的老古董以及一点从半导体业务那里借来的存货装饰了他的房子。拉德尔夫人举着蜡烛,领着他们参观了整个房子里所有美丽的小古玩收藏。

"很好!"彼得打断了拉德尔夫人对半导体柜的颂词,("如果风正好往那个方向吹,在农舍里就能听到美妙的声音。")"拉德尔夫人,我们现在需要的是火和食物。如果您能多拿一些蜡烛来,让您的伯特帮

---

① 印度城市瓦拉纳西的旧称。

助本特把我们自备的东西从车的后备箱里搬过来,我们就可以把火点上了。"

"火?"拉德尔夫人带着怀疑的语气说,"先生,我得说,我不知道是不是还能找到一点煤。诺阿克斯先生很长时间都没生火了。他说大烟囱能吃掉太多的热量。诺阿克斯先生用油炉做饭,在晚间取暖。我不记得什么时候用过火,除了那对年轻夫妇在四年前的八月份曾经来过这里——那是个寒冷的夏天。他们捅不开烟囱,我想那里肯定有个鸟巢什么的。但是诺阿克斯先生说他不想花那么多钱把烟囱清扫干净。煤,现在好像没有了,如果有一点的话,也放了很长时间了。"她怀疑地总结着,好像储存时间过长会影响质量。

"我可以从家里取一桶煤过来。"伯特说。

"你去吧。"他的妈妈同意了,"我的伯特脑子真聪明。再拿点引火物。你可以从后面抄近路过去。你路过的时候把地下室的门关上。总有一股讨厌的气流冲上来。哦,别忘了,还有糖。碗柜里有一包糖,你放在口袋里。厨房里还有茶,诺阿克斯先生喝茶的时候不会不放糖,除了奶奶,但是这样对夫人不公平。"

这个时候,足智多谋的本特已经找遍了整个厨房,在碗柜旁边高高的黄铜烛台上点上了两只蜡烛。他用小刀仔细地刮掉烛台底座上的蜡泪,好像一个在危机时刻都要讲究整洁和秩序的人。

"夫人请往这边走,"拉德尔夫人走向镶板上安装的一扇门,"我带您看看卧室。这些房间很漂亮,但只有一个房间可以使用,当然,除了暑假来客人的时候。小心台阶。我忘了,您来过这所房子。点上火以后,这里就不那么潮湿了,直到上星期三这里还有人住。床单很漂亮,虽然是亚麻的,但如果没有风湿病的话,大多数先生太太都喜欢这个面料。希望您不介意床上的四根立柱。诺阿克斯先生想把它们卖了,但是那个来看过的先生说,因为有虫子的原因,没有保持本来的面目,所以不肯出那个价钱。这都是陈芝麻烂谷子的事了。我和拉德尔结婚的时候,我对他说,要么给我黄铜的旋钮,要么什么都不要,我多么渴望得到满足啊,以前就是黄铜旋钮的,很漂亮。"

"真可爱！"哈丽雅特说，这时他们正经过一间废弃的卧室，四根立柱光秃秃的，地毯卷起来，散发出强烈的樟脑丸的味道。

"是这样，我的夫人。"拉德尔夫人说，"但有些客人喜欢这些老式的东西，他们认为这样才古雅。如果需要的话，窗帘也拉好了。我和特威特敦小姐在夏末的时候就精心准备好了，您可以放心。如果您和先生有什么需要的话，我和伯特随时都可以帮忙，我跟本特先生刚才也是这么说的。这个——"拉德尔夫人打开更远处的一扇门，"这是诺阿克斯先生的房间，马上就可以住人，这些零碎的东西，我会很快清理掉的。"

"他好像什么东西都没带走。"哈丽雅特说。她看到一件叠好准备穿的睡衣放在床上，洗漱台上还摆着剃须用具和海绵。

"哦，是的，夫人。他在布若克斯福德还有一套备用的。这样他就可以轻装上巴士了。大部分时间他都在布若克斯福德照顾生意。用不了多少工夫，我就能把一切都解决，也就是换个床单，掸掸灰尘。也许您想让我给您烧壶水？"拉德尔夫人提建议的腔调好像这个建议影响了很多暑期来度假的拿不定主意的客人，"沿着这个小台阶往下走，小心碰头，所有的东西都是现代的，诺阿克斯先生为租客准备好的。"

"有浴室吗？"哈丽雅特充满希望地问。

"不，夫人，没有浴室。"拉德尔夫人回答道，好像他们期待的太多了，"但是其他的一切都很时髦。就是需要晚上和早上在碗碟洗涤处抽水。"

"哦，我明白了。"哈丽雅特说，"真好。"她从格子窗向外窥视了一下，"我想知道他们是不是把手提箱拿进来了。"

"我现在就开始弄。"拉德尔夫人经过梳妆台的时候把诺阿克斯先生的洗漱用具麻利地收到她的围裙上，又用掸子把他晚上用的东西扫进去，"你们参观之前我就能收拾好了。"

是本特把行李提进来的。哈丽雅特看他有点疲倦，便用恳求的目光微笑地看着他。

"谢谢你，本特。恐怕这给你带来不少的工作，老爷他——"

"老爷和一个叫伯特的年轻人在一起，正在清理柴房，给汽车腾地方，夫人。"他看着她，他的心融化了，"他正在用法语唱歌，他兴致高昂的时候才会这样。夫人，我认为如果您和老爷能稍微忽略一下这里准备工作的欠缺，那么也许隔壁的房间比较合适作为老爷的更衣室，这样这个房间就可以有更大的空间了。请原谅我的造次。"

他打开衣柜的门，看了看悬挂在里面的诺阿克斯先生的衣服，摇了摇头，把它们从钩子上取下来，用胳膊托着。他用五分钟清理了抽屉里的东西，又用五分钟从大衣口袋里取出一沓《晨邮报》摆在抽屉里。他从另外一个口袋里取出两只新蜡烛，放在镜子旁边的空烛台上，然后拿走诺阿克斯先生的肥皂、毛巾和大口水壶，换上新的毛巾和水，一块用玻璃纸包着的新肥皂，一个小水壶和一盏酒精灯，用火柴点燃酒精。拉德尔夫人把一个十品脱容量的水壶放在油炉上，据她说，半个小时后水才能开。还有什么要做的吗？他认为点着客厅的火会有点困难。他要先把老爷的手提箱打开，然后再下去看一眼。

在这种情况下，哈丽雅特不打算换衣服。这个一半用木材装饰的房间虽然宽敞、漂亮，但是很冷。她在想，通观全局，是不是去大酒店这样的地方才能让彼得更快乐一点。她希望，和柴房奋战一番后，能有暖暖的火苗迎接彼得，还有那顿迟来的安逸的晚餐。

彼得·温西也希望如此。他花了很长时间清理那个柴房，里面没有多少木头，却有无数的其他东西，比如废弃的轧干机、独轮手推车、一个老式的双轮轻便马车、一些不用的炉架，还有一个破了一个窟窿的白铁锅炉。他怀疑天气不好，不希望莫德尔夫人（戴姆勒车九代的名字）在外面站一整夜。当他想到妻子更喜欢干柴垛的时候，他用法文唱起了歌。但是偶尔他也会停下歌声，想一想是不是去大酒店这样的地方才能让她更快乐一点。

村庄教堂的钟声敲响十一点差一刻的时候，他才耐心地哄着莫德尔夫人移驾到她的新住处，然后重新走进结满蜘蛛网的房子。当他经过门口的时候，一股让人窒息的浓烟弥漫过来。尽管如此，他还是拧着眉头继续前进，来到了厨房，仓促地瞟一眼就知道这个房子着火了。他退回到客厅，发现自己被伦敦的浓雾包围着，透过浓雾他含糊地谴责着在炉边挣扎的雾鬼们的黑影子。说完"哈啰"，他立刻听到一阵咳嗽声。滚滚的浓烟中出现一个人形，让他隐约记得这是前一阵子跟他发誓要相爱和彼此珍惜的那个人。她流着泪，脚步蹒跚。他伸出胳膊，他们一起痉挛般地咳嗽着。

"哦，彼得！"哈丽雅特说，"我觉得所有的烟囱都被施了魔法。"

客厅的窗户打开了，气流给过道带来更多新鲜的烟雾。接着本特来了，跟跟跄跄的，但还能保持平衡，他把前门和后门都敞开了。哈丽雅特摇晃着身子来到充满甜甜的冷空气的门廊，坐在一把椅子上恢复元气。当她能再次看见和呼吸的时候，走回客厅，正碰上从厨房里走出来的、穿着衬衫的彼得。

"不行。"彼得说，"还是没办法。那些烟囱堵了。我钻进两个烟囱里，连颗星星都看不见，烟囱的壁架上足有十五蒲式耳①的煤烟，我都摸到了。"确实他的右臂上有证明，"也许有二十年没有打扫了吧。"

拉德尔夫人说："在我的印象中就从来没打扫过。到下个圣诞节的结账日，我在农舍里已经住满十一年了。"

"时间可不短啊。"彼得欢快地说，"明天把扫烟囱的人叫来，本特。在油炉上热点甲鱼汤，给我来点土豆泥、鹌鹑肉冻，厨房里还有一瓶德国莱茵河地区产的白葡萄酒。"

"是，老爷。"

"我想洗一洗。厨房里是不是有一把水壶？"

"是的，老爷。"拉德尔夫人颤抖着，"哦，是的——一壶滚热的水。"

---

①量谷类单位，约三十六升。

彼得拎着壶走向碗碟洗涤处，他的新娘跟在身后。

"彼得，我为这个理想的家向你表示歉意。"

"如果你敢道歉——拥抱我，后果自负。我现在黑得就像贝洛克①的蝎子，晚上在床上找到这个东西最倒霉了。"

"在干净的床单里面。彼得！那首歌谣唱得对，那是一张鹅绒床！"

---

①希莱尔·贝洛克（Hilaire Belloc, 1870—1953），出生于法国的英国评论家、诗人，他有首诗叫《蝎子》。

第三章　乔丹河

被饕餮延迟的盛筵享用完了……
夜来了，然而我们看到
礼仪还是耽搁了你……
一个新娘，在说"晚安"前，
应该从衣服里消失在床间，
就像灵魂从肉体里溜走，没被窥见。
但是现在她躺好了，那有什么要紧？
然而还有更多的迟滞，因为他在哪里？
他来了，穿过一个又一个领域；
先是她的床单，再是她的臂膀，接着是任何地方。
别让这个白天，只让这个夜晚属于你，
你的白天只是此日的前夕，哦，瓦伦丁①。
——约翰·多恩，《献给伊丽莎白夫人和巴拉丁伯爵的新婚颂诗》

---

①瓦伦丁（Valentine），来源于中世纪拉丁语教名，含义是"强健的"。

正在往诺阿克斯先生五颜六色的陶器里分发汤、土豆泥和鹌鹑的彼得对本特说：

"我们必须等待。看在上帝的分上，你弄点吃的，让拉德尔夫人给你找个地方睡。你没有必要凑合。"

本特轻轻一笑，消失了，他有把握能"做得很好，老爷，谢谢"。

吃到鹌鹑的时候，他回来了，宣布夫人房间的烟囱是干净的，因为自从伊丽莎白女王时期到现在从来就没有烧过煤。他还成功地在炉边点了一小堆火，他相信，这样至少可以让环境看起来不那么险恶。

"本特，"哈丽雅特说，"你太棒了！"

"本特，"温西说，"你完全变得士气低落了。我告诉你要照顾你自己。这是你第一次不听我的命令。我希望下不为例。"

"不会的，老爷。在夫人的准许下，我安排拉德尔夫人明天来工作完就把她打发走。她的行为很粗鲁，但并不厚颜无耻，我注意到她把房间收拾得如此干净还是值得表扬的。除非夫人有其他安排——"

"我们还是尽量留下她吧。"哈丽雅特被如此尊重，还感觉有点不知所措（毕竟本特很可能要忍受更多拉德尔夫人的怪癖）。"她一直在这里工作，了解这里的一切，而且她也努力了。"

她充满疑虑地看着彼得，他说：

"我知道最糟糕的是她不喜欢我的脸，不过这只能给她带来伤害，而不是我。你知道，她才是那个应该被挑剔长相的人。让她继续干吧……在此期间，本特要是不听话，那我就拒绝被拉德尔夫人或者什么红鲱鱼转移注意力。"

"老爷？"

"如果你现在不马上坐下来吃晚饭，我就把你开除。我的上帝！"彼得说，他把一大块土豆泥放在一个有裂纹的盘子里，递给本特，"你有没有没想过，如果你因为被忽视而饿死了，我们会怎样？好像只有两只玻璃酒杯，所以我罚你用茶杯喝葡萄酒，然后发表演说。星期日晚上在我母亲那里有一个小型的晚宴，我记得。你当时的演说就可以，本特，你只要稍微修改一下就可以愉悦我们清高的耳朵了。"

"我是否可以问一下,"本特顺从地拉过一把椅子问,"您是怎么知道的?"

"你知道我的方法,本特。事实上,是詹姆斯泄露的——如果可以这么说——是他泄露了秘密。"

"是詹姆斯!"本特的声音里可没好气。他看着晚餐沉思了一会儿,被叫到名字的时候,没有过多犹豫就站了起来,手里举着茶杯。

"我的祝词是,"本特说,"祝愿不久就要成婚的夫妻健康——不,祝愿我们眼前这对幸福的夫妻健康。遵守命令是我在这个家里二十年来的特权——一个让人愉悦的特权,也许除了不得不看某个保存并不完好的死者的相片。"

他停顿了一下,好像在期待什么。

"厨娘是不是在那个时候尖叫了一声?"哈丽雅特问。

"不,夫人——是女佣。富兰克林小姐说话的时候,厨娘咯咯笑来着。"

"真可惜我们让拉德尔夫人走了。"彼得说,"她不在场的情况下,我们可以认为那声尖叫确实发出了。继续!"

"谢谢,老爷……我应该,也许,"本特重又开口,"很抱歉我用这么不美妙的暗指让夫人们惊慌了。但是,在夫人的妙笔下,一个被谋杀的百万富翁的尸体可以让一个冥想的头脑惬意,就像成熟的勃艮第①可以赢得最挑剔的上颌的欢心。(听着!听着!)老爷是个远近闻名的鉴赏家,健康的体魄也是远近闻名。(保持清洁,本特!)——从词语的任何意义来讲(笑声)——从一个美好的灵魂出发(欢呼声)——再从词语的任何意义来讲(再一次的笑声和鼓掌声),请允许我衷心希望你们的结合可以成为上层的典范,身体的力量被一个上流的灵魂所强化,经过多年将会醇化成一种高贵和成熟。我的老爷和夫人——祝你们健康!"(长时间的掌声后,演讲者喝尽杯中酒,落座。)

"我的确很少听到如此简练得体的饭后演说。"彼得说。

---

① 法国东南部地方的地名,该地产的红葡萄酒。

"你得附和一下，彼得。"

"我可不能和本特比，不过，我还是尝试一下……如果我没弄错的话，我是不是闻到油炉发出熏天的臭味了？"

"至少是在冒烟，"哈丽雅特说，"不知道这是什么味道。"

本特背朝着冒烟的地方，惊慌地站了起来。

"老爷，恐怕，"他安静地挣扎了几分钟后说，"是炉子闯了什么大祸。"

"我们去看看。"彼得说。

接下来的搏斗既不沉默也不成功。

"把那个该死的东西拿出去。"彼得最后说。他回到桌子前，落得四处都是的油烟在他身上留下了长长的污迹，他看起来更糟糕了，"在这种情况下，我只能说，本特，为了回应你对我们俩健康的美好祝福，我妻子和我诚挚地感谢你，我希望这些祝福可以一点一点地全部实现。至于我自己，我还想补充一点，那就是任何一个富有的男人都有一个好妻子和好仆人。我希望在找出任何让你们离开的理由之前，我就应该被诅咒或者死去。本特，祝你健康。希望上天、夫人和你的坚韧能让我坚持到生命的最后一天。我还想警告你，我已经下定决心尽可能长时间地活下去。"

"这么说来，"本特说，"除非坚韧是多余的，我一定会——请允许我这么表达——保持下去，阿门。"

大家握手，然后有一个停顿，本特打破沉默，带着一点刻意的匆忙说，他最好去看看卧室的火情。

"与此同时，"彼得说，"我们可以在客厅里吸最后一根烟。我想，顺便还可以烧一壶水。"

"没问题，老爷。"本特先生说，"如果能找到一根新的灯芯就好了。恐怕现在的灯芯数量不够。"

"哦。"彼得茫然地说。

事实上，他们来到客厅的时候，油灯确实只剩下残余的一点蓝色火苗。

"你必须想想怎么处理卧室的火。"这是哈丽雅特的建议。

"好的，夫人。"本特说。

"不管怎样，"彼得点上一根烟，"火柴看起来还是能在火柴盒上点燃，自然规律并没有因为我们的混乱而终止。我们要用大衣把自己包裹起来，互相取暖，就像在雪国里夜行的旅人。如果我在格陵兰海岸的话，就会这么做。在我们面前不可能是六个月的黑夜，但愿如此，现在已经过了午夜了。"

本特提着水壶消失在楼上。

"如果，"过了几分钟夫人说，"如果你能把蒙在眼睛上的那个玩意儿拿开，我可以把你的鼻梁擦干净。你是不是后悔没去巴黎或者门托尼？"

"不，当然不是。事实摆在眼前。还是很有说服力的。"

"我也开始被说服了。这么一系列的家庭事故只能发生在已婚人身上。没有任何一个闪闪发亮的、矫揉造作的蜜月可以阻止人们发现彼此的真实性格。你很出色地经受了困难的考验。真的很鼓舞人。"

"谢谢——但是我真的没觉得有那么多可以抱怨的。我拥有你，这是最重要的，还有食物、火，以及头上的屋顶。一个男人还想要什么呢？此外，我还会后悔错过了本特的演说和有关拉德尔夫人生活的谈话，即便特威特敦小姐的欧洲防风草酒也给生活注入了一种特别的味道。也许，我还希望有更多的热水，身上少出点油。不是说石蜡是女人气的——但是原则上我反对男人用香水。"

"这个味道很好，很干净。"他的妻子安慰地说，"比那些商业的粉末要新颖多了。我希望本特可以帮你除掉它。"

"我希望如此。"彼得说。他记得曾经有人说过"英国公爵家族的金发少年警察"——一个抓住机会就下判断的女人曾经也说过，"他不停地在法国国王路易十四和大土耳其的床上挣扎。"命运好像剥夺了他身上的所有骄傲，除了一点。那就是让他们这么做。他可以赤膊上阵。他突然大笑起来。

"最后，勇气！吻我，亲爱的。我还找到一种方法，使你快乐。咦？

你想要什么？嘿！"

"我愿意。"

"我最亲爱的。"

"哦，彼得！"

"对不起，我伤害你了吗？"

"不，不，再吻我一次。"

在接下来的五分钟，彼得听见一声低语，"不是虚弱的金丝雀而是芬芳。"哈丽雅特当时的心境让她把虚弱的金丝雀和卑陋的老虎联系在一起——十天后才找到了两者之间的根源。

本特走下楼来，一只手里拿着一个小小的、冒着热气的水壶，另一只手里提着一盒子的剃刀和盛放盥洗用品及其他用具的袋子。他胳膊上搭着一块浴巾、一件睡衣，还有一件丝绸的晨衣。

"卧室的火已经熄灭了。我烧了一些热水给夫人用。"

他的主人担心地看着他。

"那我的呢，亲爱的，我怎么办？"

本特没有回答，他意味深长地向厨房的方向匆匆一瞥。彼得仔细地看着自己的指甲，战栗着。

"夫人，"他说，"你上床去吧，不要管我。"

壁炉内的木头欢快地发着光，水沸腾着。镜子两边的黄铜烛台勇敢地支撑着灼热的蜡烛。那四根大床柱、用退色的蓝和猩红色拼接成的被子，以及因为时间和洗涤而暗淡的印花棉布，在苍白的石膏墙和肃穆空气的映衬下，就像被流放的皇族。周身温暖，涂了脂粉的哈丽雅特一边梳着头，一边想彼得怎么了。她从更衣室寒冷的黑暗中穿过，推开更深处的一扇门，听着。下面很远的某处发出不祥的铁器撞击的叮当声，接着是一声响亮的短而尖的叫声和一阵快要窒息的大笑声。

"可怜的宝贝。"哈丽雅特说。

她熄灭了卧室的蜡烛。由于时间的缘故，床单已经破旧了，还是优质亚麻做的。房间的一角散发出薰衣草的香味……乔丹河……一根树枝断了，掉落在壁炉前的地板上，火花四溅，高大的树影不时地在天花板上晃悠。

门闩"咔嗒"响了一声，她的丈夫抱歉地侧身进来。他那副胜利者的样子引得她咪咪地笑起来。但是她的血液还是不规则地急速流动着，呼吸好像也出了什么问题。他在她身边屈下膝来。

"亲爱的，"他说，他的声音在激情和笑声间颤抖着，"接受你的新郎吧。他很干净，没有一点石蜡，但是极其潮湿而且寒冷，就像一只在后厨房的水泵下擦洗的小狗。"

"亲爱的彼得！"

（"……伟大的法国国王路易十四……"）

"我认为，"他继续快速，几乎含混不清地说，"我认为本特过得很快乐。我让他清除铜锅里的蟑螂。有什么关系呢？这有什么关系呢？我们在这里。笑吧，亲爱的，笑吧。这是旅行的结束，是所有喜悦的开始。"

莫文·本特先生赶走了蟑螂，灌满了铜锅，准备好了照明用的火。他用两件大衣和一条毯子把自己包裹起来，然后舒舒服服地躺在两张扶手椅拼成的"床"上。但是他没有立刻入睡。他并不焦急，只是心里充满了好意的担心。他把他喜欢的东西都绑在了一起（多么尽力），他现在必须离开主人，以取得主动权，但是并非因为遵守礼仪，就能阻止他富有同情心的想象力跟着这些被珍爱的人用这种方式走每一步。轻轻地叹了一声，他把蜡烛拉近，拿出一支自来水笔和一张书写纸，开始给他的母亲写信。这种孝顺的表现，他认为，有助于平静他的情绪。

亲爱的母亲，我在一个"地址不明的地方"给您写信……

＊　＊　＊

"你叫我什么？"

"哦，彼得——真荒唐！我没那么想。"

"你刚才叫我什么？"

"老爷！"

"我万万没想到会是那两个字。一个人只有赢得了一件东西才能去估价，对吗？听着，心爱的夫人——在我做完之前，我打算成为国王和皇帝。"

让自己沉溺在评论家所说的"有趣的婚床上的意外"不是历史学家的职责。孝顺的莫文·本特终于放下了手中的信，吹熄蜡烛，让他的四肢休息；与那些古老房顶下的睡眠者们相比，他在最冰冷、最坚硬的沙发椅上享受了最安稳的睡眠。

第四章　家神

> 先生，他在我父亲的房子里建了烟囱，那些保存到现在的砖石可以作证。
>
> ——威廉·莎士比亚，《亨利六世》

彼得·温西夫人小心地用一个胳膊肘支着下巴，端详着沉睡中的彼得。他那双隐藏起来的嘲笑人的眼睛和放松下来的自信的嘴唇，他骨感的大鼻子和乱蓬蓬的头发，看起来就像个笨拙的、羽毛未丰的学生。他的头发淡得像亚麻——真可笑，好像每个男人都应该长着金黄色的头发。当然在白天潮湿顺滑的时候，他的头发又回到正常的大麦玉米的颜色。昨天晚上，本特粗鲁地抽水后，它对她来说就像被谋杀的洛伦佐留下的手套对于伊莎贝拉一样，她不得不用毛巾把它擦干，然后放回属于它的地方。

本特？她在迷迷糊糊得让人感到快乐的睡意中偶然想到了他。本特已经起床走动了。她能隐约听到开门、关门和楼下家具移动的声音。曾经是那么的乱七八糟！但是他奇迹般地把一切理顺——了不起的本特——让一个人自由地生活，却不打扰他的思想。希望他这一夜不是在追逐蟑螂，但是现在她的思想只集中在彼得身上——担心会吵醒他，宁肯他自然醒来，她在想，他醒来会说什么呢？如果他的第一句话是用法语说的，至少说明对昨晚发生的事情他还保留了愉快的印象；总的来说，还是说英语好，这样表明他还清楚地记得自己是谁。

好像这些烦扰的想法打搅了他的睡眠，他翻来覆去，没有睁开眼睛，他把手伸向她，把她拉入怀中。他说的第一句话既不是法语，也不是英文，却是一句长长的问话，"嗯——"

"嗯！"哈丽雅特说，"但是，真聪明，我的上帝！你终于知道我是谁了？"

"是的，我的书拉密①，我知道，所以你不必在我的舌头上下套子。在我虚度的一生中，我学会了一个道理，一个绅士的首要任务是在早晨记得他把谁带上了床。你是哈丽雅特，你皮肤黑，但是很标致。顺便说一句，你还是我的妻子。如果你忘记了，你就要重新学习。"

"啊！"面包师说，"我以为有客人呢。你没见到老诺阿克斯先生或者在订购面包的时候加一个'请'字的玛莎·拉德尔吗？你想要多少条面包？我每天都会问。好的！两个叠合的面包和一个三明治。还有一个小黑面包？好的，头儿。马上送来。"

"还有，"本特退回到过道上说，"你能不能进来，把它们放在厨房的桌子上？谢谢。我的手上都是石蜡。"

"好的，"面包师说，"火炉有毛病了？"

"一点小问题。"本特说，"我不得不拆掉火炉，然后再重装回去。我希望现在没问题了。如果火能小点儿就更舒服了。我们让牛奶工捎个信儿给一个叫帕菲特的人，如果我听明白了，他应该是个会扫烟囱的人。"

---

① 书拉密（Shulamite），《圣经·雅歌》中受赞美的新娘。

"那很好。"面包师说，"他是个有执照的建筑工，叫汤姆·帕菲特，但是他好像不负责扫烟囱。你会在这里停留很长时间吗？一个月？也许你需要预订面包。老诺阿克斯在哪里？"

"听说在布若克斯福德。"本特说，"我们想知道他这是什么意思。什么都没给我们准备，烟囱也没扫，白纸黑字写得清清楚楚，答应了，也不照着做。"

"啊！"面包师说，"答应起来很容易，不是吗？"他眨了眨眼，"承诺一钱不值，但是扫一个烟囱需要付十八便士。啊，我得走了。作为邻居，我能做点什么吗？"

"既然你这么好，"本特回答，"可以到食品店让那里的伙计给我们送一些火腿片吗？我们的早餐菜单上缺少这项。"

"好的，没问题。我会告诉威利斯让吉米来一趟。"

"那个嘛，"系着蓝格子围裙、挽着袖子的拉德尔夫人突然从客厅里走出来，"没有打电话告诉乔治·威利斯，他必须知道老爷所有的习惯，瞧瞧欧姆和科罗尼尔，每磅便宜一便士，而且更好、肥肉也更少，乔治来的时候我跟他说一声。"

"你跟他交涉吧。"面包师反驳道，"除非你想把早餐延迟到晚餐时间。欧姆和科罗尼尔过了十一点或者十二点才能到呢。今天没别的事了吗？好的。早安，玛莎。再见，头儿。"

面包师沿着小路跑下去，上马，留下本特在猜测不远的地方应该有一个电影院。

"彼得！"

"亲爱的，想要什么？"

"有人在煎熏肉。"

"胡说！没人在黎明时分煎熏肉。"

"教堂的钟已经敲了八下了，太阳也早就出来了。"

"忙碌的大傻瓜，不守规矩的太阳——但确实有人在煎熏肉。分明是这个味道。我想是从窗外传过来的。需要调查一下……嗯,这是个灿烂的早晨……你饿了吗?"

"饿坏了。"

"不浪漫但是让人安心。事实上,我可以吃一大份早餐。毕竟,我努力地谋生。我得把本特叫来。"

"看在上帝的分上,穿件衣服——如果拉德尔夫人看见你这副样子往窗外看,她会痉挛一千次。"

"这是对她的款待。没有什么比新奇的事物更让人渴求了。我希望老拉德尔穿着靴子上床。本特!本特!该死,拉德尔夫人来了。别笑了,把衣服扔给我。……啊,早上好。拉德尔夫人。告诉本特我们准备吃早餐了,好吗?"

"好的,老爷。"拉德尔夫人回答。(怎么说他也是个勋爵。)但是后来她和她的朋友霍奇斯夫人说:"赤条条的,霍奇斯夫人,如果你相信我。我羞得都不知道往哪儿看了。胸前的毛比我的还少。"

"贵族都那样。"霍奇斯夫人指的是拉德尔控诉的第一部分,"你看看他们那些在丽都做日光浴的图片。我家苏珊的第一个丈夫是个毛发很重的男人,就像地毯一样——如果你明白我的意思,但是,"她神秘地补充道,"他们没有孩子。后来他死了,她就嫁给了皮戈特那边那个年轻的泰勒。"

当本特先生轻敲房门,带着一木桶引火物走进来的时候,夫人已经不见了,老爷正坐在窗前吸烟。

"早上好,本特,今天早晨天气真好啊。"

"美丽的秋天,老爷,非常应时。我相信老爷对一切都很满意。"

"嗯,本特。你知道'事后'[①]这个词的含义吗?"

"不知道,老爷。"

---

① 原文是法语。

"很高兴你这么说。你记得从蓄水池打水了吗?"

"是的,老爷。我把油炉摆好了,叫来了扫烟囱的。过几分钟早餐就好了。请原谅,今早没有茶。当地的食品商只知道瓶装的咖啡。您进早餐的时候,我会把更衣室的火点着,昨天晚上没这么做,是因为时间太仓促了,再加上烟囱也没扫。当然鸽子和气流都很容易除掉。"

"好吧,有热水吗?"

"是的,老爷——但是铜锅上有一个小裂缝,可能熄火的时候会造成困难。我建议四十分钟后把澡盆拿上来,老爷。"

"澡盆?感谢上帝!那太好了!还没有诺阿克斯的消息吗?"

"没有,老爷。"

"我们要立刻找到他。我看到你找到柴架了。"

"在储存煤的屋子里。您是穿绿中透蓝灰色的呢子外套还是灰色西装?"

"都不要——给我找一件衬衫,一条法兰绒裤子——你把我那个旧的宽松运动夹克带来了吗?"

"当然了,老爷。"

"那快去准备早餐吧,否则我就要变成威灵顿公爵了,差不多都要变成鬼灵顿了。"

"老爷?"

"很抱歉给你带来这么多麻烦。"

"没关系,只要老爷满意就行了。"

"好吧,谢谢你,本特。"

他把手轻轻搭在本特的肩上,这个手势可以有双重含义,可能是表达感情,也可能是打发他走,随便怎么理解吧。他站在那里若有所思地看着壁炉,直到夫人走过来。

"我在探索——这个房子的某些部分我从来没去过。你向下走五级台阶,走到现代化的区域,拐一个弯,然后向上走六级台阶,碰到头,那里有一个过道和一条小岔路,还有两个卧室和一个三角形的小房间,一个梯子架在那里可以通向阁楼。橱柜里有一个蓄水池——你打开门，再往下走两级台阶又碰到头，下巴会碰到浮球阀。"

"我的上帝！你没把浮球阀弄乱吧。你想过没有，女人，乡下的生活完全要靠蓄水池的浮球阀和厨房的锅炉？"

"我知道，但是我没想到你会知道。"

"我怎么会不知道？如果你的整个童年在一所有着一百五十个卧室的大房子里度过，每天有不断的家庭聚会，每一滴水都要用手抽出来，端出去。只有两个浴室，其他的都是坐浴。正当你取悦威尔士王子的时候，锅炉突然爆裂了，你所不知道的不卫生的自来水管道也就不值得了解了。"

"彼得，我认为你是一个骗子。你可以扮演伟大的侦探、学者和了解乡镇的大都市人，但是归根结底，你只是一个灵魂在马厩里、头脑在教区水泵里的乡绅。"

"上帝救救所有的已婚男人吧！你可以摧毁我的神秘内心。不——我的父亲是老派人，他认为这些新兴的奢侈品只能把你变得脆弱，只能惯坏仆人……进来！……啊！自从我发现那里没有鸡蛋和熏肉，我就从来没有因'失乐园'后悔过。"

"这里的烟囱的麻烦在于，"帕菲特先生含混地说，"它们需要有人打扫。"

他是一个极其矮胖的男人，那身衣服让他看起来越发矮胖。最近的医学行话管这个叫"高级洋葱头"，他穿着绿得发黑的大衣和裤子，杂色的套头毛衣一件又一件地叠加在一起，一层层渐进地在喉咙处形成低颈露肩的款式。

"乡下没有更好的烟囱了，"他继续说，并把最外面那件艳丽的红黄相间带横条的毛衣脱下来，"除非能给比我强的、像我老爸这种年轻时起就在扫烟囱这个行业工作的人半点机会的话。"

"真的吗？"本特先生说。

"法律不允许我这么做。"帕菲特先生摇摇头上的黑礼帽说,"像我这种人一辈子都不会被允许干这个。但是可以说,我太了解烟囱了。烟囱如果不清扫的话,就不会好。我相信您同意我的说法,本特先生。"

"非常同意。"本特说,"你可以好心地继续清扫吗?"

"在您、夫人和先生的要求下,我将非常乐意清扫。我靠做建筑谋生,但是我很高兴被人叫去清理烟囱。也许您会说,我对烟囱情有独钟,我就是在烟囱里长大的,好比,本特先生,尽管我说没有人会处理烟囱,或者我不知道有谁会,你看,是吧——就像知道他们在哪里可以得到放松和幽默,哪里可以得到手枪背后的权力。"

一边这么说着,帕菲特先生一边挽起他五颜六色的袖子,弯了一两次他的肱二头肌,拾起放在过道上的杆子和刷子,问应该从哪里开始。

"先从客厅开始吧。"本特先生说,"目前我还可以对付厨房的油炉。请这边走,帕菲特先生。"

拉德尔夫人,这个在温西夫妇眼中的新雇员,已经把客厅彻底打扫了一遍。把比较难看的家具都仔细地用防尘罩盖上了,把可能发出噪声的地毯也用报纸铺上了,还用学生被罚时戴的纸帽装饰了壁炉两侧那两个不易搬动的狂暴的青铜骑士像,把门旁油漆过的排水管用干枯蒲苇扎成了掸子,根据她的评论,"这些东西都招灰尘。"

帕菲特先生把外面的毛衣脱掉,又露出一件蓝色的毛衣,把他的工具铺展在遮盖物的空隙之间,猛地向下钻入封住壁炉腔的粗麻布里。他再次出现,带着满意的微笑,"我说什么来着?这烟囱里都是烟灰。我想很多年没扫过了。"

"我们也这么认为。"本特先生说,"我们想和诺阿克斯先生就烟囱的事情谈一谈。"

"啊!"帕菲特先生说。他把一个尾部拧结着杆子的刷子捅进烟囱里,"如果我给你一张一英镑的纸币,本特先生——"杆子向上跳动了一下,他接着说,"每一英镑都用便士结算——诺阿克斯先生付给我的每个便士——在过去的十年或者更长的时间,扫这些烟囱,或者任何其他的实际清扫工作,我可以向你保证,本特先生,"他转动着他的臀部,用更加强调的语气结束,"你不会比现在更富有。"

"我相信你。越早清扫完,大家越高兴。"本特先生说。

他退回碗碟洗涤处,拉德尔夫人手里拿着小盆,正把热水从铜锅里往大澡盆里舀。

"还是让我来抱着澡盆转过楼梯角,你拿着小盆跟着我吧。拉德尔夫人。"

他们排着队回到客厅,本特很高兴看到壁炉腔下面露出的帕菲特先生宽大的臀部,听到他高声的呻吟和自我鼓励的喊叫在砖砌的烟囱里发出隆隆的空洞的回声。任何人看到自己的同类比自己干得更卖力都会很惬意。

没有什么在时间的陀螺里能比早上起床这件事更能调节两性的平衡了。一个没有熟练掌握高级美容文化的女人除了洗脸、穿上衣服、下楼就几乎没什么可做的了。一个还是纽扣和剃刀奴隶的男人依靠古老的磨洋工仪式分阶段起床。听到隔壁房间的泼水声时,哈丽雅特正在打她的领结。她把她的新财产归类为习惯磨洋工的人,她踏着被彼得更精确而不是更精致地命名为"私人楼梯"的地方走下去。这个楼梯通向一个狭窄的过道,过道里有之前提到的现代的便利设施、鞋柜和摆放笤帚的柜子,这里最终连着碗碟洗涤处和后门。

花园还是被照看得很精心。后院种着卷心菜、芹菜、芦笋和按照科学方法修剪的苹果树。还有一个小的冷室,掩蔽着结了半打枝条黑葡萄的耐寒葡萄树,还有很多盆栽植物。房子前面盛开着大丽花、菊花和一花坛从太阳那里借来光芒的猩红色的鼠尾草。看来诺阿克斯先生对园艺还是有些品位的,至少是个好园丁。这是至今所知的有关诺阿克斯先生的最美好的事情,哈丽雅特想。她看到盆栽棚①里整齐地

---

① 在花园里,存放工具或植物移种户外前先做盆栽的棚子。

摆放着工具，在那里，她还找到一把剪子，她提着剪子直奔葡萄长藤和僵硬的青铜色的菊花束。她笑话自己居然也这么"女性"地做家事，抬起头来，正好看到她的丈夫。他蜷缩在窗台上，穿着晨衣，膝盖上放着《时代周刊》，嘴唇上叼着烟卷，正在那里若有所思地、悠闲地修指甲，好像世界和时间都在他的掌控之中。在地下室的另一边，上帝知道从哪里走出一只姜黄色的大猫，专心地舔着一只前爪，然后把爪子放在耳后。两只毛色光滑的动物，优雅地专注于自己的平静中，直到更人性的那只从自己的事情中抬起头来，看到哈丽雅特，说了声"嗨！"——这时，那只猫也站起来，看了看她，然后消失不见了。

"那是，"有时彼得有一种不寻常的发现他人思想的能力，"一项非常秀气的、女性化的行为。"

"是吗？"哈丽雅特说。她把全身的重量倚在粗跟鞋上，单腿立着，看着花园，"花园是可爱的东西，上帝知道。"

"她衬裙下的小腿就像老鼠偷偷进进出出，"彼得表示同意，"玫瑰手指的奥罗拉①，你能告诉我吗？楼下那个不幸的人是在被慢性谋杀还是抽筋了？"

"我也开始纳闷，"哈丽雅特说，因为从客厅传来奇怪的、被卡住喉咙的叫喊声，"也许我最好去看看发生了什么。"

"你必须走吗？你让风景更美丽了。我喜欢有人物的风景……天哪！这个声音真恐怖——就像铺路石下的内尔·库克②！好像正从我旁边的这个房间发出来。我要变成一个神经病了。"

"看不出来。你的样子非常安详，非常满意自己的生活。"

"我就是这样的。但是人不能自私于自己的幸福。我肯定这个房子的某个地方有个同胞正在受难。"

正在这时，本特从前门出现了，然后他向后退，穿过草皮，眼睛朝上看，好像在寻找上帝的降临，同时郑重其事地摇着头，像《评论家》

---

① 奥罗拉（Aurora），曙光女神，相当于希神中的厄俄斯。
② 引自《黑暗入口的传说——国王的学者的故事》。

里的伯利勋爵①。

"还不行吗？"拉德尔夫人的声音从窗子里传出来。

"不，"本特回应着，"我们好像毫无进展。"

"好像有什么好事要发生了。"彼得说，"大山分娩②。好歹，天地万物好像在呻吟，同时经受许多分娩的阵痛。"

哈丽雅特从花坛中走出来，刮掉鞋上的土。

"我应该停止装饰风景，转而变成家庭内部装饰的一部分。"

彼得在窗台上伸直身体，脱掉晨衣，把姜黄色猫身下的宽松运动夹克拿开。

帕菲特先生说："烟囱所有的问题都出在烟灰上，本特先生。"他一遍遍地从烟囱里抽出刷子，一个杆子接着一个杆子地旋出螺丝。

"那么，"本特先生带着讽刺说，"我们可以推断一下了。"

"那就是，"帕菲特继续说，"锈蚀的烟灰。没有一个充满这么多锈蚀烟灰的烟囱可以继续工作。你不能那样要求它。这不合情理。"

"我没要求它。"本特先生反驳道，"我只是让你把它清理干净。仅此而已。"

"那么。"帕菲特先生带着受伤的神态说，"我想让你看看这些烟灰。"他伸出一只看起来满是炉渣的脏手，"像瓦片一样坚硬，那就是锈蚀的烟灰。你的烟囱里都是这些东西，刷子没用，使多大力气都没用。那个杆子差不多有四十英尺长。本特先生，试图打通这个烟囱，对人和杆子都不公平。"他放下工具的另一端，非常疼爱地把它弄直。

"得想办法设计个什么东西通开堵塞的地方。"本特看着窗户说，"不能耽搁。夫人从花园回来了。你可以把早餐盘拿出去，拉德尔

---

①出自爱尔兰剧作家及政治家谢尼丹在《评论家》中的一幕模拟悲剧《西班牙无敌舰队》。伯利勋爵埋头于国事，日理万机，忙得说话的时间都没有，靠晃脑袋表达思想。
②原文是拉丁语。引自贺拉斯《诗艺》。

夫人。"

"哦！"拉德尔夫人偷窥了一下盘盖，然后把本特放在半导体柜上的托盘端起来，"他们吃得不错，这对于一对年轻夫妇来说是个好现象。我记得我和拉德尔刚结婚的时候——"

"这些灯需要新灯芯。"本特严肃地说，"在填满之前，把炉子也清理一下。"

"诺阿克斯先生很长时间没用灯了。"拉德尔夫人嗤之以鼻地说，"他说借着蜡烛的光就能看清楚。这样更省钱吧，我想。"她端着盘子转身出去，在门口碰到哈丽雅特，行了一个屈膝礼，盘子随之倾斜了一下。

"你把扫烟囱的叫来了，本特。太好了！怪不得我们听到有动静。"

"是的，夫人。帕菲特先生答应了我的请求。但是我知道他遇到了一些困难，烟囱的上半部通不开。"

"帕菲特先生，你来了真好。我们昨天晚上过得很惨。"

从扫烟囱人的眼神判断，表示一下安慰是明智的，哈丽雅特伸出手。帕菲特先生看看她的手，又看看自己的手，把毛衣往上拽了拽，露出裤兜，从里面掏出一块新洗过的红色的棉布手帕，慢慢地抖开，放在手心，然后抓住哈丽雅特的手指，很像一个皇家代理人在为主人的新娘铺床。

"夫人，这是我的荣幸。"帕菲特先生说，"虽然这样的烟囱对扫烟囱的人和他的杆子来说都不公平。但是我敢厚着脸皮说，如果有谁能把这里的烟灰扫干净，那个人就是我。这都源于经验，还有我的力量。"

"当然了。"哈丽雅特说。

"以我的理解，夫人，"本特插话道，"是烟灰的问题，和烟囱的结构没关系。"

"说得对。"帕菲特先生发现自己被人欣赏，也变得温柔起来了。他又脱掉一件毛衣，露出里面那件祖母绿色的，"我要试着用杆子，不用刷子。也许用我的力量可以捅掉那些烟灰。如果还是不行，就得用梯子了。"

"梯子？"

"到屋顶上去，夫人。"本特解释道。

"真有趣！"哈丽雅特说，"我相信帕菲特先生可以做到。你能给我找一个花瓶什么的，放这些花吗，本特？"

"好的，夫人。"

（本特先生想，没有什么东西能让女人把注意力从那些无关紧要的东西上转移开。但是他很高兴地注意到，到目前为止，她把脾气控制得很好。一花瓶的水对于和谐来说代价并不大。）

"彼得！"哈丽雅特站在台阶上喊着，（本特，如果他一直看着，最终有可能承认她对必需品的本能。）"彼得亲爱的！扫烟囱的人在这儿！"

"哦，多么美妙的日子啊！我来了，我的扫烟囱工。"他欢快地急速跑下来，"你真是个天才，总是说那些正确的话。我一辈子都在等待那些精美的词语：彼得亲爱的，扫烟囱的人在这儿。我们结婚了，上帝为证！我们结婚了。我这么想过一次，现在我知道了。"

"有的人很难接受新的概念。"

"人们很难相信好运。扫烟囱的人！我碾碎了正在升起的希望。我说，不——这是暴风雨，小地震，或者最多是头赤贫的母牛，一英寸一英寸地死在烟囱里。我不敢招惹失望。这是这么久以来，我第一次对扫烟囱工有信心。按惯例，本特在我不在的时候把扫烟囱的人偷偷带进来了，怕我感觉不方便。只有妻子才能用我活该承受的不尊重对待我，召唤我来看——我的上帝！"

他说话的时候转过身，看到只有一双靴子露在外边的帕菲特先生。这时一声大喊从壁炉处发出来，彼得的脸都变白了。

"他没卡住吧？"

"不，那是他在发力。烟囱里的烟灰锈蚀了，通起来很难……彼得，我真的希望你看看诺阿克斯先生原来摆的那些青铜骑士、竹子做的古董架和蜘蛛抱蛋。"

"嘘！不能亵渎蜘蛛抱蛋。非常不吉利。会有可怕的东西从烟囱里出来抓住你——砰！……哦，我的上帝！看看那个可怕的竖立的东西！"

"有些人会花好多英镑买上好的仙人掌。"

"他们的想象力肯定很差！那不是植物——那是一种病态的生物——一些挂在你肾上的东西。另外，他还让我联想到我的胡子刮没刮。我刮了吗？"

"嗯，刮了，你的脸庞光滑得像绸缎一样。我想，如果我们把残忍的话都说出来，那会困扰我们的。它们很微妙，也许你不这么认为，但诺阿克斯先生视它们为宝贝。我们租用这个恐怖的家具多长时间了？"

"一个月了，但是我们要尽快处理掉。那垃圾放在这所古老高贵的房子里真是羞耻。"

"你喜欢这所房子吗，彼得？"

"很漂亮。就像一个可爱的身体里住着一个邪恶的灵魂。我说的不止是家具。我开始厌恶我们的房东、房客，管他是什么。我想他的结局肯定不好，这个房子也很高兴能消灭他。"

"我相信这所房子憎恨他。他一定让它挨饿、受辱、受虐待。为什么，连烟囱——"

"对，当然，烟囱。你认为我是否应该通知一下我们的家神①，我们的小拉尔②？呃，稍等一会儿。……先生？"

"我的名字是帕菲特。"

"帕菲特先生，嗨，帕菲特！等一会儿，行吗？"

"可是！"帕菲特先生旋转着膝盖劝诫道，"你是谁？居然可以用我的杆子捅我的后背！这样对人、对杆子都不公平。"

"请原谅。"彼得说，"我喊你了，但是并没有引起你的注意。"

"我无意冒犯。"显然帕菲特先生考虑到蜜月的气氛，做出了让步，

---

① 古罗马宗教崇奉的家庭护佑神。
② 也是指家神。

"您是勋爵吧。希望您健康。"

"谢谢,我们很健康。但是这个烟囱好像并不健康。需要好好伺候一下。"

"不要辱骂这个烟囱。"帕菲特先生说,"错误在于烟囱顶管,就像我和您的夫人说的那样。这个顶管和烟囱的规格不匹配。腐蚀后变得很硬,连猪鬃都过不去,更别说刷子了。不管烟囱有多么宽,最后都要经过这个顶管。如果您明白我说的意思。问题就在这里。"

"我明白你的意思。即使是个都铎王朝①的烟囱,顶管都是安全的。"

"就是这个意思。如果我们有一个都铎王朝的顶管就好了。都铎王朝的顶管扫起来让人高兴,对人和杆子来说都是公正的。但是诺阿克斯先生把它卖了做日晷了。"帕菲特先生说。

"卖了做日晷了?"

"对啊,我的夫人。一分钱都不放过,他就是这样的人。这个时髦的玩意儿并不适合烟囱的高度和宽度,一个月就能锈蚀。顶管弄干净了,其他就容易了。弯曲处有些松软的烟灰,没有什么大碍,但我还是会马上把它们弄干净的。但如果顶管里的烟灰锈蚀了,火就不往烟囱里走了。"

"你说得非常清楚。"彼得说,"看得出来,你是个专家。继续干吧,别在乎我——我在欣赏你的工具。这是什么?老爷国②的螺丝钻?你口渴了吗?"

"谢谢,老爷。"帕菲特先生显然把这句话当成了邀请,"工作第一,享受第二。工作完成后,我不会拒绝的。"

他微笑着注视他们,又脱掉最外层的绿色毛衣,露出一件有着仙女群岛复杂图案的套头衫,回头继续工作。

---

①都铎王朝(1485—1603),英国的封建王朝,一四八五年,玫瑰战争结束,亨利·都铎夺得王位,是为都铎王朝之始;一六〇三年女王伊丽莎白一世死后王统中断,为斯图亚特王朝取代。
②指《格列佛游记》中的老爷国。

第五章　枪的愤怒

> 母鸡彭妮、公鸡罗吉、野鸭达亚、小鹅帕娥、火鸡乐基和狐狸沃利都去告诉国王天要塌下来了。
>
> ——约瑟夫·雅各布斯,《英国童话》

"我真的希望没有打扰你们。"特威特敦小姐不安地说,"我觉得我应该过来看看事情进展得怎么样了。想到你们我就睡不着觉——舅舅这么做太奇怪了——太不顾及他人了!"

"哦,不要这样说!"哈丽雅特说,"你能过来太好了,请坐吧……哦,本特!那是你能找到的最好的吗?"

"哎呀!"特威特敦小姐喊道,"你们有这种花瓶!舅舅在一次抽奖活动中抽到过一个。把花放在有着那样一个嘴的花瓶里,还有他的粉色小马甲,很有趣,不是吗?这些菊花难道不可爱吗?弗兰克·克拉奇利负责照看它们,他是一个好园丁……哦,谢谢,非常感谢——我真的不应该再耽误你们一分钟。但是我忍不住担心。我真的希望你们度过了一个舒服的夜晚。"

"谢谢你!"彼得严肃地说,"一部分过得还是很精彩的。"

"我一直认为床才是最重要的——"特威特敦小姐说。帕菲特很震惊,看到彼得开始控制不住自己的嘴,于是用胳膊肘轻轻戳了一下特威特敦的肋骨,用以分散她的注意力。

"哦!"特威特敦小姐突然喊道。房间的状况和帕菲特先生的在场迫大家的注意力集中在她的话题上,"哦,天哪,这是怎么了?别告诉我烟囱又冒烟了!它总是那么烦人。"

"现在,请注意。"帕菲特先生说道,感觉他对烟囱,就像母老虎对自己的子孙,"那是个好烟囱。我自己也建不出一个更好的烟囱,可以考虑到楼上的烟洞和山形墙的倾斜度。只因为一个锱铢必较的人从来不清扫,它才会这样,这对烟囱和扫烟囱的人来说都是不公平的。你们也知道。"

"哦,天哪!哦,天哪!"特威特敦小姐叫着,瘫倒在一把椅子上,又立刻反弹了起来,"舅舅可能在哪里呢?我敢肯定如果我知道——哦!有弗兰克·克拉奇利!我很高兴。舅舅也许跟他说了什么。你们知道,他每星期三都来这里做园艺。我应该把他叫进来吗?我肯定他能帮助我们。有什么不对劲的事情,我总是去叫他。他总能很聪明地找到解决的办法。"

没有等待哈丽雅特回答,特威特敦小姐已经跑到窗前,"是的,我们应该把他叫进来。"这时她用激动的声音喊着:

"弗兰克!弗兰克!我们找不到舅舅了!到底发生了什么事?"

"找不到他了?"

"是啊——他不在这里。他把房子卖给这对女士和先生了。我们不知道他在哪里,烟囱在冒烟,一切都乱成一团。他到底怎么了?"

弗兰克·克拉奇利望着窗户,挠着头,看起来很困惑。

"什么也没跟我说,特威特敦小姐。他很可能在商店里。"

"你上星期三来的时候他在这儿吗?"

"是的,"园丁说,"确实在这儿。"他停顿了一下,突然想起了什么,"他今天应该在这里。你说找不到他了?他到底去哪儿了呢?"

"我们也不知道啊。谁也没告诉,就这么走了。他对你说什么了?"

"我原以为可以在这里见到他——至少——"

"你最好进来,克拉奇利。"彼得说。

"好的,先生,"克拉奇利看到还有一个男人在,心里有些安慰地说。他朝后门的方向退去,从声音上判断,拉德尔夫人在和他解释着什么。

"弗兰克可能会去布若克斯福德,我几乎可以肯定。"特威特敦小姐说,"调查一下舅舅到底怎么了。他可能生病了——虽然你们可能认为他一定会通知我。弗兰克可以从修车厂开走一辆车——他在帕格福德给汉考克先生开车,你们知道。今天早上我来之前想去找他,可是他坐出租车出去了。他很懂汽车,也是一个好园丁。我相信你们不会介意我提这件事,但是如果买了这所房子,并且需要有人做园艺的话——"

"他真是照看得太好了,"哈丽雅特说,"花园看起来很可爱。"

"我很高兴你这么想。他工作很努力,他非常想——"

"进来,克拉奇利。"彼得说。

园丁在门口迟疑,他的脸朝着光,看起来是个警觉的年轻人。他身材健壮,大约三十岁左右。他的工作服很整洁,帽子拿在手中,很懂规矩的样子。他深色的卷曲头发、蓝色的眼睛和洁白的牙齿,给人留下很好的印象,虽然现在看起来他有点困惑。从他看特威特敦小姐的眼神,哈丽雅特猜想他已经偷听到了她对他的夸奖,以及对那件事的不赞成。

"这有点出乎意料。"彼得说。

"是啊,先生,"园丁微笑着说,眼神迅速地扫过帕菲特先生,"我明白了,是烟囱的问题吧。"

"不是烟囱的问题。"扫烟囱的人义愤地说。特威特敦小姐插话说:

"弗兰克,你不明白吗?舅舅没告诉任何人就这么把房子卖掉,自己走了。我真不明白,这不像他的所作所为。什么都没做,什么都没准备,昨晚没一个人在那儿给他们开门。拉德尔夫人除了知道他在布若克斯福德,其他一无所知。"

"你派人去那里找他了吗?"为了防止她的滔滔不绝,年轻人做着稍嫌徒劳的努力。

"不,还没有——除非彼得先生——你派人去了吗?没时间,是不是?甚至没有钥匙,你真应该昨天晚上就来,但是我做梦都没想到。你今天早上也可以过来呀,弗兰克——或者我可以自己骑着自行车去。但是汉考克先生告诉我你坐出租车出去了,所以我想我应该过来看看。"

弗兰克·克拉奇利的眼睛扫视着房间,好像想从防尘罩、蜘蛛抱蛋、烟囱、青铜骑士、帕菲特先生的礼帽、仙人掌、半导体柜上找出建议来,最后他的眼神落在彼得沉默的魅力上。

"我们从正确的方向开始想吧。"温西建议,"诺阿克斯先生上星期三在这里,然后坐着同一天十点的巴士去了布若克斯福德。我想,他通常不这样。但是他计划回来迎接我们的到来,当然今天你也应该在这里见到他。"

"是啊,先生。"

特威特敦小姐跳了一下,嘴唇做出焦虑的"O"的形状。

"你每个星期三来这里的时候他是不是都在?"

"嗯,那要看情况,先生,不是一直都在。"

"弗兰克!"特威特敦小姐生气地喊道,"他是彼得·温西勋爵,你应该说,老爷。"

"没关系的。"彼得虽然和善地这么说,还是因为自己的机智被打断而生气。克拉奇利看着特威特敦小姐,就像一个被当众斥责要把耳朵后面也洗干净的小男孩看着他的妈妈。

"他有时候在,有时候不在。如果他不在的话,"特威特敦小姐皱着眉,"我就从她那里要钥匙,"他很快猛地看了一眼特威特敦小姐,"进来,给挂钟上弦,照顾盆栽。但是我确实打算今天早晨见他，我有事要跟他谈。这就是为什么我先到房子来了。就是这样，老爷。"

"他真的告诉你他会在这里？"

"是的，老爷。至少他说他要把我投在他生意里的钱还给我。他答应今天还给我。"

"哦，弗兰克！你又在担心舅舅了。我跟你说过，你担心那些钱是愚蠢的，放在舅舅那里很安全。"

彼得越过哈丽雅特的肩膀，看了一眼特威特敦小姐的头。

"他说他今天早上会还给你。我是否可以问一下数额是不是很巨大。"

"四十英镑。"园丁说，"他做生意要用的，当然对于您可能不算什么。"他有点不确定地继续说，好像在估测彼得的头衔、他古老破旧的运动夹克、男仆和他妻子价格不明的斜纹呢之间的财务关系，"但是我有更重要的用处，所以我上星期跟他要，他还是像通常那样哄骗我，说房子里没有那么多钱，想拖延下去。"

"但是，弗兰克，他肯定没有哄骗你。他可能被抢劫了。有一次他就丢了钱包里的十英镑。"

"但是我坚持自己的说法。"克拉奇利不在意地接着说，"我说我必须要回来，最后他说他今天给我，因为他有一笔钱进账。"

"他这么说的？"

"是的，先生——老爷——我对他说，我希望你可以办到。我还说，如果你不给我钱，我就诉诸法律。"

"哦，弗兰克，你不该这么说！"

"我就是这么说的。我不能告诉老爷他想知道的事吗？"

哈丽雅特和彼得对视了一下，他点了点头。房子的钱。但如果他已经告诉克拉奇利有那么多——

"他告诉你这些钱是从哪儿来的了吗？"

"他不是那种人。他不会告诉我那些不必说的事情。事实上，我从来不认为他会有什么进项。他只是在找借口，只有到最后一刻他才会付钱,如果可以,到那时候他都不付。这样会损失半天的利息,你不明白吗?"克拉奇利的嘴角突然勉强往上翘了一下。

"听起来很有道理。"温西说。

"对啊。他就是这么赚钱的。我对他说我要那四十英镑,是想开一个新的修车厂。"

"对,修车厂。"特威特敦小姐插话说,"克拉奇利先生攒了很长时间的钱,想开一个自己的修车厂。"

"所以,"克拉奇利又重复了一遍他刚说过的话,以示强调,"要那些钱开修车厂。我说,星期三我要见到我的钱,否则我会控告你。我就是这么说的。然后我就走了,从此再也没见过他"。

"我明白了。"彼得看了看克拉奇利,又看了看特威特敦小姐,再把视线收回来,"我们马上去布若克斯福德,抓住这位先生,然后把事情弄清楚。与此同时,我们还需要有人来照看花园,所以你最好还是照常工作。"

"很好,老爷。我还是每个星期三来吗?五先令。诺阿克斯先生按天付给我酬劳。"

"我也给你这么多钱。顺便问一句,你知道哪里可以搞到电灯吗?"

"是的,老爷。我工作的那个修车厂里有一个。"

"因为,"彼得微笑着看着他的妻子说,"虽然蜡烛和油炉会带来浪漫的时刻,我想我们还是应该尽快让塔尔博伊斯通上电。"

"您可以让帕格海姆用上电,老爷。"克拉奇利突然亲切地说,"我想我很愿意——"

"弗兰克,"特威特敦小姐快乐地说,"很懂机械。"

可怜的克拉奇利刚想发作,接触到彼得的眼神后只好尴尬地笑了笑。

"好吧。"彼得说,"我们尽快完成吧。你还是继续做园丁。"园丁感谢了一声,趁机逃走了。哈丽雅特细想了一下,认为教师作风已经进入了特威特敦小姐的血液,可能对于男性来说,一般情况下,把责备和卖弄混合起来都是让他们无法忍受的。

远处的大门"咔嗒"响了一声,克拉奇利出去了,接着落在小路上的脚步声打破了短暂的停顿。

"也许是舅舅来了。"特威特敦小姐嚷着。

"我希望不是那些恶魔般的记者。"彼得说。

"不是他,"哈丽雅特跑到窗前,"是牧师来了。"

"哦,亲爱的牧师!也许他知道点什么。"

"啊!"帕菲特先生说。

"这太好了!"彼得说,"我收集牧师。"他走到哈丽雅特身边,一起观察,"这是一个成长得非常好的样本,大约六英尺四英寸,近视,一个好园丁,说话声音悦耳,抽烟斗——"

"天哪!"特威特敦小姐喊道,"您认识古达克先生吗?"

"脏兮兮的,他老婆靠一点微薄的收入支撑着家庭。我们最老的学术中心之一的产品——一八九〇年产自——牛津,我推测,不,我想是,凯布勒①,虽然他和教区允许的见解一样高明。"

"他会听到你说话的。"哈丽雅特说。这时受人尊敬的先生正把他的鼻子从大丽花丛中抽出来,透过眼镜匆匆瞥了一眼客厅的窗户。

"罗马背心和表链上指向上方的徽章。你知道我的方法,华生。胳膊下夹着一捆赞美诗说明他已经做完了国教的晨祷。另外,虽然我们听见教堂的钟声响了八下,却没听见日祷的钟声。"

"你怎么这样看待事情,彼得!"

"对不起。"她的丈夫涨红着脸说,"不管正在做什么,我都忍不住观察。"

"情况越来越糟糕了。"他的夫人回答,"香迪太太会吃惊的。"看到特威特敦小姐完全困惑了,夫人赶忙解释道:

"当然今晚练习唱诗。星期三,你知道,总是在星期三。他会带着

---

①凯布勒(John Keble,1792—1866),英国国教牧师、诗人;牛津运动(一八三三年至一八四五年英国国教会中兴起的宗教复兴运动)的发起人之一。

歌本去教堂。"

"当然，就像你说的那样。"彼得颇有意味地同意她的说法，"星期三总是要唱诗。英国的乡下生活从来都没改变过。哈丽雅特，你对蜜月住所的选择真成功。我感觉年轻了二十岁。"

牧师靠近的时候，他赶忙从窗前走开，激情地宣布：

"给我一间乡下的农舍吧，经年的烟灰飘落。
给完美的早晨戴上皇冠，看啊！一个英国牧师在召唤。"

"特威特敦小姐，我也一样，虽然你也许不这么想，蒙德和加勒特叫骂着正在乡村唱诗班唱诗的铁匠女儿，宣布长枪兵连队队员正散布在人群中的野兽之间，我自己也有一点点怪念头。"

"啊！"帕菲特先生说，"人群中的野兽，这很笨拙。"

好像"烟灰"这个词触动了他脑子里的一根弦，他暂时朝壁炉的方向移动。牧师在门廊处消失了。

"亲爱的，"哈丽雅特说，"特威特敦小姐会认为我们两个很疯狂。帕菲特先生已经知道了这一点。"

"哦，不是的，我的夫人。"帕菲特先生说，"不疯狂。只是幸福。我知道这种感觉。"

"帕菲特，作为男人对男人来说，"新郎说，"我很感谢你那些和善和同情的话。但是，顺便问一句，你度过蜜月吗？"

"在赫恩海湾，老爷。"帕菲特先生回答。

"上帝啊！那是乔治·约瑟夫·史密斯[①]在浴缸里杀死他第一任新娘的地方。我们怎么没想到呢。哈丽雅特——"

"恶人，"哈丽雅特说，"作孽！这里只有澡盆。"

"哎呀！"特威特敦小姐终于抓到了唯一有意义的词，"我总是跟

[①] 乔治·约瑟夫·史密斯（George Joseph Smith, 1872—1915），英国连环杀手和重婚罪犯。一九一五年，他被裁定罪名成立，之后被绞死。

舅舅说，他应该弄一间浴室。"

没等彼得给出不卫生的进一步证据，本特通告：

"尊敬的西蒙·古达克。"

牧师——消瘦，上了年纪，胡子刮得很干净，烟袋从"牧师灰"色的上衣口袋里鼓出来，裤子的左膝处有一块精心织就的三角形补丁。他温和而自信地挪着步子，天生谦逊的性情中透着一股刻意的高贵。他从人群中挑选出特威特敦小姐，热忱地和她握了握手，同时意识到帕菲特先生的存在，又向他点了点头，愉快地问候着："早上好，汤姆！"

"早上好，古达克先生。"特威特敦小姐用忧郁的唧唧喳喳声回复道，"天哪！天哪！他们告诉你了吗？"

"是的。"牧师说，"嗯，这很令人惊讶！"他调整了一下眼镜的位置，淡淡地微笑着面对彼得说，"恐怕我打扰你们了，我明白诺阿克斯先生——"

"早上好，先生。"彼得认为在特威特敦小姐没作介绍前还是自我介绍一下比较好，"很高兴见到您。我叫温西。这是我的妻子。"

"恐怕我们心里都是七上八下的。"哈丽雅特说。她想，古达克先生十七年来没什么变化，除了头发白了一点，瘦了一点，肩部和膝盖松垂了一点，其余的基本上还是跟当年她和父亲去帕格海姆看病时偶然碰见的古达克先生一样。显然古达克先生对她一点印象也没有。但是，他的眼神就像在探测未知的海域时，忽然遇到了某种熟悉的东西——一件深蓝色运动衣的前胸口袋上绣着"O.U.C.C."。

"牛津人，我明白了。"牧师高兴地说，好像这一点就可以消除进一步确认身份的必要。

"贝列尔学院，先生。"彼得说。

"玛格达伦学院，"古达克先生回应道，他并没有意识到只要说出"凯布勒"，他可能就名誉扫地。他又抓住彼得的手握了握，"非常高兴！贝列尔学院的温西。唉，那是？"

"板球，也许。"彼得有帮助地提议。

"是的。"牧师说,"是的,板球,弗兰克!我挡住你的路了吗?"

克拉奇利拿着一个梯子和水壶开心地走进来,说:"不,先生,完全没有。"他说话的语气却意味着,"是的,先生,你就是挡我的道了。"牧师赶忙躲开了。

"您不坐下吗,先生?"彼得说着,让出椅子的一角。

"谢谢您,谢谢您,"古达克先生说。梯子正好放在他刚才站的地方,"我真的不应该占用您的时间。板球,当然,还有——"

"大概现在进入老兵阶段了,我恐怕。"彼得摇着头说,但牧师并没有因此分散注意力。

"我肯定还有其他的联系。原谅我——我没明白您的男仆确切地说了什么。您是彼得·温西勋爵吗?"

"不幸的称号,但确实是我的。"

"真的!"古达克先生喊道,"当然了,当然了,彼得·温西勋爵——板球和犯罪!天哪,真是荣幸。我和我妻子那天读了报纸上的一段文章——非常有趣——关于您的侦探经历。"

"侦探!"特威特敦小姐激动地尖声叫着。

"我希望,"古达克先生有点诙谐地继续说,"您还没有调查帕格海姆吧。"

"我衷心希望没有这一天,"彼得说,"实际上,我们来这里是为了度一个平静的蜜月。"

"真的吗?真是可喜可贺啊!"牧师喊道,"愿上帝保佑你们,祝你们幸福。"

特威特敦小姐还在思索着烟囱、被单和枕套,深深地叹了口气,转头看见弗兰克·克拉奇利正借着他在梯子上的有利位置,在雇主的头上做鬼脸,这对特威特敦小姐来说是非常失礼的,于是她朝他皱了皱眉头。年轻人立刻不自然地庄重起来,擦干他走神的那一瞬间溢出花盆的水。哈丽雅特诚挚地让牧师放心,他们很幸福。彼得也表示同意。

"我们结婚已经差不多二十四个小时了,因此还处于新婚状态。这年岁也算得上是个纪录了吧。但是，您知道，牧师，我们是很老派的、乡下长大的人。事实上，可以说，我妻子曾经是您的邻居。"

牧师正在迟疑，应该为此番话的第一部分感到愉快还是忧伤，突然他又表示出很热切的兴趣。哈丽雅特赶紧解释自己是谁，以及他们为什么来到塔尔博伊斯。如果古达克先生曾经听说或者阅读过任何有关谋杀审判的内容，他并没有表现出来；他只是很高兴又见到了范内医生的女儿，并代表教区欢迎两个新教民的到来。

"那么你们把房子买下来了。天哪！我希望，特威特敦小姐，您的舅舅没有抛弃我们。"

特威特敦小姐，不知道如何在这么长的互相介绍和客套中自控，突然说：

"但是您不明白，古达克先生。太可怕了。舅舅什么都没跟我说。一句话都没说。他去了布若克斯福德或者什么地方，就这么走了。"

"他肯定会回来的。"古达克先生说。

"他告诉弗兰克他今天在这儿，是不是这样，弗兰克？"

从梯子上走下来，看起来很专注于吊盆下的半导体柜的克拉奇利回答道：

"他是这么说的，特威特敦小姐。"

他抿着嘴，好像有牧师的在场，就最好别说出自己的真实想法，于是提着水壶退回到窗前。

"但是他不在。"特威特敦小姐说，"真是一团糟。可怜的温西勋爵和夫人——"

她开始不安地描述昨晚发生的事情——钥匙、烟囱、克拉奇利的新修车厂、床单被罩、十点钟的巴士、彼得想给房子用电照明等细节被混乱成无希望的一团。牧师不时地插一句，看上去他越来越困惑。

"太令人厌烦了，太难受了。"特威特敦小姐气喘吁吁地说完后，他说，"如果我和我的妻子能帮上什么忙的话，彼得夫人，您一定要告诉我们。"

"您太好了。"哈丽雅特说,"但是真的,我们很好。这样野餐也很好有意思。当然,特威特敦小姐在担心她的舅舅。"

"无疑他被留在某处了。"牧师说,"或者——"他突然有了一个好主意,"一封信可能被寄错了地方。我敢说,这就是问题所在。邮局是个奇妙的机构,但是智者千虑,必有一失。我相信,你们肯定能在布若克斯福德找到安然无恙的诺阿克斯先生。请告诉他我很抱歉没有见到他。我想让他给教堂音乐基金会赞助的音乐会捐款——这就是我来打扰你们的原因。恐怕我们这些神职人员都是乞丐。"

"唱诗班还是不顺利吗?"哈丽雅特问道,"您还记得曾经把唱诗班带到大帕格福德来庆祝联合的休战感恩节吗?当时我坐在您旁边,我们非常严肃地讨论教堂音乐。您还用F调演奏《亲爱的老邦尼特》那首歌吗?"

她哼唱了开始的几个小节。一直很谨慎退避,同时帮助克拉奇利用海绵清洗蜘蛛抱蛋的帕菲特先生也抬起头用激昂的声音合唱着。

"啊!"古达克先生满足地说,"我们已经有很大进步了。上次丰收节我们成功地演唱了《哈利路亚》。"

"《哈利路亚》!"帕菲特先生用洪亮的嗓音婉转地唱着,"哈利路亚!哈——利——路——亚!"

"汤姆,"牧师抱歉地说,"是我们这里最热情的唱诗班成员,弗兰克也是。"

特威特敦小姐瞥了一眼克拉奇利,好像是在检查他是否情不自禁地高声唱起来。她放心地看到他从帕菲特先生身边离开,登上梯子,去上挂钟的发条。

"当然还有特威特敦小姐,"古达克先生说,"她弹奏管风琴。"

"但是,"牧师继续说,"我们急需风箱。老风箱已经补丁摞补丁了,自从我们安了新簧片,它们已经达不到要求了。哈利路亚合唱暴露了我们的缺点。事实上,它已经漏风了。"

"真为难,"特威特敦小姐说,"我不知道该怎么做。"

"无论如何也不能让特威特敦小姐为难。"彼得掏出钱包。

"哦，亲爱的！"牧师说，"我不是这个意思……真的，这真是太慷慨了。太不好了，这是您第一天到教区。我——真的——非常惭愧——太仁慈了——这么大的数额——也许您想看看音乐会的节目单。天哪！"他的脸被孩子般的喜悦照亮了，"您知道吗，我已经很长时间没接触过大额的英格兰银行钞票了。"

有那么一刻，哈丽雅特看见房间里每个人都被牧师手里噼啪作响的那张纸片的魔力搞得一动不动。特威特敦小姐充满敬畏地张着嘴；帕菲特先生突然半途停住脚步，手里拿着海绵；克拉奇利扛着梯子往门外走，突然回头观看奇迹；古达克先生本人因激动和开心而微笑着；彼得很高兴，就像一个把泰迪熊送到托儿所里的友好的叔叔。他们定在那里，都可以给"惊悚片"《教区的钞票》拍海报了。

彼得淡淡地说："哦，没什么。"他捡起牧师接钞票时掉落在地上的音乐会节目单，所有静止的动作再次像电影叙事一样流淌起来。特威特敦小姐很女人地轻轻咳嗽了两下，克拉奇利走了出去，帕菲特先生把海绵投到喷壶里，牧师小心地把十英镑的钞票放进口袋里，在他的笔记本上记下捐款的数额。

"这将是一次盛大的音乐会。"哈丽雅特说着，朝她丈夫的肩头望去，"什么时候举行？我们要出席吗？"

"十月二十七日，"彼得说，"我们当然要去。"

"当然了。"哈丽雅特附和着，微笑着看着牧师。

虽然时常想象与彼得婚后的生活是什么样子，但他们谁都没有想到会去参加村子里举行的音乐会。但是他们当然会去。她现在明白了，尽管有着戴面具的态度、都市人的自我调节以及奇怪的精神沉默和避世，他依然可以给人恒久的安全感。他属于一个井井有条的社会，这就是原因。相对于任何她的世界里的朋友，他说着儿时熟悉的语言。在伦敦，任何人在任何时候，都可以做什么或者变成什么。但是在村庄里——无论什么村庄——他们只是从未改变地做他们自己。牧师、管风琴手、扫烟囱的人、公爵的儿子和医生的女儿，就像分配好的棋子一样移动。她好奇地激动起来。她想："我嫁给了英格兰。"她的手指抓紧他的胳膊。

英格兰,没有意识到他象征的重要性,感到胳膊肘上有人掐了一下。"太好了!"他热忱地说,"钢琴独奏,特威特敦小姐,我们绝对不能错过。尊敬的西蒙·古达克演唱《混血的克里特岛人》,强壮,非常男性化,牧师。唱诗班演唱民歌和船歌……"

(他接受妻子的爱抚,表明她和他一样都很欣赏其中的节目。他们的想法确实也很相似,因为他想:这些老家伙怎么这么一如既往!《混血的克里特岛人》!我小的时候,助理牧师就唱过这首歌——"用我的宝剑,我耕地、我收获、我撒种"——一颗温柔的心不会伤害一只苍蝇……一个男中音有比他的身体还大一号的音箱……他爱上了我们的家庭女教师……)

"《谢南多厄河》、《里奥格兰德》、《在德梅拉拉河》。"他环顾了一下防尘罩覆盖的房间,"和我的感觉完全一样。那是我们的歌,哈丽雅特。"他抬高嗓门:

"我们坐在这里,像荒野里的鸟儿——"

一起发疯,哈丽雅特唱道:

"荒野里的鸟儿——"

帕菲特先生忍不住也吼出声来:

"荒野里的鸟儿——"

牧师也张开嘴:

"我们坐在这里,像荒野里的鸟儿,

在德梅拉拉河!"

甚至特威特敦小姐都唧唧喳喳地唱了最后一句:

"现在这个老人,他不情愿地死了,

不情愿地死了,

不情愿地死了,

这个老人,他不情愿地死了,

在德梅拉拉河!"

(就像某个人的一首诗中写的那样:"每个人突然唱起歌来。")

"我们坐在这里,像荒野里的鸟儿,
荒野里的鸟儿,
荒野里的鸟儿!
我们坐在这里,像荒野里的鸟儿,
在德梅拉拉河!"

"太棒了!"彼得说。

"是啊!"古达克先生说,"我们用美好的精神完成了表演。"

"啊!"帕菲特先生说,"没有什么能像一首歌这样带走人的烦恼。您说是吗?老爷?"

"没有什么能与它相比!"彼得说。

"好了!好了!"牧师抗议,"亲爱的年轻人,谈论烦恼还为时过早。"

"一个男人只要结婚了,"帕菲特先生简洁地说,"他的烦恼就开始了。他们或者收获家庭,或者收获烟灰。"

"烟灰?"牧师惊叫道,好像第一次问自己帕菲特先生在这个家里做什么,"哦,是的,汤姆——你好像确实跟诺阿克斯先生有点麻烦——也许,温西勋爵的烟囱。怎么回事?"

"灾难,我想。"房子的主人说。

"不是那样的。"帕菲特先生责备着,"只是烟灰。锈蚀的烟灰。别忽略这个。"

"我确信——"特威特敦小姐低声说。

"没有必要谴责在场的人。"帕菲特先生说,"我为特威特敦小姐难过,为彼得老爷难过。烟灰太硬了,杆子捅不透。"

"太糟糕了,太糟糕了。"牧师突然说。他振作起精神来,摆出解决教区困难的牧师的样子,"我的一个朋友也遇到过类似的麻烦,但是我用老办法帮他解决了。我想——拉德尔夫人在吗?无比珍贵的拉德尔夫人?"

哈丽雅特在彼得礼貌的冷漠表情里没接收到任何指示,她还是按照牧师的说法把拉德尔夫人召唤来了。

"啊,早上好,玛莎。我想知道你能否把你儿子的短枪借给我们?他用来赶鸟的那只。"

"我可以去看一下,先生。"拉德尔夫人充满疑虑地说。

"让克拉奇利去拿吧。"彼得建议。他说话的时候突然转过身,装起烟袋来。哈丽雅特仔细看了看他,看到他的脸上充满了预想的欢乐。不管即将发生什么灾难,他都不会伸手阻拦的。他会让天塌下来,并践踏废墟上可笑的干草。

"好吧,"拉德尔夫人勉强地说,"弗兰克腿脚快,我也不差。"

"别忘了上子弹——"她消失在门边,牧师在她身后喊。他跟大家解释,"没有什么比打鸭子的枪更能清除锈蚀的烟灰了。我的那个朋友——"

"我不同意,先生。"帕特菲先生说。他身上的每个突起部分都在表达正义的憎恨和坚定的独立判断,"是杆子后面的力量在起作用。"

"我向你保证,汤姆。"古达克先生说,"短枪立刻把我朋友家的烟灰弄干净了——很顽固的那种。"

"也许吧,先生,"帕菲特先生回答道,"但这不是我想用的方法。"他走到堆放他脱掉的毛衣的地方,捡起最上面的那件,"如果杆子不管用,您应该用梯子,而不是烈性炸药。"

"但是,古达克先生,"特威特敦小姐忧心忡忡地说,"您确定这样安全吗?我很害怕房子里有枪。所有这些意外——"

牧师让她放心。哈丽雅特意识到房子的主人们无论如何逃脱不了责任,不过还是要安抚一下扫烟囱的人。

"别遗弃我们,帕菲特先生。"她恳求着,"我们不能伤害古达克先生的感情。但是如果发生了什么事情——"

"发发慈悲,帕菲特。"彼得说。

帕菲特先生闪闪发光的小眼睛看着彼得的眼睛,它们就像两汪澄澈见底却不知深浅的灰色湖水。

"好吧。"帕菲特先生缓慢地说,"我可以答应任何事情,不过丑话说在前头,老爷,我不赞成这么做。"

"不会把烟囱打下来吧?"哈丽雅特问道。

"哦,烟囱不会掉下来的。"帕菲特先生说,"如果您想逗这位老绅士一笑,它会掉到您脑袋上。就是这么说说罢了,夫人。"

彼得成功地把他的烟斗弄灭了。他双手插在兜里,用满足的疏离感观察着剧中的演员们。克拉奇利和拉德尔夫人拿着枪走进来时,他却悄无声息地向后退,像一只猫意外地踩入一摊打碎的香水中。

"我的上帝!"他吸了口气,"滑铁卢年!"

"太好了!"牧师喊道,"谢谢,谢谢,玛莎。现在我们装备好了。"

"你动作真快,弗兰克!"特威特敦小姐一边说一边瞄着武器,"你肯定它不会走火?"

"一个军队里的骡子能走火吗?"彼得轻声地质问着。

"我向来不喜欢枪炮。"特威特敦小姐说。

"不,不,"牧师说,"相信我,不会有副作用的。"他握着枪,研究着枪栓和扳机,一副对弹道学理论了如指掌的神情。

"子弹已经上膛了,先生。"拉德尔夫人为她家伯特的高效率感到骄傲。

特威特敦小姐发出一声微弱的尖叫,牧师关切地把枪口从她身上移开,却发现对准了正从走廊走进来的本特。

"对不起,老爷。"本特说,一副极其漠不关心的样子,而眼神却很小心提防,"门口有一个人——"

"稍等一下,本特,"主人把他的话打断,"马上就开火了。烟囱要靠气体的自然膨胀清除干净。"

"很好,老爷。"本特好像在测量武器和牧师各自的力量,"对不起,先生。您是否允许我——"

"不,不,"古达克先生大叫着,"谢谢!我自己可以处理得很好。"他手里握着枪,把头和肩膀埋入壁炉帷帘下面。

"哼!"彼得说,"你比我更男人。"

他把烟斗从嘴里取出,用另一只手揽住妻子的腰。特威特敦小姐没有可以依靠的丈夫，只好投入克拉奇利的怀抱，寻求保护，并发出一声哭号：

"哦，弗兰克！我知道我应该对着噪声尖叫。"

"没必要这么惊慌。"牧师像一个演员从幕布后探出头来说，"现在——大家都准备好了吗？"

帕菲特先生戴上他的高礼帽。

"即使天塌下来也罢！"彼得说话的工夫，枪声响了。

爆炸声就像世界末日一样，仿佛干重活的马尥了一个蹶子（就像彼得预想的那样）。枪和开枪的人一起滚落在壁炉旁，和帷帘密不可分地纠缠在一处。本特跳过去援救时，烟囱里松动的几百年的烟灰像疯狂的瀑布一样倾泻下来，温柔而又致命般粗暴地与地面相遇，升腾起一片地狱般的蘑菇云，夹杂其间的是一阵石块、灰浆、砖头、猫头鹰和蝙蝠骨头、棍子、金属、瓦砾和陶片构成的暴雨。拉德尔夫人和特威特敦小姐的大声呼喊被淹没，喷发的隆隆声在四十英尺长的烟道两头回荡。

"哦，狂喜！"彼得大吼着，怀里抱着他的妻子，"哦，慷慨的耶和华！哦，一千倍地偿还所有之前困境的喜悦！"

"看吧！"帕菲特先生发出胜利的叫喊，"别说我没警告过你。"

彼得刚想张嘴回答，却看到本特打着喷嚏，两眼一抹黑，像个努比亚的维纳斯，这让他狂喜到无话可说。

"哦，天哪！"特威特敦小姐叫喊着，焦躁地转来转去，朝着仿佛被襁褓包起来的牧师的方向无助地急奔了几次，"哦，天哪！哦，弗兰克！哦，上帝！"

"彼得！"哈丽雅特喘着气说。

"我就知道会是这样。"彼得说，"哼！我就知道！你亵渎了烟囱里掉下来的蜘蛛抱蛋和其他可怕的东西。"

"彼得！是古达克先生在罩子里。"

"哦！"彼得打起精神和帕菲特先生一起解开牧师的茧。拉德尔夫人和克拉奇利带走不幸的本特。

古达克先生惊慌失措地冒出头来。

"没受伤吧，先生？"彼得非常担忧地询问着。

"没受伤，一点儿也没有。"牧师揉了揉肩膀。涂一点山菊油就可以了。他捋了一下自己稀少的头发，摸索着眼镜，"我相信女士们没有因为爆炸而过于惊慌。看起来很有效。"

"确实如此！"彼得说。他从排水管上拉出一丛蒲苇，轻轻地戳在废墟中间，这时哈丽雅特正在掸牧师身上的灰尘，让人想起爱丽丝帮白国王吹去身上的灰尘。"太惊人了。老烟囱里什么都能找到。"

"只有鸟类的标本，两个蝙蝠的骨架，还有大约八英尺长的链子。"

"啊！"古达克先生充满考古热情地说，"老的顶管链，很有可能。"

"可能就是这个。"帕菲特先生表示同意，"挂在某个突出的部位上。看哪，这儿还有过去用的烤肉叉转动器。还有十字形的车轮，加上链条就可以滚来滚去了。我奶奶好像也有一个，这该死的烤肉叉。"

"那么，"彼得说，"看来，不管怎样，我们把烟灰弄松了些，现在你的杆子可以捅烟囱顶管了。"

"如果，"帕菲特先生说，"烟囱顶管还在那里的话。"他跳到壁炉腔下，彼得跟在他身后，"小心碰头，老爷——可能还有些松动的砖头。我敢说如果你寻找顶管，能看到比早晨更大的一片天。"

"对不起，老爷！"

"嗯？"彼得爬出来，伸直腰，跟好像刚做完一次粗略但有效的清洗的本特来了个鼻子碰鼻子。他上下打量着自己的男仆，"我的上帝，本特，我的本特。"

一股强烈的情感阴影闪过本特的脸庞，但是良好的训练让他控制住了。

"门口的那个人要见诺阿克斯先生。我告诉他，他不在这里。但是他不相信我说的话。"

"你问过他想不想见特威特敦小姐了吗?他有什么事?"

"他说,老爷,他事情紧急而且是私事。"

帕菲特先生感到自己的存在很碍事,于是一边吹着口哨,一边用绳子把杆子系起来。

"什么样的一个人,本特?"

本特微微耸了耸肩,摊开手掌。

"一个搞金融的人,老爷,从外表上判断。"

"哦!"帕菲特先生低声说。

"叫摩西?"

"叫麦克布赖德,老爷。"

"这区别就好像没区别一样。特威特敦小姐,您可以见见这个搞金融的苏格兰人吗?"

"哦,温西勋爵,我真的不知道该说什么。我对威廉舅舅的生意一无所知。不知道他是否在意我介入。除非舅舅——"

"我来对付那个家伙怎么样?"

"您太好了,温西勋爵。我本不应该打扰您。但是舅舅走了,一切都这么荒唐,况且绅士们更懂生意,不是吗,温西勋爵?我的天哪!"

"我丈夫会很高兴这么做的。"哈丽雅特说。她顽皮地想要补充,"他什么生意都懂。"但是不幸被先生本人阻止住了。

"没有什么,"温西宣称,"比管别人的闲事更让我开心的了。把他带进来。还有,本特!允许我授予你'烟囱最高英雄勋章',用以表彰你不顾一切的见义勇为。"

"谢谢您,老爷!"本特说,笨拙地朝链子俯下身去,手里接过烤肉叉转动器,"我很荣幸。还有什么进一步的指示吗?"

"有。你走之前——把那些死尸带走。但是我可以原谅士兵们的开枪行为。一个早上发生的事情够多了。"

本特先生弯下腰把那些骷髅捡起来,收进簸箕里,出去了。但是当他从高背椅后面经过时,哈丽雅特看见他把链子展开,随手扔进了排水管，并把烤肉叉转动器垂立在墙边。一个绅士可能开玩笑，但是一个绅士有他要坚持的立场。人们无法面对有着帕格海姆市长和获得烟囱最高英雄勋章身份的好奇的希伯来人。

第六章 再次回到军队

> 日子杀害了日子
> 季节流逝,
> 转眼又是夏天;
> 我躺在这片草地上
> 曾经也躺在这里
> 那时的我很高兴
> 干涉着对与错。
>
> ——威廉·莫里斯,《已逝的半生》

麦克布赖德先生原来是个活泼的年轻人,戴着一顶高礼帽,黑色的眼睛很敏锐,好像要清点它们遇到的一切事物,只是那条领带令人遗憾。他用眼角的余光迅速地扫了一下牧师和帕菲特先生,把他们忽略不计,然后从单片眼镜后面射出一条直线。

"早上好,"麦克布赖德先生说,"您一定是彼得·温西勋爵。抱歉打搅您。我知道您会在此逗留。事实上,我要见诺阿克斯先生,找他谈点小事。"

"是这样。"彼得轻松地说,"今天早晨城里有雾吗?"

"哦,没有。"麦克布赖德先生回答,"晴朗的一天。"

"我也这么认为。我是说,我想您一定是从城里来的。但是您可能,当然,去过其他地方,所以我问了这个问题。您没有递上名片吧。"

"哦,您知道,我是要和诺阿克斯先生谈一点机密的私事。"

他说到这里,帕菲特先生在地上找到一根长绳子,开始慢慢地、有条不紊地绕起来,目光不太友好地凝视着陌生人的脸。

"那么,"彼得重又接起话头,"恐怕您这次算是白来了。诺阿克斯先生不在这里。我也非常希望他在,但您很可能要去布若克斯福德找他了。"

"哦,不。"麦克布赖德先生又说,"那不行,那怎么行呢?"这时,克拉奇利提着水桶、扫帚和铁锹走进门来,他马上回过头去,然后大笑着说,"我去过布若克斯福德了,他们说我在这儿应该能找到他。"

"他们真是这么说的?"彼得说,"做得对,克拉奇利。把这些乱七八糟的东西扫干净,把那些纸也收起来。他们说他在这里?那么他们说错了。他不在,我们也不知道他在哪儿。"

"但是,"特威特敦小姐嚷道,"这不可能!不在布若克斯福德?那他会在哪儿呢?太让人担心了。哦,天哪,古达克先生,您有什么好建议吗?"

"对不起,我们这里乌烟瘴气的。"彼得说,"我们家里刚刚出了点儿小事故。这些烟灰对花坛有好处。据说花园里的害虫不喜欢它们。是的,呃,这是诺阿克斯先生的侄女,特威特敦小姐。也许您可以和她探讨一下。"

"对不起,"麦克布赖德先生说,"不行,我必须和诺阿克斯先生本人谈。拖延时间没什么好处,我了解所有逃避的技巧。"他轻巧地跳过克拉奇利扫到脚下的扫帚,然后毫不客气地坐在椅子上。

"年轻人!"古达克先生责备道,"你最好文明一些。彼得·温西勋爵已经告诉你我们不知道诺阿克斯先生在哪里了,你不要假设他在说谎。"

彼得走到远处的一个古董架旁,翻弄着本特放在那里的他的一堆私人用品,瞥了一眼妻子,挑起一边的眉毛。

"那么他不会说谎?"麦克布赖德先生说,"没有谁能像英国贵族那样撒谎的时候眼都不眨。这位阁下的脸是证人席上最好的财富。"

彼得从雪茄盒里抽出一只雪茄,自信地补充着。"这个大家都知道。"

"你们听到了吧。"麦克布赖德先生说,"别跟我来这一套。"

他随意地伸长腿,表明他不想离开。帕菲特先生在他的脚下摸索着,发现一个铅笔头,然后嘟囔着放入口袋里。

"麦克布赖德先生,"彼得端着雪茄盒走回来,"抽一根雪茄吧。那么您是代表谁来的?"

他用精明的眼神盯着这个来访者,嘴唇上浮着幽默。麦克布赖德先生接过雪茄,意识到质量不错,然后振作起来,用一个充满阴谋的眨眼应对这个和他有着同等智力的对手。

"麦克唐纳和亚伯拉罕斯,"麦克布赖德先生说,"贝德福德街。"

"哦,是啊,那个由家族管理的英国北部的老商行。法律顾问?我想是的。对诺阿克斯先生有利?毫无疑问。你们在找他,我们也一样。这位女士也是……"

"是的,确实如此。"特威特敦小姐说,"我很担心舅舅。从上个星期三开始我们就再也没见到他。我确信——"

"但是,"彼得接着说,"你在我的房子里找不到他。"

"你的房子?"

"我的房子。我已经从诺阿克斯先生手里买下了这所房子。"

"哦!"麦克布赖德先生吐出一口烟,激动地说,"这有什么不可告人的目的?买了这所房子,哈?付款了吗?"

"真的吗?真的吗?"牧师震惊地喊道。帕菲特先生正在穿毛衣的一只胳膊悬在半空。

"当然!"彼得说,"我已经付款了。"

"闪电般神速啊！"麦克布赖德先生说。他的手势让放在膝盖上的帽子飞了出去，旋转着停在帕菲特先生的脚边。克拉奇利放下手上收集的纸堆，站在那里看着他们。

"神速？"特威特敦小姐尖叫着，"您这是什么意思？他这是什么意思，温西勋爵？"

"哦，嘘！"哈丽雅特说，"他不知道事情是怎样的，至少不比我们知道得多。"

"走掉了！"麦克布赖德先生解释道，"他逃走了。拿着现金走了，现在明白了吗？我跟亚伯拉罕斯先生说过一次，我说过上千次。如果您不立刻过来找这个叫诺阿克斯的家伙，他会逃走的。我说，他走掉了，是不是？"

"走掉了？"克拉奇利义愤地说，"你说他走掉了，轻而易举。我的四十英镑怎么办？"

"哦，弗兰克。"特威特敦小姐喊道。

"你也是受害者，是吗？"麦克布赖德先生同情地说，"四十英镑？我们呢？我们客户的钱怎么办呢？"

"什么钱？"特威特敦小姐忧虑痛苦、气喘吁吁地说，"谁的钱？我不明白。这都和威廉舅舅有什么关系？"

"彼得，"哈丽雅特说，"你不认为——"

"没用，"温西说，"早晚会弄清楚的。"

"看见这个了吗？"麦克布赖德先生说，"这是传票。事关九百英镑的小事。"

"九百？"克拉奇利抢过那张纸片，好像那是张可转让的债券。

"九百英镑！"特威特敦小姐是合唱团的最高音。彼得摇摇头。

"本金和利息。"麦克布赖德先生平静地说，"税款、税款和税款，累积了五年。不能总这么等着不是？"

"我舅舅的生意，"特威特敦小姐说，"肯定出了什么差错。"

"你舅舅的生意，小姐。"麦克布赖德先生粗鲁地说，并非毫无同情心，"根本就垮了。他抵押了店铺，连一百英镑的存货都没有——我不认为他为那些货物付了账。你的舅舅破产了，这就是事实。破产了！"

"破产了？"克拉奇利激动地喊道，"那我投在他生意里的四十英镑呢？"

"你再也见不到它们了，这位先生。"这个职员冷冰冰地说，"除非我们抓住这个老先生，让他把钱吐出来。即使到那时——老爷，我可以问一句吗，您花了多少钱买了这所房子？我无意冒犯，这也不会让事情有什么不同。"

"六百五十。"彼得说。

"便宜。"麦克布赖德先生简短地说。

"我们也这么认为。"彼得回答道，"这所房子的抵押价是八百英镑。但是他同意收现金。"

"他在寻求抵押？"

"我不知道。实际上是否有抵押需要花点时间才能弄清楚。况且，我没作调查。"

"哈！"麦克布赖德先生说，"这么说，你买了个便宜货。"

"这也是不小的一笔钱。"彼得说，"事实上，我们可以出他要的那个数，如果他坚持的话。我妻子很向往这个地方。但是他接受了我们最初的提议。我们也没追问为什么。公事公办。"

"嗯！"麦克布赖德先生尊敬地说，"有人说贵族都是温柔的家伙。我想，你也不是那么奇怪。"

"一点也不。"彼得说。

特威特敦小姐看起来很困惑。

"这对我们的客户来说太糟糕了。"麦克布赖德先生坦率地说，"即使我们得到六百五十英镑也不能完全解决问题。现在他携款潜逃了。"

"他骗了我，这个老魔鬼！"克拉奇利怒吼道。

"镇静！镇静！克拉奇利，"牧师恳求道，"别忘了你在什么地方。为特威特敦小姐想一想。"

"还有家具是他的。"哈丽雅特说。

"如果这些东西是付过钱的。"麦克布赖德先生用轻蔑的眼光环顾一下四周。

"太可怕了！"特威特敦小姐说，"我不敢相信！我们一直以为舅舅是很富有的。"

"他是的。"麦克布赖德先生说，"到千里之外的地方富有去了。从上星期三开始就没他的消息了？以现在这么便利的交通，负债人太容易逃跑了。"

"天哪！"克拉奇利完全失去了控制，"你的意思是，即使找到他，我也要不回那四十英镑了？真无耻！"

"等一等！"麦克布赖德先生说，"他没有拉你入伙什么的，是吗？没有？那确实太幸运了。我们不会因此追究你的责任。感谢上天吧。这都是教训，不是吗？"

"该死！不管从谁身上，我都得要回那四十英镑。你，艾吉·特威特敦——你知道他答应还我钱的。我要告你！——这个骗子！"

"嗨！"牧师说，"这不是特威特敦小姐的错。你不能这么不分青红皂白地大发雷霆。我们要尽量冷静地思考问题——"

"安静，"彼得说，"确实应该如此。我们喝点酒吧，也许这样可以缓和一下情绪。本特，房子里还有什么喝的吗？"

"当然，老爷。霍克酒、雪利酒、威士忌……"

帕菲特先生想打断一下。他不喜欢葡萄酒和烈酒。

"诺阿克斯先生，"他用一种疏离的态度说道，"总是在房子里藏一桶上好的啤酒。"

"太好了，我想，麦克布赖德先生，严格地说，那是您客户的啤酒。但是如果您不反对的话——"

"嗯，一口啤酒也没什么大关系。"麦克布赖德先生同意了。

"那么，本特，盛一壶啤酒，还有威士忌，哦，还有，给女士们拿点雪利酒。"

本特去忙活他的差事去了，气氛也缓和下来。古达克先生抓住最后的话引入一个不太有争议的话题。

"雪利酒,"他欢快地说,"一直都是一种让人惬意的酒。我很高兴在报纸上读到它终于又回复本来的味道了。马德拉酒①也是。有人告诉我雪利酒和马德拉酒在伦敦又开始受欢迎了。在大学里也是。真是一个让人开心的好兆头。很难想象这些时髦的鸡尾酒到底是有益身体健康还是合口味。当然不是。但我不会拒绝偶尔来一杯健康的葡萄酒——就像传教士说的那样,为了胃着想。在像现在这种焦虑的时刻毫无疑问是能起到滋补的作用的。恐怕,特威特敦小姐,这对于您来说是个打击。"

"我真没想到舅舅会这样,"特威特敦小姐伤心地说,"他一直都是被大家仰视的。我简直不敢相信。"

"我相信——很容易。"克拉奇利凑在扫烟囱的人耳边说。

"你想不到,"帕菲特先生费力地穿上他的外套,"我一直认为诺阿克斯先生是个热心的人。"

"把我的四十英镑卷走了。"克拉奇利从地上拾起纸堆,机械地说,"而且从来没有付给我那可怜的百分之二,这个老贼!我从来没喜欢过半导体业务。"

"啊!"帕菲特先生说。他抓住悬挂在纸堆中的细绳松弛的那端,绕在自己的手指上,看起来很可笑,像一个矮胖的女佣和她缠绕绒线的同伴,"藏得深,找得准,弗兰克·克拉奇利。你不能太关注你放钱的地方。在你找到的地方捡起来,再小心地收起来,就像我对付这根绳子,它就在那儿,等你需要的时候找起来也很方便。"他把细绳收在一个隐蔽的口袋里。

对于这番说教,克拉奇利没有作答。他走出去,让位给本特。一脸高深莫测的本特正在平衡手中的锡制托盘,盘子里有一个黑瓶子、一瓶威士忌、一个陶壶、前一天晚上用的两只平底玻璃杯、三个高脚杯(其中一个杯底有破损)、一个带把儿的瓷杯,还有两个不同规格的锡罐。

---

①大西洋的马德拉群岛产的白葡萄酒。

"天哪！"彼得说（本特的眼睛像被斥责的长毛垂耳狗，向上看了一会儿），"这些肯定是贝克街的残次品。最重要的是它们的顶部都有一个洞。我听说伍尔沃思先生出售很好的玻璃器皿。特威特敦小姐，您可以接受雪利酒作为来自马盖特①的礼物吗，或者把大啤酒杯里的海格酒一饮而尽？"

"哦！"特威特敦小姐说，"非常感谢，但是在早晨这个时候——它们也许需要擦掉灰尘，因为舅舅不用它们——哎呀，我真的不知道——"

"喝了对你有好处。"

"我觉得你应该喝点什么。"哈丽雅特说。

"哦，您这么想吗？彼得夫人？好吧，如果您坚持的话，那喝雪利酒吧，就一点点。当然，现在也不是太早了，是吗？哦，请不要这样，你们给我的太多了。"

"我敢向你保证，"彼得说，"它会像你的欧洲防风草酒一样柔和。"他郑重地把杯子递给她，然后在他妻子的平底玻璃杯里倒了少量的雪利酒。哈丽雅特一边让他倒酒，一边评论道：

"你是个说反话的大师。"

"谢谢你，哈丽雅特。您的毒药是什么，神父？"

"雪利酒，谢谢。祝你健康，我亲爱的年轻人。"他和特威特敦小姐碰了一下杯，这个动作吓了她一跳，"振作一点，特威特敦小姐。事情也许并不像看起来的那么糟糕。"

"谢谢。"麦克布赖德先生挥手拒绝了威士忌，"如果可以，我想喝点啤酒，办公时间不喝烈酒是我的原则。当然，给这个家庭带来这么多不幸的打扰也并非我所愿。但是公事公办，对不对，老爷？我们还要替客户考虑。"

"不能怪您。"彼得说，"特威特敦小姐意识到您只是在履行让人不快的职责而已。他们只是在送达传票，你知道。"

---

①英国英格兰肯特郡的海港、避暑胜地。

"当然，"特威特敦小姐说，"如果我们能找到舅舅，他会解释一切的。"

"如果我们能找到他的话。"麦克布赖德先生意味深长地说。

"是的。如果我们能找到诺阿克斯先生——"门打开了，彼得马上换了一个语气说，"哦，啤酒，光荣的啤酒！"

"对不起，老爷。"本特空手站在门口，"恐怕我们找到诺阿克斯先生了。"

"你找到他了？"主仆二人对视着，哈丽雅特读出他们眼中传递的不言而喻的信息，她走到彼得身边，用一只手抓住他的胳膊。

"看在上帝的分上，本特，"温西的声音里透着紧张，"别说你找到了——在哪儿？在地下室里？"

拉德尔夫人报丧女妖般的哀号打破了紧张的气氛。

"弗兰克！弗兰克·克拉奇利！是诺阿克斯先生！"

"是的，老爷。"本特说。

特威特敦小姐出人意料的机智，跺着脚说："他死了！舅舅死了！"杯子从她手中滚落，在壁炉旁的石块上摔了个粉碎。

"不！不！"哈丽雅特说，"他们不可能是那个意思。"

"哦，不，不可能！"古达克先生说，他用恳求的眼神望着低着头的本特。

"恐怕这就是事实，先生。"

克拉奇利把他猛推到一边，说："发生了什么？拉德尔夫人在吵吵什么？在哪儿？"

"我就知道是这样！我就知道是这样！"特威特敦小姐不计后果地嚷道，"我就知道肯定有可怕的事情发生了。舅舅死了，钱也没了！"

她发出一阵打嗝般的笑声，一个箭步冲向畏缩成一团正在喘气的克拉奇利，推开牧师伸出的手，一头扎入哈丽雅特的怀抱。

"唉！"帕菲特先生说，"我们去看看吧。"

他朝门口冲去，正好撞上克拉奇利。本特趁着混乱，把门从身后关上。

"等一下!"本特说,"最好什么都不要碰。"

这句话好像是他一直等待的信号,彼得从桌子上拿起冰冷的烟斗,在手心上磕了磕,把烟灰倒在托盘里。

"也许,"古达克先生好像抱着一线希望,"他只是晕倒了。"他热切地站起身来,"我们也许能帮助他——"

他的声音弱下去了。

"死了好几天了,"本特说,"从他的样子来看。"他的视线还在彼得身上。

"他身上有钱吗?"麦克布赖德先生问。

牧师忽然又抛出一个问题,就像一个海浪冲击着本特毫无感情的石墙,"怎么发生的?他是不是突然摔倒在台阶上?"

"被割破了喉咙,更有可能!"麦克布赖德先生说。

本特还在看着彼得,加重语气说:"他不是自杀。"这时他感觉肩头有人猛推门,便让到一边,让拉德尔夫人进来。

"哦,我的天哪!天哪!"拉德尔夫人大声嚷着。她的眼睛里闪烁着凄凉的胜利的光,"这个可怜的家伙,脑袋被什么东西猛击了一下!"

"本特!"彼得最后说,"你是不是想告诉我们这是谋杀?"

特威特敦小姐从哈丽雅特的臂弯滑落到地板上。

"我不想这么说,老爷,但看样子是。"

"请给我拿杯水来。"哈丽雅特说。

"好的,夫人!拉德尔夫人!拿杯水来——立刻!"

"好的。"彼得机械地把水倒入一个高脚杯,然后递给那个女佣,"一切保持原样。克拉奇利,你最好去报警。"

"如果,"拉德尔夫人说,"如果你们想报警,这有一个叫乔·塞伦的年轻人——他是警员,在门口跟我的艾伯特聊天呢。五分钟前我还见过他,如果我知道小伙子们在谈论什么——"

"水。"哈丽雅特说。

彼得端着一杯纯纯的烈酒走到克拉奇利面前,对他说:"把这个喝了,振作起来,然后到农舍把那个叫塞伦或者什么的家伙找来。快。"

"谢谢，老爷。"年轻人从眩晕中猛醒过来，一口把杯子里的威士忌干掉，"太让人震惊了。"

他走了出去，帕菲特先生跟在他身后。

"我想，"帕菲特先生轻轻地戳了一下本特的肋骨，说，"你之前没找到啤酒？——嗯？哦，好吧——战争中有比这更糟糕的事情。"

"她好些了，可怜的人。"拉德尔夫人说，"加油，坚持住。你需要好好躺一会儿，喝杯热茶。夫人，我可以扶她上楼吗？"

"去吧，"哈丽雅特说，"我一会儿就来。"

她让她们上楼，转过身来看着一动不动盯着桌子的彼得。哦，我的上帝。哈丽雅特心想，她被他的脸惊住了，他是个中年男人——他的半生已经过去了——他不应该——

"彼得，我可怜的爱人！我们来这里是为了平静地度蜜月！"

彼得转过身来，后悔地大笑。

"该死！"他说道，"该死！又要辛苦地工作！尸僵、谁最后见过他、血迹、指纹、足印、接到的信息，还有警告你是我的责任。看到了，我的上帝，看到了什么！"

"好了，"警员塞伦说，"这里发生了什么？"

第七章　荷花和仙人掌

我知道现在和曾经，
对我来说都不奇怪，
我在很多年里
见证经历了每一种改变。
我知道当人类善良或者邪恶，
健康或者疾病，他慢慢说；
当悲伤或者高兴，理智或者疯狂，
躺在那里或者死亡……

当黑夜里一切都不见，
直到冰冷的早晨最终降临，
老旧的床让房间敬畏
它茫茫的经验讲述着故事。
它让阴沉发抖，讲述着人类
悲伤和喜悦，

狂热呻吟和婴儿哭号，

出生、死亡和婚夜的故事。

——詹姆斯·汤姆森，《在房间里》

哈丽雅特给躺在长沙发椅上的特威特敦小姐盖上被子，在她身边放上暖水壶和阿司匹林，然后蹑手蹑脚地走到隔壁房间，发现彼得正在把衬衫从头上脱下来。她看到他的脸露出来后，说："你好！"

"你还好吗？"

"是的，好点了。楼下发生了什么？"

"塞伦在邮局打了一个电话，警官从布若克斯福德赶过来，还有法医。我上楼戴上假领子和领结。"

当然了，哈丽雅特暗自愉悦地想，有人死在我们这里了，所以我们戴上假领子和领结。没有比这个更明显的了。男人真是荒唐！他们真聪明，会给自己设计自我保护的铠甲！那得是什么样的领结呢？黑色的太过分了。暗紫色或者不太突兀的圆点花纹？不。军装领结。没有比这更合适的了。非常正式，无可挑剔。绝对愚蠢而且很迷人。

她掩饰着嘴角的笑意，注视着彼得把一件宽松的运动夹克换成大衣和马甲的庄严过程。

"所有这些都很讨厌！"彼得说。他坐在光秃秃的床架上把拖鞋换成一双棕色的皮鞋，"这不会让你很担心吧？"他低下头系鞋带，声音听起来有点窒息。

"没有。"

"首先，这跟咱们没有关系。因为他不是因为我们付给他的钱而被杀的。那些钞票还在他口袋里——附注。"

"天哪！"

"毫无疑问，他还打算把门闩上了。我本人并没什么惋惜的地方，你呢？"

"远远没有，只是——"

"嗯？……你在担心！该死！"

"不是这样的。我只是想到他在地下室躺了那么长时间。我知道这特别傻，但是我忍不住希望我们没在他的床上睡过觉。"

"我就怕你这么想。"他站起身，在窗前眺望了一会儿湖边的斜坡和蜿蜒远去的林地，"你知道，那张床和这所房子差不多一样老。它可以讲述无数个出生、死亡和新婚之夜的故事。人逃脱不掉这些东西。除非买一幢新的别墅，再从托特纳姆法院路购买家具……即使如此，我也希望这一切都没发生。我是说，如果这样让你每次想到都不舒服的话——"

"不，彼得，我不是这个意思。如果我们通过其他渠道来这里，可能结果就不一样了。"

"这就是问题所在。设想一下，如果我来这里只是为了取悦某个无关紧要的人，我就感觉自己没那么重要了。我敢说这很有道理，然而我可能和其他人一样不讲道理，如果我把心思放在上面的话。但是事实上，不！你和我做过的任何事情对死亡都不存在任何侮辱。除非你这么认为，哈丽雅特。也许，如果有什么东西可以让这个可怜的老家伙留在身后的气氛变得愉悦的话，那就是我对你的感情，还有你对我的感情。我可以向你保证，至少对于我来说，这不是微不足道的。"

"我知道。你说得完全正确。我不会那么想了。彼得——地下室里没有老鼠吧？"

"没有，我最亲爱的。没有老鼠，地下室很干燥，很完美。"

"那很好。我在想是不是有老鼠。一个人死后，除了老鼠，好像我不是很在乎其他的东西。我什么都不介意了，至少现在不。"

"我想，恐怕我们在这里得待到调查结束了。但是我们可以去其他地方。我正想问你这个。也许在帕格福德或者布若克斯福德能找到一个不错的旅馆。"

哈丽雅特想了想。

"不，我不在乎，我宁可留在这里。"

"你肯定吗？"

"是的，这是我们的房子，不是他的。我不想让你认为我和你的感觉有什么不同。那比老鼠还要糟糕。"

"我亲爱的,我不想用是否留在这里考验你的感情。那不是爱情,而是虚荣在作怪。这对我来说很简单。我出生在这样一张床上,在那里我的十二代祖先出生、结婚、死亡——按照牧师的说法,他们中间的一些人死前的结局并不好——所以这种事情不会困扰我。但是我没有理由让你和我有同样的感觉。"

"别说了。我要留在这里驱魔。我宁可这样。"

"好吧,如果你改变主意了,跟我说一声。"他还是有些不自在地说。

"我不会改变主意的。如果你准备好了,我们就下楼吧,特威特敦小姐需要睡一会儿。现在我忽然想到,她没有要求去另外一个卧室,那是她的亲舅舅啊。"

"乡下人对待生死都是很实际的。他们离现实很近。"

"你们那类人也一样。我们这种人才是清洁文明的,在酒店里结婚,在医院里出生,在养老院里死去,不冒犯任何人。我说,彼得,我们是不是还得给这些医生、警察什么的准备些吃的?是让本特自己看着办,还是我给他提一些要求?"

"经验表明,"彼得一边下楼,一边说,"在任何情况下,本特都是有准备的。他今天早晨肯定在买《时报》的时候顺便让送奶工跟女邮递员说了一声,让她给布若克斯福德打个电话,让巴士司机把报纸留在邮局,再让送电报的小女孩送过来,这么琐碎的小事就能说明他是多么的足智多谋,精力充沛。但是如果你跟他强调事情有多么困难,当他一切安排得当的时候再祝贺他一番,他会把这当做夸奖的。"

"我会的。"

他们在楼上停留的短暂时间里,帕菲特先生显然已经把烟囱打扫干净了,因为客厅的除尘罩已经揭去,壁炉里也生起了火。一张桌子被拉到屋子中间,桌子上的托盘里摆满了盘子和刀叉。从走廊经过的时候,哈丽雅特意识到这里发生了很多事情。在地下室紧闭的门前站着穿制服的塞伦,像年轻的哈里带着他的海狸,准备抗拒执行公务以外的任何干扰。厨房里，拉德尔夫人在切三明治。碗碟洗涤处，克拉奇利和帕菲特先生正从长长的碗橱里拿出罐子、平底锅、旧花盆来清洗；旁边是热气腾腾的桶，他们打算把它们擦干净，迎接死去的主人。后门那里站着本特，正在和不知道从哪里开摩托车来的两个男人进行某种类型的金融交易。越过他们，能看见正在后花园里闲逛的麦克布赖德先生；从神情上看，他好像在给所有的东西开列清单并估算价格。这时前门传来沉重的敲门声。

"可能是警察来了。"彼得说。他把他们迎进来。同时本特也给了那两个男人钱，然后走进来，立刻把门关上。

"哦，本特。"哈丽雅特说，"你是不是要给我们准备一些食物？"

"是的，夫人。我成功地从'家和殖民地'那里截获了一些做三明治的火腿。还有一份鹅肝酱和我们从城里带来的柴郡①的奶酪。地下室的扎啤还没准备好，我自作主张让拉德尔夫人去村子里取一些巴斯啤酒过来。如果还有什么进一步的要求，篮子里还有一罐鱼子酱，只可惜我们没有柠檬了。"

"哦，我不认为鱼子酱合时宜，本特，你呢？"

"不，夫人。大件行李已经到了，按照卡特·帕特森的指示。我让他们先存放在油棚，等我们有空再去处理。"

"行李！我都忘光了！"

"很自然，夫人，如果我可以这样说的话……碗碟洗涤处，"本特继续说，稍稍犹豫了一下，"好像对医生们来说是个比厨房更合适工作的地方。"

"当然。"哈丽雅特加重语气说。

"是的，夫人。我问过老爷，目前这种情况，是否需要我买一些煤。他说这种事情最好请示夫人。"

"他说了的话，你可以订一些煤。"

"很好，夫人。我想利用午饭和晚饭之间的时间把厨房的烟囱清扫

---

① 英国英格兰西部的一个郡。

干净,如果警察不干预的话。夫人可否允许我安排清扫的事宜?"

"请吧。如果不是你想着这些细节,我们都不知道该怎么办了,本特。"

"我很荣幸,夫人。"

警察们已经走进了起居室。通过半开的门,可以听见彼得的高嗓门正在流利地复述整个不可思议的事件,偶尔耐心地等待提问,并给警察们记录的笔头提供充裕的时间。哈丽雅特愤怒地叹息。

"我真的希望他没有这么烦恼!这样太糟糕了。"

"是的,夫人。"本特的脸抖动了一下,好像某种人类的情感要破土而出。他没有再说什么,但是哈丽雅特意识到同情正在他的脸上浮现。她冲动地说:

"我想知道,你认为我要订煤这件事做得对吗?"

把本特推到这么一个尴尬的境地不是很公平。他仍旧无表情地说:

"这不该我说,夫人。"

她决定不认错。

"你认识他的时间比我长,本特。如果老爷只需要考虑他自身的话,你认为他会留下还是离开?"

"在这种情况下,夫人,我想他会留下。"

"这就是我想知道的,你最好准备够烧一个月的煤。"

"当然,夫人。"

那些人从起居室里走出来。他们分别是:克拉文医生、柯克警督和布莱兹中士。地下室的门被打开了;有人拿着手电筒,大家鱼贯走下去。哈丽雅特恢复到她安静等待的女主人身份,到厨房帮忙做三明治。这个角色虽然枯燥,却不是毫无用处的。因为拉德尔夫人手里拿着一把大刀,站在碗碟洗涤处门口,好像准备对从地下室里拿上来的任何东西都进行一场屠宰般的尸检。

"拉德尔夫人!"

拉德尔夫人吓了一大跳,手里的刀也落了地。

"哎呀,我的夫人,您可是吓坏我了。"

"请把面包切得薄一点,再把那扇门关上。"

先是缓慢而沉重的脚步声,然后传来说话的声音。拉德尔夫人突然停止激烈的讲述开始聆听。

"拉德尔夫人?"

"是,夫人。我对他说:'你不要以为你用那种方法就可以抓住我,乔·塞伦,'我说,'你想成为一个人物,是不是?'我说,'就你长的那张脸,特威特敦的母鸡这件事就能把你变成一个傻瓜。不,'我说,'如果一个好警察来,他可以问任何他想问的问题。但是你以为你可以对我呼来喝去的?'我说,'我都能当你奶奶了。你可以把笔记本放在那里。'我说,'继续,'我说,'我的老猫看见你都要笑话你。'我说,'我要告诉他们我知道的所有事情。'我说,'到时候你可别害怕。''你没道理。'他说,'你在妨碍我执行法律。''法律?'我说,'你管你自己叫法律?如果你是法律,'我说,'我可不这么认为。'他脸涨得通红。他说:'你会听到什么的。'我说:'你也会听到什么的。没你的事儿。'我说,'如果没有你在这里捣乱,他们听我跟他们说话会很高兴的。'于是他说——"

拉德尔夫人的话里有明显的蓄意害人和得胜的味道。哈丽雅特觉得母鸡的故事没什么意义。这时,本特穿过走廊走进门来。

"老爷的荣幸,夫人;如果您能抽出时间,柯克警督想在起居室跟您聊一会儿。"

柯克警督是个大块头的男人,说起话来温和且字斟句酌。看起来他好像从彼得那里已经获得了所需要的大部分信息,因此他只是问了一些问题,以验证某些看法,诸如他们一行人是什么时间到达塔尔博伊斯的,他们进来的时候起居室和厨房是什么样子。他真正想从哈丽雅特那里了解的是对卧室情况的描述。诺阿克斯先生的所有衣服都在吗?他的洗漱用品呢?没有手提箱?有没有迹象表明他要马上离开这所房子?没有?唔,那说明诺阿克斯先生打算离开,但并不是很着急。比如说,他并没有想到那晚会有什么不速之客。警督对夫人表示感谢;他应该对打扰特威特敦小姐表示抱歉,毕竟立刻检查卧室也没有什么必要，因为卧室里面的东西已经被动过了。其他房间也是如此。这不能埋怨任何人。他们在接到克拉文医生的报告后会有进一步的结论。到那时可能会告诉他们诺阿克斯先生从地下室台阶上跌下去的时候是活着的还是已经死亡了。麻烦在于没有流血，虽然他的头颅被敲碎了。这么多人一晚上加一早上出出进进，肯定也不会有什么可追查的脚印了。至少，没有什么挣扎的迹象。什么都没有。柯克先生十分感谢。

哈丽雅特说，没关系，然后提到午饭的事情。警督说他没有什么异议。他已经检查完了起居室。他只是想和麦克布赖德先生谈谈有关生意的问题，但是他会很快把他送回来。他巧妙地拒绝了和大家一起吃饭，但还是接受了往嘴里塞满面包和奶酪的提议。当医生结束工作的时候，他也将结束询问。

多年以后，当回忆起蜜月的时候，温西夫人仍旧记得那一长串的惊人事件，和点缀其间的不可思议的餐会。她丈夫的记忆更加不连贯；他说他感觉一直处于微醺的状态，好像被裹在毯子里抛来掷去。捉摸不定和任意武断的命运一定赋予毯子一股扭曲的能量，把他投掷到世界之巅那奇怪而令人尴尬的午宴上。他站在窗前，吹着口哨。本特在房间里来回走，分发着三明治，把扫烟囱工人走后剩下的狼藉整理干净。他辨认出那个旋律。这是前夜在木棚里听到的旋律。没有什么比这更不合时宜，没有什么能够更深地冒犯他与生俱来的得体感。然后，就像诗人华兹华斯①那样，他听着，心中充满喜悦。

"再来一个三明治吗？麦克布赖德先生？"

（新婚夫人在自己的餐桌前第一次招待大家，新奇却也真实。）

"不要了，谢谢。"麦克布赖德先生咽下最后一滴啤酒，用手绢礼貌地把嘴和手指擦干净。本特看着空空的盘子和玻璃杯。

"我希望你吃过东西了，本特？"

（必须考虑到仆人。在宇宙中只有两个固定点：死亡，和仆人的正餐；这里全都有了。）

---

①威廉·华兹华斯（William Wordsworth, 1770—1850），英国消极浪漫主义诗人，湖畔派的代表，一八四三年被封为桂冠诗人。

"是的，谢谢，夫人。"

"我想他们马上要用这个房间。医生还在那里吗？"

"我相信他已经结束检查了。"

"我觉得做得不怎么样。"麦克布赖德先生说。

"鹌鹑，鸽
和漂亮的鹧鸪——
我的女朋友
感觉很好，感觉很好，感觉很好，
我的女朋友——"

麦克布赖德先生反感地环顾四周。他对"得体"这个词有着自己的解释。本特一个箭步穿过房间，吸引着歌者的注意力。

"怎么了，本特？"

"老爷请原谅，考虑到现在这个忧伤的场合——"

"呃，什么？哦，对不起。我在制造噪声吗？"

"我亲爱的——"他快速、秘密、暗示的微笑是一个挑战。她压住了它，用妻子的语气谴责道："可怜的特威特敦小姐想睡一会儿。"

"是啊，对不起。该死，我真不替别人着想。在这么一个丧失亲人的房子里。"他的脸色因为奇怪的不耐烦而突然阴沉下来，"但是，如果你们问我，我怀疑是不是有人——我是说，有人感到特别悲伤。"

"除了，"麦克布赖德先生说，"那个损失了四十英镑的小伙子。我想那种悲伤名副其实。"

"这么说来，"彼得说，"您应该是主要的哀悼者。"

"晚上我不会让自己醒着。"麦克布赖德先生反驳道，"那又不是我的钱。"他坦率地补充，然后站起身，打开门，扫视了一下过道，"我只是希望他们有进展。我要步行回城，见亚伯拉罕斯先生。可惜你们这儿没有电话。"他停顿了一下，"如果我是你，才不会操心呢。对我来说，这个死去的只是个让人讨厌的老家伙，不碍事的。"

他的离开，就像撒下了葬礼的鲜花一样，让整个气氛更加明朗了。

"恐怕他说的是真话。"哈丽雅特说。

"一样，不是吗？"温西用学者般的轻快语气说，"在我调查谋杀案的时候，讨厌对尸体赋予过分的同情。个人情感会影响处事风格。"

"但是，彼得，需要你调查这件事吗？对你来说相当糟糕啊。"

本特把盘子摞在一个托盘上，朝门的方向走去。这一定会发生。让他们自己以斗争的方式解决吧。他已经警告过了。

"不，不需要，但是我觉得我应该调查。谋杀就像酒一样流入我的大脑。我就是抗拒不了。"

"即使现在也不行吗？他们当然不希望你这样。有时你也有权想想你自己的生活。这是一个残忍的罪行——肮脏可怕。"

"正因如此。"他脱口而出，带着无法预料的激情，"这就是为什么我不能坐视不管。它不是风景如画的，也不是令人激动的。一点都不好玩。只是肮脏地、野蛮地击碎脑壳，就像一个拿着斧子的屠夫。这让我恶心。但是我有什么权力对要插手的事情挑三拣四？"

"明白了。毕竟这只是发生在我们身上，并不是有人叫你来帮忙。"

"我想知道有多少次我是被叫来帮忙的。"他尖酸地问道，"一半的时间，是我出于纯粹的好奇和顽皮，自己来的。彼得·温西勋爵——贵族侦探——我的上帝！悠闲而富有的绅士涉足侦探行业。他们不就是这么说的吗？"

"有时候。我还有一次对这样说你的人发脾气。那是我们订婚之前的事。当时我还在想我到底是不是那么喜欢你。"

"是吗？那也许我最好别再为关于我的那个观点辩解了。像我这样爬行于天地间的人到底在做什么？我憎恨暴力！我厌恶战争和屠戮，以及像野兽一样争论和搏斗的人们！别说那不关我的事。那是所有人的事情。"

"当然了，彼得。继续这么做吧。我也许有点女人气了。我原以为你需要一点安静和祥和。但是看起来你不是一个贪图安逸、不问世事的人。"

"即使和你在一起我也不能那样。"他充满同情地说,"到处都是尸体。"

"天使,你不应该。不要在意我白痴般的想用玫瑰叶子铺满你的道路的努力。这将不是我们第一次共同前进。只是,"她支吾了一会儿,当另一个破坏婚姻的可能性像噩梦一样隐约出现,"只是不管你做什么,请牵着我的手,好吗?"

他的大笑让她松了一口气。

"好吧,我答应你。让我们有福同享,有难同当。我不会扮演英国好丈夫——尽管你令人害怕地投身于做个好妻子。江山不改,本性不移。"

彼得看起来很满足,哈丽雅特却咒骂自己是傻子。调整自己这件事可不是说着玩的。荒谬地喜欢一个人并不能阻止无意识的伤害。她非常悲观地预感到他的自信心被动摇了,而且误解并没有就此完结。他不是那种你说一句"亲爱的,你真了不起,你做的一切都是对的"就能打发的男人——不管你是不是这么想的。他不会认定你是傻子。他也不是那种"我知道自己在做什么,我肯定说到做到"的男人。(不管怎样,还是要感谢上帝!)他要求你是个非常智慧的人,要么完全同意,要么彻底反对。她确实同意他的说法。但是这到底是出于她对彼得的感情,还是对被杀死的让他们的蜜月泡汤的诺阿克斯先生的同情,抑或是简单的不被尸体和警察骚扰的自私心理,她并不清楚。

"高兴起来吧,亲爱的。"彼得说,"他们也许并不需要我好心的协助。柯克也许会把我赶走,自己解决难题。"

"他这个白痴!"哈丽雅特突然愤怒地说。

帕菲特先生没敲门就突然走了进来。

"他们要把诺阿克斯先生带走。我现在可以清扫厨房的烟囱了吗?"他走到壁炉前面,"火烧得不错,是不是?我说过这跟烟道没关系。啊!诺阿克斯先生没能活着看到这堆煤是件好事。这样的火能给任何烟囱带来光荣。"

"好的，帕菲特，"彼得心不在焉地说，"继续吧。"

小路上传来脚步声，一小队情绪低落的队伍从窗前走过：一个警察中士和另一个穿制服的人，扛着一副担架。

"很好，老爷，"帕菲特先生看了一眼窗外，摘下他的高礼帽，"他的爱钱如命现在要把他带到哪里去？"他想知道，"哪里也去不了。"

他大步走出去。

"他看起来有点神经错乱了，这个可怜的老家伙。"哈丽雅特说。

尸体和警察——还在那里，撵也撵不走，不管有什么感受。最好接受现实，尽力而为。乔·塞伦跟着柯克警督走了进来。

"好了，"彼得说，"都准备好严刑逼供了吗？"

"或许还没到那个阶段。老爷，"柯克先生高兴地回答，"您和夫人上星期有比犯罪更好的事情可以做。我肯定。乔，过来一下。看看你能不能速记。我派我的中士们去布若克斯福德调查了，乔可以帮我记录一下。如果没什么不方便的地方，我想占用一下这个房间。"

"没关系。"看到柯克警督谨慎地注视着一个细长的爱德华时期的工艺品，彼得立刻把一把结实的高背椅子推到他面前，这把椅子有像因痛风而肿胀的扶手和腿，头部还有云纹花样，"我想，这个能支撑您的重量。"

"漂亮而且壮观。"哈丽雅特说。

村里的警员发表观点。

"那是诺阿克斯先生的椅子。"

"所以，"彼得说，"加拉哈特[①]要坐在默林[②]的座位上。"

柯克先生刚想把他实诚的十五石重量放在椅子上，突然又跳了起来。

"艾尔弗雷德·坦尼桑[③]勋爵。"他说。

[①]加拉哈特（Galahad），《亚瑟王传奇》中的圆桌骑士之一，兰斯洛特和伊莱恩的儿子，因其圣洁与高贵而寻获圣盘。
[②]默林（Merlin），《亚瑟王传奇》中亚瑟王的助手，魔术师、预言家。
[③]艾尔弗雷德·坦尼桑（Alfred Tennyson，1809—1892），英国桂冠诗人。

"一语中的。"彼得稍微有些惊讶。警察牛一样的眼睛里闪着柔和的光芒。"您读过一些书,是吗,警督?"

"下班后我喜欢读些书。"柯克先生害羞地说,"这样可以放松大脑。"他坐下,"我一直认为警察的工作也许会让人眼界狭窄而且看起来有点硬邦邦的——如果您明白我的意思。每次遇到这样的情况,我都会对自己说,萨姆·柯克,你要在晚饭后和伟大的头脑接触一下。阅读使人充实——"

"交谈使人机智。"哈丽雅特说。

"写作使人精确,"警督说,"注意,乔·塞伦,都记下来,这样才有意义。"

"弗朗西斯·培根①,"彼得稍微延迟了一会儿说,"柯克先生,您完全符合我的心意。"

"谢谢,老爷。培根——您也称他为伟大的头脑,是吗?而且他曾经是英格兰的大法官,所以他也懂法律。啊!我想,我们该干点正事了。"

"就像另外一个伟大的头脑说过的那样,'无论我们多么入迷地在满是明亮形象的花园中散步,我们都不能让另一个有着几乎相同重要性的东西引诱你'。"

"那是什么?"警督问,"这我还不知道。'明亮形象的花园?'嗯?很漂亮。漂亮。"

"凯龙。"哈丽雅特说。

"欧内司特·布拉默的《凯龙的黄金岁月》。"彼得说。

"乔,帮我记下来,好吗?'明亮的形象'——诗歌就应该这样,是不是?图画,你可能会说。而且还在一个花园里——你们管幻想的花朵叫什么。嗯,现在——"他振作精神,转向彼得,"我说过不能再把时间浪费在这些富于想象力的事情上了。说说我们在他身上找到的钱。你说你已经把房钱付给他了?"

"一共六百五。刚开始谈判的时候给了五十,在清账日又给了

---

① 弗朗西斯·培根(Francis Bacon, 1561—1626),英国作家、哲学家。

六百。"

"这就对上了,他口袋里有六百。他被害的那天刚兑换成现金。"

"清账日是星期天。支票上注明了日期,是二十八号寄出的。应该是星期一到他手里的。"

"好。我们要去银行查一下付款情况,但其实没什么必要。我想知道他把现金拿走而不是解款①的时候,他们是怎么看他的。嗯。可惜,当有人做事如狼似虎时让我们来处理不是银行的业务。很自然,他们不会的。"

"他告诉可怜的克拉奇利他没钱还他那四十英镑的时候口袋里却装着那六百英镑。他当时可以给他的。"

"他当然应该,夫人,如果他想这么做的话。他是一个欺瞒的惯犯,诺阿克斯先生,一个狡猾的躲避者。"

"查尔斯·狄更斯②。"

"说得对。这个作家了解一点骗子的行径,是不是?如果你遵照他说的话,那个时候的伦敦肯定是个粗野的所在。就像费京③和所有的人。但是我们现在不能吊死一个扒手。好吧——把支票寄出去的第二个星期你们就来这儿,把支票留给他了?"

"是的,这是他的信,信里他说一切都准备好了。地址是我的经纪人的。我们真应该派人先看看情况。但事实上,我也跟你说过,那些报社记者,还有一件接一件的事情——"

"这些家伙们给我们带来很多麻烦。"柯克先生同情地说。

"他们闯入公寓的大门,试图贿赂仆人——"哈丽雅特说。

"幸运的是,本特是不贪污受贿的——"

"卡莱尔④,"柯克先生表示同意,"《法国大革命》。看起来是个好人,那个本特。大脑的螺丝是朝正确方向拧的。"

---

① 金融术语,指将现金存入指定账户。
② 查尔斯·狄更斯(Dickens Charles, 1812—1870),英国小说家。
③ 费京(Fagin),狄更斯小说《雾都孤儿》中的老教唆犯的名字。
④ 托马斯·卡莱尔(Thomas Carlyle, 1795—1881),英国作家,生于苏格兰。

"但是我们没必要烦恼，"哈丽雅特说，"我们会把一切抛在脑后的。"

"啊！"柯克先生说，"这就是成为公众人物的原因。你逃脱不了落在身上的强光——"

"唉！"彼得说，"这不公平！您不能两次引用坦尼桑的话。反正也说了，就这样吧。不，我想以后听您说莎士比亚。具有讽刺意味的是，我们告诉诺阿克斯先生我们是来这里度一个安静的蜜月的，别拿大喇叭广播给邻居们。"

"唔，他顺利地预见了，"警督说，"对于乔治①来说，你们把这件事情想得很简单，对不对？小事一桩。如果他可以出去，而且没有质询的话。别以为他想去多远就能去多远，都一样。"

"没有自杀的可能吗？"

"身上带着那么多钱，不太可能是自杀。另外医生也说没有一点机会。我们以后再讨论这个。现在先说说那些门。你肯定到达的时候两扇门都是锁着的吗？"

"绝对是锁着的。前门是我们用钥匙打开的，后门嘛——我想想——"

"是本特打开的，我想。"哈丽雅特说。

"最好把本特叫进来，"彼得说，"他肯定知道。他记性很好。"他叫了本特，然后补充道，"我们现在需要一个铃铛。"

"除了你们提到的东西，没看到其他不正常的情况吗？鸡蛋壳什么的。没有痕迹，没有武器？没有什么东西放错了地方？"

"我没注意到什么。"哈丽雅特说，"但是光线昏暗，当然我们也没找什么东西。我也不知道有什么可以找的。"

"等一会儿，"彼得说，"今天早上没有什么事情让我很恼火吗？不，我不知道。你知道，扫烟囱这事。我不知道我想——如果有什么的话，也都结束了……哦，本特！柯克警督想知道我们昨晚到的时候后门是

---

① 指杀手乔治·约瑟夫·史密斯。

不是上锁了。"

"上锁了而且上闩了,老爷,从上到下。"

"你看到什么滑稽的东西了吗?"

本特热情地说:"我们期待的那些便利设施都没提供,包括灯、煤、食物、房子钥匙、铺好的床和清扫过的烟囱,除了这些,厨房里有脏的餐具,卧室里放着诺阿克斯先生的私人行李——不,老爷。据我观察,这所房子没有任何反常或者不和谐的东西存在,除了——"

"什么?"柯克先生充满希望地问。

"我当时觉得一点都不重要。"本特慢慢地说,好像他在承认自己履行职责上的一点瑕疵,"这个房间的餐具柜上面曾经有两个烛台。两只蜡烛都烧到了底座。燃尽了。"

"是啊,"彼得说,"我记得你用小刀把蜡泪清除干净了。晚上的蜡烛烧尽了。"

警督沉浸在本特讲述的含意里,忽略了挑战,直到彼得戳着他的肋骨,重复道:"我想听您引用莎士比亚的句子。"

"嗯?"警督说,"夜晚的蜡烛?《罗密欧与朱丽叶》——现在没有什么可说的。烧尽了?是的。他被杀的时候蜡烛肯定是燃着的。也就是说,天黑之后。"

"他在烛光里死去。听起来像一部趣味高雅的惊险小说的书名。哈丽雅特,也许是你的书。找到以后,别忘了做记录。"

"卡特尔船长,"柯克先生又在打瞌睡,但是没被抓住,"十月二号——太阳将在五点半下山。不,那时是夏天。应该是六点半吧。我不知道这能把我们带到哪里。你确实没看见地上有什么可以用来做凶器的东西?比如木槌或者大头短棒什么的,嗯?没有类似——"

"他要说出来了!"彼得对哈丽雅特耳语。

"——类似钝器的东西?"

"他说出来了!"

"我从来不敢相信他真的说出来了。"

"好了,现在你知道了。"

"没有,"本特沉思了片刻后说,"都是一些家用的工具,而且没有什么异常的。"

"我们没什么概念,我们正在寻找怎样一个令人高兴的老钝器?多大?什么形状?"勋爵问。

"很沉,老爷,我只知道这个。那个东西的顶端光滑而又坚硬。意思是,头颅骨像蛋壳一样裂开了,但是皮肤却几乎没有破损,所以没有流血。更糟糕的是,我们不知道是在什么地方发生的,不比了解亚当多。您看,克拉文医生说他死了。唉,乔,医生给我写的那封要交给验尸官的信在哪儿?给老爷念念。也许他能弄明白怎么回事,既然他比你我有一点经验,受过更多的教育。医生们想用长长的单词来打击我。提醒你,这是有教育意义的,我没说它不是。我睡前要查字典,我就会知道我学到了东西。说实话,我们这个地方很少发生命案和暴力死亡事件,所以也许你会说,我也在技术方面缺乏锻炼。"

"好吧,本特。"彼得意识到警督也没什么话要问他了,说,"你可以走了。"

哈丽雅特觉得彼得看起来有点失望。他无疑会感谢医生的教育词汇。

塞伦警员清了清嗓子,开始读:"亲爱的先生,我有职责通告您——"
"不是这里,"柯克打断他,"从关于死亡的那部分开始。"

塞伦警员找到那个段落,又清了清嗓子,开始读:

"'我可以断言,粗略的检查结果是'——是不是这里,先生?"
"是的。"

"'死者看起来是被一个有着巨大表面的沉重的钝器重击而死。'——"
"他的意思是说,这不是用锤子凿的。"警督解释道。

"'在……的后半部,'我不知道这里写的是什么,看起来很像'洋葱',意思对的,只不过听起来不像医学术语。"

"不可能是那个,乔。"

"也不是'天竺葵',至少它不是 G 结尾的。"

"'头盖骨',可能是,"彼得说,"头骨的后部。"

"就是它，"柯克说，"不管怎样，就是那个地方。不要在乎医生怎么称呼它。"

"是，先生。'左耳向上的部位，重击的方向来自后下方。大面积骨折'——"

"唉！"彼得说，"左边，后下方。看起来是我们另外一个老朋友。"

"左撇子罪犯。"哈丽雅特说。

"是的。真奇怪，侦探小说里经常写到。整个角色里都贯穿着邪恶的扭曲。"

"也可能是反手一击。"

"不太可能。谁会用左手用力打人？除非当地的网球冠军想炫耀。或者一个挖土工把老诺阿克斯当成了需要推动的桩子。"

"挖土工会击中正中。他们总是那样。你认为他们能猛击手里有东西的人的后脑吗？从来没发生过。我注意到了。但是还有一件事。在我的印象里诺阿克斯是个大高个。"

"很对，"柯克说，"他就是。六英尺四英寸，只是有点驼背。那也有六英尺二三英寸。"

"那得是个特别高的凶手。"彼得说。

"一个长柄的武器不也可以吗？比如长柄木槌？或者高尔夫球棍？"

"是啊，或者板球拍，或者锤，当然——"

"或者铁锹——平板的——"

"或者枪托，很可能是个拨火铁棒——"

"或许是个长柄的很沉的有一个巨大突起物的东西。厨房里就有一个。甚至笤帚也行，我琢磨着——"

"别总想着是个很沉的东西，虽然有这个可能。也许是个斧子或者锄头——"

"不够坚硬。边是四方形的。还有什么长家伙？我听说过脱粒用的连枷，但是从来没见过。带路、护身用的手杖，如果够长的话。不是沙袋——因为会折弯。"

"旧长袜里装着的铅块比较顺手。"

"是啊——看这里,彼得!什么都可能是——甚至擀面杖,当然这是假设——"

"我也这么想过。他当时可能坐着。"

"所以也可能用石头或者窗台上的那种镇纸。"

柯克先生开始说话。

"哎哟!"他发表评论,"你们俩的思维可真够敏捷的。还剩下什么没说了?夫人和先生一样聪明。"

"这是她的工作。"彼得说,"她写侦探小说。"

"她现在还写吗?"警督说,"我读的并不多,虽然柯克夫人偶尔会喜欢埃德加·华莱士①。但是对我这种男人好像也不能说有什么情节上的影响。我曾经读过一篇美国的故事,警察探案的过程,我觉得不对。唉,乔,把镇纸给我好吗?嗨,不要那样拿!你没听说过指纹吗?"

塞伦的大手抓着石头,尴尬地站在那里,用铅笔挠着头。他是个高大、面嫩的年轻人,看起来好像更擅长和酒精为伍而不是测量印记或者核对犯罪时间表。他终于伸开手指把镇纸平放在掌心。

"那样不会留下指纹的,"彼得说,"它太粗糙了。爱丁堡花岗岩,从外表上看是。"

"也许是用这个猛击的。"柯克说,"至少,下部,或者周边的部分。这是一个建筑的模型,是吗?"

"我想是爱丁堡城堡。好像没有皮肤、头发或者其他东西的迹象。等一下。"他把它抬起来,用透镜仔细检查,确定地说,"没有。"

"哼。好吧。没什么进展。我们现在看看厨房里有什么。"

"你会在那上面找到很多指纹。本特的,我的,拉德尔夫人的,可能还有帕菲特的和克拉奇利的。"

"这就是糟糕的地方。"警督坦率地说,"乔,你不要碰那些看起来

---

① 埃德加·华莱士(Edgar Wallace,1875—1932),英国著名小说家、戏剧家、记者。

像凶器的东西。如果看到勋爵和夫人提到的任何东西，保持原样，叫我过来。明白吗？"

"是的，先生。"

"回到医生的报告。"彼得说，"我想诺阿克斯不会在台阶上跌倒的过程中摔到后脑吧？他是个小老头，对吗？"

"六十五岁，老爷。十分健康，是不是，乔？"

"事实如此，先生。他以自己的健康为傲。说话声很大，医生说他还能活四分之一个世纪。你问弗兰克·克拉奇利，他听他说过话。在帕格福德时，在"皮克和威斯尔"酒吧。罗伯茨先生会是村里的最高纪录——他听过的次数最多。"

"啊！也许吧。夸耀也不安全。炫耀纹章——老爷可能更熟悉这个，但是就像格雷①的《墓园挽歌》中写的那样，一切将会通向坟墓。还有，他不是在跌落的过程中被杀的，因为他前额有一处淤伤，表明他跌落后又撞到了台阶底层。"

"哦！"彼得说，"这么说，他跌倒的时候还活着。"

"是的。"柯克先生说，有一些如预期所料，"我正在验证这个。但是，这也说明不了什么。根据医生的报告，他看起来不是立刻死亡的。"

"我可以读一下那部分吗，先生？"

"不用麻烦了，乔。那只是冗长的废话。我可以用所有的'洋葱和天竺葵'向老爷解释。大概是这样。有人击打他的后脑，他失去重心摔下楼梯，失去知觉——脑震荡，也可以这么说。过了一会儿，他苏醒过来，好像什么事都没发生。但是他不知道是什么猛击了他。什么都不记得了。"

"他不会记得的。"哈丽雅特热切地说。她知道这种击打——她可以用她的最后一部侦探小说解释，"紧挨击打之前发生的一切将被完全忘却。他甚至可能站起身来，在一段时间内感觉无恙。"

"除非，"柯克先生像个严谨的文人般插话，"他感到头疼，按照医

---

①托马斯·格雷（Thomas Gray），十八世纪末期英国墓园派诗人的代表人物。

生的说法，大体是准确的。他可能四处走，而且做了很多事情——"

"比如凶手走后，他把门锁上？"

"非常正确，这就是麻烦所在。"

"那么，"哈丽雅特继续说，"他会感到头晕和昏昏欲睡，是不是？找点东西喝或者呼救，然后——"

记忆突然把后门和碗碟洗涤处之间的地下室门打开了。

"然后突然倒下，从楼梯上摔下去，死在那里。那扇门在我们到来的时候是敞开的，我记得拉德尔夫人让伯特关门。"

"可惜他们碰巧没往里面看，"警督咕哝着，"这也没什么用处——他已经死了很长时间了——但是如果你们知道，至少可以保护现场。"

"我们可以。"彼得加重语气说，"但是我不介意坦白地告诉您我们当时没那个心情。"

"不，"柯克先生沉思着说，"我也没期望你们这么做。纵观全局，这是不方便的。但还是很遗憾。能让我们继续下去的线索太少，也是个事实。那个可怜的老家伙可能被杀死在任何地方——楼上、楼下、夫人的房间里——"

"不，不，古斯大妈①，"彼得着急地说，"不在那里，不在那里，我的孩子，费利西亚·赫门兹。我们继续。他被击打后活了多长时间？"

"医生说，"警员插话，"半个小时到一个小时，从血——血——血什么的判断。"

"大出血？"柯克抓过来报告提示道，"脑皮层出血。这不错。"

"脑部流血。"彼得说，"上帝——他有很多时间。他可能是在房子外边被击中的。"

"但是你们猜是什么时候发生的？"哈丽雅特问。她感激彼得让这所房子免除责任的努力，却苦恼于自己在这个问题上丧失了所有的感知力。这让他分神了。她的语气，后来，是那么毫无防备和实际。

"那就是我们要查明的。"警督说，"上星期三晚上的某个时刻，根

---

①古斯大妈（Mother Goose），约一七六五年伦敦出版的儿歌集的传说中的作者。

据医生的检查和其他证据表明。天黑点上蜡烛以后。那就是说——哼！我们最好让克拉奇利这个家伙进来。他好像是最后一个看到死者活着的人。"

"把这个明显的嫌疑犯带进来。"彼得轻快地说。

"明显的嫌疑犯一般都是无罪的。"哈丽雅特用同样的语调说。

"在书里是这样，夫人，"柯克先生朝她轻轻鞠了一躬，"女人啊，上帝保佑她们！"

"哎呀，"彼得说，"不要把偏见带入这个案件。怎么样，警督？我们可以离开吗？"

"请便，老爷。如果您能留下，我会很高兴，您可以给我点帮助，既然您知道规则，说说而已。虽然这对您来说已经变成了'巴士司机的蜜月'①。"他相当模棱两可地结束了发言。

"这正是我想的，"哈丽雅特说，"巴士司机的蜜月。用屠杀来——"

"拜伦勋爵！"柯克先生喊道，有一点过于准时，"用屠杀来让巴士司机的——不，不知何故似乎不正确。"

"试试长篇小说，"彼得说，"好吧，我们尽力。法庭上不反对吸烟，我来一根。见鬼，火柴到底放哪儿了？"

"这里，老爷。"塞伦说。他把火柴盒递过来，点着一根火柴。彼得好奇地看看他，说：

"哦！你是左撇子！"

"做某些事情的时候是，老爷。写字的时候不是。"

"只有在划火柴和拿爱丁堡石头的时候？"

"左撇子？"柯克说，"哎呀，你真是，乔。我希望你不是那个我们正在寻找的高个子左撇子凶手。"

"不是。"警员简短地说。

"很好，不是吗？"警督由衷地大笑着，"但愿我们没听到最后的句子。现在你去把克拉奇利叫进来。他是个好小伙子。"等塞伦走后，

---

①引申自英国俗语 busman's holiday，泛指在休息日依旧心系工作的人。此处柯克先生特别为温西勋爵的蜜月打趣，才将 holiday 改为 honeymoon。指用来做日常工作的假日。

他转向彼得说,"工作努力,但不是歇洛克·福尔摩斯,如果你明白我的意思。理解力比较慢。我有时候想,他的注意力这些日子不在工作上。结婚太早,组建了家庭,这对于一个年轻的警官来说是个障碍。"

"啊!"彼得说,"所有的婚姻都是个错误。"

当柯克先生研究笔记本的时候,他把手搭在了妻子的肩头。

第八章　无限期英镑

> 海员：信仰，迪克·里德，是没有界限的。他的良心太慷慨，他也太吝啬，除却对你有好处的东西……
> 里德：如果祈祷和直接的恳求都不起作用，或者不能让他冷酷的胸膛变暖，我会诅咒那个乡下人，看看这样是否有效。
>
> ——《法弗舍姆的阿尔丁》[①]

园丁带着一点气势汹汹的架势走到桌前，好像他认为警察来这里就是为了阻止他行使获得那四十英镑的合法权利。当问到他时，他简要地承认他的名字叫弗兰克·克拉奇利，他每个星期在塔尔博伊斯的花园工作一天，每天的薪水是五先令，其余时间打点零工，开卡车，或者去帕格福德汉考克先生的修车厂工作。

"我正在攒钱，"克拉奇利坚持他的说法，"开一个自己的修车厂，就差诺阿克斯先生欠我的四十英镑了。"

[①] 莎士比亚作品。

"先别管这个了。"警督说,"那已经泡汤了,不要做无意义的后悔。"

克拉奇利几乎被说服了,就像在《和平条约》签署后接到凯恩斯先生通知,协约国不再妄想什么赔款,因为钱已经不复存在了。人性本身不可能相信钱已经不存在了。或许他们认为钱还在,只不过需要大哭一场。

"他许诺,"弗兰克·克拉奇利固执地想战胜柯克先生的愚蠢,"如果我今天来,他就把钱还给我。"

"我敢说,他也许会这么做,"柯克说,"如果没人闯进来把他的脑袋打破。你应该聪明点,上星期就把钱从他手里套出来。"

克拉奇利愚蠢而又耐心地解释着:"他当时没钱。"

"哦,他当时没钱?"警督说,"这就是你知道的全部。"

这是个犹豫的人。克拉奇利的脸变白了。

"天哪!你不是想告诉我——"

"哦,是的,他有。"柯克说。这条信息,如果他知道与之相关的任何事情,就会让目击者松开舌头,省却了很多麻烦。克拉奇利狂乱地看着其他人。彼得点头肯定了柯克的说法。早就知道他损失四十英镑与彼得损失四万相比是更大的灾难,于是哈丽雅特同情地说:

"是的,克拉奇利。恐怕他身上一直都有钱。"

"什么!他有钱?你在他身上找到了?"

"我们找到了。"警督承认,"这也没有必要保密。"他等待目击者下明显的结论。

"你们的意思是如果他没有被杀,我就能得到那笔钱?"

"如果你能先麦克布赖德先生一步。"哈丽雅特诚实地说,没有考虑到柯克的策略。然而克拉奇利并没有在麦克布赖德先生身上费心。凶手是那个抢走钱的人,他没有耐心隐藏真实感情。

"上帝!我——我——我——我要——"

"是的,"警督说,"我们很理解。现在你的机会来了。你还知道什么实情吗?"

"实情！我完蛋了，这就是，我——"

"听我说，克拉奇利，"彼得说，"我们知道你受到了不公平的待遇，但是我们也无能为力。是那个杀死诺阿克斯先生的家伙把你弄到这般田地的，他就是我们要找的人。开动脑筋，想想你有什么办法帮我们跟他算账。"

深刻而平静的话语起到了作用。克拉奇利好像受到了启发。

"谢谢，老爷。"柯克说，"大概情况就是这样。坦白地说，我们对你的钱表示抱歉，但是你能帮我们的忙吗？"

"是的。"克拉奇利充满了狂野的热情，"好吧，你们想知道什么？"

"嗯，首先——你上一次见到诺阿克斯先生是什么时候？"

"我说过，星期三晚上。我六点前完成工作，然后来这儿。做完工作，他跟平时一样给我五先令，我就是在那个时候问他什么时候能还给我那四十英镑。"

"在哪儿？这里？"

"不，在厨房里。他总是坐在那里。我从这里出去，肩上扛着梯子——"

"梯子？为什么要扛着梯子？"

"为什么，因为那里有仙人掌和挂钟。每个星期我都给挂钟上发条——第八天就停了。如果没有梯子，我两样东西都够不着。我走向厨房，我之前说过，把梯子放起来，他就在那里。他给我当天的钱，半个克朗①，一个先令，两个六便士②硬币和一个铜的六便士。如果你们想知道细节，钱都是他从不同口袋里掏出来的。他想让我明白他根本找不出半个便士，但是我已经习惯了。等他的表演结束，我问他要那四十英镑。我想要那些钱，我说——"

"正是这样。你想要用那些钱开个修理厂，他怎么说？"

"他答应我下次来的时候一定给我——就是今天。我知道他做不到。又不是第一次了，答应得好好的，然后找各种借口。但是他这次

---

①一克朗相当于五先令。
②十二便士相当于一先令。

答应得很真诚——这个老脏猪,他想兜里塞满钞票走人啊,这个诈骗犯。"

"好了,好了,"柯克带着责备的语气说,"别说脏话。你走出去的时候他是一个人吗?"

"是的,他不是那种随便找人聊聊天的人。然后我就走开了,那就是我最后一次见到他。"

"你走开了,"警督重复着,乔·塞伦的右手留下歪歪斜斜的笔画,"留下他一个人坐在厨房里。那么,什么时候——"

"不,我没这么说,他跟着我走下过道,跟我说他那天一大早就会给我钱,然后我听到他在我身后锁上并闩上了门。"

"哪个门?"

"后门。他大都使用那个门。前门总是锁着的。"

"啊!那是弹簧锁吗?"

"不,插锁。他不相信耶鲁锁。他说,费不了多少工夫就能用撬棍打开。"

"也是。"柯克说,"这意味着前门只能用钥匙从里面或者外面打开。"

"对。如果你们看过,就明白了。"

柯克确实认真检查过前后两个门锁,他又问:"前门的钥匙忘记拔掉过吗?"

"没有。他的一串钥匙都拴在一起。不是大的那把。"

"当然,昨天晚上没在锁上。"彼得自愿发言,"我们是用特威特敦小姐的钥匙打开门的,锁上什么都没有。"

"正是这样,"警督说,"你知道还有其他备用钥匙吗?"

克拉奇利摇摇头。

"诺阿克斯先生不会把钥匙给很多人的,那样就会有人进来,把东西偷走。"

"啊!接着刚才的话题。你上星期三晚上离开这所房子——大概是什么时间?"

"不知道，"克拉奇利想了想说，"应该六点二十了吧，我想。反正，我上发条的时候，已经六点十分了。这个挂钟走得很准。"

"就是现在。"柯克看了一眼他的表说。哈丽雅特的腕表证实了这一点，塞伦的也是。彼得毫无表情地看了一眼自己的表，说："我的表停了。"说话的语气好像在暗示牛顿的苹果往上飞，或者听见BBC的播音员在使用什么淫秽的词语。

"也许，"哈丽雅特很实际地说，"你忘记上弦了。"

"我从不会忘记上弦。"她的丈夫义愤地说，"你说得很对，我确实忘了。昨天晚上我一定在想什么事情。"

"很自然，在那么激动的情况下。"柯克说，"你还记得你们到的时候那个挂钟是不是在走？"

这个问题让彼得从自己丧失的记忆中移开。他把表放入口袋里，盯着挂钟。

"是的，"他最后说，"是的，它在走。我听到滴答声，我们就坐在这里，这是这幢房子里最舒服的东西。"

"对，"哈丽雅特说，"因为你说好像已经过了半夜，我看了一眼说，跟我表上的时间一致。"

彼得什么也没说，低声用口哨吹了几个音节。哈丽雅特保持冷静，二十四小时的婚姻生活教会她，如果一个人被格陵兰海岸狡猾的暗示所困扰的话，她也许会生活在无尽的困惑中。

克拉奇利说："当然在走。今天早上我上发条的时候时间也是对的。有什么别的可能性吗？"

"好吧，好吧，"柯克说，"那么你离开这里的时候挂钟上显示的时间大概是六点十分之后，然后你干了什么？"

"直接去唱诗班练习，听我说——"

"唱诗班练习？这很容易查出来。什么时间练习？"

"六点半。我按时赶到了，你可以问任何人。"

"是这样，"柯克同意，"这都是例行公事，你知道——核实一下时间。你离开的时间不会早于六点十分，也不会晚于六点二十五分，这样才能在六点半走入教堂。然后你做了什么？"

"牧师让我把他的车开到帕格福德。他不想上灯后自己开车。他已经不年轻了。我在'皮克和威斯尔'酒吧吃了晚饭，看了一会儿掷飞镖比赛。汤姆·帕菲特可以告诉你。他也在。牧师让他搭车过去的。"

"帕菲特是飞镖运动员？"彼得高兴地问。

"曾经是冠军。现在也玩得不错。"

"啊！这就是他所说的力量，怪不得。他站在那里黑得像夜晚，凶猛得像复仇之神，骇人得像地狱，摇晃起来像只可怕的飞镖。"

"哈哈！"柯克大叫着，好像毫无防备地被人胳肢了，"太好了。听见了吗，乔？上次他扫烟囱的时候我就觉得他够黑。摇晃起来像只可怕的飞镖——我一定要告诉他。糟糕的是，我不认为他读过弥尔顿①。凶猛得像——唉，可怜的老汤姆·帕菲特！"

警督在回到他的调查前一直重复着这个玩笑。

"我们要立刻见到帕菲特。你把古达克先生带回去了吗？"

"是的，"克拉奇利不耐烦地说，他对约翰·弥尔顿不感兴趣，"十点半或者再晚一点我把他送回家。然后我骑自行车回到帕格福德。到的时候刚刚十一点，我就上床睡觉了。"

"你在哪儿睡觉？汉考克的修车厂？"

"对。和他们另一个老伙计威廉斯一起，你可以问他。"

柯克刚想询问有关威廉斯的细节，却看到满脸烟灰的帕菲特先生从门缝里探进头来。

"对不起，"帕菲特先生说，"我对烟囱顶管无能为力。可以用枪吗，老爷？或者我在天黑之前用梯子试试？"

柯克本想开口谴责这个冒失鬼，转而又忍住了。"他站在那里黑得像夜晚。"他欢快地嘟哝着。这种引用语句的方式让他非常喜欢。

"哦，亲爱的，"哈丽雅特扫了一眼彼得，"我们是不是留到明天再说？"

---

①约翰·弥尔顿（John Milton, 1608—1674），英国诗人、政论家。

"我不介意告诉您,夫人,"扫烟囱的人说,"本特先生说,他要在那个讨厌的油炉上做晚饭。"

"我最好跟本特谈谈。"哈丽雅特说。她感觉自己看不得本特再受折磨了。另外,这些男人没有她在场可能会进展得更好。她往外走的时候,听到柯克把帕菲特叫进房间。

"等一下,"柯克说,"克拉奇利说他上星期三晚上从六点半开始一直在唱诗班练习,你知道什么情况吗?"

"是这样的,柯克先生。我们都在那里。从六点半到七点半。收获赞美诗。'他的宽恕仍然持续,永远忠诚,永远肯定。'"发现他的声音没有平时响亮,帕菲特清了清嗓子。"吞烟灰,这就是我一直在做的。'永远忠诚,永远肯定。'这是相当正确的。"

"你也在'皮克'看见我了,是吗?"克拉奇利说。

"当然了。我又不是瞎子。你把我放在那里,然后带牧师去教区礼堂。不到五分钟你又回来吃晚饭。你吃了面包和奶酪。又喝了四个半品脱的啤酒,我数过了。我估计你这几天衰竭了。"

"克拉奇利一直在那里吗?"柯克问。

"一直到关门,十点。然后我们绕了一圈,又去接古达克先生。扑克牌游戏十点结束,我们不得不等了十分钟,他又和老穆迪小姐聊了会儿天。女人真是唠叨!然后才跟我们回来的。就是这样,对不对,弗兰克?"

"完全正确。"

"还有,"帕菲特先生使了个眼色,"如果你想问我什么问题,可以向金妮求证我什么时间到家的。乔治也可以。我一到家就告诉乔治比赛的情况,金妮因此非常恼火。她要生第四个孩子了,这让她的脾气变得很糟糕,总想吵架。我跟她说,埋怨她爹有什么用,我猜她是在生乔治的气。"

"很好。"警督说,"这就是我想知道的。"

"好,"帕菲特先生说,"那我就去找梯子了。"

他立刻退出,柯克又转向克拉奇利。

"唔，很明白了。看来你离开的时候大概是六点二十——晚上就没回来。你让死者独自留在房子里，后门上闩上锁，前门也锁上了——据你所知。那么窗户呢？"

"我去的时候就是关着的。你也能看见是防盗的。诺阿克斯先生呼吸不到什么新鲜空气。"

"嗯！"彼得说，"他看起来很小心。顺便问一句，警督先生，您在尸体上发现前门的钥匙了吗？"

"这是那串钥匙。"柯克说。

彼得从口袋里拿出特威特敦小姐的那把钥匙，又看了看那串钥匙，找出对应的一把。他把它们并排放在手心里，用放大镜认真地检查了一下，最后全部交给柯克，说："给你，我看没什么。"

柯克安静而仔细地检查了这些钥匙后问克拉奇利：

"这个星期你回到这里过吗？"

"没有，我星期三才来这里。汉考克先生说，星期三的十一点以后是我自由支配的时间，还有星期日，当然。但是星期日我不在这儿，我去伦敦见一个姑娘了。"

"你是伦敦人吗？"彼得问。

"不是，老爷。但是我在那里工作过，有朋友。"

彼得点点头。

"你没有什么进一步的信息可以提供给我们了吗？想不起来有没有什么人那个晚上来见过诺阿克斯先生？有没有什么人对他心存仇恨？"

"我能想到很多人。"克拉奇利强调说，"但是没有一个人是很特别的。"

柯克刚想做出解散的手势，这时彼得又抛出一个问题。

"你知道诺阿克斯先生一段时间以前丢过一个钱包的事情吗？"

柯克、克拉奇利和塞伦都盯着他。彼得嘿嘿一笑。

"不，我没有千里眼。拉德尔夫人对此很清楚。你能告诉我们什么吗？"

"我只知道他乱作一团。他说，钱包里大约有十英镑。如果他像我一样损失四十英镑——"

"那么，"柯克问，"乔，我们有什么关于那件事情的消息？"

"没有，先生，除了那个钱包没找到。我们认为他肯定是在路上掉的。"

"都一样，"克拉奇利插话说，"他有了新门锁，窗户也安了防盗装置，那是两年前，你问问拉德尔夫人。"

"两年前，"柯克说，"这跟现在这件事情好像没什么关系。"

"这解释了为什么他这么谨慎地把自己锁起来。"彼得说。

"哦，是的，当然。"警督赞同说，"就先到这儿吧，克拉奇利。不过我们可能随时需要你。"

"我今天一天都在这里，"克拉奇利说，"我要去花园工作了。"

柯克看着门在他身后关上。

"看起来好像不是他。他和帕菲特能为双方不在现场作证。"

"帕菲特？帕菲特是他自己不在现场的最好证明。你看看他就知道了。一个有着崇高灵魂和平静幽默的人不需要钝器或者氢酸。贺拉斯①——温西的解释。"

"帕菲特的话足可以为克拉奇利免去责任，虽然接下来的那个星期不一定发生了什么。医生只是说：'死了一个星期。'设想克拉奇利是第二天干的——"

"不太可能。拉德尔夫人早晨来的时候进不来。"

"这是真的。我们要核对一下帕格福德的威廉斯是否在现场。他也可能回到这里，在十一点钟之后行凶。"

"也许吧。不过你要记着，诺阿克斯先生还没有上床。也许更早一点——比如，六点钟，他离开前？"

"这和蜡烛不吻合。"

"我忘了。但是你知道，你可以六点钟的时候点燃蜡烛，做出不在

---

①贺拉斯（Horace，前65—前8），古罗马诗人，以其颂歌著称。

现场的假象。"

"我想可以。"柯克非常同意这个说法。他显然并不习惯应付这么捉摸不定的罪犯。他沉思了一会儿说：

"但是鸡蛋和可可饮料呢？"

"我知道那也可以作假。我知道有一个凶犯自己睡了两张床，吃了两份早餐，为了看起来逼真。"

"吉尔伯特和沙利文①。"警督有点不抱希望地说。

"主要是吉尔伯特干的。如果克拉奇利真的这么做了，就是那时候干的，因为我不认为老诺阿克斯先生天黑后会放他进来。他为什么要那么做呢？除非克拉奇利自己有钥匙。"

"啊！"柯克沉重的身体在椅子上转来转去，看着彼得的脸。

"您在钥匙上找什么，老爷？"

"齿凹里面的蜡。"

"哦！"柯克说。

"如果是复制的钥匙，"彼得说，"也是在这两年复制的。很难寻找线索，但不是不可能。特别是当一个人在伦敦有朋友的时候。"

柯克挠挠头。

"如果是克拉奇利做的，为什么他会损失那些钱？这是我弄不明白的。这样说不通啊。"

"你说得很对，这是这个案件最让人困惑的地方，不管凶手是谁。但也找不到其他什么动机。"

"这很滑稽。"柯克说。

"顺便说一句，如果诺阿克斯先生携款潜逃，谁有可能来要？"

"啊！"警督的脸一下子亮了起来，"我知道了。我们在厨房的老桌子里找到一份遗嘱。"他从口袋里掏出来，展开，并递过来，"'付完我的债务后——'"

"愤世嫉俗的下流坯！还有这么多遗产留给别人。"

---

① 指维多利亚时代的一对工作伙伴，编剧吉尔伯特（Gilbert，1836—1911）和作曲家沙利文（Sullivan，1842—1900），他们在一八七一年至一八九六年间合作了十四部歌剧。

"'所有的财务留给我的侄女,唯一的亲属,阿格尼丝·特威特敦。'这让你吃惊了?"

"根本没有,为什么我要吃惊?"柯克虽然看起来很迟钝,却看到彼得眉头一皱,于是乘胜追击。

"这个犹太人,麦克布赖德开始泄密的时候,特威特敦小姐说什么了?"

"嗯——唔!"彼得说,"她突然发脾气——自然地。"

"自然地。对她来说是个小小的打击,是吗?"

"没你想得那么严重。谁见证了立遗嘱的过程,顺便问一下?"

"西蒙·古达克和约翰·杰利菲尔德。他是帕格福德的医生。一切安排得井井有条。你们的人发现尸体的时候,特威特敦小姐说什么了?"

"她尖叫了一会儿,然后开始歇斯底里。"

"除了尖叫,她还说了些什么?"

彼得有点不情愿。理论上来说,他可以像吊死一个男人那样吊死一个女人,但是特威特敦小姐狂乱地倒在哈丽雅特怀里的场景还是困扰着他。他开始和柯克有同感,结婚对于一个年轻的警官来说是一种障碍。

"听我说,老爷,"柯克睁着他那双温柔但是不驯服的牛眼睛说,"我从其他人那里听说了一些事情。"

"那你为什么不问他们?"彼得说。

"我会的。乔,把麦克布赖德先生叫进来。老爷,您是绅士,有自己的感情。我都知道,这也给您带来光荣。但我是个警官,我不能纵容自己的感情。那是上层社会的特权。"

"该死的上层社会!"彼得说。这比他想象中的更刺痛他。

"现在,我们问问麦克布赖德。"柯克兴高采烈地说,"他没有阶层。如果我问您,您说了真话可能伤害您自己。但是我从他那里问出真话,对他毫发无伤。"

"我明白了。"彼得说,"无痛的榨取是一种特权。"

他走到壁炉前，不快地踢着木头。

麦克布赖德先生欣然走了进来。他脸上的表情好像在说，越早了事，我就越早赶回城去。他已经给了警方财务状况的细节，此刻的他像被拴在警用皮带上的灰狗。

"哦，麦克布赖德先生，还有一件事。您是否碰巧注意到发现尸体对诺阿克斯先生的家人和朋友有什么影响？"

"哦，"麦克布赖德先生说，"他们很不安。谁又能不这样呢？"（这个等待别人回答的愚蠢问题。）

"记住他们说过什么特别的话了吗？"

"啊！"麦克布赖德先生说，"我明白你的意思了。哦，那个园丁小伙子脸变得煞白。那位老先生很不安。他的侄女发疯了一样——但是她没像其他人那么吃惊，是不是？"

他求助彼得。彼得躲开他锋利的眼神，走到窗边，凝视着窗外的大丽花。

"这是什么意思？"

"仆人进来说他找到诺阿克斯先生的时候，她马上大喊：'哦！舅舅死了！'"

"她真的这样吗？"柯克说。

彼得转动脚跟。

"这样不公平，麦克布赖德。任何一个人都能从本特的样子猜出来。至少我能。"

"你能？"麦克布赖德问，"你好像并不急于相信。"他扫了一眼柯克，柯克问：

"特威特敦小姐还说别的什么了？"

"她说：'舅舅死了，所有的钱都没了！'就是那么说的。然后她就开始神经过敏。没什么像无限期的英镑那样直戳心脏了，是不是？"

"如果我没记错，你问尸体上是不是有钱。"彼得说。

"很对。"麦克布赖德承认，"他和我没有血缘关系，是不是？"

彼得思考着每一个要点，慢慢放下武器，承认失败。

麦克布赖德先生回到桌前,对警官说:"还有什么事吗?我要赶回城里。"

"好吧。我们有你的地址。早安,麦克布赖德先生,非常感谢。"

门在他身后关上,柯克把目光转向彼得,"对吗,老爷?"

"很对。"

"啊!我想,我们得见见特威特敦小姐。"

"我让我妻子把她带来。"彼得说着逃走了。柯克先生坐回默林的座位,思虑重重地搓着手。

"真是一个很好的先生,乔。"柯克先生说,"直率、随和,而且受过良好教育。他识时务,却不喜欢这样。就这么一点埋怨。"

"但是,"警员提出异议,"他不能认为是艾吉·特威特敦用木槌打破了诺阿克斯先生的脑袋。她是个年轻而瘦弱的人。"

"那可没准,小伙子。女人比男人更能置人于死地。这是吉卜林①说的。他知道,但是他的教养不让他说。如果是他自己说的,而不是把难题留给麦克布赖德也许听起来会更好一些。但是,他不会说的,我认为。另外,他很清楚我最终会从麦克布赖德那里把话套出来。"

"我看,他这样对她没什么好处。"

"那种感觉一般都是不好的,"柯克先生断言,"除了把事情搞复杂。但是如果正确处理,也不会带来什么伤害。你和贵族打交道的时候要学会周旋。记住这一点:他们没说的比他们说出来的更重要,特别是当某些人很有头脑的时候,就像刚才这位先生。他很清楚诺阿克斯先生是因为遗产而被杀的——"

"但是他没什么可留下的。"

"我知道。但是她不知道。艾吉·特威特敦不知道。如果他确实是因为遗产问题而被杀死的,就能解释为什么他的身上还藏着那六百英镑。也许她不知道他身上有钱,如果她知道有钱,也不会去拿,因为最后这些钱都是她的。动动脑子,乔·塞伦。"

---

① 吉卜林(Rudyard Kipling,1865—1936),英国人,小说家、诗人、诺贝尔文学奖获得者。

* * *

与此同时，彼得在楼梯上遇到麦克布赖德先生。

"你怎么回去？"

"上帝知道，"麦克布赖德坦白地说，"我坐火车去大帕格福德，然后继续坐巴士。如果没有巴士，就得搭顺风车。真不能想象离伦敦只有五十英里的范围内居然有这么一个地方。真不知道这里的人怎么生活的。但这完全是嗜好问题，是不是？"

"本特可以开车带你去帕格福德，"彼得说，"他们一时半会儿还不会需要他。很抱歉把你卷到这些事情中来。"

麦克布赖德先生感激地说："这都包括在一天的工作里了，反而是您和夫人很倒霉。我本人不喜欢这种三四流的村子。你认为是那个小女人干的，是不是？但是，也没必要那么肯定。做我们这行的只要关系到亲戚的时候都必须擦亮眼睛，特别是关系到钱。有的人根本就不立遗嘱——这就像签署自己的死刑执行令。他们没有这么激进。但是，你看，诺阿克斯很反对这个，是不是？他肯定做了一些荒唐的事情。我知道有的人不是因为钱，也被干掉了。好吧，再见。向夫人表示我的敬意和感激。"

本特把车开过来，他跳进车里，做着友好的道别手势。彼得见到哈丽雅特，解释了一下。

"可怜的小特威特敦，"哈丽雅特说，"你会去那儿吗？"

"不。我出去呼吸点新鲜空气。马上回来。"

"怎么了？柯克没有不高兴，是不是？"

"哦，不。他温和小心地对待我，总是适当地考虑到我的地位、微妙和其他的劣势。我是自找的。哦，天哪，牧师来了，他想干什么？"

"他们让他回来的。你从后边走，彼得，我来应付他。"

柯克和塞伦从窗口看到麦克布赖德离开。

"我是不是应该亲自把特威特敦小姐带来？"塞伦建议，"老爷可能通过他的妻子向她泄露消息。"

"问题在于，乔，"警督回答说，"你不了解女人的想法。他们不会那么做的，两个人都不会。他们不会配合重罪犯人，也不会妨碍法律。问题在于他不想伤害女人，她也不想伤害他。但是他们不会阻止别人这么做。事情大概就是这样。"

讲完贵族阶层的行为规则后，柯克先生擤了擤鼻子，重新回到座位上。这时门打开了，哈丽雅特和古达克先生走了进来。

第九章 时间和季节

——你知道什么是名誉吗？
让我来告诉你——虽然这个指导来得太晚了……
你和名誉握手后，它就消失了。

——约翰·韦伯斯特，《马尔菲公爵夫人》

尊敬的西蒙·古达克先生看到两个警官以作战队形向他逼近，紧张地眨着眼睛。上楼的时候哈丽雅特对他说"警督想跟您谈几句话"也丝毫没有让他放松下来。

"天哪！我回来看看你们找我干什么。就像你们建议的那样，你知道，就像你建议的那样。然后告诉特威特敦小姐——但是她不在这里——只是我看见勒格——呃，天哪，棺材。一定有一副棺材，当然。我不知道在这种情况下该履行怎样的正式程序，但是毫无疑问可以提供棺材吧？"

"当然。"柯克说。

"哦，是啊，谢谢。我也这么想。我跟你提到勒格，因为我猜想——尸体已经不在房子里了。"

"在君主立宪政府。"警督说,"问讯是在这里。"

"哦,天哪!"古达克先生说,"问讯——哦,是的。"

"验尸办公室提供所有的便利条件。"

"是啊,谢谢,谢谢。呃——我来的时候克拉奇利和我谈话。"

"他说什么了?"

"啊——我想他可能以为自己被怀疑了。"

"他为什么会这么想?"

"天哪!"古达克先生说,"恐怕我多管闲事了。他没说他确实是这么想的。我只是觉得,从他说的话分析,他可能是这么想的。但是我保证,警督先生,我可以保证他不在现场。六点半到七点半,他在唱诗班练习。然后他带我去帕格福德玩扑克,十点半他又把我送回来了。所以你看——"

"好的,先生。如果一个不在现场的证明需要强调这么多次,那么你和他可以被排除嫌疑了。"

"我被排除嫌疑了?"古达克先生大声叫着,"我太高兴了,警督先生——"

"这只是个玩笑,先生。"

古达克先生觉得这个玩笑太拙劣了。不过他还是用温和的口气回答道:

"好的。我希望我可以让克拉奇利放心,他没问题。我对这个年轻人有很高的评价。如此的热心和敬业。不要把他的气愤太放在心上。四十英镑对于他这样的人来说不是个小数目。"

"不要担心这个了,先生。"柯克说,"很高兴让您确认了一下时间。"

"是的,我想我最好提一下。现在,还有什么需要我帮忙的吗?"

"非常感谢,先生,我想没什么了。星期三晚上十点半以后您在家吗?"

"什么?当然了。"牧师说,不是所有人都喜欢唠唠叨叨地反复讲他的行动,"我的妻子和仆人可以证实我的说法,但你不是在设想——"

"现在还没有任何设想，那是以后的事情。这是例行公事。您上个星期是不是凑巧路过这里？"

"哦，不，诺阿克斯先生不在。"

"哦！您知道他离开了，是吗，先生？"

"哦，不，我是这么猜想的。也就是说，是的。我星期四路过这里，不过没人应门，所以我想他不在，因为他有时候不在家。事实上，我想是拉德尔夫人告诉我的。对，就是她告诉我的。"

"您只拜访过一次吗？"

"天哪，是的。为了捐款的小事——事实上，这也是我今天来此的原因。我路过的时候，看到大门上贴着一个需求面包和牛奶的纸条，我想他可能回来了。"

"啊，是啊。您星期四来的时候，没注意到房子里有什么奇怪的现象吗？"

"天哪，没有，没什么不正常的地方。有什么需要注意的吗？"

"那么——"柯克刚想说，但是，毕竟，能期望这个近视的小老头注意到什么呢？挣扎的痕迹？门上的指纹？路上的脚印？几乎什么都没有。古达克先生可能会看到一具尸体——如果他被绊倒的话——但是比那再小的东西他就注意不到了。

他相应地感谢完牧师，再次认定他可以证明克拉奇利和自己在六点半以后不在现场。牧师一边跌跌撞撞地走路，一边嘴里无数次焦躁地嘟哝着："祝您下午愉快！"

"好吧，好吧，"柯克皱着眉头说，"是什么让这位老先生这么肯定这些都是必要的时刻。我们不认为它们是。"

"不，先生。"塞伦说。

"他看起来很激动。虽然不太可能是他，不过想来，他也够高。他比你高——和诺阿克斯先生差不多高了，我估计。"

"我肯定，不是牧师，先生。"塞伦说。

"我不就是这么说的吗？我想克拉奇利能从我们的问题里猜出哪些时间比较重要。活着真难。"柯克先生哀伤地说，"如果你问问题，你就是在告诉证人你在寻找什么。如果不问,又什么都查不出来。当你认为你开始涉及某事的时候,你恰恰碰到了法官的规则。"

"是啊,先生。"塞伦礼貌地说。哈丽雅特把特威特敦引进来的时候,他站起身来,拉出一把椅子。

"哦,求求你!"特威特敦小姐用微弱的声音说,"求求你别离开我,彼得夫人。"

"不,不会的。"哈丽雅特说。柯克先生马上安慰证人。

"请坐,特威特敦小姐。没有什么可惊慌的。首先,我理解您不清楚您舅舅和彼得·温西勋爵的安排——我的意思是,卖房子的事等等。不。就是这样。那么请问,您最后一次见到他是什么时候?"

"哦!大概——"特威特敦小姐停顿了一下,掰着两只手的手指认真地算了算,"大概不到十天。上星期日做完晨祷以后我来看过一次。我是指,当然,上一周的星期日。我来给尊敬的牧师演奏管风琴。那是一个整洁的小教堂,当然,人不是很多。帕格海姆没人会弹管风琴,而且我很高兴这么做。然后我见到舅舅,他和平时一样。那就是——我最后一次见到他。"

"您知道他从上个星期三开始就不在家吗?"

"但是他不是不在。"特威特敦小姐大声说,"他一直都在。"

"是这样,"警督说,"您知道他在这里,不是离开了?"

"当然不是。他总去别的地方,而且通常都会告诉我。但是去布若克斯福德对他来说是家常便饭。我是说,如果我知道,我不会多想。但是我对此一无所知。"

"对什么?"

"任何事。我的意思是,没人告诉我他离开了,所以我认为他还在——当然,他确实也在。"

"如果有人说这房子锁上了,拉德尔夫人进不来,你不会感到奇怪或者不安吗?"

"哦,不。这经常发生。我会认为他在布若克斯福德。"

"您有前门的钥匙,对不对?"

"哦，对。后门的也有。"特威特敦小姐在老式的宽大口袋里摸索着，"但是我从来不用那把钥匙，因为后门总是上着闩。"她拽出一个大钥匙圈，"昨天晚上我把它给了温西勋爵，平时我的钥匙也挂在这个圈上。从来不离身，当然昨天晚上除外，温西勋爵拿着呢。"

"嗯！"柯克出示了彼得的两把钥匙，"是这个吗？"

"嗯，应该是吧，如果是温西勋爵给您的。"

"您没把前门的钥匙给过别人？"

"哦，天哪，没有！"特威特敦小姐抗议道，"谁都没给过。如果舅舅不在，弗兰克·克拉奇利想要在星期三早上进来的话，我会和他一起来，给他打开门。舅舅是个很仔细的人。而且，我也应该亲自去看看是不是一切正常。事实上，威廉舅舅在布若克斯福德的时候，我也时常会来这里看一看。"

"但在这个场合，你不知道他离开？"

"不，我不知道。我一直这么告诉你。我不知道。所以当然我没有来。他没有离开。"

"一点不错。那么您确定从来没有把这些钥匙留在某处，这些钥匙从来没被复制或借用过吗？"

"从来没有。"特威特敦小姐认真地回答——哈丽雅特心想，她这时候不求别的，只想找根绳子把自己勒死。当然，她意识到钥匙是这个问题的关键，任何无辜的人有可能如此无辜吗？警督继续无动于衷地问问题。

"您晚上把钥匙放在哪里？"

"总是放在卧室里。钥匙、亲爱的母亲的银茶壶，还有索菲阿姨送给爷爷奶奶的结婚礼物——调味瓶。每天晚上我都把它们放在床头柜上，手边是以防火灾用的就餐铃。我睡觉的时候没人能进来，因为我总是在楼梯上放一把折叠躺椅。"

"您给我们开门的时候，把就餐铃带下来了。"哈丽雅特在一边证明。她的注意力被彼得从菱形窗格中映出的脸转移走了。她友好地向他挥手。想必他已经驱除了自我意识的攻击，现在又开始对事情感兴趣了。

"折叠躺椅?"柯克问。

"绊倒夜贼用的。"特威特敦小姐非常严肃地解释说,"那是个好东西,你看,他被绊倒,弄出动静的时候,我就可以听见,然后向窗外摇铃铛叫警察。"

"天哪!"哈丽雅特说,(彼得的脸消失了——也许他要进来。)"你可真够无情的,特威特敦小姐。那个可怜的人可能摔倒,扭断脖子。"

"什么人?"

"夜贼。"

"但是亲爱的彼得夫人,我只是试图解释——从来没有来过夜贼。"

"那好,"柯克说,"看起来没有其他人碰过这些钥匙。现在,特威特敦小姐,关于您舅舅的财政困难——"

"哦,天哪,哦,天哪!"特威特敦小姐毫不掩饰地打断了他的话,"对此我一无所知。太糟糕了。我真的很震惊。我想——我们都认为——舅舅是个富有的人。"

彼得悄悄地走进来,只有哈丽雅特注意到他。他站在门边,对照挂钟的时间给自己的手表上发条。显然他恢复了正常,因为他的脸上充满了警觉的智慧。

"你知道他立过遗嘱吗?"柯克随意地抛出这个问题,泄露秘密的纸条隐蔽地躺在他的笔记本里。

"哦,是的。"特威特敦小姐说,"我知道他立了遗嘱,这本来也无所谓,因为我是他唯一的亲人。但是我确定他跟我说过他立了遗嘱。我担忧的时候,他总是这么说——当然我不是很富裕。他总是说,艾吉,别着急。我现在不能帮助你,因为我的钱都用来做生意了,但是,我死后,钱都是你的。"

"明白了。您从来没想过他会改变主意吗?"

"为什么?不。他还能把钱给谁呢?我是唯一的可能。我想,现在什么钱都没有了?"

"恐怕是这样。"

"哦，天哪！这就是他说他的钱都用在生意上了？什么都没有了？"

"通常是这个意思。"哈丽雅特说。

"那么这就是——"特威特敦小姐刚想说又停住了。

"是什么？"警督催促着。

"没什么，"特威特敦小姐可怜地说，"只是我想到的事。私事。但是他曾经说过，他缺钱，人们不付账……哦，我做了什么？我该怎么解释？"

"什么？"柯克又问。

"没什么，"特威特敦小姐赶忙重复着，"我只是听起来如此愚蠢。"哈丽雅特感觉这不是特威特敦小姐本来的意思。"他从我这里借过一小笔钱——不多——但是我本身也没多少钱。哦，天哪！恐怕现在考虑钱是件可怕的事情……我确实以为我老的时候能有点钱……时间真是残酷……还有……还有……还有我的房租……还有……"

她颤抖着快要淌下泪来。哈丽雅特困惑地说：

"别担心。我相信事情可以解决的。"

柯克忍不住了。"米考伯先生！"他好像松了一口气说。微弱的回音让他注意到身后的彼得，他四下看了看。特威特敦小姐在衣服里疯狂地寻找手绢，铅笔和绑鸡腿的赛璐珞环像阵雨一样掉落出来。

"我还指望这些钱呢——相当，尤其，"特威特敦小姐啜泣着，"哦，对不起，别在意。"

柯克清了清喉咙。哈丽雅特烦恼地发现今天早上她只准备了为蜜月擦干欢喜泪珠的一方优雅的亚麻手绢。彼得打着休战旗前来救援。

"很干净。"他高兴地说，"我总是带着它。"

（你这魔鬼，哈丽雅特对自己说，你被训练得太好了吧。）

特威特敦小姐把脸埋在丝绸里，沮丧地抽着鼻息。乔·塞伦专注地翻阅他刚才速记的笔记。这个场景有被拉长的可能。

"我们还有什么要问特威特敦小姐的吗？"哈丽雅特最后壮起胆子问道，"因为我真的以为——"

"呃——好吧，"警督说，"如果特威特敦小姐不介意告诉我——只是走一个形式,您知道的——她上星期三晚上在哪里。"

特威特敦小姐立刻从手绢中抬起脸来。

"星期三一直都是唱诗班排练的时间。"她的口气好像在说:怎么有人问这么简单的问题。

"啊,是的。"柯克表示同意,"我想很自然地,排练结束之后您就去拜访舅舅了?"

"哦,没有!"特威特敦小姐说,"我没去。我回家吃晚饭了。星期三晚上我总是很忙,你知道。"

"是这样吗?"柯克问。

"当然了——因为星期四有集市。上床之前我要杀六只鸡,还得拔毛。古达克先生——他总是那么和善——他常说,他知道星期三唱诗不是很方便,但是有些人只在这天有时间,所以——"

"需要杀六只鸡,而且拔毛?"柯克充满心事,好像在计算需要多少时间。哈丽雅特惊愕地看着温顺的特威特敦小姐。

"哦,是的。"特威特敦小姐愉快地说,"如果你习惯了,就知道这比想象的容易。"

柯克突然大笑起来,彼得看到他的妻子好像太把这当回事,于是用一种开玩笑的口吻说:

"我亲爱的姑娘,扭断脖子只是一种技巧,不需要太大力气。"

他用手快速地演示着,柯克好像也忘记了自己正在干什么以及眼下潜在的威胁,补充道:

"说得对。"他把假想中的绳子绕住自己的牛脖子,"转个圈,然后吊起来——然后猛地一拉。"

他的头朝旁边病态地一耷拉。特威特敦小姐发出惊恐的尖叫,她好像刚明白这些男人在说什么。哈丽雅特满脸怒气。男人们,他们聚在一起的时候全是一个德行——彼得也不例外。有那么一刻,他和柯克站在隔阂的另一面,她恨他们两个人。

"好了,警督,"温西说,"我们把女士们吓坏了。"

"亲爱的,亲爱的,那样可不好。"柯克快活地说,他那双棕色的牛眼睛和彼得的灰色眼珠一样警觉,"谢谢你,特威特敦小姐,先到这里吧。"

"太好了。"哈丽雅特站起身,"都结束了,我们去看看帕菲特先生的烟囱进展得如何了。"她把特威特敦小姐拉起来,领着她走出房间。彼得给她们开门的时候,哈丽雅特嗔怪地看了他一眼,像兰斯洛特①和圭尼维尔②那样,他们的目光相遇的时候,她垂下眼帘。

"哦,夫人!"警督原地不动地说,"您能把拉德尔夫人叫来吗?我们必须把时间核对一下。"他又对一边嘟囔一边掏出小刀削铅笔的塞伦说。

"她可是很坦诚的。"彼得带着近似挑战的语气说。

"是的,老爷。她肯定知道。一识半解,为害不浅。"

"不是识——是知!"彼得带着怒气纠正他,"一知半解——亚历山大教皇。"

"是吗?"柯克先生回答,丝毫没有为此而不安,"我要把它记下来。啊!看起来好像别人都没有钥匙,但是谁知道呢?"

"我认为她说的是真话。"

"估计有几种真相。有一种真相是你所知道的。有一种真相是你问出来的。但是它们并不一定代表真相本身——未必。比如,我没问那位小姐她是否在别人走后锁门,是不是?我说的是,你最后一次见你——你舅舅,是在什么时候,明白吗?"

"是的,我明白。我本人不愿意拥有发现尸体的房子的钥匙。"

"那就是了,"柯克承认,"但是在某种情况下,宁可是你而不是别人,你明白我的意思吗?她在说,我都做了些什么的时候,你以为是什么意思?也许她想起来当时她是故意把钥匙留在别处的,或者——"

"跟钱有关。"

"就是这样。也许她想到她做了什么,到最后对自己对别人都没有好处。如果你问我,我会说她在隐藏什么。如果她是男人,我会让她

---

① 兰斯洛特(Lancelot),《亚瑟王传奇》中的兰斯洛特,圆桌骑士中最杰出、最勇敢者。
② 圭尼维尔(Guinevere),《亚瑟王传奇》中兰斯洛特的情人。

很快说出来，但她是个女人！她们哭号抽鼻子，你拿她们没办法。"

"是这样。"彼得说。他开始对女性产生仇恨，包括他的妻子。毕竟，她或多或少还是责备他拧脖子的行为了。这时拉德尔夫人揉搓着围裙走进来，很妄自尊大地高声喊着："您找我吗，先生？"——她的到来并未让沉默的谦恭有礼变成令人兴奋的音乐。无论如何，柯克知道他此刻正与拉德尔夫人身在何处，他自信地全力应付这个场面。

"是的。我想跟你确认一下谋杀的时间。现在，克拉奇利说，星期三晚上大概六点二十分还看见诺阿克斯先生活着。那个时候你已经回家了，是吗？"

"是的，我已经回家了。我只有早晨才去诺阿克斯先生的家。晚饭后我不在房子里。"

"你第二天早上来的时候发现房门是锁着的？"

"对，我敲了前门和后门——他有点聋，所以我敲门的时候声音总是很大，我还在他卧室的窗户底下喊过，接着我又敲门，还是没有声音，我说，该死的，然后我想他可能去了布若克斯福德。他也许是坐前一天晚上十点的巴士去的。我说，那他可以告诉我一声啊，上个星期的工钱还没给我呢。"

"你还做了什么？"

"什么也没做，没什么可做的。只是告诉面包师和送牛奶的别来了，还有送报纸的。在邮局留个便条说把他的信给我。不过没有信，只有两份账单，我也没送过来。"

"啊！"彼得说，"这真是处理账单的好途径。正如诗人不合语法的评述，就让它们下蛋吧，像下金蛋的鹅。"

柯克先生发觉这个引文让人迷惑，他拒绝接下去。

"你没想过给特威特敦小姐吗？诺阿克斯先生不在的时候，她总是过来照看一下。没见到她你应该感到奇怪。"

"如果人家选择不来，也不该我差人去叫啊。"拉德尔夫人说，"而且如果诺阿克斯先生想见艾吉·特威特敦小姐，他可以告诉她。至少我是这么想的。他死了，现在我知道了，当然，他不能去告诉谁了，但我当时不知道啊，是不是？我也有不方便的地方，他没付给我钱——我不能为这个事走两英里去找一个人，也不会浪费邮票。而且，"拉德尔夫人提起精神，"我还对自己说，如果他没告诉我他离开，也可能没告诉艾吉·特威特敦——我不是干涉别人家事情的人，您不觉得吗？"

"哦，你的意思是他这么安静地离开是有原因的？"柯克说。

"也许有，也许没有。我是这么看的。是吧？当然还有工钱的问题——但是我也不着急。如果我要求，艾吉·特威特敦会付给我的。"

"当然。"柯克说，"我想星期日她来教堂弹管风琴的时候你忘了问她了吧？"

"我？"拉德尔夫人像被冒犯一般地说道，"我不去那所教堂。我们结束的时候他们都走了。虽然我有时候也去教堂，但是没有什么可显摆的。走来走去，走来走去，就像一个人的膝盖工作日还没累坏似的。古达克先生是个好人，对所有人都很友善，我没说什么不利他的话。但是我去另外一个教堂，一直都是，在村子的另一端。等我回到这儿的时候，大家都回家了，艾吉·特威特敦骑自行车，我赶不上她——不是我不想。"

"当然你不能。"柯克说，"好吧。你没有试着让特威特敦小姐知道。但是我想你让村里人都知道诺阿克斯先生走了。"

"确实说了。"拉德尔夫人承认，"没有什么不正常的。"

"你告诉我们，"彼得插话说，"他是坐十点的巴士走的。"

"我是这么想的。"拉德尔夫人说。

"看起来很自然，所以没有可问的了。这个星期有人拜访过诺阿克斯先生吗？"

"只有古达克先生。我星期四早上看到他在房子周围转悠，看到我，他跟我打招呼：'诺阿克斯先生不在吗？''是的，'我说，'去布若克斯福德了。'然后他说：'我改天再来。'后来就没见什么人来过。"

"那么，"柯克继续，"昨天晚上你让先生和夫人进门的时候有什么异样吗？"

"都还好，除了桌子上剩下的晚餐。他总是在七点半准时吃饭。然后在厨房读报纸，九点半到这里听新闻。他是一个生活非常有规律的人。"

柯克脸上露出喜色。这正是他想知道的。

"所以说，他吃了晚餐，但是没上床睡觉？"

"没有。但是当然我为先生和太太换了干净的床单。我希望做得还算得体。"拉德尔夫人解释着，急于把事情讲清楚，"那是一个星期前的床单，晾干了，星期三就准备好了，但是房门打不开，所以也没拿进去。于是我就把它们叠得整整齐齐地放在厨房里，只要放在火边烤一会儿，就可以给英国的国王和王后用了。"

"这对我们有很大帮助。"柯克说，"诺阿克斯先生七点半用晚餐，所以他当时应该是活着的。"他看了一眼彼得，但是彼得并没有提供凶手把晚饭吃了之类的令人尴尬的建议，警督继续往下说："他没睡觉，这给我们……那么他什么时候上床睡觉，拉德尔夫人，你知道吗？"

"十一点，柯克先生，和闹钟一样准时。他关掉半导体，然后拿着蜡烛去楼上的卧室。我可以从我家的后窗看到他的卧室，很清楚。"

"啊！现在，拉德尔夫人，那你好好想想，星期三的晚上看到他拿着蜡烛上楼睡觉了吗？"

"让你说着了！"拉德尔夫人解释，"柯克先生，我没看见。我记得第二天我和我的伯特说：'如果我醒着，我就应该知道他走了，看到他的房间黑着灯，但是！'我说，'我那么累，头一挨枕头就睡着了。'"

"哦，好吧。"柯克失望地说，"没关系。既然他的床没人睡过，很可能他在楼下——"

（感谢上帝！彼得想。不在我夫人的房间。）

拉德尔夫人大叫一声打断了他的话。

"哦，老爷，柯克先生！有了！"

"你想起什么来了？"

拉德尔夫人的眼睛从柯克、塞伦一直打量到彼得身上，说明这件事不仅重要而且令人震惊。

"当然了。我以前怎么就没想到，我被所有这些可怕事情的发生迷惑了。我刚刚想到，如果他没坐巴士走，那么他肯定在九点半之前就死了。"

警员正在记录的手停下了。柯克马上说：

"你怎么想到的？"

"他的半导体坏了，我跟伯特说。"

"等一下，这跟半导体有什么关系？"

"如果活着，诺阿克斯先生不会误了九点半的新闻，从来没误过。他对最后的新闻高度重视，可怜的灵魂——我也不知道对他有什么好处。我记得上周三晚上对伯特说：'奇怪，诺阿克斯先生的半导体坏了，今天晚上听不了了。这可不像他。'"

"但是隔着这些门窗，你在家里听不到他的半导体的声音。"

拉德尔夫人舔着嘴唇。

"我不想欺骗你，柯克先生。"她忍了一会儿，她的眼睛避开警督的，盯着塞伦的铅笔，然后像往常一样滔滔不绝地说，"大概半个小时后我来过这里，从他的棚子里借一点石蜡，如果半导体是开着的，我就能听到声音。后墙是石膏做的，而且诺阿克斯先生有点聋，所以声音总是放得很大。"

"我明白了。"柯克说。

"无妨，"拉德尔夫人说，从桌边向后退，"借一点石蜡无妨。"

"好吧，"柯克谨慎地回答，"不相干。九点半的新闻，国家台？"

"是的。他从来不听六点的。"

彼得看了一眼柯克，走到半导体柜前，打开盖子。

"指针指向了地方台。"他说。

"如果你没有换台——"彼得摇摇头，柯克继续说，"看起来他没打开半导体——不是九点半的那个台。我们正在接近，是不是？减去时间。这儿一条线，那儿一条线。这儿一点，那儿一点——"

"以赛亚①，"彼得说，盖上盖子，"或者是，更恰当地说，耶利米②？"

"以赛亚，老爷——没有悲叹的叫喊。这已经很令人满意了。在九点半死亡或者失去知觉——最后一次见到他是在六点二十分——吃晚饭的时间是——"

"六点二十分？"拉德尔夫人大喊，"怎么可能？他九点钟的时候还活蹦乱跳的呢。"

"什么！你怎么知道的？你为什么不早说？"

"我以为你们知道。你们也没问，我怎么知道？因为我见到他了，这就是为什么。听着！你们不了解吗？想把什么事情放在我身上？你们和我一样都知道他九点的时候还活着。乔·塞伦当时在跟他谈话。"

柯克呆若木鸡，"呃？"他瞪着警员。

"是的，"塞伦木呆呆地说，"是这样的。"

"当然是。"拉德尔夫人说。她的暗藏着不安和恐惧的小眼睛里闪烁着恶意而又胜利的光，"你没看见我，乔·塞伦。我九点的时候来提一桶水，我清清楚楚地看见你在这个窗户下和他说话。啊！我听见你们谈话的内容。说脏话——你应该感到羞耻——这不应该被一个体面的女人听到。我走到院子里，你知道那里有水泵，唯一的饮用水。当你下到农村，柯克先生，你有永久免费权来使用院子里的水泵，如果没有它用来洗涤，我只好用雨水来对付羊毛织物了，我在水泵那儿听到你说话——是的，你可能看到了！我对自己说：'上帝，发生了什么？'我从房子的拐角转过来，看到了你——和你的头盔，别想抵赖。"

"好了，玛莎。"柯克颤抖着，但还是忠于他的下属，"很感谢。这样时间更接近了，你说是九点？"

"差不多，我的表是九点十分，但它快了一点。你可以问塞伦，如果你想知道时间，问警察。"

"很好。"警督说，"我们只是想在这一点上确认一下。两个证人总

---

①以赛亚（Isaiah），公元前八世纪希伯来先知。
②耶利米（Jeremiah），公元前七世纪和六世纪希伯来先知。

比一个强。就是这样。现在,你走吧——听我说——不要谈自己不该谈的事情。"

"当然,我不是那种人。"拉德尔夫人趾高气扬地说。

"当然不是。"彼得说,"没人会谴责你这一点。但是你看,你是一个非常重要的证人——你和塞伦,会有各种各样的人,比如记者,想从你们嘴里哄骗出东西来。所以你要非常谨慎——就像塞伦一样——机敏地对付他们。否则,你会让柯克先生很为难的。"

"乔·塞伦,确实!"拉德尔夫人轻蔑地说,"我随时都能像他做得一样好。我希望我比报社的家伙知道得更多。这些下流庸俗的东西。"

"非常不受欢迎的人。"彼得说。他向门口走去,温雅地引导身后如迷路母鸡般的她,"我知道我们可以依靠你,拉德尔夫人,受过了'沉默'和'悠久'的抚育①。无论你做什么,"他把她推到门前,认真地说,"什么也别跟本特说——他是世界上最糟糕的话匣子。"

"当然不会,老爷。"拉德尔夫人说。门关上了。柯克从大椅子上坐起来。他的下属蜷缩成一团,等待暴风骤雨。

"现在,乔·塞伦。这是什么意思?"

"呃,先生——"

"我对你很失望,乔,"柯克为难的语气里悲痛多过愤怒,"我很震惊,你九点钟在和诺阿克斯先生谈话,但你什么都没告诉我。你就没有一点责任感吗?"

"我很抱歉,先生。"

彼得·温西勋爵走到窗前。他不想在一个人责备下属的时候横加干预。尽管如此——

"抱歉?这可是个好听的词。你——一个警官,手里有重要的证据,你说你很抱歉?"

(失职。是的——这是侵袭一个人的首要方式。)

---

① 引自济慈的《希腊古瓮颂》。

"我不是故意——"塞伦接着狂怒地说,"我没想到那个老女人会看到我。"

"谁看见你又有什么关系?"柯克大吼道,他更加生气了,"你应该先告诉我……我的上帝,乔·塞伦,我不知道该怎么对待你。老实说,我不……你是故意的,我的孩子。"

可怜的塞伦坐在那里绞着手指,找不到合适的回答,只是痛苦地咕哝着。

"对不起。"

"现在,你听我说。"柯克的声音里带着危险的气息,"你在做什么,不想让别人看见?……说啊!……等一下。等一下。(他看到了,彼得想,然后转身。)你是左撇子,对不对?"

"哦,我的上帝,先生,我的上帝!我没干!我发誓,不是我干的!上帝知道我是有原因的,但是我没干——我没碰他一个指头——"

"原因?什么原因?……说出来吧。你和诺阿克斯先生在干什么?"

塞伦疯狂地环顾四周。彼得·温西站在他身边,脸上带着深不可测的表情。

"我根本没碰他,我什么都没做,否则我立刻死掉。先生,我是无辜的!"

柯克摇着他硕大的头颅,像一头被牛虻戏弄的公牛。

"你九点钟在这儿能做什么?"

"什么也没做。"塞伦顽固地坚持着。他渐渐不再激动,"就是打发时间。"

"打发时间?"柯克重复他的话,带着轻蔑和怒气,彼得不得不出面说话了。

"听着,塞伦。"他的语气好像是在劝诱一个慌乱的人泄露自己令人同情的秘密,"你最好向柯克先生和盘托出。不管是什么。"

"这个,"柯克低吼,"是一件好事,这是。一名警官——"

"心平气和点,警督。"彼得说,"他只是个年轻人。"他犹豫着。也许对塞伦来说最好没有外人在,"我去花园转一圈。"彼得的语气令人安心。塞伦马上交代了。

"哦，不！我招供。哦，上帝，先生！——别走，老爷。你别走！……我真是个该死的傻子。"

"我们偶尔都会做些傻事。"彼得轻柔地说。

"你要相信我，老爷……哦，上帝——这就泄露我的秘密了。"

"我并不奇怪。"柯克冷酷地说。

彼得瞥了一眼警督，他也承认被一个比自己更老的权威吸引了，然后坐在桌子的边缘上。

"打起精神来，塞伦。柯克先生不是一个不公正的人。现在说吧，到底是什么事。"

"呃……诺阿克斯先生那个钱包——他丢的那个——"

"两年前——是的，怎么了？"

"我找到了……我——我——他掉在路上——里面有十英镑。我——我妻子生完孩子后身体很不好，医生说她需要特殊的照顾，我没攒下什么钱——工资和津贴都不高——我真是个傻子——我本来打算放回去。我一想，他是个有钱人，也不缺这些。我知道我们应该诚实，但这是个非常大的诱惑。"

"是啊，"彼得说，"对于一个一星期只赚两三英镑的人来说确实是一大笔钱。"柯克好像无话可说，于是他继续说：

"然后呢？"

"他发现了，老爷。不知道怎么发现的，但是他发现了。他威胁要告发我。当然，那样我就完蛋了。肯定会失业，以后谁还能给我工作呢？所以我必须按他说的付给他封口费。"

"给他钱？"

"这是勒索！"柯克突然从麻木的状态中清醒过来。他说的这个词好像在某种程度上就是解决这个难以置信的情况的良药，"这是刑事罪。勒索。私了。"

"你叫它什么都行，先生——对我来说就是生和死。两年来，每个星期付五先令几乎让我吐血。"

"我的上帝。"彼得觉得很恶心。

"我跟你说，今天早上我走进这个房间，听说他死了，就感觉呼吸到了天堂的空气……但是我没有杀他——我发誓我没做过。你相信我吗？老爷，你相信我。我没做。"

"我不知道如果你真的做了我是否会谴责你。"

"但是我没做。"塞伦急切地说。彼得的脸上没有表情，塞伦再次转向柯克，"好了，先生。我知道我做了件蠢事——或者更糟——我要受到惩罚，但是我站在这里可以肯定地说，我没有杀死诺阿克斯先生。"

"好吧，乔，"警督沉重地说，"没杀也已经够糟的了。你是个傻子，但没错，我们迟点再追究那个。你现在最好告诉我们发生了什么。"

"我来见他是想告诉他，我那个星期没钱。他嘲笑我，这个老魔鬼。我——"

"那是几点？"

"我从小路上走过来，看了看那里的窗户。窗帘没拉，里面一片漆黑。那时我看见他拿着蜡烛走进厨房。他把蜡烛靠近挂钟，我看见时间是九点五分。"

彼得换了个姿势，立刻说：

"你从窗户那儿看见挂钟了？你确定吗？"

证人没有意识到话语里警告的意味，简洁地说："是的，老爷。"他紧张地舔了舔嘴唇，继续说：

"我轻敲窗户，他走过来打开窗户。我告诉他我没钱，他令人厌恶地大笑着。'好吧，'他说，'我早晨就去告发你。'我鼓起勇气对他说：'你不能，这是勒索。你从我身上得到的所有钱都是勒索。'他说：'钱？你不能证明你给过我钱。你的收据在哪里？你没有书面的东西。'于是我咒骂他。"

"怪不得。"彼得说。

"'滚出去。'他说，然后把窗户啪的一声关上了。我试着推门，但是门上锁了。于是我就走了,那是我最后一次见到他。"

柯克长长地呼出一口气。

"你没进房子里?"

"没有,先生。"

"你说的是真话吗?"

"我向上帝发誓,先生。"

"塞伦,你肯定吗?"

这次,警告是明摆着的。

"这就是千真万确的事实,老爷。"

彼得的脸变了颜色。他站起来慢慢移到壁炉前。

"好吧,"柯克说,"我现在也不知道该说什么。听着,乔,你最好马上去帕格福德,确认一下克拉奇利是否不在现场。去修车厂见见那个叫威廉斯的人,录一下他的口供。"

"好的,先生。"塞伦顺服地说。

"你回来后,我要跟你谈一谈。"

塞伦又说:"好的,先生。"他看了看正在一动不动盯着壁炉中燃烧的木头的彼得,"我希望您不要对我太苛刻,先生。"

"这有可能。"柯克说。警员走了出去,肩膀耷拉着。

"唔,"警督说,"你怎么看这种事?"

"这很明了——关于钱包的事情。为谋杀提供了一个动机——一个非常好的新动机,势头越来越旺了①。咱们扩展了一点领域,是不是?勒索犯不会只满足于拥有一个受害者。"

柯克几乎没有意识到彼得是在转移他的怀疑,他因为自己的下属玩忽职守而伤心——偷盗和隐瞒证据。他越是反复担忧,就越是生气,因为这样的事情就不应该发生。

"这个傻子如果缺钱用,为什么不去找他的中士,或者找我?这就是那件令人烦恼的事情。我真的不敢相信。"

---

①原文引自英国伦敦卖花女唱的歌。

"天地间存在着更多的事情。"彼得用一种忧郁的口吻说。

"是这样,老爷,哈姆雷特有很多真相。"

"哈姆雷特?"彼得放声大笑,"上帝啊,你说得对,这个欢乐的村庄和哈姆雷特。搅动池塘的泥,臭气会让你吃惊。"他在房间里不安地踱着步,诺阿克斯的行为更确认了他的怀疑。如果有一种他愿意活活掐死的囚犯,那就是勒索犯。五个先令一个星期,持续了两年。他不能怀疑这个故事,没人愿意累积证据跟自己作对,除非他说的是真话。同样——他突然停下脚步,面向柯克。

"听着!"他说,"你没有关于盗窃案的书面报告,是吗?钱已经两倍偿还了。"

柯克定定地看着他,"你很容易心软,老爷,这不是你的责任。"

这回,彼得要谨慎地对待了。

"啊呀!"柯克反思着,"诺阿克斯真是个十足的老骗子。"

"多么丑陋的故事。这足以让一个人——"

但不是,还没到这个程度。"哦,该死!"彼得好像因被挫败而发怒了。

"怎么了?"

"警督,我为那个可怜的魔鬼难过,但是,我想说——"

"什么?"

柯克知道有些事要来了,他必须自己去面对。让彼得施加压力,他们会说实话。他这么说,这证明了他将采取惩罚措施。

"他的故事。听起来是对的……但是……有一点他在撒谎。"

"撒谎?"

"是的……他说他根本没进过房子,但是他又说他从窗户外看见了挂钟。"

"然后呢?"

"我刚才到花园里试着做同样的事情。我想调表。但是不行……从那扇窗户根本看不见时间。"

"看不见?"

柯克一个箭步冲到窗前,他很清楚自己能发现什么。

"你可以试一下,"彼得说,"从任何角度。完全不可能。从那个窗户根本就看不到挂钟。"

第十章　四杯淡色啤酒酒吧

"我应该怎么做？"我激动地大喊着。
"去酒吧。那是乡下人集中起来说闲话的地方。"
——阿瑟·柯南·道尔，《孤身骑车人》

　　下午茶的时间，警察们离开了房子。事实上，柯克确认了无论是站着、弯腰还是采用什么姿势都无法从窗户那里看到挂钟的时候，就没什么激情再延长询问了。他勉强地推测诺阿克斯先生也许在六点二十以后移动了仙人掌的位置，九点半之前又把它放回了原位。但是他无法对这种漂忽不定的行为似乎提供任何合理的解释。当然，只有克拉奇利曾经说过六点二十的时候植物还在那里——如果他说的是真的。克拉奇利提到他浇过水——也许他把花盆拿下来，让诺阿克斯先生放回去。有人可能会问——但即使柯克提出了这个意向，他对可能的结果还是感到希望渺茫。他垂头丧气地检查了卧室，没收了放在书架里的很多书和文件，又询问了拉德尔夫人关于塞伦与诺阿克斯先生会面的情况。

这一切的结果都不令人满意。他找到一个笔记本，其中包含周薪的账目，在姓名缩写字母"J.S."下记录着一次支付五先令。这确认了不太需要确认的故事。这同样表明，塞伦的坦率与其说是美德，不如说是一种必要。既然怀疑是否有这样一个文件的存在，他意识到最好提前坦白出来。彼得的意思是，如果塞伦是凶手，他难道没有搜查过可能会威胁他的文件吗？柯克用这种想法安慰着自己。

没有别的东西可以当做勒索付款的证据了，虽然很多证据表明，诺阿克斯先生的情况比目前看起来的还要混乱。有趣的是，诺阿克斯先生手里有一捆剪报和便条，是有关苏格兰西海岸的便宜农舍的——那个乡下地方因为很难收回在其他地方欠下的民事债务而为人所共知。诺阿克斯显然和柯克假设的一样，是个"十足的不老实的人"；不幸的是，这一点不是他需要被证明的罪行。

拉德尔夫人无法提供任何帮助。她听到诺阿克斯重重地把窗户关上，看到塞伦从前门的方向退出。猜想着表演结束了，她拎着那桶水匆忙地赶回家。她认为她听到几分钟后有人敲门，心想："他有希望了！"问她是否听到争吵的内容，她很遗憾地承认没有，但是（带着恶意的笑容）"乔·塞伦可能知道"。"塞伦，"她说，"经常拜访诺阿克斯先生"——这是她自己的想法，如果柯克想知道，他"想借钱"，诺阿科斯拒绝再借给他。塞伦夫人花钱大手大脚，大家都知道。柯克本来想问她看见诺阿克斯先生激烈的争吵后是否担心他接下来有可能消失，但是这个问题卡在喉咙里。他可以说一个警官可能被怀疑谋杀，但是他没有更好的证据。他的下一个沉闷的工作是询问塞伦。虽然并不希望如此，但他还是非常沮丧地先去找验尸官谈话。

与此同时，帕菲特先生清扫了厨房的烟囱，帮忙把火点上，然后拿了工钱回家，并且表示了同情和好意。最后，特威特敦小姐涕泪涟涟、不胜荣幸地让本特开车把她送回帕格福德，她的自行车趾高气扬地被固定在后座上。哈丽雅特目送她离开，然后回到起居室。她的勋爵正在面色阴沉地用她从古董架上找到的油乎乎的卡片搭建房子。

"好了！"哈丽雅特用非常不自然的喜悦口气说，"他们走了。至少我们可以单独待一会儿了。"

"感谢上帝。"他闷闷不乐地说。

"是啊，我再也无法忍受了，你呢？"

"再也……我现在也不能忍受。"

这句话并不粗鲁。他只是听起来无助而且疲倦。

"我并不想。"哈丽雅特说。

他没有回答，看起来在聚精会神地搭构建筑的第四层。她看了他片刻，觉得最好把他一个人留在这里，她上楼去拿纸和笔。她想应该给老公爵夫人写封信。

路过彼得的更衣室，她发现有人在这里干过活儿。窗帘挂起来了，地毯铺上了，床也铺好了。她在那里逗留了一会儿，心想这意味着什么——如果有什么意义的话。在她自己的房间里，特威特敦小姐的痕迹已经被清除了——鸭绒被抖过了，枕头弄平了，热水壶拿走了，盥洗盆和梳妆台的位置重新摆好了。被柯克打开的门和抽屉关上了，一盆菊花摆在窗台上。本特像个蒸汽压路机，把一切都熨平了，把剧变的一切迹象都掩饰了。她找到她要的东西，把它们拿到楼下。纸房子已经搭到第六层。听到她的脚步声，彼得的手一颤，整个建筑化为废墟。他嘟囔了几句，又固执地重新搭起来。

哈丽雅特看了看表，已经快五点了，她觉得可以煮点茶。她催促拉德尔夫人把水壶烧起来，干点活儿；不需要太长时间。她坐在高背椅上，开始写信。这些新闻并不是公爵夫人期待的，但是在伦敦的报纸上市之前非常有必要通报点什么。另外，哈丽雅特还想告诉她一些事——不管怎样都会告诉她的事情。她写完第一页后抬起头。彼得皱着眉，房子又盖到了第四层，有大厦将倾的危险。不知为什么，她开始笑。

"笑什么呢？"彼得说。摇摇欲坠的纸片瞬间倾塌，他烦躁地诅咒着。接着他突然平静下来，熟悉的、偏向一侧的微笑浮现在他的嘴角。

"我发现了可笑的一面，"哈丽雅特抱歉地说，"这看起来不像蜜月。"

"是啊，上帝。"他悲伤地说，接着站起来，走到她面前，"我宁可认为，"他用一种淡漠的方式发表评论，"我的举止像个笨蛋。"

"是吗？那么我可以说，你对笨拙的定义是如此的脆弱和有限。你只是不知道怎么开始。"

他并没有因为她的嘲笑而感到安慰。"我没想到事情会是这样。"他的理由并不充分。

"我亲爱的布谷鸟——"

"我希望一切对你来说都是美好的。"

她等他自己找到这一切的答案，他迅捷地找到了。

"那是虚荣。我想。拿出笔墨写下来。勋爵正在享受消沉的情绪，出于他莫名的无力，无法让天意满足心愿。"

"我应该这么告诉你母亲吗？"

"你在给她写信？上帝，我都没想到，但是我非常高兴你这么做。可怜的老母亲，她肯定会很不安的。她孤注一掷地认为嫁给她白发苍苍的儿子意味着没有任何烦恼的天堂，没有止境的世界，阿门！奇怪，母亲居然这么不了解自己的儿子。"

"你的母亲是我遇到的最敏感的女人。她对事实的把握远远高于你。"

"是吗？"

"当然。顺便问一句，你不坚持一个丈夫看妻子信件的权利？"

"上帝，不！"彼得惊骇地说。

"我很欣慰。也许对你也没好处。本特回来了，我们可以喝茶了。拉德尔夫人很是兴奋，也许她把牛奶热了，把茶叶放在三明治里了。我应该在旁边监督她干活儿。"

"这个拉德尔夫人！"

"不管怎样，我希望本特已经做好了。"

拉德尔夫人的突然而至给设想提供了强有力的证据。

拉德尔夫人把负荷"咔嗒"一声放在壁炉边的小桌子上，"我本来可以早点拿来,但是当我烤面包的时候,布若克斯福德的警察突然闯进来了。我的心提到了嗓子眼儿,我以为什么可怕的事情发生了。其实只是验尸官那儿的一点小事。他手里拿了一大摞文件,这些是给你们的。"

"哦,是的。"彼得拆封,"他们真快。'彼得·戴斯·布兰登·温西勋爵亲启,约翰·珀金斯的搜查令——拉德尔夫人,您不用等了。"

"珀金斯先生是律师。"拉德尔夫人解释道,"一位非常好的先生,我听别人说的,虽然我从来没跟他谈过话。"

"'文中涉及的赫特福德郡县的陛下的验尸官之一,须于周四,即十月十日出现在他面前'……您明天会见到他,听他说话的,拉德尔夫人……'准确时间是午前十一点,在验尸官的法庭,地点是赫特福德郡帕格海姆郊区的皇冠旅馆——出示证据,以阁下的名义检查威廉·诺阿克斯的尸体,未经许可不得离开。'"

"那很好,"拉德尔夫人说,"但是谁给我的伯特做饭呢?他十二点钟吃饭,我可不能让他挨饿,即使为了乔治国王也不行。"

"恐怕伯特没有你也能活。"彼得严肃地说,"你没听说过'危险不等于完蛋'吗?"

"老爷,什么危险?我想知道。"拉德尔夫人说。

"监狱。"彼得用可怕的声音说。

"我进监狱?"拉德尔夫人愤怒地大叫着,"那对一个可敬的女人来说可不是好事。"

"你可以找一个朋友给伯特做饭。"哈丽雅特建议。

"呃,也许霍奇斯夫人可以。我也想听听到底发生了什么。但是我可以今天晚上做一个馅饼留给伯特。"她沉思着退到门口,转过身,用沙哑的嗓音轻声说:

"我得告诉他石蜡的事儿吗?"

"我想不用。"

"哦!"拉德尔夫人说,"借一点石蜡也不是什么大错,既然摆放在那么显眼的地方。但是警察可能会曲解一个女人的话。"

"你不必担心。"哈丽雅特说,"出去的时候请关上门。"

"是的,夫人。"拉德尔夫人说。想不到她竟然如此顺从地消失了。

"如果我知道柯克的事情,"彼得说,"他们就会停止问讯,不会费太长时间。"

"不。我很高兴珀金斯能如此迅速地行动——我们不会被很多记者和群众包围。"

"我们有必要那么在乎记者吗?"

"没你想象得那么多。别那么悲观,彼得。接受这个开在我们身上的玩笑吧。"

"很有道理。海伦又要小题大做了。"

"随她去吧。这个可怜的女人看起来生活得很无趣。毕竟她改变不了事实。我的意思是,我在这里给你倒茶——不得不说,从一个裂了缝的壶嘴里——但是我在这里。"

"我不认为她嫉妒你的工作。我不是海伦想要的那杯茶。"

"她不会享受任何茶——她总是想着裂了缝的茶壶嘴。"

"海伦根本不允许有裂缝。"

"不——她坚持用银器——即使茶壶是空的。再喝点茶。它总是不自觉地往茶杯碟里滴。这是慷慨的本性,或者是一颗漫溢的心之类的。"

彼得接过茶,安静地喝着。他还是对自己不满意。就像他邀请自己选择的女人坐下来一起享受生命的盛宴,却发现这个桌子不是给他预备的。男人们在这种气人的情况下往往找侍者的碴儿,抱怨食物,而且拒绝任何缓和气氛的努力。从受伤自负的最糟糕的表现来看,他的礼貌可以控制住自己,但是知道自己的错这个唯一的事实让他更难恢复。哈丽雅特同情地关注着他的内心冲突。如果他们都年轻十岁,也许大吵一架,大哭一场,然后再互相拥抱就能解决问题;但是对于他们来说,那条道路上做着清晰的记号:没有出口。没有办法,他必须尽快从闷闷不乐中走出来。哈丽雅特已经用自己的野蛮情绪折磨了他五年了,没有理由感到委屈;和她自己比,确实,他已经表现得不错了。

他把茶具推到一边，为两个人点上烟，然后焦躁地揉搓着痛处说："应该表扬一下你对我的坏脾气表现出来的耐心。"

"你这么称呼它？我宁可叫它神圣的和谐音。"

"不管叫什么名字，反正你是在恭维我。"

"根本没有。"（非常好，他在要求，只是更好地运用了战术，运用突击占领了地盘。）"我只是想告诉你，只要我和你在一起，我不在乎是否聋哑、瘸腿、眼瞎、痴傻，或者得了带状疱疹和百日咳，抑或在一条狂风骇浪的船上，没有衣服，没有食物。你真的很愚蠢。"

"哦，我亲爱的。"他红着脸拼命说，"我到底该说什么呢？除了我也不介意任何事情。我只是忍不住感觉自己是那个白痴，把你抛入地狱般的小船，招惹了风暴，把你脱得赤条条的，丢弃了食物，把你的腿打折，变得没有知觉，是我把百日咳传染给你，还有——还有什么？"

"带状疱疹，"哈丽雅特干巴巴地说，"这是不传染的。"

"天哪！"他的眼睛在跳舞，他的心好像突然转了个弯，"哦，神啊！让我配得上这个高贵的妻子吧。同样，我仍然觉得自己被掌控了。我应该憎恨，如果我没拥有涂满黄油的面包片和感情——这两样东西总是在一起的。这让我想起——我们是不是应该开车去布若克斯福德吃饭呢？那里肯定有一些酒馆，还有新鲜空气，能让我神清气爽。"

"真是个好主意。我们可以带着本特吗？我觉得他也没什么可吃的。"

"还在唠叨本特！我自己已经为了爱受了很多罪了。你可以带着本特，但是我还是守规矩的。拉德尔夫人今晚不能来。我遵守圆桌规则——爱一个人就忠于她。我的意思是，一次一个。我不想假装说自己以前跟任何女人都没关系，但是我坚决拒绝同时有两个女人。"

"拉德尔夫人可以回家烤她的馅饼。我先把信写完，这样到了布若克斯福德我就可以把它寄出去了。"

本特非常谦恭地要求不参与他们的行动——除非，老爷需要服侍。他更愿意趁着这个闲暇时间去皇冠酒吧走一趟。他想结交一些当地人。

至于晚餐，帕菲特先生表示，他备了家常便饭等他，本特可以随时光临，小酌一杯。

"这意味着，"彼得解释道，"本特想通过旁门左道了解死去的诺阿克斯和这个房子里面的人。此外，他还想和酒馆老板、煤商、蔬菜种得最好的人、碰巧砍倒一棵树使之变成木块的农夫、挂肉时间最长的屠夫、村里的木匠和水管工建立外交关系。你得忍受我。没有什么可以把本特从他自己的神秘结果里转移。"

本特走进皇冠酒吧的时候，那里挤满了人。陌生人一走进来，忙碌的人群一下子静了下来，大家的目光转向门口，然后又迅速地把目光移开，并被大啤酒杯遮掩。这是完全符合礼仪的。本特和大家礼貌地说了声"晚上好"，然后要了一品脱陈年麦酒和一副纸牌。酒吧老板格杰恩先生悠闲自在地换了一张十先令的钞票，说今天的天气不错。本特同意他的看法，补充说，乡下的空气比城里的宜人多了。格杰恩先生说，很多从伦敦来的先生都说过同样的话，然后问他的客人是否第一次拜访这里。本特说，虽然他多次经过这个地方，但还是头一次在这里逗留，帕格福德看起来是个漂亮的地方。他还主动说他出生在肯特郡。格杰恩先生问，是真的吗？据说那里的人种植蛇麻草。本特承认确实如此。一个矮胖的一只眼的男人说，他妻子的表哥也在肯特郡住过，他说那里到处都是蛇麻草。本特说，他母亲住的地方有蛇麻草。他自己对蛇麻草知之甚少，因为他从五岁开始就在伦敦生活。一个消瘦、面容忧伤的男人说，他猜想六月份他从格杰恩先生这里喝的啤酒来自肯特郡。这可能是大家都知道的玩笑，因为酒吧里的人都大笑起来，而且立刻口口相传，直到那个消瘦的男人最后说："好了，吉姆，叫他蛇麻草吧，如果这样你感觉好一点。"

经过这一番谈话，伦敦来的客人悄悄地退到靠窗的座位前喝他的啤酒。话题转到足球上。后来，一个圆滚滚的女人（原来是拉德尔夫人的朋友，霍奇斯夫人）用造物主不敢涉足的女人的冲动说：

"看起来，您失去了一个客人，格杰恩先生。"

"啊！"格杰恩先生说。他用目光扫了一眼靠窗的位子，却只看到陌生人的后背，"有人来，有人走，霍奇斯夫人。我并没有少卖啤酒。"

"你说得对。"霍奇斯夫人说，"也没损失其他客人。他真的是被谋杀的吗？"

"也许吧。"格杰恩先生谨慎地回答，"明天就能听到消息了。"

"这对生意没什么坏处，我猜。"一只眼睛的男人说。

"还不知道。"酒吧老板反驳道，"我们得等到案子结束才开门。这只是体面，和柯克先生的特殊。"

一个皮包骨的不知道多大岁数的女人突然尖声尖气地说：

"他长什么模样？让我们看一眼行吗？"

"凯蒂，去！"酒馆老板摇摇头，那个面容忧伤的男人说，"不要让一个男人独自待着，无论是死了，还是活着。"

"继续，普多克先生！"凯蒂说，众人又大笑起来，"你是陪审员，是不是？你免费得到了前排座位。"

"这些天我们没有必要见尸体。"普多克先生纠正她，"即使我们要求，乔治·勒格在这里，你最好问他。"

殡仪员从里间屋子里走出来，所有的人都在看他。

"什么时候举行葬礼，乔治？"

"星期五。"勒格说。他要了一大杯苦啤酒，对一个刚走出来，并把门从身后锁上，把钥匙交给格杰恩先生的年轻人补充道：

"你最好开始工作了，哈里。我们马上就过来。我们想在审讯结束后马上给他入葬。那时他将彻底离开。"

"哎。"哈里说，"这样很好，天气很残酷。"他要了半品脱酒，一口全喝下，边往外走，边说，"那么回见了，爸爸。"

殡仪员成为一小圈人的中心，残忍地意图询问细节。这时，霍奇斯夫人抑制不住的声音提高了。

"根据玛莎·拉德尔所说，没有遵守他的习俗的人至少将失去他。"

"啊！"一个有着浅棕色刘海儿和机敏眼睛的小个男人说，"我有疑问。太多烙铁在那团火里了，我估计。不是我牢骚满腹。我会让账簿提前一个月启动，然后我拿到钱——预料到他制造了麻烦，会遇到困境。大公司倒闭——你把钱从一个地方转移到另一个地方，最后你根本搞不清自己究竟有多少钱。"

"对，"一只眼睛的男人说，"投资的事情，他做了。聪明反被聪明误。"

"而且他很难讨价还价，"霍奇斯夫人说，"天哪，哦，天哪！记得当他借给我可怜的姐妹那点钱的时候吗？哦，她得还多少啊。这让她签字放弃了她所有的家具。"

"唔，他从来没有在那些家具上费什么心，那是个非常潮湿的一天，它们就被出售了。汤姆·杜登在帕格福德买下了它们，那里没有一个灵魂，只有交易员。"

留着长长的花白胡子的老人第一次提高嗓门说：

"用不正当手段获得东西不能致富。这是《圣经》上说的。因为他压迫、抛弃穷人，因为他暴力地夺走一幢不是他建造的房子还有里面的家具——这样就没有人寻找他的货物了。在充足丰富中，他陷入了困境——是不是，格杰恩先生？——他想躲避铁器，唉，但是没有可躲的地方，上帝之手要惩罚这个邪恶的人，降祸于他。我们要看着这个过程。今天早上是不是有个伦敦来的先生手里拿着传票？他给别人挖的沟，自己的脚却踏了进去。让这个勒索者消耗他的所有——啊！让他的孩子们成为流浪者，到处乞讨面包——"

"哎呀！爸爸！"旅馆老板看到老人越来越激动，于是说，"他没有孩子。"

"是啊，"一只眼的男人说，"但是他有一个侄女，艾吉·特威特敦肯定下场很惨。她一直想有很多钱。"

霍奇斯夫人说："那些在别人面前摆架子的人自己也只配获得失望。她爸爸不就是给特德·贝克养牛的嘛，还是一个肮脏、吵闹、喝得满嘴臭气的家伙，而且，没什么可骄傲的。"

"说得对。"老人说,"一个非常暴力的男人,每天打他可怜的老婆。"

"如果你把某人看得一钱不值,"一只眼的男人认为,"他就会表现得一钱不值。迪克·特威特敦本来是个比较体面的人,直到他不知道脑子里进了什么,非要娶那个趾高气扬、装腔作势的中学女教师。'进客厅之前,把你的靴子在垫子上擦擦。'她对他说,一个男人刚从臭烘烘的野兽群中走出来,想回家吃顿饭,他的老婆却对他这么说话。"

"他是个漂亮的男人,是不是?"凯蒂问。

"嘿,凯蒂!"那个爱流泪的男人责备地说,"迪克·特威特敦是个英俊的男人,这就是中学女教师喜欢他的原因。你那颗温柔的心可以喜悦了,否则它就会把你带入麻烦。"

又是一阵哄笑。接着殡仪员说:

"并没有因此好受些。我为艾吉·特威特敦难过。"

"哎呀!"那个爱流泪的男人说,"她还好。她有母鸡和教堂的管风琴。她过得挺好的。就是不算太年轻了,胆小的男人可能会躲得远远的。"

"好吧,听着,普多克先生!"霍奇斯夫人喊,"别说你想博得她的好感。"

"他是个可以谈话的人,是不是?"凯蒂说,她高兴地找回了自己。那个老人严肃地打断她:

"你知道你要去哪里吗,特德·普多克?艾吉·特威特敦从父母双方都接受了坏的血液。她母亲是威廉·诺阿克斯的妹妹,别忘了。迪克·特威特敦是个残暴的、堕落的人,该被诅咒的人,不守安息日的人——"

门打开,弗兰克·克拉奇利走了进来。他身边跟着个女孩。被遗忘在角落里的本特把她概括为一个生气勃勃的年轻人,长着一双积极进取的眼睛。这一对儿看起来有些感情,虽然不能用亲密来形容。给本特的印象是,克拉奇利正在酒神和爱神的臂膀里寻求安慰。他给这个女孩买了一大杯酒(本特微微颤抖),他提议给大家买酒的时候被大家开着善意的玩笑。

"你发财了吧,弗兰克?"

"诺阿克斯先生给他留了些债务。"

"我以为你的投资失败了。"

"啊,这就是资本家的行为方式。每次他们损失一百万的时候,都会点一箱子的香槟。"

"听着,波莉,你难道不是更了解怎么跟一个投机的家伙相处吗?"

"她认为,他把钱给她拿回家时才能更了解他。"

"我会这么做的。"波莉充满活力地说。

"啊。你们两个想过结婚吗?"

"没时间想。"克拉奇利说。

"伦敦的那个女孩怎么样,弗兰克?"

"哪个女孩?"克拉奇利反问道。

"他的女人太多,都数不过来了。"

"小心台阶,波莉。也许他已经结了三次婚了。"

"我应该担心这一点。"女孩头一扬说。

"埋完人就举行婚礼,告诉我们什么时候,弗兰克。"

"我得攒钱支付牧师的费用,"克拉奇利好脾气地说,"既然我的四十英镑泡汤了。但是也值了,看在老艾吉·特威特教的面子上。'哦,舅舅死了,钱也没了。'她说,'哦,我那么有钱——谁会想到?'愚蠢的老母牛!"克拉奇利轻蔑地大笑着,"快点喝,波莉,如果你想赶上看电影的话。"

"这是你们接下来要做的,看来不想悼念老诺阿克斯先生了?"

"我?"克拉奇利说,"当然不!那个肮脏的老骗子。从上帝那里得来的好处要比从他那里得来的多。满口袋的钞票,却长了一个奶酪脸的兔子的鼻子——"

"嘿!"格杰恩先生警告地看了他一眼。

"老爷将会很感激你,克拉奇利先生。"本特从靠窗的座位走过来。

"对不起,"克拉奇利说,"我没看见你在这里。我只是开了一个玩笑，你想喝点什么，本特？"

"我不接受任何人都免费，"那个绅士态度尊贵地说，"对你来说是本特先生，如果你愿意的话。顺便说一下，格杰恩先生，我请求您把一个新鲜的九加仑装的木桶送到塔尔博伊斯。据我所知，那是债权人的财产。"

"好的。"酒馆老板说道，"您想怎样办？"

"明天一大早送到。"本特说，"再加一打巴斯啤酒……啊，帕菲特先生，晚上好！我正想找您。"

"您客气了。"帕菲特先生衷心地说，"我只是来这里喝杯餐后酒，乔治被叫出去了。家里还有一块凉馅饼，金妮会很高兴见到您。来一夸脱，格杰恩先生。"

他把酒杯放在柜台上，老板给他斟满，对本特说：

"好的，十点左右送过去，再帮您装上龙头。"

"很感谢，格杰恩先生。我会亲自参加招待会的。"

克拉奇利趁此机会带着那个年轻女人离开了。帕菲特先生摇摇头。

"又去看电影了。我想说的是，现在女孩脑子里都是乱七八糟的东西，丝袜啊什么的，我们年轻的时候都没见过。"

"啊！"霍奇斯夫人说，"波莉和弗兰克约会有一段时间了。这次他们定了。她是个好女孩，虽然有点不懂礼貌。"

"他已经决定了，是不是？"帕菲特先生问，"我还以为他想从伦敦找个老婆。也许他想，她不要他，因为他损失了四十英镑。反作用反而使他们在一起，像他们说的那样——这是现在他们结婚的方式。一个男人想干什么就干什么，因为最终总有一个女孩能得到他。就像一只在狭窄的小路上来回奔跑闪躲的猪。但是我想在契约里看到一点钱——就像他们说的那样，婚姻不只是床上的四条光腿。"

"瞧他说的。"凯蒂说。

"也不是穿丝袜的腿。"帕菲特先生说。

"哦，汤姆，"霍奇斯夫人说，"你是个有点钱的鳏夫，所以我们也还是有点机会的。"

"有吗?"帕菲特先生反问道,"我同意你去尝试一下。本特先生,如果你准备好了。"

"弗兰克·克拉奇利是帕格海姆本地人吗?"本特问,他们慢慢地走,这样啤酒就不会都变成泡沫。

"不是,"帕菲特先生说。"他是伦敦人,看到汉考克先生的广告来的,来这儿已经六七年了。我不认为他没有父母。但他是一个有进取心的年轻人,很多女孩追求他,所以他很难安定下来。我想他和波莉·梅森交往有更多的目的——比较严肃的,我的意思是。他总想找一个能给他带来点什么的妻子。谋事在男人,成事在女人,一旦决定,再小心都没有用了。比如你家的先生——我敢说,也有很多富有的女人追求他。也许他说他不想要其中的任何一个。现在他在度蜜月,听牧师先生说,那个年轻女人也不富有。"

"老爷是为了爱结婚的。"本特先生说。

"我也这么想。"帕菲特先生说,把酒杯换到另一只手上,"我得说,他负担得起。"

在这个令人愉悦,整体上有利可图的夜晚结束的时候,本特先生需要跟自己庆祝一下意愿已达成——他定了啤酒;在帕菲特夫人金妮的帮助下,他得到了为第二天准备的鸭子;帕菲特先生认识的一个人能在早上送来三磅豌豆;他还让帕菲特先生的女婿帮忙处理铜锅的渗漏并修理碗碟洗涤处两扇破损的窗玻璃。他找到一个能自己腌咸肉的农夫,并把咖啡、罐装肉和蜜饯的订单邮寄到伦敦。离开塔尔博伊斯之前,他帮助拉德尔夫人的伯特把行李搬到楼上,现在他把老爷的衣橱也整理好了。拉德尔夫人给他在后面的房间铺了一张床,虽然这并不重要,却也带来了一定的满足感。他往火上添把柴,看到拉德尔夫人朋友的丈夫霍奇斯先生按要求把木头送来了,也很让人欣慰。他把老爷的睡衣摆好,把夫人卧室里的薰衣草盘子搅动了一下,把盥洗台上的东西摆放整齐,把香粉末掸干净,把指甲刀放回盒子里。他发现少了一管口红，老爷非常讨厌烟屁股上的口红印记。他观察到夫人也没有涂过相似的猩红色的指甲；那里有一瓶指甲油，颜色很淡，本特想，品位不错。拾起一双耐穿的鞋子，洗了。他听到楼下的汽车声离大门口越来越近，于是从秘密楼梯溜出去。

"累了吗，多米娜？"

"很累——但是出去走走真好。最近发生了很多惊人的事，不是吗？"

"想喝点什么吗？"

"不，谢谢。我想直接上楼。"

"好的。我把车停好。"

本特已经在处理这件事了。彼得走到棚子前才听到他说话。

"是的，我们在布若克斯福德看见克拉奇利和他的年轻女人了。当一个男人充满爱心……你拿热水了吗？"

"是的，老爷。"

"那你去睡觉吧。我可以照顾自己。明天穿灰色西装怎么样？"

"完全合适，老爷，如果让我说的话。"

"你把门锁上行吗？我们要学着做户主，本特。我们要马上买一只猫，然后把它放在外面。"

"很好，老爷。"

"就这样吧。晚安，本特。"

"晚安，老爷，谢谢您。"

当彼得敲门的时候，他的妻子正坐在火边，若有所思地给指甲抛光。

"我说，哈丽雅特，今晚你想跟我睡吗？"

"呃——"

"对不起,那听起来有点模棱两可。我的意思是,你是不是更喜欢另外一个房间?如果你很疲惫,我不想让自己令人讨厌。或者我们可以换房间,如果你愿意的话。"

"你真好,彼得。我不认为在我很愚蠢的时候你需要让步于我。你要变成一个纵容的丈夫吗?"

"但愿不会如此!把独裁专断降到最低水平。但是我也有温柔的时刻——还有人类的愚蠢。"

哈丽雅特站起来,熄灭蜡烛,走出去,把门从身后带上。

"愚蠢只是对它自己的奖赏。"他说,"很好。让我们一起愚蠢吧。"

第十一章 警察这些家伙

爱尔博：谢谢老爷的指教。您看这个王八蛋应该怎样发落呢？

爱斯卡勒斯：的确，警官，既然他做了错事，你尽力地想揭发他，那么为了知道到底是什么错事，还是让他继续吧。

——威廉·莎士比亚，《一报还一报》

与此同时，苦恼的柯克先生度过了一个紧张的夜晚。他是一个头脑不太好使，但心地很善良的人。在这种不寻常的情况下，他很勉强而且费了很大的脑力才苦心想出一个办法。

他手下的中士回来开车带他去布若克斯福德。他陷在后座里，帽子遮住眼睛，他的思想在这个神秘的松鼠笼子里安静地旋转。有一点他看得很清楚：验尸官在验尸的时候一定被说服尽量少地采集证据，并无限期推迟进一步的调查。幸运的是，现在的法律有规定，如果珀金斯先生不太固执的话，一切都可以顺利地过去。可怜的乔·塞伦肯定要提到他在九点钟的时候见过活着的诺阿克斯先生；但幸运的是，他没必要讲述他们之间对话的细节。拉德尔夫人是个绊脚石：她太喜欢搬弄是非了。接下来，还有艾吉·特威特敦的母鸡问题，这让她和警方结下了仇怨。还有一件尴尬的事儿，就是诺阿克斯先生丢钱包的时候，村子里有那么一两个人摇头，他们暗示玛莎·拉德尔也许知道内情，她不会原谅乔·塞伦的那场争执。不用出语威胁或者使用不当的方法就能让人明白，在证人席上说太多的话将会卷入对石蜡的质询吧？或许更安全的办法是暗示验尸官，玛莎的多嘴会妨碍警方办案？

（"等一下，布莱兹，"警督在沉思中突然大声说，"那个家伙在干什么，挡着道吗？——嘿，你！不知道应该把卡车停在碍视交叉转角吗？如果你想换轮胎，你得往前走几步，把车停到路边……好吧，小伙子，够了……让我看一下你的驾照……"）

至于乔·塞伦……这样停车的情况是不会发生在他身上的。对于一个会开车的人来说，被遮挡了视野范围比高速驾驶更危险。警察喜欢公正；法官才是被每小时几英里迷住的人。靠近每个转弯的时候都应该用最低速度——好吧，也许那个傻子正坐在马路中间；但是同样，谁也不能坐在马路中间，因为说不定哪个傻子会从角落里冲出来。这是二一添作五的问题，所以责任也应该两个人平摊，那才是公正的。在日常事务中，很容易做到。但是乔·塞伦，现在……不管怎样，都必须尽快从诺阿克斯案件中脱身。既然发生了那件事，让他参与到调查中来是不妥当的。因为，柯克想到柯克夫人那天恰好读了一本书，结果书里那个负责案子的警察就是凶手。他记得很清楚，当时他大笑着说："这些作者可真会想。"彼得·温西夫人，这个写侦探小说的人一定会相信这样的故事。所以，毫无疑问，别人也会。

（"那个比尔·斯基普顿是不是在过栅栏，布莱兹？看来有点逃避被人注意。最好盯着他。雷克斯先生一直在抱怨他的鸟——也许比尔又在玩老把戏。"

"是，先生。"）

这表明一个警官不要费力了解他手下的人。一次和善的询问——一句恰当的话——塞伦就不会陷入困境。福斯特中士对塞伦了解多少？

必须有人调查一下。稍稍有点可惜,福斯特是个单身汉,禁酒主义者,还皈依了一个普利茅斯教友会的某个严肃的宗派。一个非常可靠的警官,只是年轻人不太容易向他吐露心声。也许应该更关注这些性格特点。有的人天生就懂得操纵他人——比如这个温西勋爵。塞伦以前从没见过温西,但是现在更愿意跟他解释,而不是告诉自己的长官。这也无须忌恨,因为都是自然而然的。有困难时不向他求助,还算什么绅士呢?你看柯克小时候的那个老乡绅和他的夫人——这一大家子进进出出的,每个人都有他们的烦恼。那种人正在逐渐消失,真是可惜啊。没人去找房子的新主人——首先,他有一半的时间不在,再者,他总是住在城里,根本不明白乡下人是怎么生活的……但是乔怎么会如此愚蠢地跟老爷撒谎——这种事情此类绅士是绝对不会忽略的,听他说话的时候就能意识到他脸色的变化。如果你想跟这种对你感兴趣的绅士撒谎,必须准备一个恰当的理由——你的那个理由也许还不值得推敲。

　　汽车靠近珀金斯先生家的大门,柯克先生长长地叹了口气。也许乔说的是真话。他必须留心一下。同时,先把手头的工作处理好——查尔斯·金丝利还是朗费罗呢?——天哪,天哪,瘸腿的狗必须用三条腿跨越篱笆会发生什么事呀。

　　验尸官很顺从地接受了柯克的建议——考虑到正在进行的调查,基于搜集到的信息,审讯越正式越好。柯克很高兴珀金斯先生是个律师,法医总是对他们的重要性和法律能力有着怪异的见解。不是警方希望削减验尸官的特权,有时候审讯过程中明明可以很容易获得某种信息,却不知道为什么没有做到。愚蠢的公众总是对证人们的感情大惊小怪,但是公众就是这样——总是喊叫着需要保护,但是当你想保护他们的时候,他们却碍你的事。希望两者兼得。不,这对验尸官没什么害处,只是他们应该接受警方的领导,柯克就是这么看的。无论如何,珀金斯先生好像不想制造麻烦。他也得了重感冒,最好及早结案。好吧，就是这样。现在关于乔·塞伦，最好先观察形势，看看有没有什么特别的地方需要注意。

递到他手上的第一件东西就是乔·塞伦自己的报告。他询问了威廉斯，后者一口咬定克拉奇利十一点前就到了修车厂，然后立刻去睡觉了。两个人是同屋，威廉斯的床在门和克拉奇利的床中间。威廉斯说，克拉奇利回来的时候他不可能不醒，因为门轴一直吱吱嘎嘎地响。他睡眠很浅，而且确实醒了，那是一点左右的时候，因为一个家伙按喇叭，还敲修车厂的门。结果是一个客人想更换零件，给汽车加油。克拉奇利当时已经睡着了，因为威廉斯点着蜡烛去处理汽车的时候看见他的。窗户是小小的老虎窗——没人能从那里出去，也没有这么动过手脚的痕迹。

听起来是那么回事——但是不管怎样，还是对不上，既然诺阿克斯先生应该是在九点半之前死的。除非拉德尔夫人说了谎。但是她没有理由撒谎。她说她当时在棚子里取石蜡，这样做也没什么。除非她这么说是故意给塞伦制造麻烦。柯克摇摇头：这个设想太大胆了。还是撒谎和不撒谎的问题，还是要尽量确认哪些人不在现场，这看起来比较明智。总是要排除乔·塞伦撒谎的可能。该死！居然到了不信任自己人的地步……毫无疑问，一定要把乔排除在这个案子之外。而且，为了走形式，他还要确认威廉斯的证词——真麻烦，浪费时间。他问塞伦在不在，他们说，他等了一会儿，当时希望能见到警督，大概一个小时前回帕格海姆了。他们肯定在路上错过了。为什么他不来塔尔博伊斯呢？——哦，那个该死的乔·塞伦！

还有什么吗？没什么了。乔丹警察被叫到"皇家橡树"处理一个案子，一个人对他的房东言行粗鲁，有破坏和平的嫌疑；一个女人报案说，她丢了一个提包，包里有九先令、回程车票和一把钥匙；卫生巡官去达其特的农场调查猪瘟的事情；一个孩子从老桥上掉进河里，然后被巡警古迪敏捷地救上来了，好像是刚刚发生的；诺曼警察被一只大丹犬撞到了，从自行车上摔了下来，拉伤了大腿；诺阿克斯案件已经电话汇报给了因流感而卧床不起的总警司，他要求立刻呈给他一份详细的书面材料，总部下令埃塞克斯郡[①]警察部队密切监视一个十七岁的流浪青年（据描述），他被怀疑闯入萨福融·瓦尔登的民宅（详细情况），偷走了一块奶酪、一块英格索尔表和一只价值三先令六便士的花园大剪刀，也许他取道赫特福德逃走了；南部大街的一个烟囱着火了；一个房东在抱怨吠叫的狗，两个在卫斯理公会教堂的台阶上玩骰子的小伙子被带到了警察局，杰克斯中士非常能干地追查到那个星期一晚上打电话谎报火灾的坏蛋的踪迹，并对他提起了公诉。美好而宁静的一天。柯克先生耐心地听，表示同情，在该表扬的时候表扬一番，然后给帕格福德打电话，找福斯特中士。他去斯奈特斯里调查一桩入室行窃的案子了。是啊，当然了。柯克小心地在很多常规的公文上签字，达其特的农场在帕格海姆区，他要派年轻的塞伦过去，他不会感染上猪瘟。他打电话让福斯特中士尽快回来向他汇报。做完这一切，他感到一丝空虚，只想享受一顿美妙的晚餐：牛排馅饼、葡萄干糕和一品脱柔和的淡味啤酒。

　　他快要吃完，感觉好一点了的时候，福斯特中士来了。福斯特先是自我祝贺了一番案件的进展，表示非常正直尽责地为了布若克斯福德的工作而放弃了吃晚饭，而后冷冰冰地批评了一下他上司的喝酒品位。柯克从来不认为跟福斯特相处是件容易的事。首先福斯特带着滴酒不沾的神气，他不喜欢把餐后的小酌当做"酒"。其次，福斯特虽然比他低几个官阶，言谈却更优雅精致，而他是在一个糟糕的语法小学而不是在一个好的正规小学接受的教育，从来没有错放过 h 的位置——虽然他不能阅读好的文学书并引用诗人的句子，当然他也不想。第三，福斯特很失望，他认为他该被提升的时候却总是不被提升——他是一个出色的警官，但总是缺少点什么。他无法理解这种相对意义上的失败，却总是怀疑柯克讨厌他。第四，福斯特从来没有做过任何一件不完全正确的事情。也是，这才是他真正的缺点，这意味着他缺乏想象力，无论是在工作上，还是在对付他手下的问题上都是如此。

[①]英国英格兰东南部的一个郡。

虽然这把年纪而且处于这种地位，柯克却莫名其妙地感觉自己处于劣势，他等到福斯特把关于斯奈特斯里的入室盗窃案该说的都说了以后，才把塔尔博伊斯的案子摆在他面前。大概情况，福斯特已经有所耳闻，毕竟帕格海姆就在帕格福德区。实际上，在接到斯奈特斯里报案后的十分钟内他就看到了塞伦最初的报告，但是分身乏术，只好打电话到布若克斯福德寻求指示。柯克让他负责斯奈特斯里的案子，自己亲自负责调查谋杀案。柯克总是这样插手重要的事情。回到帕格福德后，他好奇地发现塞伦的报告并不令人满意——而且塞伦不在，也没有他的任何消息。当他正在消化这件事时，柯克开始找他。他准备好听警督要跟他说什么。实际上，也该到跟他说什么的时候了。

然而他并不喜欢被告知的那些话。在他看来，这些羞辱人的叙述都是在责备他。为什么？显然是他没给乔·塞伦的孩子当奶妈。这太不公平了。警督是否期望他亲自去检查帕格福德区每个村警员的家庭预算？他应该已经看到这个年轻人在"担心"什么。——嗯，他喜欢这样。警员们总是往脑子里塞点东西——大都是年轻女人，如果不是出于业务上的嫉妒。他和帕格福德警察局的人有足够的事情可以做。至于小村子里已婚的警官肯定还是能够照顾自己的。如果他们用非常可观的工资和津贴还养活不了自己和家人的话，他们就不应该有家庭。他见过塞伦太太——一个无能的女人，他认为，结婚之前她还算漂亮，穿着廉价的漂亮衣服。他清楚地记得，他曾经警告塞伦不要娶这个女人。如果塞伦遇到财政问题来找他（塞伦应该这么做），他一定会提醒塞伦，如果一个人无视上司的忠告，就别再期望他什么了。他还会指出，戒掉烟酒之后，除了节省一部分灵魂，还会节省很大一笔钱——在假设塞伦对那不朽的一部分感兴趣的前提下。当他——福斯特——做警员的时候就在每个星期的薪水里拿出一大部分存起来。

"善良的心，"柯克说，"不只是一顶小花冠；而是活着就是给自己戴一顶小花冠。注意，我不是在说你疏于职守——但是看起来很可惜的是，在一个年轻人职业受挫的时候，怎么也需要一点帮助和引导。"

这实在让福斯特无法再一言不发地忍受。他解释说，塞伦结婚的时候他提供了帮助和引导,但是塞伦没听他的。"我告诉他他正在做一件蠢事,那个女孩会毁了他。"

"你这么做了吗?"柯克柔和地说,哦,也许这就是为什么他处于困境的时候不会想到找你。我不知道如果我是他会怎么做。你看,福斯特,如果一个年轻人打定了主意,你最好不要说那个女人的坏话。你应该疏远他,把自己摆在一个不会伤害他的位置上。当我向太太求爱的时候,你不要以为我能听进去对她不利的话,哪怕是总警司说的。不太可能。你换位思考一下。"

福斯特中士简短地说,他不可能换位思考,因为他不可能为了一个女人就愚弄自己——更不可能理解自己会拿别人的钱,而且在工作上捅娄子,却不向自己的上司汇报情况。

"我不可能弄清楚塞伦交上来的报告。他就放在那里,也不向值班的戴维森说明情况,现在他又不知道到哪儿去了。"

"发生了什么?"

"他没回家。"福斯特中士说,"也没打个电话或者留个口信。如果他逃跑了,我并不奇怪。"

"他五点钟前还找过我。"柯克不高兴地说,"他从帕格福德带来一份报告。"

"我听说他是在局里写的。"福斯特说,"他留下一摞速记的东西。他们正在把它打印出来。戴维森说好像不完整。我想漏掉的地方可能是在——"

"你在想什么?"柯克说,"你以为他不会记下自己的口供,是不是?讲点道理吧……我担心的是,如果他五点钟还在这里,那么我们肯定是在他回家的路上——也就是这里和帕格海姆之间的地方——错过了他。我希望他不要急于去做什么冒失的事。这是一件好事,不是吗?也许他坐了巴士——但是如果是这样的话,他的自行车在哪里?"

"如果他坐巴士回家,他就没骑车。"中士严肃地说。

"他的妻子一定在担心。我想我们最好调查一下。我们不想有什么不幸发生。现在——他能去哪里呢?你骑自行车去——不,这样不好——时间太长,而且你一天的工作已经很辛苦了。我让哈特骑摩托车去匹灵顿附近看看有谁见过塞伦没有——那儿丛林环绕——还有河里——"

"你不会认为——"

"我不知道自己在想什么。我去看望他的妻子。需要我顺路捎上你吗?你的自行车可以让他们明天送回来。你可以在帕格海姆坐巴士。"

福斯特中士没找到任何可以怨恨这个提议的理由,虽然他的声音听起来有点受伤。就他看来,关于乔·塞伦将有一番争吵,但是以柯克的性格,不管发生什么,最终都是他福斯特被谴责。赶上帕格海姆的巴士,柯克松了一口气。他可以把他一丝不苟的同伴抛下,不必建议他们一起去塞伦家。

他发现塞伦夫人正处于拉德尔夫人所说的某种"情绪"当中。她给他开门的时候几乎被恐惧吓倒了,很显然她在哭。她非常无助,看上去很脆弱。柯克愤怒而同情地发现,她又怀了孩子。她请求他原谅,房间太乱了,看起来确实不够整洁。那个因为塞伦的疏忽来到世界上才两年的小家伙拖着一匹吱嘎作响的木马到处乱撞。桌子上放着一杯好久没人动过的茶。

"乔还没回来?"柯克很愉悦地说。

"没有。"塞伦夫人说,"我不知道他怎么了。安静点,阿瑟!他一天没回来了,晚饭都放凉了……哦,柯克先生!乔没有什么麻烦吧?拉德尔夫人说了那些话——阿瑟!你这个坏孩子——如果你还不住手,我就把那匹马拿走。"

柯克抓住阿瑟,用双腿把他固定在自己身前。

"现在你学乖点。"他警告小男孩,"他长大很多了,是不是?我都快抱不了你了。呃,现在,塞伦夫人——我想跟你谈谈乔的事情。"

柯克的优势在于他是出生在大帕格福德的本地人,虽然之前他只见过塞伦夫人两三次,但是他至少不是完全陌生的,所以也不至于非常让人畏惧。塞伦夫人被引导着倒出所有的恐惧和担心。就像柯克猜想的那样,她知道诺阿克斯先生和那个丢失的钱包。当然她不是当时就知道的。当每个月都要从家里的收入中支付一部分给诺阿克斯的重担越压越紧的时候,她设法从乔嘴中套出了实情。从此她就一直处于焦虑之中,唯恐什么可怕的事情发生。一个星期前的一天,乔去找诺阿克斯先生,告诉他没钱付给他,回来的时候,他的脸色很难看,他说,"他们完蛋了"。接下来的整个星期他都举止诡异,现在诺阿克斯先生死了,乔消失了。玛莎·拉德尔告诉她,他们之间曾经有过一次激烈的争吵。"哦,我不知道,柯克先生,我很害怕他会做出什么鲁莽的事情出来。"

柯克尽量婉转地询问关于他和诺阿克斯先生的争吵,乔是否跟她说了些什么。呃,不,没说什么。他只是说诺阿克斯先生什么都不想听。他也不想回答问题——一般极度厌倦的时候他就是这个样子。后来他突然说,最好的办法是抛下一切去加拿大找他大哥,她会跟他一起走吗?她说,上帝啊,为什么,乔?诺阿克斯先生肯定不会过了这么长时间还要告发他——他都给了那么多钱了,真是无耻!乔只是非常阴郁地说,明天再说吧。然后他就把头埋在手心里,什么都问不出来了。第二天他们听说诺阿克斯先生走了。她害怕他去布若克斯福德告发乔;但是什么都没发生,乔高兴了一会儿。然后今天早上,她听说诺阿克斯先生死了,她有多么感天谢地,你都想不到。但是现在乔不知道去哪儿了,玛莎·拉德尔又来说这些话——既然柯克先生也知道了钱包的事情,她觉得露馅了,哦,天哪,这可怎么办,乔又在哪里呢?

这些话都没有给柯克带来任何安慰。如果乔对他妻子和盘托出他们争吵的内容也许能让他欢欣一阵子。塞伦从来没提到过那个加拿大的哥哥。如果塞伦真的把诺阿克斯先生干掉了,他很有可能逃到加拿大,在食人岛上当个国王。但是,他一时冲动逃离这个国家的想法也没有什么意义。柯克偶然想到任何一个杀害诺阿克斯先生的人一定都度过了一段难熬的时光。因为他或者她都不太可能把诺阿克斯从台阶上扔下去——而且为什么门没关?那个用棍子击打诺阿克斯,把他放在那里等死的谋杀者想要什么?如果他是在起居室、厨房或者楼下任何房间下的手，下次任何人偶然往窗里看的时候都能发现尸体——拉德尔夫人，或者邮递员，或者村里一个好奇的小孩，或者牧师偶然来拜访的时候。艾吉·特威特教也可能来看望她舅舅。任何时候都可能被发现。一些可怜的家伙（柯克真正感到了基于此因的一种突如其来的怜悯的剧痛）已发泄了整整一个星期，纳闷！不管怎样，下星期三（就是今天），尸体肯定会被发现，因为克拉奇利每周都会来这里。当然，凶手肯定知道这些，因为这就是他或她干的。除非凶手是个过路的流浪者或者其他什么人——如果是这样该有多好！

（想到这里，柯克想宽慰塞伦夫人说，也许塞伦有什么急事，他已经派人去找他了。一个穿制服的警员不太容易走失。胡思乱想没有任何意义。）

很奇怪塞伦……

是的，上帝啊，柯克想，确实很奇怪，比他想得还要奇怪。他必须好好思考一下。塞伦夫人哭哭啼啼的声音在耳边，他不能集中精力……时间也对不上，因为尸体被发现的时候，克拉奇利已经来了一个小时了。如果塞伦在那附近转悠，比如十一点而不是过了十二点……巧合。他又吸了口气。

塞伦夫人还在哀号。

"我们很吃惊今天早晨威利·艾伯特送牛奶来的时候听说一个先生已经接管了塔尔博伊斯。我们不知道怎么会这样。我对乔说：'诺阿克斯先生不可能就这么走开，把房子租出去——'因为，当然，我们想他总是这么出租房子——'不让任何人知道。'我说。乔看上去兴奋得可怕。我说：'你认为他会去哪里了呢？我觉得很奇怪。'他说：'我不知道，我会尽快查出来。'然后他就走了。他后来回来，连早饭都吃不进去。他说：'我没听说什么，就是一个先生和夫人来了，诺阿克斯没出现。'然后他又出去了。这就是我最后一次见到他的情况。"

呃，柯克心想，这算是把事情遮盖住了。他忘记了温西一家，卷进来打乱了一切。虽然他不是一个富有想象力的人，但是他可以看出，塞伦听说房子里有人时很吃惊，跑出去打听消息，听说没有找到人而掩饰不住自己的困惑，不敢公然调查，只是在房子周围逡巡，制造借口和伯特·拉德尔说话——他并不喜欢拉德尔一家人——等待，等待必然的召唤，他是唯一有官方授权的人，希望房子里的人会让他检查尸体，然后毁灭所有证据——

柯克擦了擦额头，满怀歉意地说房间里有点热。他没有听到塞伦夫人的回答。他又在联想。

凶手（最好别管他叫塞伦），凶手是在房子里发现的——不是一对从伦敦来度假的无助的夫妇；不是热爱艺术，没有实际经验和常识的夫妇，不是来乡下享受几个星期的新鲜空气和新鲜鸡蛋的愉快的退休女教师，而是——一个不喜欢任何人的公爵的儿子，他对当地警察的工作了如指掌，他调查过的谋杀案比帕格海姆四个世纪以来发生的都多，而且他还有一个写侦探小说的妻子，他的仆人脚步无声而匆忙地无处不在。但这是假设，只是假设，如果艾吉·特威特敦和克拉奇利是第一个到的——按理说他们就应该这样？即使一个当地警察也会按自己喜欢的方式做事；负起责任，把他们赶出房子，按他自己的选择行事——

柯克的脑子转得比较慢，即使抓住一件事情，它的工作效率也还是会让主人沮丧。

他刚想反驳塞伦夫人几句，这时摩托车的声音在门口响起。他从窗口望出去，看见警察中士哈特的身后是乔·塞伦，他们就像骑着同一匹马的两个圣殿骑士。

"好了！"柯克带着离他很遥远的愉悦说，"你看乔回来了，不管怎么说，他安然无恙。"

但是他不喜欢塞伦坐在哈特摩托车上那张被疲倦挫败的脸，也不想问他什么。

第十二章　家常便饭

> 唉，现在怎么样，朋友们！你们是多么漂亮的朋友，
> 既不懂责任，也不懂礼貌？
> 我们是否适合做你们的主人，
> 我们的房子是否成为你们的公共旅馆
> 随你们敲打我们的房门？你们着什么急，
> 好像一会儿也等不了？
> 你们是不是这个联邦的主人
> 没有一点判断力？
>
> ——约翰·福特，《可惜她是个妓女》

柯克警督可以免受很大一部分折磨了。因为塞伦的状况并不适合接受长时间的询问。哈特中士六点半左右骑着摩托车穿越匹灵顿时发现了他的踪迹。一个女孩说，她看见一个警察正沿着田埂朝黑鸦树林（流浪汉和孩子们暑假最喜欢去的地方）的方向走去。她特别注意到他，因为在这个地方，穿制服的警察并不常见。他说，沿着这

个方向走，他发现塞伦的自行车正靠在小径入口的篱笆上。他不安地加快速度，因为他想到这条路通往帕格河。那时候天已经漆黑，树林里更黑了。他拿着手电筒找了好一会儿，尽量大声地呼喊。大约过了四十五分钟，他看到塞伦坐在一棵被伐倒的树桩上。他什么也没做，只是坐在那里，看起来很茫然。哈特问他究竟在干什么，他一言不发。他马上告诉他必须和他一起回去，因为头儿正在找他。塞伦没有表示反对，毫无反抗地就跟着回来了。问起他为什么去那里，他说，只是想把事情想清楚。不知道帕格海姆这件事细节的哈特真是摸不着头脑。他不相信塞伦可以自己骑车回来，于是把他放在摩托车上，直接带回了家。柯克说他做得非常好。

这番解释是在起居室说的。塞伦夫人把塞伦带到厨房，想哄他吃点东西。柯克让哈特回布若克斯福德，跟他解释说，塞伦身体不太舒服，遇上点麻烦，而且嘱咐他别跟别人多说。接着他走进厨房对付他的败家子。

他很快发现塞伦的主要问题除了担心之外还有疲劳和饥饿。（他记得他好像没吃午饭，虽然塔尔博伊斯供应了火腿三明治、面包和奶酪。）塞伦说，他给威廉斯录完口供、写完报告以后，就直接去了布若克斯福德，以为能在那里找到柯克。他不想回塔尔博伊斯，既然发生了那些事情，他想也许最好别碍事。他大概等了柯克半个小时。但是，那些人总是问他谋杀案怎么样了，这个那个的，他无法忍受。所以他离开警察局，去了运河边上，在一个加油站旁边溜达，打算晚点回去。但是他又想到发生在他身上的事情，即使他能给自己开脱罪名，以后对他来说也没有什么希望了。所以他骑上自行车又走了，他不记得为什么要走，也不记得去了哪里。因为他的头脑不清楚，他想，如果他能到什么地方待一会儿，也许更利于思考。他记得走过匹灵顿，然后在田野上闲逛。他不认为他有什么特别的理由要去黑鸦树林——他只是游荡。他也许睡着了。一时间他曾想过跳河，可是这样又对不起妻子。他很抱歉，除了他不是凶手，也没有什么可说的了。他还补充，如果老爷不相信他，那么就没人能相信他了。

现在还弄不清楚老爷不相信的原因具体在哪里。柯克告诉塞伦，他这么到处瞎转真是太愚蠢了，因为每个人都相信他说的是真话。他最好上床睡觉，醒来后可能会更理智。他把他的妻子吓得够呛。现在快十点了。（哎呀！给总警官的报告还没写呢！）他早上会过去，在审讯之前见他。

"你得给出证据，知道吗？"柯克说，"但是我见过验尸官了，根据目前的进展，也许他不会给你太多压力。"

塞伦又把脑袋埋在手心里，看到这个情景，柯克觉得也没什么好说的了，于是离开。走出门的时候，他说了些尽量让塞伦夫人开心的话，而且叮嘱她别问那么多让她丈夫烦心的问题，让他好好休息，放宽心态。

回布若克斯福德的路上，新想法一直在他的脑子里打转。塞伦站在玛莎·拉德尔农舍门前等待的一幕一直在他的脑海中萦绕不散。

只有一件事给他安慰——还是不合理的：就是那句话："如果老爷不相信我，就没人相信我了。"温西有什么理由一定要相信他呢？——根本就没有意义。但听起来还是很诚恳。他耳边回响起塞伦的那声大喊："老爷别走，您要相信我！"柯克在他的头脑文件库里搜索着，找到一句切题的话："如果你请求恺撒，就该去找恺撒。"但是恺撒没同意这个请求。

还没写完给总警官的报告，疲倦而耐心的柯克又想到一个好主意。他停下笔，盯着墙看。他曾经想到过这个主意，当时只是个模糊的概念，他并没有顺着思路理出什么。但是毫无疑问，这解释了一切。解释了塞伦的陈述，并且证明他无罪；解释了他怎样从诺阿克斯的窗户看到那座挂钟；解释了为什么尸体没有被抬走；也解释了谋杀——立刻就解释明白了。因为，柯克胜利地告诉自己，根本就没有什么谋杀！

等一下，警督心想，认真地把事情思考清楚，不要轻易地下结论。还有一个巨大的阻碍。怎么才能越过它呢？

阻碍在于，要想让这个理论成立，必须假设仙人掌被移动了位置。柯克曾经以为这个想法很愚蠢，但当时他没有想到这可以解释很多东西。他刚离开塔尔博伊斯，就大老远跑去和克拉奇利在菊花丛中谈话。他想那个审讯做得很好。他很小心地没有直接问话。"你离开前把仙人掌放回去了吗？"这样会把注意力集中在他和老爷的秘密上。在他按照自己的方式面对他的时候，他不想用任何言语来说服塞伦。于是他只是假装记不得克拉奇利是怎么说他和诺阿克斯的会面了。是在厨房吗？是的。没人此后回到起居室吗？没有。但是他想，克拉奇利说他当时在给植物浇水。不，他浇完水，把梯子放了回去？哦！那么柯克想错了。对不起。他真的只是想知道克拉奇利和诺阿克斯的口角持续了多长时间。克拉奇利照顾植物的时候诺阿克斯在吗？不，他浇完水，给挂钟上了发条，扛着梯子出来，此后诺阿克斯付给他当日的薪水，争吵才开始。大概持续了十分钟，也许是十五分钟。克拉奇利结束工作的时候正好是六点——他一天工作八小时（午休时间除外）得到了五先令。柯克为他的错误道歉：梯子的事把他弄迷糊了。他以为克拉奇利的意思是，他需要登上梯子才能把悬垂植物从花盆里取出来。不，梯子的用处是登上去，给植物浇水，和早晨做的一样——植物在他的头顶——还得给挂钟上发条，像他说的那样。就是这样。他用梯子是件很平常的事，他总是这么做，然后再把梯子放回厨房。克拉奇利很好战地补充道："你没考虑过我会站在梯子上，用一把锤子砸破那个老家伙的脑壳？"这是个没人想到的好点子。柯克回答说，他没想过什么特别的事，只是想把时间搞清楚。他很高兴给别人一个把怀疑都放在梯子上的印象。

很可惜，他不能证实仙人掌是在六点二十分被取出花盆的。但是假设是诺阿克斯出于什么目的干的呢？什么目的？很难说。但是假设诺阿克斯看到有什么不对劲——一点霉病或者其他什么丑陋的东西，他可能把它拿下去擦干净。但是他可以很容易地蹬在梯子上就做了，他站在椅子上就已经很高了。不够好。还有什么事能发生在植物上？也许植物已经生根满盆了。柯克不知道仙人掌是不是也有类似的问题。

但是假设你想看看植物的根是不是从盆底的缝隙中长出去，你就得把它拔出来。或者拍打花盆看看是不是——不，已经浇水了。但是等等！诺阿克斯没看到克拉奇利做那件事。他也许怀疑克拉奇利忘了做了。也许他在梯子顶端感觉它还不够潮湿，那么——或者，很可能，他认为水浇多了。这些多刺的仙人掌不喜欢湿润。或者它们喜欢？不知道它们的习惯真烦人。柯克只懂些花坛和厨房里的简单园艺。

不管怎样，不排除诺阿克斯自己把它们拿出来的可能。你不能证明他没这么做。就说他这么做了吧。好的。那么，九点钟，塞伦来了，看见诺阿克斯走进客厅……到这里柯克停下来重新考虑。如果诺阿克斯像往常一样来听九点半的新闻，他来早了。他走进来（据塞伦说），看了看挂钟。死者没有戴手表，柯克想当然地以为他是想知道离新闻开始播报还有多长时间。但是他也有可能是把仙人掌放回来，因为这个原因才来早了一点。好的。他走进来，他想，我有时间把那三个植物从碗碟洗涤处拿过来吗，或者不管怎样在新闻开始之前？他看了看挂钟。这时乔·塞伦敲窗户，他走过去。他们谈完话，乔离开。那个老家伙把植物拿过来，站在椅子上，或者什么上面，把它放回去。或者他蹬的是梯子。那么，他正在做这件事的时候，意识到快九点半了，这让他有点惊慌。他的身子往前倾斜得厉害，或者梯子很滑，或者他下来的时候不够小心，于是摔了下来，后脑磕在地上。或者，更确切地说，摔在椅子角上。他晕了过去。然后很快苏醒过来，把椅子或者梯子，不管是什么，放回原地，然后——我们就知道发生了什么。很简单。没有偷钥匙，或者隐藏钝器，或者说谎——什么都没有，就是一个平常的事故，每个人说的都是真话。

柯克为自己想出的答案如此漂亮、简单、经济而大喜过望，就像哥白尼在想到太阳是太阳系的中心，看到所有的行星只是依次高贵地运行，不需要再描述复杂丑陋的几何问题时一样。他坐在那里美滋滋地沉思了十分钟，才敢开始验证他的想法，他不想就这样破坏了美梦。

然而，理论只是理论，要找到证据支持它。至少明确没有证据反驳它。首先，一个人能这么跌下楼梯就死了吗？

与柯克并肩的是价值半个克朗的英国诗人和哲学家，他右手边放着巴特利特的《熟悉语录》，左手边是根据授权方法剖析和归类罪行的警用出版物，具有威胁性的泰勒的两本蓝色全书《医学司法》高高在上，那是通往死亡的秘籍和实用手册。柯克总是认真敬业地研读以备不时之需。现在他打开第一册，看到一个标题叫"颅内出血——暴力或疾病"。他在找一则一位先生从轻便马车上摔下来的故事。是的，就在这里：他很有个性地出现在一八五九年盖伊医院的报告里。

　　一位先生从一辆轻便马车上被抛了出去，他的头撞在地上，力量如此之大，以至于昏厥过去。过了很短的时间，他恢复知觉，感觉好多了，于是重又进入马车，和同伴一起去了父亲的房子。他企图把这个事故当成无足轻重的小事，可是他很快感觉昏沉瞌睡，于是他被迫上床睡觉。他的症状越来越危急，一个小时候后，他死于脑部出血。

优秀而不幸的先生，没人知道他的名字，他的长相也是一片空白，他的生活就是一个谜团。他的尸体经过防腐处理保存在王子们镀金的墓地里。他生前和父亲住在一起——推测他一定很年轻，还没有结婚——打扮入时，穿着时髦的长披风，留着绸缎一样柔滑的络腮胡子。他怎么会被抛出马车呢？是马脱缰了吗？是喝了点酒吗？马车，就我们看来，没有受损，他的同伴也足够清醒可以把他送回家。一个勇敢的人（既然他坚持要再坐上马车），一个体贴的人（既然他并不大惊小怪，怕他的父母担心）。他的早夭一定引来一阵悲叹。没有人能够猜到，过了八十年，会有一个农村的警察阅读他简短的墓志铭："一个被抛出马车的人……"

虽然柯克警督满脑子都是对这个人生平的推测，但是让他生气的是，书中并没有提到马车离地面有多高，车的行进速度是多少。他的摔倒和一个老年人从梯子上掉落到橡木地板的力量怎么比较？下一个引用的案例更不贴切：一个十八岁的年轻人在一次打架事件中被击中头部，十天后，他开始头疼，当天夜里就死了。还有一个五十岁的醉酒的卡车司机，从车轴上滚下来，死了。这个看起来还有点希望，只是这个可怜的家伙摔下来三四次，最后一次被车轮碾过。即便如此，还是能说明一次短暂的跌倒可能带来很大的伤害。柯克考虑了一会儿，走向电话机。

克拉文医生耐心地听柯克讲述他的理论，同意他的想法很吸引人。"只是，"他说，"你如果想让我告诉验尸官他是向后摔倒的，我做不到。后背和身体的左侧没有淤伤。如果你读了我写给验尸官的报告，就会知道除了致命的那一击，所有的痕迹都在尸体的右侧和前部。我可以再告诉你一遍。右小臂和肘部有很严重的淤伤，并伴随大面积的血管破裂，很显然这是死前一段时间造成的。可以说，他是从左耳后被击打的，因为击打的力量而向右前方摔倒。手心和脑门沾满了土，说明这些伤是他从地下室台阶上摔下去的时候受的。没过多久他就死了，因为这些伤口的出血量很少。当然，我把他已经在地下室躺了一个星期造成的坠积性充血排除在外了。所有伤口都在尸体的前部。"

柯克忘了"坠积性充血"是什么意思，反正他想医生的这一番话不能支持他的理论。他问医生，诺阿克斯是否有可能在摔倒的过程中撞到头部。

"哦，当然，"克拉文医生说，"但是，你必须解释他如何才能磕到后脑勺却面朝下倒地。"

听到这里柯克应该高兴了。但是看起来，一个瑕疵可能正在他美丽完好的理论中蔓延。这就像长笛中有一个小小的缝隙，渐渐地，音乐就会哑了。但是他愤怒地摇摇头。不管怎样，他不会毫不反抗就放弃自己的立场。他向他的助手大喊——一个更强大更令人安慰的诗人，一个坚持"我们下降又上升，我们困惑着争取更好"的人——他向妻子大喊，告诉她要出去一下，然后去拿帽子和大衣。如果能再看一眼起居室，他也许可以弄清楚是怎么摔倒的。

塔尔博伊斯的起居室有点昏暗，虽然厨房和窗扉中露出一点光亮。

柯克敲了敲门，很快，没穿外衣的本特把门打开了。

"很抱歉这么晚打搅老爷。"这时柯克才意识到已经过了十一点了。

"老爷他，"本特说，"已经就寝了。"

柯克解释他需要再次检查一下起居室，他想尽快在审讯前办完。老爷本人不需要下楼来。他不找什么，只是需要得到允许。

"我们很不情愿，"本特回答，"阻碍警方办公务，但是请允许我指出现在已经时候不早了，况且房间里的照明不足。另外，起居室正好位于老爷的——"

"警督！警督！"楼上的窗子传来温柔嘲笑的声音。

"勋爵？"柯克先生走出门廊，想看一眼说话的人。

"威尼斯商人，第五幕，场景一。和平，嗬！月亮与恩底弥翁①睡在一起，而且不会醒。"

"我请您原谅，老爷。"柯克说，虔诚地感谢夜的面具罩在他脸上。夫人也在听呢！

"不客气。我可以帮您做什么吗？"

"只是希望您允许我再看一眼楼下。"柯克非常抱歉地恳求着。

"如果我们有足够的世界和时间来藐视请求，警督，那就没有犯罪了。您请便吧。只有这样做，像诗人唱的那样，轻盈地来来去去，神职人员似的，脚尖不留痕迹。第一是马维尔②，第二是鲁伯特·布鲁克③。"

"很感谢。"柯克先生说，基本上用来掩盖权限和信息，"事实上，我有一个想法。"

"我只希望听您一半的抱怨。您是想现在讲这个故事，还是明天再讲？"

柯克诚恳地请求老爷不用麻烦了。

"哦，那祝您好运，晚安。"

---

① 恩底弥翁（Endymion），希腊神话中月神塞勒涅所爱的英俊的青年牧羊人。
② 马维尔（Marvell，1621—1678），英国文艺复兴时期玄学派诗人。
③ 鲁伯特·布鲁克（Rupert Brooke，1887—1915），英国空想主义诗派诗人。

即使如此,彼得还是犹豫了一下。他天生的好奇心和一种正确得体的感觉做着斗争,他应该相信柯克的智力足以让调查继续下去。后来得体的感觉占了上风,但是他在阳台上停留了十五分钟,听着轻微的刮擦和碰撞声从楼下传过来。接着前门关上了,小径上的脚步声渐行渐远。

"他的肩膀暴露了他的失望,"彼得大声对他的妻子说,"他没找到什么有价值的东西,除了一些毒蛇的蛋。"

事实确实如此,柯克理论中的瑕疵越变越大,以让人吃惊的速度让他为乔·塞伦辩护的想法化为泡影。不仅很难想象诺阿克斯如何在摔倒的时候伤了身体的两侧,而且很显然,仙人掌一直在原地,没动过地方。

柯克想过两个可能性:外面的花盆可能被人从链子上解下来过,或者曾经取出过里面的花盆。经过认真的调查,他对第一个选项持怀疑态度。黄铜盆的底座是圆锥形的,如果被拆卸,不可直立。再加上,为了减轻钩子的吃重,从边上托着盆子的三条链子的环已经被一条六股的粗绳固定在钩子上面的第一个链环上了,尾部还用钳子巧妙地拧紧了。在这种情况下,没人还会费力把它解开,只要把里面的花盆取出来就可以了。但是柯克又有了新发现,一方面证明他的侦探能力,同时又否定了任何取走的可能性。在闪光的黄铜盆的上方,环绕着有着复杂图案的穿孔的条纹,在孔隙里,内部的陶花盆被黄铜上光剂弄黑了。如果花盆自从上次做清洁的时候就被拿走了,在放回原处的时候,还能透过条纹空隙准确地看到陶器的细红线,太不可思议了。柯克失望了,让本特发表意见。本特不赞成,但还是非常礼貌地给予帮助,并且表示完全同意。而且当他们合力把里面的花盆取出来的时候,可以证明它放得很牢。在没有任何人帮助的情况下,没人能在楔入后转动它,并让穿孔的条纹和陶器的轮廓喷涂吻合——当然不可能是个老人在情急之下借着遥远的烛光。希望渺茫,柯克问:

"克拉奇利今天早上给黄铜上光了吗?"

"我想没有,他没把上光剂带来,也没用厨房碗柜里的材料。今晚还有什么事吗?"

柯克茫然地凝视着房间。

"我想,"他绝望地说,"挂钟是不可能被移动的吧?"

"您自己看吧。"本特说。

但是石膏墙面上没有挂钟暂时挂在上面的钩子和钉子的痕迹。东边最近的标志物是用钉子钉在墙上的"圣像",西侧是一个浮雕像的托架——都太轻了,支撑不住那座挂钟,而且从窗外看也不是在正确的那条线上。柯克放弃了。

"好吧,看起来就这样了。非常感谢。"

"谢谢您。"本特严肃地回答。虽然只穿着衬衣,依旧很高贵。他把柯克带到门前,就像引领一位公爵夫人出门。

作为一个人,柯克只是希望审讯结束后就可以不管这个理论了。他做的所有事情都是为了把它完全排除在法庭之外,坦白讲,这样他就不用现在暗示这样的一个可能性。

第十三章　这样和那样

　　"毒蛇,我再说一遍!"鸽子重复着……用抽泣的腔调补充道:"我什么方法都尝试过了,但是好像没有适合他们的。"
　　"我一点也没听明白你在说什么。"爱丽丝说。
　　"我尝试过树根、田埂,我也尝试过树篱,"鸽子没注意她,继续说,"但是那些毒蛇!什么都不能让他们高兴!"
　　　　　　　——刘易斯·卡洛尔,《爱丽丝漫游仙境》

　　彼得·温西勋爵第二天早上问本特:"昨天晚上警督想干什么?"
　　"他希望确认,老爷,上个星期挂起来的仙人掌是否能从盆子里拿出来。"
　　"什么?我以为他已经明白了那是不可能的。用半只眼睛看看黄铜上光的痕迹就能明白。没必要大半夜登上梯子到处乱撞,像个被关在瓶子里的大黄蜂。"
　　"是这样的,老爷。但我当时想最好还是别介入,而且您希望我为他提供便利。"

"哦，是啊。他的头脑转动起来像上帝的磨粉机，不过他也有其他的优点。我知道他是宽宏大量的人，而且他还很有仁慈心。他非常努力地为塞伦免罪。那也很自然，但是他却挑了案件最硬的部分攻击。"

"你怎么看塞伦，彼得？"

他们在楼上吃了早饭。哈丽雅特穿好衣服，在窗口抽烟。彼得穿着睡衣，坐在火炉边取暖。那只猫已经来请过安了，并在他的肩膀上找了一个舒服的位置。

"我不知道怎么想。事实上，可供我们思考的材料太少了。现在思考为时尚早。"

"塞伦看起来不像个杀人犯。"

"你知道，他们通常看起来都不像。他看起来也不像一个可以撒弥天大谎的人，除了有什么非常充分的理由。但是人们恐惧的时候确实会说谎。"

"我想他说完了才想到那座挂钟就在房子里。"

"不。如果不说实话，你就必须是一个非常机敏的人。既然说了谎，就必须从头到尾都保持故事的一致性。他没想过把争吵的事情告诉大家，因此必须临时编故事。我不明白的是，塞伦是怎么进入这所房子的。"

"一定是诺阿克斯让他进来的。"

"是这样吗？他是一个上了年纪的人，独自待在一所房子里。这时来了一个年轻人，高大强壮，而且气势汹汹地来找他吵架，用非常暴力的语言，很有可能还威胁他。老头子让他滚，把窗户嘭一声关上。年轻人继续敲门，试图进来。老头子只能让他进来。他这么做了，亲切地把后背转向他，为了让这个年轻人可以用钝器袭击他。这是可能的，但是，就像亚里士多德说的，这是非常不可能的可能。"

"设想塞伦说他最终得到了钱，诺阿克斯让他进来，坐下写——不，他当然不会写收条。没有任何书面的东西。除非塞伦威胁他。"

"如果塞伦手里有钱，诺阿克斯可以让他从窗户递过来。"

"呃，假设他真的递了进来——或者说他打算递进来。诺阿克斯打开窗户的时候，他可以爬进去。他能吗？那些窗格子都很窄。"

"你想象不出，"彼得好像离题了，"跟一个掌握方法的人说话有多么痛快。警察是一帮机灵的家伙，但是他们唯一的侦探原则就是那句可怜的'这有什么益处'？他们会跟在动机后面飞跑，这是心理学家的问题。陪审员也是一样。如果能看到动机，他们就会宣告某人有罪，不管法官怎么说。证明有动机是没有用的，动机本身并不能引发案件。你必须弄清楚这件事是怎么做的。然后如果你愿意的话，再找出动机支持你的证据。如果一件事只能用一种方式做，如果只有一个人能用这种方式做，你就找到了囚犯，不管有没有动机。这里要有——方法、时间、地点、内容和人物——当你找到方法了，也就找到那个施动者了。"

"我好像嫁给了我唯一聪明的读者。那是你从另外一个角度建构它的方法。从艺术角度上看，是完全正确的。"

"我注意到，在艺术中正确的在现实中也是正确的。事实上，像某人评论的那样，天性是剽窃艺术的惯犯。继续你的理论——只是一定要记住，猜想一个工作是怎么做的和证明它不是一码事。很冒犯地说，你们这个职业的人很容易忽视这之间的差别。他们经常把道德确定和法律证据混为一谈。"

"一会儿我就朝你扔东西……我说，你觉得会不会有人朝诺阿克斯扔东西——从窗户外面？我一下子有了两条理论。不，等等。塞伦让诺阿克斯打开窗户，然后爬了进去。你没有回答有关窗格子的问题。"

"我可以爬进去，因为我的肩膀和塞伦的比起来要窄。一般情况下，如果你的头能进去，你的身子就能进去，我敢说他也可以做到。不会很快，也不会警告诺阿克斯他有什么意图。"

"扔东西就发生在那个时刻。假设塞伦开始爬，诺阿克斯开始恐慌，冲向门。塞伦就可能抓起什么——"

"什么？"

"他不太可能有目的地揣了一块石头。他也许回到窗前，在花园里捡起什么东西。或者——我知道了！窗台上的镇纸。他可能抓起那个东西，朝诺阿克斯的后背掷过去。那样可以吗？我不熟悉轨道学。"

"很可能行。我得看看去。"

"这样他只需要爬进去，捡起镇纸，放回原地，然后再从窗户爬出去。"

"真的吗？"

"当然不是，里面是锁着的。不。他把窗户关上，而且上了锁。从诺阿克斯的口袋里拿出钥匙，打开前门，把钥匙放回去，然后——呃，还得走出去，不锁前门。诺阿克斯醒过来的时候，自己把门锁上了。不管谁是凶手，我们都要允许这种可能性的存在。"

"真不错，哈丽雅特。很难在其中找到瑕疵。我还要告诉你一件事，塞伦是相对安全的情况下没锁门的唯一人选。事实上，也可能是一种优势。"

"你想到我前面去了。为什么？"

"为什么，因为他是村里的警察。你看看接下来发生了什么。半夜的时候，他想起来要巡查一番。他的注意力本应该集中在报告上，他却转向还点着蜡烛的起居室。那就是为什么他没把蜡烛熄灭，其他的凶手不可能这么干。他推了推门，发现是开着的。他走进去，看到一切正常，于是跑出去跟邻居们说有流浪者闯入了房子，击中了诺阿克斯的脑袋。作为最后一个看见死者活着的人很讨厌，然而对第一个发现死尸的人来说，就是喘息的地狱。发现那个门锁着的时候他可能震惊坏了。"

"是的。我想那会让他放弃主意。特别是当他发现诺阿克斯并没有躺在原来的地方。窗帘没拉上，是不是？是的，我记得——我到的时候是打开的。他会怎么想呢？"

"他会想诺阿克斯没被杀死，然后等到第二天早晨，一直在想，什么时候——怎么会——"

"可怜的人！然后，什么也没发生，诺阿克斯也没出现——为什么，这足以让他发狂。"

"如果真的是那样。"

"然后我们就来了，我想他一早上都在附近溜达，等待最糟糕的消息。发现尸体的时候，他就在现场，是不是？我说，彼得，这也未免有点过于阴森了吧。"

"这只是个推论。我们还没有证明。这是你这个贩卖神秘的人最不擅长的地方。任何事情只要结合起来都是一个解决办法。让我们猜想一下其他人。还有谁？拉德尔夫人怎么样？她是个粗鲁的老女人，而且没什么同情心。"

"拉德尔夫人怎么会——"

"先别考虑为什么，问为什么无济于事。拉德尔夫人过来借一点石蜡。诺阿克斯听到了她的声音。他邀请她进门解释一下。他说，他总是怀疑她是否诚实。她说他欠她一个星期的工钱。接着，两个人言辞激烈起来。他扑向她。她抓起拨火棍。他跑开，她从后面把拨火棍扔到他脑袋上。这就是理由，人失控的时候就是这样。除非你一定要认为是诺阿克斯想占拉德尔夫人的便宜。"

"白痴！"

"我不知道。我不应该打拉德尔夫人的主意。但是，我的标准很高。好吧。拉德尔夫人打中了诺阿克斯的头，然后——等一下，这下子可好玩了。她跑到农舍，大声喊，伯特！伯特！我杀了诺阿克斯先生！伯特说，哦，胡说。接着他们一起回到房子，正好看到诺阿克斯跌跌撞撞地摔下台阶。伯特走下去——"

"没留下脚印？"

"他晚上脱掉鞋子，是穿着拖鞋跑过来的——去农舍的路上都是草。伯特说，他这次是死了。然后拉德尔夫人拿来梯子，伯特锁上门，把钥匙放回死者的口袋里。他上楼，从天窗爬到房顶，他下来的时候，拉德尔夫人给他扶着梯子。"

"你真的这么想吗，彼得？"

"我只有看了屋顶才知道。但是后来还有一件事——是伯特没关地下室的门——希望这样看起来就像诺阿克斯先生发生了什么事故。但是我们到的时候,他们有点麻烦。我们不该是发现尸体的人。那应该是特威特敦小姐的事。他们知道她很容易哄骗,但是他们对我们一点都不了解。首先,拉德尔夫人对我留在这里并不很热心——但是当我们坚持要钥匙进来的时候,她也尽量做到了。只是——她对伯特喊,'把地下室的门关上,伯特!太冷了。'想把事情稍稍往后拖延一下,你看,这样就可以观察我们。而且,我们只从拉德尔夫人那里听说,诺阿克斯先生是什么时间死的,或者他没上床睡觉这些话。这一切可能发生在深夜,或者是早晨她来的时候。因为那时候他就穿好衣服了,她只需要再把床整理好。"

"什么?早上?在屋顶上干那些勾当?如果有人经过呢?"

"伯特在梯子上,清扫檐槽。扫檐槽又没什么关系。"

"檐槽?……做那干什么?……檐槽——扫檐槽——蜡烛!他们不是证明是在晚上发生的吗?"

"他们没有证明,他们只是这么建议的。我们不知道蜡烛是什么时候点燃的。也许蜡烛燃尽的时候,诺阿克斯正坐在那里听半导体。是拉德尔夫人说半导体坏了,把时间限定在九点到九点半之间——就在诺阿克斯和塞伦争吵之后。拉德尔夫人怎么可能等到争吵结束后才走呢?如果你不带偏见地想一想,拉德尔夫人的很多行为都是令人匪夷所思的。是她把塞伦供出来的,这招干得真漂亮。"

"是啊,"哈丽雅特沉思着说,"你知道,我们一起做三明治的时候,她总是想跟我暗示点什么。而且她很巧妙地拒绝在警官到来之前回答有关塞伦的问题。但是,说实话,彼得,你认为她和伯特有足够的脑子运作这件事吗?他们能有足够的理智控制住自己不去碰那些钱吗?"

"这个问题有点意思。但是我确实知道一件事:昨天下午,伯特从外屋拿着梯子和帕菲特上了房顶。"

"哦,彼得!他真的这么做了!"

"又一条好线索作废了。至少我们还知道有一个梯子,但是我们怎么才能知道记号是怎么做的,什么时候做的呢?"

"天窗。"

彼得可怜地笑了笑。

"当我碰见他们拿梯子的时候,帕菲特告诉我伯特已经从那里去过屋顶,去看烟囱里是不是有清洁烟道的油烟盖。他是在特威特敦小姐接受审问的时候,穿过卧室,从隐秘的楼梯上去的。你没听见他说话吗?你把特威特敦小姐带下来,他马上就上去了。"

哈丽雅特又点了一根烟。

"现在我们设想一下克拉奇利和牧师有没有杀人的嫌疑。"

"呃,这有点难度,因为他们有不在现场的证据。除非其中的一个人跟拉德尔夫人是一伙儿的,我们还得解释半导体为什么没声音了。首先说说克拉奇利。如果是他干的,我们不能编造他爬进窗户的故事,因为除非诺阿克斯睡着了,否则他不可能进去。他十点半把牧师送到教区,十一点前回到帕格福德。他没有时间在窗前争吵,并且聪明地拿到钥匙。我想,克拉奇利在修车厂的时间是确定的。如果他是有罪的,其他人也逃不掉,因为他们都是计划的一部分。如果是克拉奇利,肯定是事先策划好的——我的意思是说,他也许偷了钥匙,又复制了一把。克拉奇利作案的时间在大清早,我猜想——乘一辆出租车去见一个不存在的客户什么的。他把车停在某处,然后步行到这里,进去。是的,之后就很尴尬了。诺阿克斯可能在楼上,脱了衣服,躺在床上。我看不出有什么动机。如果他袭击他,也是为了抢钱——但是他并没有抢劫。"

"现在轮到你问为什么了。但是我们可以假设一下克拉奇利来抢劫,到处翻箱倒柜——在厨房里找到了遗嘱——诺阿克斯听见动静,下楼来——"

"穿上衬衫,系上领带,身上带着钞票?"

"当然不是。穿着睡衣。诺阿克斯打断了他的行为,他扑向他,诺阿克斯跑开,他从后边打他。以为他死了,把挂钟的发条上好,走了,把门从外面锁上。然后诺阿克斯醒过来,记不起发生了什么,就回到房间,穿上衣服,感觉很奇怪,下楼到后门去找到拉德尔夫人,然后从楼梯上摔了下去。"

"非常好。但是谁铺的床?"

"哦,该死!是的——我们还没解释半导体的事。"

"不。我认为克拉奇利把半导体弄坏了,为了制造谋杀前夜不在现场的假象。我的假设是谋杀,而不是你说的翻箱倒柜。"

"对不起,我是双管齐下。顺便问一下,半导体现在好了吗?"

"假设没好,这能说明什么吗?"

"看起来好像是故意弄坏的。我想是用电池的吧。没有比看起来不经意地把接线头弄松更容易的事了。"

"老诺阿克斯很容易就能把这种事情搞定。"

"哦,他会修。那我现在下去看看是不是修好了。"

"问本特吧,他会知道。"

哈丽雅特朝着楼下喊本特,转回身来说:

"一点儿也没问题。昨天晚上我们走后本特试过了。"

"啊!那不能说明什么。诺阿克斯也许试着打开,但是直到新闻结束才找到问题,于是修好了,放在那里。"

"不管怎样,他都会那么做的。"

"这个时间表又作废了?"

"真令人沮丧。"

"是吗?那么在十点半到十一点之间,牧师就有杀人的可能性了。"

"为什么是他?对不起,我一直在问为什么。"

"这个家庭双方都有刨根问底的性格。你最好重新考虑一下那些孩子,哈丽雅特。他们会变成摇篮里无法忍受的害虫。"

"可怕。但是我还是认为应该有一个总体的动机。只是为了好玩而杀人,违背了侦探小说的所有规则。"

"好吧,那么,古达克先生应该有一个动机。他十点三十五从家里走过来,敲门。诺阿克斯先生让他进来——没有什么原因不让总是看起来温和友好的牧师进门。但是在牧师职业化的严肃下面,还隐藏着现实主义小说家的作品中所描写的在牧师这个行当中普遍存在的压抑。

当然诺阿克斯也是如此。牧师打着纯洁的旗号，责备诺阿克斯对村子里的女仆心术不正，其实私底下，他想把她据为己有。"

"当然了！"哈丽雅特欢快地说，"我太笨了，怎么就没想到呢？没有比这个更明显的了。他们进行了一场典型的老年人之间的肮脏的争吵。牧师突然精神错乱，把自己想象成上帝的锤子。他用拨火棍把诺阿克斯击昏后走开了。诺阿克斯恢复意识——我们从那里开始。这很好地说明了为什么他身上的钱还是原封未动。古达克先生是不会要那些钱的。"

"正确。为什么牧师现在还能如此欢愉天真，是因为他精神错乱了，把发生的事情都忘了。"

"分裂的人格。这是我们最好的想法了。现在我们只需要给女仆起个名字。"

"也不一定就是这个。也许牧师有其他变态的喜好——比如蜘蛛抱蛋，或者他一直对诺阿克斯的仙人掌垂涎三尺。他是个伟大的园丁，你知道吗？对这些植物和矿物的癖好很可能是不祥的。不管你相不相信，牧师鬼鬼祟祟地踱来踱去，肯定没什么好事，当老诺阿克斯跪在他面前，说：'为了保全仙人掌的名誉，把我的命拿走吧！'的时候，牧师抬起了种着蜘蛛抱蛋的花盆——"

"这样很好，彼得——但是那个可怜的老东西确实被杀死了。"

"亲爱的，我知道。但是在我们发现到底是怎样之前，一个故事可以像另外一个故事一样稀奇古怪。在这个该死的世界，我们要么大笑，要么伤心。我们来的那天晚上为什么没去地下室看看呢？这样我们就能有点活儿干了，让那个地方原封不动，线索保留着，没有拉德尔一家、帕菲特一家、温西一家到处乱踩，一阵混乱——我的上帝！怎么会糟糕成这个样子！"

如果他想逗她开心，这次他做到了，虽然他并没有心存希望。

"这样也没用，"哈丽雅特笑过以后说，"我绝不、绝不能像其他人一样行事。哭的时候，我们应该笑；工作的时候，我们应该爱。让我们成为一个被人蔑视的丑闻吧。别那样！如果你满头都是灰的时候，本特会怎么说？你最好穿上衣服，面对现实。"她走回窗前。"看！有两个男人从小径上走过来了，其中一个还带着照相机。"

"该死！"

"我去逗他们开心。"

"我陪你去。"彼得非常有骑士风度地说，然后跟在她身后出去了。

本特站在门口打嘴仗。"白搭，"彼得说，"要谋杀了。你好，是萨利吗？好啊，好啊！你还清醒吗？"

"很不幸，"索尔科姆·哈迪先生是一个私人朋友，说，"我很清醒。你家里有什么吃的吗，老男人？上星期二你那么对待我们，你还欠我们的呢。"

"给这些先生准备威士忌，本特。在里面放点鸦片酊。现在，孩子们，快点，因为审讯在十一点开始，我不能穿着晨衣出席，你们想要什么？上流社会的罗曼史？还是蜜月度假屋内的神秘死亡？"

"都要。"哈迪先生咧着嘴笑，"我想我们最好先祝贺，再哀悼一下。你们都处于崩溃状态，还是像《大英民众》里说的那样，你们即使在这种不幸的事件中，仍然感觉非常幸福？"

"萨利，你能不能有点独创性？你就说我们打得不可开交，只能从事一点侦探活动用以打发无聊的时光，并寻求安慰。"

索尔科姆·哈迪遗憾地摇摇头。"那你是身兼二职在进行调查啊，我是不是理解对了？"

"不是这样的。是警察局在调查。你说个时间吧。"

"非常感谢！好啊，加油！当然是警察局，官方的说法。但是，真见鬼！你肯定有个人的看法吧。温西，你自己是怎么看的？这是百年不遇的事情。著名的业余侦探娶了侦探小说家，还在新婚的夜晚发现了尸体。"

"我们没发现。那才是问题所在。"

"啊！为什么？"

"因为我们第二天早上进行了扫除，把所有的线索都破坏了。"哈丽雅特说，"我们最好告诉你，我认为。

她扫了一眼正在点头的彼得。"最好在拉德尔夫人开口之前告诉你们。"一切都在他们脑子里，于是他们以最简洁的方式讲述了一遍。

"我可以说，你们对这个案件有自己的想法了吗？"

"是的。"彼得说。

"好！"索尔科姆·哈迪说。

"我的想法是，你是自己把尸体放在那里的，萨利，这个大标题怎么样？"

"我只是希望我能想到这个。还有别的吗？"

"我告诉你了，证据都毁了。没有证据我能说什么呢？"

"事实上，他完全困惑了。"哈丽雅特说。

"像浴室的锅炉一样困惑。"她丈夫同意她的说法，"我的妻子也不明白。这是我们唯一达成一致的地方——当我厌倦了举起座位旁边的陶器和嘲笑对方的困惑的时候。警察们也很困惑。否则他们会很自信地期待发出逮捕令。不是这个就是那个，你选择吧。"

"这对你来说是件麻烦事，对我也是。但我也没办法。你介意我们拍些照片吗？古怪的都铎风格的农舍，纯天然材料制成的椽子——穿着粗花呢衣服的欢快手巧的新娘和打扮得像福尔摩斯的新郎——你应该抽个烟斗，烟斗里放入一盎司的粗烟丝。"

"再来一把小提琴和一点可卡因？萨利，快点，别浪费时间。你看看这会儿，老家伙——我想你也得养活自己，但是看在上帝的分上，你也用点技巧。"

索尔科姆·哈迪紫色的眼睛里闪着诚实的光，他答应自己会的。但是哈丽雅特感觉到这次采访中，她和彼得都被粗手粗脚地摆弄这一点让彼得更加无法忍受。他谨慎的措辞，他轻微的声音像玻璃一样易碎——而且愈演愈烈。她突然决定跟着记者走出房间，关上房门。

"哈迪先生——听着！我知道如果一个人完全无助的话，这个人就得忍受报纸选择说的话。我有权利知道。我以前经历过。但是如果写任何关于我和彼得的令人作呕的东西——你知道我的意思——任何一种让一个人痛苦不安或者希望他死的东西——对于我们来说是不舒服的，对你也一样。彼得——不是一头犀牛，你知道吗？"

"我亲爱的范内小姐——对不起——彼得夫人……哦，顺便说一句，我忘了，您已经结婚了，还打算继续写书吗？"

"当然了。"

"还用以前的名字吗？"

"自然。"

"我可以说吗？"

"哦，是的，你可以说，你可以说任何东西，只要你不说那些关于婚姻的废话，什么'他大笑着看着他新婚的妻子'，还有其他浪漫的无聊话。我的意思是，我们已经很不容易了，请给我们保留一点做人的尊严，如果你能做到的话。听着！如果你能理智地有所收敛，并且让其他记者也保持冷静，那么你可以从我们这里得到更多的故事。毕竟，我们都是新闻——新闻没有必要冒犯新闻，不是吗？彼得已经表现得很得体了。他已经把全部事实告诉你。别让他的生活成为他的负担。"

"说实话，"萨利说，"我会努力的，但是编辑就是编辑——"

"编辑们是盗尸犯和吃人魔。"

"他们是。但是我还是会尽力。关于这个正在写的小说——您可以给我一些独家的消息吗？您的丈夫希望您继续原来的事业吗？他不认为女人就应该把兴趣限定在家庭里吗？您希望从他的经历中找到灵感吗？"

"哦，该死！"哈丽雅特说，"你看每件事都必须用个人的视角吗？好吧，我当然要继续写作。他当然不反对——事实上，我想他非常支持。但是你写的时候，别用什么'骄傲温柔的眼神'，或者其他令人作呕的字眼，行吗？"

"好，好。你现在正在写什么吗？"

"不——我刚刚写完一本书。现在又在酝酿一本新书。"

"好！"索尔科姆·哈迪说。

"是关于一个记者的谋杀案——书的名字叫，《好奇害死猫》。"

"很好!"萨利泰然自若地说。

"还有,"当他们经过菊花丛的时候,哈丽雅特说,"我们跟你说过,我小的时候就知道这个地方,但是我没告诉过你,这里曾经住着一对可爱的老夫妇,他们经常叫我到他们家里来吃蛋糕和草莓。真的很美好,很人性。但他们去世了,也就不会伤心了。"

"太好了!"

"那些丑陋的家具和蜘蛛抱蛋是诺阿克斯放到那里的,不要责怪我们。他是一个贪婪的人,把都铎风格的烟囱顶管卖了用来制作日晷。"哈丽雅特打开大门,萨利和摄影师温顺地从门缝出去。

"还有那个,"哈丽雅特得意地继续说,"是某个人的姜色猫。他收养了我们。他在吃早餐的时候蹲在彼得的肩膀上。每个人都喜欢和动物有关的故事。你可以把这只姜色猫写进去。"

她关上大门,隔着门朝他们微笑。

索尔科姆·哈迪细想,彼得·温西的妻子激动的时候和他一样英俊。他对她如此在意他的感受表示同情。他真的认为她喜欢那个讨厌的老家伙。他被深深地打动了,因为他们拿出很多威士忌招待大家。他决定尽他所能让这个故事保持它主人应有的尊严。

走到一半,他想起来忘了访问一下仆人。他回头看了看。但是哈丽雅特还靠在门边张望。

《晨星》的赫克托·潘其恩先生就没那么走运了。他在索尔科姆·哈迪走后五分钟才赶到,发现温西夫人还站在大门边。既然他不能硬挤进去,便不得不在原地采访了。采访进行到一半时,他感到脖子上被温柔地一击,他吃惊地扭过头去。

"只是一只公牛。"哈丽雅特甜蜜地说。

城里长大的潘其恩先生脸变得煞白。公牛旁边还有六只母牛,都很好奇地看着他。但愿他知道,有这些母牛的陪伴才是对公牛正当行为的最好保证。但是对他来说,这些都是长着角的野兽。他不能礼貌地把它们赶走,因为彼得夫人正一边若有所思地挠着公牛的前额,一边讲述她在大帕格福德期间最有趣的独家故事。像个男子汉——一个记者应该面对工作中出现的任何危险——他站在原地不动,精力不集中地听着她说话。"您喜欢动物?"他问。"哦,很喜欢。"哈丽雅特说,"你一定要告诉你的读者。这是非常具有同情心的性格,是不是?""当然。"赫克托·潘其恩回答道。一切都好,就是公牛站在门的这边,她站在门的另一边。一只友好的红白花纹的母牛舔他的耳朵——他很惊奇地发现,牛的舌头原来那么粗糙。

"请原谅我不能给你开门,"哈丽雅特带着迷人的微笑说,"我喜欢牛——但不希望它们出现在花园里。"让他尴尬的是,她从门上爬过来,用一只强有力的手护卫他上车。采访结束了,他几乎没有机会听到任何关于这桩谋杀案的私人看法。那些牛散开了,低着头,从他启动的车前走过。

"相当方便,"哈丽雅特说,"牛都在小径上。"

"是啊,夫人。"本特认真地附和,"它们吃小径旁的绿草,我明白。这个安排很令人满意,我可以这么说。"

哈丽雅特张开的嘴又闭上了,好像想起了什么。她沿着小径走,打开了后门。她并不十分惊奇地发现平土机上用绳子拴着一只特别丑的獒犬。本特从厨房里走出来,在碗碟洗涤处轻柔地拍打它。

"那是我们的狗吗,本特?"

"它的主人今天早晨把它带来给老爷看,问他是否需要这样一条狗。我知道它是很好的看门狗,所以建议先把它留下来,等老爷有时间的时候再决定。"

哈丽雅特盯着本特,本特也目不转睛地看着她。

"你考虑过飞机吗,本特?我们可以把一只天鹅放在屋顶上。"

"我还没听说天鹅,夫人。但是有一个人养羊……"

"哈迪先生真幸运。"

"那个养牛的人迟到了,"本特突然愤怒地说,"他收到的指令非常清楚。失去的时间要从他的报酬里面扣除。我们不能就这样被敷衍了事。老爷不习惯这样。对不起,夫人——羊要送来了,恐怕狗在门口待着不方便。"

哈丽雅特放手让他做自己的事情。

第十四章　验尸官的检查

> 爱？我爱吗？我漫步在
> 另一个人思想的光辉里，
> 就像在荣誉中。
> 我曾经阴郁，
> 就像维纳斯礼拜堂罩在夜的黑暗里，
> 但是黑暗中有某种神圣的东西，
> 更加轻柔，不像其他所在那么浓厚；
> 对于盲人，也许充足的月光
> 在无意中带来安慰。于是爱来了，
> 就像被践踏的星星突然爆发。
>
> ——托马斯·洛弗尔·贝多斯，《第二个兄弟》

验尸官最终没把自己限制在提取身份证据上，但是他在对待证人方面却有着值得赞扬的判断力。特威特敦小姐穿着崭新的黑色斗篷和一件剪裁老式的黑色外衣，装腔作势地戴着一顶小帽子，这身行头完全是为了这个场合准备的。她作证,这具尸体是她的舅舅威廉·诺阿克斯,自从上个星期日后,她就再也没见过他。她解释道,她的舅舅习惯在布若克斯福德和帕格海姆之间奔波,而且家里有两副钥匙。她试图对房子的出售和事后发现的令人震惊的舅舅的财政状况加以解释,但被和善而坚决地打断了,彼得·温西勋爵优雅地站到她原来的位子上,简短而若无其事地把新婚之夜的经历做了一个概述。他向验尸官呈交了几份有关房屋购买的文件,之后在一片同情的窃窃私语中坐下来。接着,一个从布若克斯福德来的会计师说明了诺阿克斯先生的"半导体"生意正处于垂死的状态。莫文·本特措辞严谨地复述了扫烟囱和发现尸体的过程。克拉文医生谈到死亡的大概时间和原因,描述了受伤情况,他本人的意见是,死亡不可能是由自我折磨导致的。

接下来作证的是乔·塞伦,他面色苍白,但依然控制着自己的情绪。他说他被叫去看尸体,并描述了尸体在地下室所躺的位置。

"你是村警员吗?"

"是的,先生。"

"你最后一次见死者活着是什么时间?"

"星期三晚上,先生,九点过五分。"

"可以具体说说吗?"

"是的,先生,我和死者有私事要谈。我来到他的住所,在起居室的窗前和他谈了大概十分钟。"

"他当时看起来正常吗?"

"是的,先生,不过我们之间说了些话,让他显得有点激动。我们结束谈话后,他锁上窗户,并上了闩。我试着打开前后两扇门,但都上锁了。于是我就走开了。"

"你没进去吗?"

"没有,先生。"

"你九点十五分离开他的时候,他还健康地活着?"

"是的,先生。"

"很好。"

乔·塞伦转身打算走开,但是那个本特在酒吧里遇见过的面色阴郁的男人从陪审席中站起来,说:

"珀金斯先生,我们想问问证人,他和死者都谈了些什么。"

"你听到了,"验尸官有点嫌麻烦地说,"陪审员想知道你和死者争论的内容。"

"好的,先生。死者想告发我渎职。"

"啊!"验尸官说,"呃,我们在这里不是想检查你的工作情况。是他威胁你,而不是你威胁他吗?"

"是的,先生。虽然我承认很生气,对他说了些不入耳的话。"

"我明白了。当天晚上你没有返回那所房子?"

"没有,先生。"

"很好,那就好。柯克警督。"

塞伦的证词引起的阵阵喧哗平息后,身材魁梧、面无表情的柯克先生缓慢而冗长地描述了房子内的陈设、门窗的栓扣物和因为新客人到来给调查事情真相带来的困难等等。下一个证人是玛莎·拉德尔。她非常亢奋而夸张地表示随时愿意帮助警方破案。

"真令人吃惊,你用一根羽毛就可以把我打倒。"拉德尔夫人说,"他们在半夜开着一辆我在画报上都没见过的加长汽车来到门前。什么勋爵?我说,不敢相信,先生,但没什么好怀疑的,看起来就像电影明星,请原谅,当然我误会了,车那么大,夫人穿着裘皮大衣,先生戴着一副拉尔夫·林恩式的眼镜,这都是我在——才能看见的。"

彼得把单片眼镜面向这个证人,做出夸张的惊讶表情,咯咯笑变成了放声大笑。

"请回答跟问题有关的内容,"珀金斯先生恼怒地说,"房子被卖出去了,你很吃惊。很好。我们听说了你是怎么进入房子的。请描述一下你看到的情况。"

从细枝末节的混乱中,验尸官离析出一些事实,比如:床没有被睡过,晚饭的残杯冷炙还摆在桌子上,地下室的门开着。一声疲倦的叹息后（他的感冒很严重，希望尽快结束，赶紧回家），他让证人回忆上星期三发生的事情。

"是的，"拉德尔夫人说，"我确实看见乔·塞伦了，他真是个好警察，让一个可敬的女人听那种不合适的话。怪不得诺阿克斯先生把窗户关上了。"

"你看见他那么做了？"

"我亲眼看见的。他拿着蜡烛站在那里。我对自己说，你真是个好警察啊，乔·塞伦。我早就该知道，你就是这么给我栽赃的，说我偷了特威特敦小姐的母鸡。"

"我们没问这个。"验尸官说。这时那个面色阴郁的男人又站起身来，说：

"陪审员想知道证人是否听到了他们争吵的内容。"

"是的，我听到了。"证人没等验尸官开口就说道，"他们正在说他的妻子，这就是他们争吵的内容。"

"谁的妻子？"验尸官问，整个房间的人都充满期待。

"当然是乔的妻子。"拉德尔夫人说，"你对我妻子做了什么，你这个老浑蛋，他说，他说的那些脏话我都说不出口。"

乔·塞伦腾地站起身。

"她撒谎，先生！"

"喂，乔。"柯克说。

"我们一会儿再听你解释。"珀金斯先生说，"那么，拉德尔夫人。你确信听到了那些话？"

"脏话，先生？"

"那句'你对我妻子做了什么'？"

"哦，是的，先生——我听到了，先生。"

"他威胁诺阿克斯先生了吗？"

"没有，先生，"拉德尔夫人非常遗憾地承认，"他只是说诺阿克斯不会有好下场，先生。"

"是这样。没暗示说得到什么下场？"

"什么?"

"没提杀人或者谋杀之类的字眼?"

"我没听见,先生。但是如果他想杀了诺阿克斯先生我也不奇怪。一点都不。"

"但是你确实没听见他那么说吗?"

"呃,我不能说我听见过,先生。"

"诺阿克斯先生关上窗户的时候还是安然无恙的?"

"是的,先生。"

柯克斜靠在桌子上,对问问题的验尸官说:

"你没有听到进一步的消息吗?"

"我不想听任何进一步的消息,先生。我唯一听到的就是乔·塞伦使劲地砸门。"

"你听见诺阿克斯先生让他进门了吗?"

"让他进门?"拉德尔夫人大喊道,"诺阿克斯先生让他进门干什么?诺阿克斯先生不会让任何像塞伦这样侮辱过他的人进门的。诺阿克斯先生是个胆子极小的人。"

"我明白了。你第二天早晨来的时候,没人应门吗?"

"对。我说,上帝啊,诺阿克斯先生一定是去布若克斯福德了……"

"是的,你以前告诉我们了。你听到晚上他们那么激烈的争吵就从来没想过会有什么事情发生在诺阿克斯先生身上吗?"

"哦,我没想过。我想他可能去了布若克斯福德,就像平时那样。"

"事实上,直到诺阿克斯的尸体被发现,你都没意识到那次争吵的重要性吗?"

"唔,"拉德尔夫人说,"只有当我知道他死亡的时间是在九点半之前时。"

"你怎么知道的?"

拉德尔夫人拐弯抹角了半天才说到半导体的故事。彼得·温西在一张纸上写了几句话,把纸捏成团,递给柯克。警督点点头,又交给了验尸官,他在故事讲完的时候,问道:

"诺阿克斯先生是做半导体生意的吗?"

"哦,是的,先生。"

"如果半导体有什么问题,他自己不能修好吗?"

"哦,是的,先生。他在这方面很精通。"

"但是他只喜欢听新闻节目?"

"说得对,先生。"

"他通常几点睡觉?"

"十一点,先生。他生活很有规律,七点半吃晚饭,九点半听新闻,十一点上床睡觉。只要他在家,都是这样。"

"的确。但是你怎么能在九点半左右的时候知道半导体是不是开着呢?"

拉德尔夫人犹豫了一下。

"我去了一趟棚子,先生。"

"什么?"

"去拿点东西,先生。"

"什么?"

"就是一点石蜡,先生。"拉德尔夫人说,"我第二天早上就老实地放回去了,先生。"

"啊,是的。好吧,那和你没关系。谢谢。现在,乔·塞伦——你想做进一步的陈述吗?"

"是的,先生。我只是想说,我们根本就没提到过我妻子。我当时说:'别告发我,先生,我会倒霉的,我的妻子怎么办?'就是这些,先生。"

"死者和你的妻子没有任何瓜葛吗?"

"没有,肯定没有,先生。"

"我想最好问问你,据你所知,你和最后一个证人是不是有什么积怨?"

"呃,先生,还是特威特敦小姐的母鸡的事儿。我在执行公务的时候,审讯了她的儿子艾伯特,我想她因此生气了,先生。"

"我明白了。我想那是——是的,警督。"

柯克从他的高贵同事那里又得到了一个消息。这个消息似乎让他很困惑,但是他还是把问题提出来了。

"我以为你应该会自己问他,"珀金斯先生说,"好吧,警督想知道,死者走到窗前的时候手里的蜡烛有多长。"

乔·塞伦瞪着眼睛。

"我不知道,先生,"他最后说,"我没注意。我不知道这有什么特别的。"

验尸官把疑问转向柯克,柯克不知道他想问什么样的问题,只好摇了摇头。

珀金斯先生生气地擤了擤鼻子,让证人回到自己的座位,并转向陪审席。

"先生们,我认为今天不可能完成调查了。看来,我们不能确定死者的具体死亡时间,因为半导体出现暂时故障,他不能收听新闻,但他有可能后来修好了。你们也听到了,警方在搜集证据方面遇到了困难(一个最不幸的意外,没有人能承担责任),而且很多可能的线索也被破坏了。我想警方需要休庭——是不是这样?"

柯克表示同意,验尸官把开庭时间推迟了两星期,本来很有希望的审讯就这么枯燥无味地结束了。

当观众匆忙退场的时候,柯克抓住了彼得。

"那个老泼妇!"他生气地说,"珀金斯先生问了她很多尖锐的问题,但是如果他听我的,就不用搜集证据,只需要确定身份。"

"你觉得那样很明智吗?让她的流言飞语在村子里流传,每个人都说你不敢在审讯时说出来?他至少给她一个机会当众表示她的怨恨。我想他这么做比你意识到的对你更有好处。"

"也许你是对的,勋爵。我没意识到。那个蜡烛有什么用呢?"

"我想知道他到底记住了多少。如果他不确定蜡烛的长度,那么那个挂钟的事情也是他的想象。"

"是这样的。"柯克慢慢地说。他不太明白这后面的含义。也不知道温西是否在说真话。

"他也许,"哈丽雅特在她丈夫耳边暗示,"在时间上撒了谎。"

"也许。奇怪的是他并没有撒谎。拉德尔夫人的挂钟也是同样的时间。"

"《谁让时光倒流》里的霍克肖侦探?"

"唉!"柯克恼火地说,"看哪!"

彼得看了一眼。拉德尔夫人在门前台阶上,身边围着一群记者。

"天哪!"哈丽雅特说,"彼得,你能把他们支走吗?谁是逾越鸿沟的家伙?"

"罗马奖励她大多数的公民——"

"但是每个英国人都爱勋爵。就这样。"

"我的妻子,"彼得悲伤地说,"将兴高采烈地把我扔向狮群,如果需要的话。死亡——很好,我们来试试。"

他毅然地走向人群。潘其恩先生看到这个贵族的猎物就在他的掌控之中,高兴地大叫着朝他冲过来。其他猎狗也聚集在他们周围。

"我说,"身边传来抱怨的声音,"我本应该作证。法庭应该知道那四十英镑的事情。他们总是想隐瞒。"

"我认为这对他们并不重要,弗兰克。"

"对我来说重要,况且,他不是跟我说星期三早晨要还钱吗?我猜验尸官应该知道这件事啊。"

索尔科姆·哈迪有机会和彼得说话,但是也没放过拉德尔夫人。淘气的哈丽雅特决定窥探他的行动。

"哈迪先生,如果想知道内幕故事,你最好采访一下我们的园丁——弗兰克·克拉奇利。他在那儿和特威特敦小姐说话呢。他没有出庭作证,所以其他人也许没想到他也有话可说。"

萨利激动地感谢她。

"如果你充分利用这个机会,"哈丽雅特蛇蝎般恶毒地说,"也许能搞到独家新闻。"

"非常感谢,"萨利说,"您的提示。"

"这是我们交易的一部分。"哈丽雅特满脸微笑地说。哈迪先生飞快地推断,彼得娶了一个非常有魅力的女人。他飞奔向克拉奇利,几分钟后两个人朝四杯淡色啤酒酒吧的方向走去了。拉德尔夫人被突然扔下不管,愤怒地环顾四周。

"哦,你在这儿,拉德尔夫人!本特呢?我们最好让他开车送我们回家,然后再来接老爷,否则我们赶不上吃午饭了。我饿坏了。这些报社的人真是很无礼,很讨厌!"

"很对,夫人。"拉德尔夫人说,"我不会说他们喜欢听的话!"

她突然抬起头,把一些奇怪的黑玉装饰品放在她叮当作响的帽子上,然后跟着女主人一起走向汽车。她趾高气扬地坐在那里,觉得自己是个电影明星。记者们,真的!

车开走的刹那,六台照相机同时咔嚓响起。

"现在,"哈丽雅特说,"你的照片要登在所有的报纸上了。"

"当然了。"拉德尔夫人说。

"彼得。"

"什么事,夫人?"

"滑稽,我们说了那么多,最后还是怀疑塞伦。"

"村子里的护士长,而不是村子里的女仆。是啊,非常奇怪。"

"里面不会有什么事吗?"

"谁知道呢?"

"你不知道为什么要那么说?"

"我总是说一些很愚蠢而且根本没人相信的话,但是我控制不了。还想要一块肉排吗?"

"好的,谢谢。本特的厨艺太高超了。我以为塞伦能非常顺利地通过这次聆讯。"

"说出官方的事实就够了。柯克一定非常透彻地指导过他。我想知道柯克是否——不,该死!我不想知道。我不想跟这些人搅在一起。我们似乎太好奇了,根本没时间度蜜月。这让我想起——牧师想让我们去他家参加一个雪利酒会。"

"雪利酒会?我的天哪!"

"我们组织酒会,他提供雪利酒。他的妻子见到我们会很高兴,她下午在妇女协会开会,我们就原谅她不提前打电话吧。"

"我们必须去吗?"

"我想我们必须去。我们的榜样力量将鼓励他在这个地区掀起饮用雪利酒的热潮,他还特意为我们要了一瓶。"

哈丽雅特惊愕地盯着他。

"从哪儿?"

"从帕格福德最好的酒店……我代表我们两个欣然地接受了。有什么不对的吗?"

"彼得,你不正常。你的社会意识总是先于你的性别意识。在牧师家里开酒会!普通、体面的男人都慢吞吞地走,还撒谎,直到他们的妻子揪着他们的耳朵把他们拖出去。你肯定也有什么让你踌躇不前的东西吧?你会拒绝穿硬前襟的衬衫吗?"

"你认为一件硬前襟的衬衫就能取悦他们吗?我想可以。而且,你还有一件新斗篷想拿给我看。"

"你简直太好了……当然我会去喝雪利酒,如果我们非要去的话。但是我们今天下午能不能自私顽皮一点?"

"怎么做?"

"我们去个什么地方?"

"上帝啊,我们当然要去!……这是不是你幸福的暗示?"

"确实到这种深度了,我承认。但是别在一个女人犹豫的时候打击她。来点这个吧——我不知道——这个本特已经做了。它看上去绝对了不起。"

"你告诉我应该怎样自私顽皮?……我开快车?……开得飞快?"

哈丽雅特忍住没打冷战。她喜欢开车,也喜欢坐车,但是如果时速超过七十英里,她就会感觉内心空荡荡的。可是,结了婚的人不能做什么都按照自己的方式。

"是的,飞快——如果你想那样。"

"真是太好了。"

"我应该说,确实是好得要命……但只能在主路上开快车。"

"是的。好吧,我们要在主路上开快车,然后摆脱它。"

残酷的折磨只持续到了大帕格福德。幸好在岗哨处没遇到柯克警督的手下,只是在外面短暂地跟克拉奇利打了个照面,他开着一辆出租车,向他们投以惊讶而羡慕的眼神。车子经过警察局,沿小路向西开去。记不清他们离开帕格海姆后是否曾经大口地呼吸,哈丽雅特用坚定的语气说,出来兜风真是太好了。

"是吗?你对这条路满意吗?"

"很美。"哈丽雅特热情地说。"都是拐弯!"他大笑。

"祈祷不要残酷地对待机器,我应该更清楚——上帝知道,我害怕很多东西。我肯定遗传了我父亲的基因。他是那种老派的人——你要么自愿面对困难,要么被击败,没有多余的废话。一个人学会了假装不是懦夫,然后在噩梦中改变。"

"你一点都没表现出来。"

"我希望这些天你能了解我。我碰巧不害怕高速——这就是为什么我还可以炫耀。但是我对你发誓,这样的情况没有下次了。"

他让指针回到二十五码,然后他们漫无目的地在小路上安静地游来荡去。中午时分,他们来到离家三十英里外的一个村庄。这是一个老村庄,村子中心的高地上矗立着一座新教堂,池水泛着绿光。教堂的旁边有一条狭窄破旧的小路通向耸起的山坡。

"我们去那儿吧,"哈丽雅特建议说,"那里的视野一定很好。"

车子转入这条小径,慵懒地在已经染上秋色的矮树篱间蜿蜒前行。他们的左下方延伸出令人愉快的英国乡村风光,绿色和褐色的树木覆盖着丰茂的田野,上面溢出一条小溪,在十月的阳光下宁静地闪着光。

稻麦的残茬在草地上发出微弱的光亮；蓝色的烟雾从农场的红烟囱中升起，在树木上方飘荡。他们右手旁，路边是一座教堂的废墟，只有门廊和一部分圣坛还孤独地立在那里。其他的石头无疑已经被村民们搬走用来修建村中心的新教堂了；但是被遗弃的坟墓和它们古老的墓碑还被完好地保存着，敞开的门前有一处被夷平的空地已经修成了花园，花园里点缀着花坛和一个日晷，一把木头椅子上坐着来此小憩的眺望远处风景的来访者。彼得发出一声惊叹，把车滑行并停靠在草地边。

"如果那不是我们的烟囱顶管中的一个，我就失去最后一分钱。"彼得说。

"我想你说对了。"哈丽雅特看着那个日晷，它的支柱确实很像都铎风格的顶管。她跟随彼得下车，走进大门。走近看，日晷却像一个混合物，刻度盘和指时针是古老的，底座是个磨盘，剧烈敲打时，支柱发出空空的声音。

"我要把它拿回去。"彼得用坚决的口气说，"如果我死了，我要给这个村庄捐献一个堂皇的石柱。'男孩配女孩，不能无中生有，他将再拥有他的女人，一切恢复旧观。'①这是一种历史悠久的寻找顶管的游戏。我们要在村子里一家一家地追查被交换的烟囱，就像罗马军团寻找丢失的瓦鲁斯的鹰。我想顶管把那所房子的好运带走了，我要把它找回来。"

"那一定很好玩。我今天早上数过了：只有四个东西丢了。这个看起来和那三个差不多。"

"我肯定这是我们的——某些迹象告诉我。让我们登记我们的宣言吧，我要做点破坏的艺术行为，但是第一场雨就会把印记抹去。"他在顶管上签了名，"塔尔博伊斯，每个人记得他的事。彼得·温西。"然后把铅笔递给他的妻子，哈丽雅特也在上面签上名，"哈丽雅特·温西。"并在下面注明日期。

---

①引自莎士比亚《仲夏夜之梦》第三章第二幕，大意为"愿天下有情人终成眷属"。

"是第一次写吗?"

"是的。看起来歪歪扭扭的,那是因为我得蹲下来写。"

"没关系——这样的机会不多。让我们坐在大椅子上欣赏风景吧。如果有人想走这条小路,车也没挡道。"

椅子结实而舒服。哈丽雅特摘掉帽子坐了下来,轻柔的风吹起她的头发。她的眼神在阳光照射的山谷中闲散地流连。旁边的墓碑上刻着的一个矮胖的、正在读书的十八世纪天使,彼得把帽子挂在他伸出的手上。他坐在椅子的另一端,若有所思地端详着他的同伴。

他的精神处于混乱状态,发现谋杀案是主因,乔·塞伦的问题和那口挂钟只是困扰他的辅助因素。他不想再考虑这些事情了,尽量让自己忘却这些私人情绪中的烦乱,平静下来。

他得到了他想要的。差不多六年了,他都固执地朝着一个方向走。追溯到成功的那一刻,他都没停下来考虑一些胜利可能带来的结果。过去的两天,他终于有了一点思考的时间。他只知道他正面临一个陌生的处境,这让他的感情发生了很大的变化。

他强迫自己用疏离的态度审视他的妻子。她的脸很有个性,但是没有人会说她美丽,他总是——无心而傲慢地——把美丽当做先决条件。她的四肢修长强健,动起来给人一种散漫的感觉,但又很自信,几乎可以说是优雅的。然而如果他想计算一下的话——如果他选择这样做,还有二十来个女人在外表和行为上都要比她可爱得多。她说话的声音深沉且迷人;但是,他曾经有一个在欧洲唱歌剧的女朋友。还有什么?——浅蜜色的皮肤,一个好奇坚韧、可以刺激他的头脑。从来没有一个女人让他如此热血沸腾;只要看她一眼,跟她说一句话,他浑身的每根骨头都会颤动。

现在他知道,她可以超出想象地、热心地以激情换激情——带着一种连她自己都不知道的令人吃惊的感激。她客气地对她死去情人的事情沉默不语,他们之间不会提起他的名字。彼得用专业知识解释这个现象,他发现自己把很多墓志铭用在那个不幸的年轻人身上,"粗俗的笨蛋"和"自私的狗崽子"还是好听的。激情地交换幸福已经不是什么新鲜事了：新鲜的是整个关系的重要性。不只是现在的关系不能因为丑闻、花费和讨厌的律师的介入而断开，真正关键的是，他有生以来第一次在乎他和爱人的关系。他模糊地感觉到抵达激情的灵魂，感觉像是狮子和羔羊躺在一起，但是他们不至于如此。把王冠和权杖塞在他手中，他仍然害怕掌握权力，把王国归为己有。

他记得对叔叔说过（用一个对年轻人来说不合适的庄严的教条主义）："当然，用头脑和心同时爱一个人是可能的。"德拉盖蒂先生有点干巴巴地回答道："毫无疑问。只要你用脏腑而不是头脑来思考。"他感觉这正发生在他身上。只要他企图思考，一种温柔而无情的力量就会攫住他的肠子。他直到现在都最自信的地方却变得脆弱起来。他妻子祥和的面庞告诉他，她已经获取了他失去的所有信心。他们结婚之前，他从来没见她有过这种表情。

"哈丽雅特，"他突然说，"你是怎么理解生活的？我的意思是，你是否认为它整体上是好的，值得的？"

（不管怎样，他可以狡黠地相信她不会断然抗议。"度蜜月的时候问这种问题可真好。"）

她好像很快就做好了面对他的准备，好像她很长时间以来都在等待这个可以表达自己想法的机会。

"是的！我一直都非常肯定生活是美好的——只要能把生活应对好。我一直都憎恨发生在我身上的几乎所有的事情，但是我也一直都知道那些事情是错误的，不是所有事情都错。即使在我感觉最糟糕的时候，我也从来没想过自杀或者死亡——只是想着怎么才能从这一团糟糕中走出来，重新开始生活。"

"真令人羡慕。对我来说，恰恰相反。我几乎可以享受任何身边的事情——当它正在发生的时候。不过我必须继续做事，因为，如果我一旦停下来，就看起来很荒唐，即使明天就去见上帝，我也根本不在乎。至少，那是我该说的。现在——我不知道。我开始认为，也许生活终归还是有一点意义的……哈丽雅特——"

"听起来像杰克·斯普拉特和他的太太。"①

"如果你有应付好的可能性……我们一开始做得很好,是不是?你看那血淋淋的事实。如果我们把这件事情解决了,我愿意付出一切。但是在你那里,你看,不管怎样都是一样的。"

"但是,这就是我想告诉你的。应该这样,但是没有。事情变得很简单。我一直认为,如果一件事情耽搁的时间太长,你等待奇迹出现,奇迹就会出现。"

"你真的这么想吗,哈丽雅特?"

"嗯,在一个脑子里有很多了不起东西的人面前,说能够预见所有的细节好像是个奇迹。那件事并没有带来伤害,下一件事也是可以忍受的,如果没有更残忍的事情跳出来——"

"那么糟糕?"

"不,不会的。因为人们会渐渐习惯精神紧张地面对事情。但是当一个人不需要如此的时候,就不一样了——我无法告诉你这里面的差别。你——你——你——哦,该死,彼得,你知道你让我感觉上了天堂,但是你善意的谎言被拆穿后,自我解释的意义何在?"

"我不知道,我也不相信,但是过来让我试一下。这样好多了。"他的下巴抵住她的头顶,"不,你不是很沉重,你没必要侮辱我。听着,亲爱的,如果你说的是真的,或者有一半是真的,我就真的开始畏惧死亡了。在我这个年龄是很让人烦恼的。好了——你没必要道歉。我喜欢新的感觉。"

女人在他的臂膀里找到了天堂——而且加重语气并流利地告诉了他。他非常愉快地接受了,因为他并不在意她们找到了天堂还是香榭丽舍,只要这个地方让人心情舒畅就够了。他现在也同样地烦恼和困惑,好像什么人让他占有了一个灵魂。以严格的逻辑来讲,当然,他和任何其他人一样有权利拥有一个灵魂,但是骆驼和针眼之间可笑的相似性让这个要求像愚蠢的臆断一样如鲠在喉。这不是天堂王国。他

---

① 一首美国童谣中的主角。这首童谣大意是:杰克·斯普拉特不吃肥肉,他的妻子不吃瘦肉。结果你看到,他们一起吃饭的时候,盘子被舔得干干净净。

拥有地上的国度，这对他来说已经足够了：虽然现今最好装作既不渴望，也配不上她们。但是他的心中充满好奇的疑虑，好像他正在参与一件高不可攀的事情。好像他的整个身体被强迫放入一个绞干机，把那些无差别、即使到现在都朦胧、不可能理解的东西挤压出来。愉快，他想——不稳定的惊喜，肯定没有结果——也不可能变成他预想的那样。他做了一个精神上的姿态，像是驱走来打扰的蛾子，同时抱紧妻子的身体，好像提醒自己：这儿还有一个芳香的肉体存在。她回应以一个喜悦的呼噜声——这么一个荒唐的声音好像搬起了封印之石，激起他内心深处的大笑声。这种喜悦冒着气泡，跳跃着，迫不及待地想要见到阳光，这样，他的血液就可以与之共舞，他的肺部已经被这种急迫感和快乐的源泉汹涌到窒息了。

实际上，他既没有动也没有说话。他一动不动地坐着，让这种神秘的狂喜流遍全身。不管它是什么，它突然被释放了，被它的新自由陶醉了。它举止愚笨，这种疯狂让他着迷。

"彼得？"

"怎么了，夫人？"

"我身上带钱了吗？"

这种荒唐的枝节问题让他的源泉一下子喷到了天上。

"我亲爱的，小傻瓜，你当然带了。我们整个早晨都在签署票证。"

"是的，我知道，但是钱在哪儿？我的意思是，我可以写张支票吗？我在想，我从来没给我的秘书发过工资，而现在我身无分文，除了属于你的钱。"

"不是我的钱，是你自己的，由你支配。莫伯斯都解释了，你可能没听。但我知道你的意思，是的，你可以立刻写支票。为什么突然感觉如此穷困？"

"因为，罗切斯特先生，我不想穿着灰色的羊驼呢结婚。我把每分钱都用来给你带来荣耀了。我让可怜的布雷西小姐痛心了，我在最后的时刻从她那里借了约十先令加够汽油，才到了牛津。对，你笑吧！我确实杀死了骄傲——但是，哦，彼得！它死得非常可爱。"

"完满的祭礼。哈丽雅特，我真的相信你爱我。你不可能偶然做出如此不可言传、神圣无比的事情。有多疯狂——就有什么样的行动！"

"我想这样能让你开心。这就是为什么我没告诉你我从本特那里借来印章，给银行写了一封正式的申请单。"

"你的意思是你并不对我的胜利怀恨于心。多么宽容大量的女人！再跟我说点别的。比如地狱，还有别的东西，你是怎么付得起多恩的亲笔签名的？"

"因为一个特殊的努力。我给《惊悚杂志》写了一篇五千字的短文，他们就付给我四十几尼。"

"什么？那个年轻人用飞去来器杀死他姨妈的故事？"

"是的。那个讨厌的，像老诺阿克斯一样，脑袋撞在助理牧师家门廊的股票经纪人——哦，天哪！我把可怜的诺阿克斯都给忘了。"

"该死的老诺阿克斯！至少，也许，我该这么说。也许是真的。我记得那个助理牧师。第三个是什么？那个把氰酸放进杏仁糖霜里的厨师？"

"是的。你从哪儿搞到的这些低级的破烂？本特闲着的时候是不是也看上一眼？"

"不，他看画报。但是有一种东西叫——剪报社。"

"真的有吗？你收集剪报多长时间了？"

"到现在差不多六年了，是不是？它们被放在一个锁着的抽屉里，本特假装对此一无所知。当某些鲁莽、没脑子的评论者把我气得消化不良的时候，他就把怪脾气归罪于恶劣的天气。你又开始笑。我不得不在某些方面婆婆妈妈，该死，你没有用物质把我淹没。我曾经靠一个迟来的评论活了三个星期。残暴、邪恶的魔女——你可以说对不起了。"

"我不能对任何事表示抱歉。我已经忘了怎么做了。"

他沉默不语。那汪泉水已经变成了小溪在他的意识里轻声笑着，闪着光芒，融入一条宽阔的河流，河水洗干净了他的身子，并把他淹死在里面。说出来是不可能的，他只能在空虚中寻找避难所。妻子看着他，然后把脚放在座位上，以减轻他膝部承受的她的重力，并默许着他的情绪。

到底他们是否能从这无语的恍惚中成功地清醒过来，还是像墓地的塑像一样保持同样的姿势，一言不发到太阳下山，都还说不定。四十五分钟后，一个留着大胡子的老人赶着马车走上这条小路。他沉思着什么，看了他们一眼，没表示什么特别的好奇。但是魔咒被打破了。哈丽雅特立刻从她丈夫的膝盖上移动身子，站了起来。如果是在伦敦，彼得宁可死，也不愿意让别人看到自己在公共场合拥抱他人，可是这次，他却毫无尴尬的表情，还礼貌地向车夫问了一声好。

"我的车挡住你的路了吗？"

"不，先生，谢谢。不用费心。"

"今天是个好天气，"他踱步到大门前。那个人在检查自己的马。

"确实是个好天气啊。"

"这个地方真可爱。是谁放了一把椅子？"

"是乡绅，先生。那所大房子里的特雷弗先生。他为那些喜欢在星期日下午到这里采花的女士准备的。新教堂才建成不到五年，还有一些人去照管老墓地。那里已经不能埋新人了，但是乡绅说，为什么我们不把这里修得舒服一点呢？修这条小路也费了不少力气。"

"我们非常感谢他。这个日晷以前也在这里吗？"

车夫咯咯笑了。

"不，先生。常规工作，那个日晷，牧师清理老教堂的时候在垃圾洞里发现了它的顶端。比尔·马金兹先生说：'老磨盘外面的石头可以用来当漂亮的底座，我们还有点排水管可以放在中间。'吉姆·霍特里说：'我认识一个住在帕格海姆的人，他有六个古老的烟囱顶管要出售。那可以用吗？'于是他们告诉牧师，牧师告诉乡绅，他们把这些东西集中在一起。于是乔·杜登和哈里·盖茨在业余时间用灰泥把它们涂抹在一起。牧师把他的表放在上面，还有一本书，这样时间就能走得准了。你可以看见中间的东西，先生。当然，夏天的时候会有一个小时的误差，它用的是上帝的时间，我们用的是政府的时间。你问的这个问题很有趣。知道为什么吗？因为那个卖烟囱顶管的人昨天被发现死在自己的家里了，他们说这是一起谋杀案。"

"这是个奇怪的世界，是不是？这个村子叫什么名字？洛普斯利？非常感谢。你去喝点什么吧……顺便说一句，你的鞋后跟松了。"

车夫说他没注意，感谢先生告诉他。马车继续懒散地前进。

"我们该回去了。"彼得说，好像不太情愿的样子，"如果我们还来得及换衣服，参加牧师的酒会。我们要拜访一下这个乡绅。我决定把那个顶管要回来。"

第十五章　雪利酒——和苦味啤酒

傻子、伪君子、小人——男人！你们不能那样称呼我。

——乔治·李罗,《乔治·巴恩威尔》

哈丽雅特很高兴他们不怕麻烦地换了衣服。牧师的妻子（她隐约记得过去曾经在集市和画展上见过她，她还是一如既往的矮胖、和蔼可亲，脸颊上微微泛着红）为了这个场合特意穿上了黑色的蕾丝裙子，外面套了一件花团锦簇的绢丝大衣。她对他们笑脸相迎。

"可怜的小东西！真是麻烦你们了。很高兴你们能来看我们。我没给你们打电话，希望西蒙已经为此向你们道歉了。家里的活儿、教区和妇女协会的事务让我忙了一整天。请过来，坐在火炉旁。你们，当然，是老朋友了，亲爱的，虽然我想，你们并不记得我。让我丈夫帮你们把大衣脱下来。多么漂亮的斗篷！颜色真可爱。希望你们不要介意我这么说。过来，坐在沙发上吧，倚在绿色的靠垫上——这样你们看起来真像一幅图画……不，不，彼得勋爵，别坐在那上面。那是把摇椅，总是会把客人吓着。大多数男人喜欢这个，舒服而且柔软。

西蒙,你把那些香烟放在哪里了?"

"拿来了,拿来了。我希望这是你们喜欢的那种。我自己抽烟斗,恐怕对香烟不太懂。哦,谢谢,谢谢,不——在晚饭前不抽烟斗。我抽根烟换换口味。现在,亲爱的,你想加入我们小小的狂欢吗?"

"呃,我不太习惯,"古达克夫人说,"因为这个教区,你知道吗?这很荒唐,但是总要做出个榜样来。"

"这些挑剔的教区居民,"彼得划着一根火柴,劝说着,"已经被腐化得没希望悔改了。"

"很好,那我就来吧。"牧师的太太说。

"太好了!"古达克先生说,"这样才是个快乐的聚会。现在!我将使用我的特权来分发雪利酒。我相信我说的是对的,雪利酒是尼科蒂纳女神唯一没有怨言的酒。"

"确实如此,牧师先生。"

"啊!你证实了那个看法。我很高兴——真的很高兴你这么说。现在——啊,对了,你们想来点小饼干吗?天哪,品种真丰富啊!多么尴尬的财富!"

"它们被分门别类地放在盒子里,"古达克夫人简明地说,"人们管它们叫鸡尾酒饼干。我们上次在惠斯特牌戏会上吃过。"

"当然了,当然了!哪些是奶酪夹心饼干?"

"我想是这些,"经验丰富的哈丽雅特说,"还有那些长形的。"

"对!你真聪明。我应该请你当我的向导,这可是个美食的迷宫。我必须说,晚餐前,举行这样一个聚会真是个很棒的主意。"

"你们确定不会留下来和我们共进晚餐吗?"古达克夫人焦急地说,"或者就在这里住下?我们的客房已经准备好了。经历这么糟糕的事情之后,你们在塔尔博伊斯待得还舒服吗?我告诉我的丈夫,如果有什么我们能做的——"

"他忠实地传达了您的想法。"哈丽雅特说,"您真是个好人。但是我们真的没什么问题。"

"好吧,"牧师的妻子说,"我想你们想单独在一起,我也就不做那个爱管闲事的老家伙了。知道吗，我们的原则是为别人着想。我知道这是个坏习惯。顺便说一句，西蒙，可怜的小塞伦夫人非常不安。她今天早上病倒了，我们给她叫了护士。"

"哦，天哪，天哪！"牧师说，"可怜的女人！都是因为玛莎·拉德尔在法庭上说的那些话。我相信不会有什么问题的。"

"当然不会有问题。胡说八道。玛莎总爱显示她很重要。她是个心怀恶意的老东西。我还是忍不住要说，虽然现在他死了，那个威廉·诺阿克斯是个龌龊的老家伙。"

"当然不是那样的，亲爱的？"

"你怎么知道。但我的意思是，我不能因为玛莎·拉德尔不喜欢他就责怪他。西蒙，这一切对你而言都无所谓。你总是认为每个人都是仁慈的。而且除了园艺，你没跟他谈过别的事情。虽然事实上，一直都是弗兰克·克拉奇利在照管花园。"

"弗兰克真的是个非常聪明的园丁。"牧师说，"事实上，在各个方面都很聪明。他立刻就找到了我的汽车引擎上的毛病。我相信他能走得很远。"

"他和那个叫波莉的女孩走得有点太远了，如果你问我，"他的妻子反驳道，"该是他们让你贴出结婚预告的时候了。她母亲前两天来看我，梅森夫人。我说，您知道现在的女孩都什么样，她们很难控制。如果我是您，我应该跟弗兰克谈谈，看看他有什么企图。不管怎样，我们不能先谈教区的事情。"

"我会很抱歉，"牧师说，"说弗兰克·克拉奇利或可怜的威廉·诺阿克斯的坏话。我希望没什么大不了的，就是聊一聊。天哪！想想我上星期四早上拜访他的时候，他的尸体正躺在那里。我特别想见他，我记得。我想送他一盆岩生植物，他很喜欢的。今天早晨我亲自把它种在那里的时候，心里感到一丝忧伤。"

"你比他还喜欢植物。"哈丽雅特说，她环视了一下破旧的房间，桌子和架子上堆满花盆。

"恐怕我必须接受这个委婉的指责。我太沉迷于园艺了。我的妻子告诉我,我在这方面花了很多钱。我必须承认她说的是对的。"

"我说他应该购置一件新法衣,"古达克夫人大笑着说,"但是如果他更喜欢岩生植物,那是他的事情。"

"我想知道,"牧师惆怅地说,"诺阿克斯先生的植物怎么样了。我想它们将归艾吉·特威特敦所有。"

"我不知道,"彼得说,"所有的东西都要卖掉,我想,这样对债权人有好处。"

"天哪,天哪!"牧师大喊道,"我真的希望它们能得到好的照顾,特别是仙人掌。它们很娇嫩,今年已经快过去了。上星期四我从窗户往里看,心想,把它放在一个没有火的房间里很不安全。它应该在玻璃罩下面过冬。特别是那个挂在花盆里的大棵仙人掌。当然你们会把火生得很暖。"

"我们会的。"哈丽雅特说,"既然我们已经在您的帮助下把烟囱扫干净了。我希望您的肩膀不疼了。"

"还是有感觉,有点疼。但没什么大碍。只是一点擦伤……如果要出售的话,我想把仙人掌买下来——如果艾吉·特威特敦不想买下来留给自己。当然,也要征得您的同意,亲爱的。"

"说实话,西蒙,我觉得它们丑陋得令人讨厌。但是我也想给它们一个家。我知道你对那个仙人掌垂涎已久了。"

"我希望不是垂涎。"牧师说,"但是我恐怕得坦白,我很喜欢。"

"病态的激情。"他的妻子说。

"真的,亲爱的,真的——你不应该用这么夸张的词语。来吧,彼得夫人——再来一杯雪利酒。千万别拒绝!"

"我应该把豌豆放上吗,本特先生?"

正在整理起居室的本特踌躇了一下,接着匆忙地走向门口。

"我会在合适的时间照管这些豌豆,拉德尔夫人。"他抬头看了看挂钟,挂钟上显示的时间是六点过五分,"老爷对豌豆很挑剔。"

"他现在还这样吗?"拉德尔夫人好像把这当成聊天的机会,因为她出现在门口,"就像我的伯特。'妈妈,'他总是说,'我讨厌硬的豌豆。'可笑。它们总是硬的。"

本特没发表评论,她又说:"你要我给这些东西上光,你看,很漂亮了,是不是?"

她想让本特检查一下黄铜烤面包叉和从烟囱里找到的意外地变成碎片的烤肉叉转动器。

"谢谢。"本特说。他把烤面包叉挂在壁炉旁边的钉子上,想了一会儿,又把另外一个样本立在古董架上。

"滑稽!"拉德尔夫人继续说,"贵族们关爱旧东西的方式真滑稽。古董!要我说就是垃圾。"

"这件东西很古老。"本特严肃地回答。他往后退了退,看看效果。

拉德尔夫人吸了吸鼻子。"想想它们以前在烟囱里面,我宁可要一个煤气炉。啊!我喜欢那个——和我住在比格尔斯韦德的姐姐的东西一样。"

"这之前有人被发现死在煤气炉里。"本特冷酷地说。他拿起主人的宽松运动夹克,摇了摇,好像要估摸它的重量。然后从一个口袋里掏出一个烟斗,一个烟草袋和三包火柴。

"上帝啊,本特先生,你别那样说话!这所房子里的尸体还不够多吗?他们怎么还能住在这里,我不知道!"

"老爷和我对尸体已经习以为常了。"他又取出几包火柴盒,在兜底发现一个火花塞和一个螺丝钻。

"啊!"拉德尔夫人深深地叹了口气,"他高兴,她也高兴。啊!看来她很崇拜脚下的土地。"

本特从另一个口袋里掏出两块手绢,一块男用的,一块女用的,他肆意地比较着。"一个已婚的年轻女人的感情。"

"幸福的日子。不过现在还早,本特先生。男人都说完了,做完了才会做回真正的自己。比如说,拉德尔,他喝点酒就打我——但他是个好丈夫,总是按时把钱拿回家。"

本特把火柴盒分布在房间的各个角落,说:"请求您别做这样的比较。我已经伺候老爷二十年了,他是难得一见的性情和蔼的人。"

"你又没嫁给他,本特。你可以提前一个月告退。"

"我希望知道自己的处境很好,拉德尔夫人。伺候二十年,据我所知,他从来没跟我说过一句重话,也没做过什么不公正的事。"他的声音明显暴露出他有点激动。他把一个粉盒放在古董架上,然后充满爱意地把宽松运动夹克叠起来,搭在胳膊上。

"你很幸运。"拉德尔夫人说,"可怜的诺阿克斯先生就没这么走运了,虽然他已经死了,但是我还是要说,他是一个坏脾气、吝啬、粗鲁、可怜的老绅士。"

"绅士,拉德尔夫人,对我来说是个灵活的词。老爷他——"

"你瞧!怎么样!"拉德尔夫人打断他的话,"如果没有爱,年轻的梦怎么实现啊?"

本特的眉头紧紧皱在一起。"你指的是谁,拉德尔夫人?"他问道。

"怎么了,当然是那个弗兰克·克拉奇利了!"

"哦!"本特的气消了,"克拉奇利?他是你的备选?"

"去你的,本特先生!我?当然不是!是艾吉·特威特敦,跟在他屁股后面像养了一只小猫的老猫。"

"真的吗?"

"在她那个年纪!老来俏!真让我恶心。如果她知道了我了解的事情——看那里!"

这个有趣的爆料被克拉奇利的到来打断了。

"晚上好,"他向大家打了一个招呼,"今晚有什么特殊的指示吗?我跑过来,心想也许还有什么事要我做。这一两个小时里,汉考克先生不需要我帮忙。"

"老爷说汽车该清洗了。但是现在车出去了。"

"啊!"克拉奇利说,明显地表示,八卦可能会变得毫无节制,"他们今天过得很愉快。"

他本来想坐下,看到本特的眼神,于是假装不在意地靠在椅子边上。

"你听说葬礼定在哪天了吗?"拉德尔夫人问。

"明天十一点半。"

"早就该举行了——他都躺在那里一个多星期了。我想,不会有多少人流泪的。也许有一两个还能忍受诺阿克斯先生的人,如果不算放过他的我的话。"

"看来审讯的时候也没得到更多的信息。"克拉奇利观察到。

本特到古董架前挑选酒杯。

"隐瞒起来,"拉德尔夫人说,"这就是他们想要的,试图说明塞伦和他之间没什么。那个柯克,当特德·普多克问他们所有问题的时候,他表现得很高兴。"

"在我看来,他们那个部分进展速度过快。"

"不想让任何人怀疑一个警察会参与进来。当我开始说话的时候,你看到那个验尸官是怎么让我闭嘴的。啊!但是,报社记者倒是很想知道。"

"我可以问一下,你跟他们交流你的看法了吗?"

"我也许可以,也许不可以,本特先生。我正要讲话的时候,老爷就出现了,他们就都扑向他了。他和他的太太明天就都上报纸了。他们也给我和夫人合了一张影。你很高兴在报纸上见到你的朋友们吧?"

"老爷最隐秘的感情的伤痛不会给我带来满足感。"本特责备地说。

"啊!如果我告诉他们我是怎么看待乔·塞伦的,他们会让我上头条呢。我想他们让那个年轻人逍遥法外了。我们可能都会被杀死在床上。当我看见可怜的诺阿克斯先生的尸体时,我就对自己说:'乔·塞伦都在这里做了什么——他是最后一个见到活人的吗?'"

"这么说,你已经知道,罪行是上个星期三晚上犯下的了?"

"呃,当然我——不,我不能,不能那么说——这样吧,本特先生,你不是想从一个女人的嘴里撬开点什么吧——我——"

"我想,"本特说,"你最好小心一点。"

"说得对。"克拉奇利同意他的看法,"你总是胡乱猜测,你在给自己找麻烦。"

"好啊,"拉德尔夫人反驳着,往门口退去,"我不能忍受有人对诺阿克斯先生心存特别大的怨恨。不像我不想提到的某些人,为了他们的四十英镑。"

克拉奇利瞪着往后退的她。

"全能的上帝啊,这根舌头!我想知道她自己的唾沫是不是能毒死她?污秽的老鹦鹉!"

本特没说话,拾起彼得的宽松运动夹克和散落在其他地方的衣物,向楼上走去。克拉奇利收回他警惕的眼神,考虑到礼仪规范,慢慢走到炉边。

"哦!"拉德尔夫人说。她拿进来一盏点亮的灯,把它放在房间另一头的桌子上,微笑着对克拉奇利说:"在黄昏中等待亲吻吗?"

"你什么意思?"克拉奇利闷闷不乐地问。

"艾吉·特威特敦正骑着自行车从山上下来。"

"上帝!"年轻人朝窗外匆忙地看了一眼,"就是她。"他揉了揉后脑勺,咒骂了一句。

"你是怎么回应女人的祈祷的?"拉德尔夫人说。

"现在,听着,玛莎。波莉才是我的女人。你知道的。我和艾吉·特威特敦没有任何关系。"

"你和她没有关系——但是她和你也许有关系。"拉德尔夫人精辟地回答,接着不等他回答就走了出去。本特从楼上走下来,发现克拉奇利正若有所思地拿起拨火棍。

"我可以问一下,你为什么在这里逗留吗?你的工作在外边。如果你想等老爷,可以在车库里等。"

"听着,本特先生,"克拉奇利诚恳地说,"让我在这儿待一会儿吧。艾吉·特威特敦就在这附近,如果她看见我——你明白我的意思吗?她有点——"

他意味深长地摸着自己的额头。

"哼！"本特说。他走到窗前看到特威特敦小姐在门前下了车。她把帽子弄直，在挂在车把上的篮子里翻找着什么。本特立刻拉上窗帘。"好的，但是你不能待太长时间。老爷和夫人马上就回来了。怎么了，拉德尔夫人？"

"我已经像你说的那样把盘子摆好了，本特先生。"那个驯服却自以为是的女人说。本特皱皱眉。她的围裙角里卷着什么东西，她一边说话，一边摩擦着那个东西。他感觉教会拉德尔夫人厅堂礼仪需要很长时间。

"我又找到一个蔬菜盘——不过是个破的。"

"很好。你可以把这些杯子拿出去，洗一洗。好像也没有多少醒酒瓶了。"

"别担心，本特先生，我会尽快把那些瓶子洗干净的。"

"瓶子？"本特说，"什么瓶子？"他的大脑里立刻产生可怕的怀疑，"你手里拿的是什么？"

"什么，"拉德尔夫人说，"你带过来的一个又旧又脏的瓶子。"她得意扬扬地展示着战利品，"都这个样子了。到处是白涂料。"

本特感到天旋地转，他抓住椅子的边角。

"我的上帝！"

"你不能把那样的东西放在桌子上，是不是？"

"女人！"本特大喊着，把瓶子从她手里夺过来，"那是一八九六年的科伯恩①。"

"哦，是吗？"拉德尔夫人迷惑地问，"那就对了！我也觉得是喝的东西。"

本特非常艰难地控制着自己。已经为了安全起见把箱子放在食品储藏室了。警察出入地下室，但是根据英格兰的法律，食品储藏室是私人所有。他用颤抖的声音说：

"我相信，你没有碰过其他的瓶子！"

---

①一种酒的产地。

"就是把它们打开包装放好了。"拉德尔夫人高兴地向他保证,"那些箱子就比较方便用于引火了。"

"该死!"本特大喊道。面具立刻脱落了,他像一只埋伏在灌木丛中,牙齿和爪子都发红的老虎一样跳了过来。"该死!你能相信吗?这是老爷最好的酒。"他把颤抖的双手举向空中,"你这个肮脏的多管闲事的老婊子!你这个无知的东西,到处乱插一杠子的老家伙!谁让你去食物储藏室乱摸乱碰了?"

"真的吗,本特先生!"拉德尔夫人说。

"快去!"克拉奇利别有意味地说,"门口有人。"

"从这里滚出去!"本特毫不介意地怒吼道,"在我把你的皮揭下来之前!"

"呃,我肯定。我怎么知道呢?"

"滚!"

拉德尔夫人退身出去,却带着尊严。

"什么样子!"

"以后确保你的平足走好,玛莎。"克拉奇利说,露齿而笑。拉德尔夫人出现在门口。

"此后人们就可以为所欲为了。"拉德尔夫人说完离开了。

本特把那瓶被侮辱的酒抱在怀里摇晃着,好像在给它举行哀悼礼。"所有的酒!所有的酒!一共八瓶!都给摇坏了!老爷把它放在车后,开车的时候那么小心,那么轻柔,就好像唯恐惊醒睡梦中的孩子。"

"呃,"克拉奇利说,"从它今天下午来帕格福德的路况判断,那可是个奇迹。我和那辆老出租车都快被扔出公路了。"

"两个星期之内,一滴都不能喝了——他还想晚饭后来一杯呢!"

"呃,"克拉奇利又说,带着旁观者清的口吻,"反正他很不走运!"

本特大喊一声:

"这个房子被诅咒了!"

他转过身的时候,房门被用力推开,特威特敦小姐走了进来,听到这一段发泄后,她尖叫着退到一边。

"特威特敦小姐来了。"拉德尔夫人迫不及待地多嘴道。

"哦,亲爱的!"可怜的女人气喘吁吁地说,"请您原谅我,呃,彼得夫人在家吗?我给她带来了一个……哦,我想,他们出去了……拉德尔夫人真蠢……也许……"她可怜兮兮地看着一个男人,接着又看另一个男人。本特振作精神,重新戴上面具,这无情的变身让特威特敦小姐很不自在。

"如果您不觉得麻烦,本特先生,是否可以告诉彼得夫人,我给她带了几只自己家鸡下的蛋?"

"当然,特威特敦小姐。"失礼已成事实,无法补救了。作为依附于这所房子的管家,他谦卑而仁慈地接过特威特敦小姐手中的篮子。

"暗黄色的奥品顿鸡①,"特威特敦小姐解释道,"它们——它们下的蛋是漂亮的棕色,不是吗?我想,也许——"

"夫人一定很感谢你的关心,你可以等一下吗?"

"哦,谢谢……我不知道……"

"他们很快就回来了,从牧师家里。"

"哦!"特威特敦小姐说,"是的。"她很无助地坐在本特让给她的椅子上,"我只是想把这个篮子给拉德尔夫人,但是她看起来好像很不痛快。"

克拉奇利短促地笑了几声。一两次尝试着溜走,但是本特和特威特敦小姐挡在他和门之间。本特好像很高兴趁这个机会解释。

"我刚才很不痛快,特威特敦小姐。拉德尔夫人猛烈地摇晃老爷的好酒,本来好好地摆在那里的。"

"哦,好可怕!"虽然她没听懂,还是抓住这个灾难表示同情,"弄坏了吗?我相信'猪与哨声'应该有很多好酒——只是太贵了——四先令六便士才能买一瓶,而且,还不能卖空瓶。"

---

①英国奥品顿产的一种大的家鸡。

"我恐怕，这次可不止这么多。"本特说。

"如果他们想喝我酿的欧洲防风草酒，我很高兴——"

"哼！"克拉奇利说，他突然用拇指指着本特怀里的瓶子，"那个了不起的东西能有多少钱？"

本特再也无法忍受。转身就走。

"这一打值两百零四先令！"

"天哪！"克拉奇利喊道。特威特敦小姐不敢相信自己的耳朵。

"那打什么？"

"酒瓶！"本特说。他气急败坏地走出去，耷拉着肩膀，坚定地关上门。特威特敦小姐用手指迅速地算了算，然后沮丧地转向一脸嘲笑的克拉奇利，不再避免交谈。

"两百零四——十七先令一瓶！哦，不可能！这也……太多了！"

"对。能把你我杀了，是不是？一个家伙曾经从自己兜里掏出四十英镑，还以为丢不了。他做到了吗？没有！"

他走到壁炉边，朝火里吐了口痰。

"哦，弗兰克！你不能这么刻薄！你不能期望彼得勋爵——"

"'彼得勋爵！'——你怎么能直呼他的名字？你以为你是谁？"

"这才是称呼他的正确方式，"特威特敦小姐坐起来说，"我非常清楚怎么称呼有地位的人。"

"哦，是的！"园丁嘲讽地说，"你还管他讨厌的男仆叫先生呢。算了吧，我的女孩。你和我们一样都应该管他叫老爷……我知道你母亲是个中学教师，好吧。你父亲是给老特德·贝克养牛的。如果她嫁给一个比她地位低的人，也就没什么了不起的了。"

"我相信，"特威特敦小姐声音颤抖地说，"谁都能说，就你不该说这样的话。"

克拉奇利低下头。

"就是这样，不是吗？你想让我知道你是在降低身份与我交往，是不是啊？好吧。你去和贵族们开怀畅饮。彼得勋爵！"

他把手猛地插进口袋里，生气地走到窗前。他打算争吵的决心如

此坚定,连特威特敦小姐都不会误解。这只能出于一个原因——致命的淘气,她摇了摇手指,指责道:

"怎么了,弗兰克,你这个傻瓜!你肯定是吃醋了!"

"吃醋!"他看了看她,大笑起来。他虽然笑得把牙齿都露出来了,可是并不开心,"太好了!因为他有钱,就是因为这个!什么意思?开始朝他挤眉弄眼了?"

"弗兰克!他是个已婚的男人!你怎么能这么说呢?"

"哦,他结婚了。好啊!绑得结结实实的。正好落入圈套里。'是的,亲爱的!''不,亲爱的!''快点拥抱我,亲爱的。'很美好,是不是?"

特威特敦小姐是这么想的,也是这么说的。

"我想,看到两个人如此深情地爱着彼此,确实很美好。"

"上层社会的浪漫。你想成为她,是不是?"

"你不会真的以为我想和别人交换位置吧?"特威特敦小姐大喊道,"但是,哦,弗兰克!如果你能和我立刻结婚——"

"啊,是的!"克拉奇利感觉很满足地说,"你的舅舅诺阿克斯给车轮安装了制动装置,是不是?"

"哦!——我一整天都想见到你,和你谈谈我们该怎么办。"

"我们要做什么?"

"不只是为了我自己,弗兰克。我会为了你拼尽全力的。"

"那就太好了。我的修车厂怎么样?如果不是因为你的甜言蜜语,几个月前我就能从那个老魔鬼手里拿到那四十英镑。"

特威特敦小姐在他愤怒的眼神面前变得恐惧起来。

"哦,请别对我这么动怒。我们两个人谁也不知道会这样。哦!还有一件糟糕的事。"

"现在又怎么了?"

"我——我——我攒了一点小钱——东拼西凑的一点,你知道——我在储蓄银行开了一个账户,里面存了大约五十英镑——"

"五十英镑,呃?"克拉奇利的舌头温柔了一点,"那确实是一笔小钱……"

"我想把它用在修车厂上。对你来说也是个惊喜——"

"哦,但是出了什么差错呢?"看到她祈求的眼神和瘦骨嶙峋的、紧张搓动的双手,他的火气又回来了,"邮局破产了?"

"我——我——我把它借给舅舅了。他说他缺钱——人们都不付账给他。"

"好了,"克拉奇利不耐烦地说,"我想,你有收据。"他异常激动,"那是你的钱。他们不能占着不给。你得把钱拿回来——你有收据。你把收据给我,我去管麦克布赖德先生要。不管怎样,也可以抵上我那四十英镑。"

"但是我从来没想管舅舅要过收据。亲戚之间不能这样。我怎么能那么做呢?"

"你从来没想过?没有任何书面的东西?——都他妈的是傻子!"

"哦,亲爱的弗兰克,我很抱歉。一切好像都错了。但是你知道,我做梦也没想到——"

"不,我表现得有点不同,我来告诉你。"

他恶狠狠地咬着牙,用鞋跟踢着壁炉里的木头,火星四溅。特威特敦小姐可怜巴巴地看着他。然后一些希望支撑住了她。

"这是事实。"他承认道,"他早就该这样了。"

特威特敦小姐面色绯红,她看见了成功的可能性。她急切地盼望着光明的未来。

"我确信他会这样。我们本可以立刻结婚,在那个小小的农舍里——你知道——在主路上,就是你说的那个地方——停着很多汽车的地方。我也可以好好养我的暗黄色奥品顿鸡。"

"你和你的暗黄色奥品顿鸡。"

"我还可以教授钢琴课程。我能找到学生。站长家的小埃尔希——"

"小埃尔希个屁!现在,听好了,艾吉,该到我们摊牌的时候了。我们是因为你舅舅的钱结合在一起的。这是其一,明白吧!这是生意。

但是如果我从你那里拿不到钱,一切就都结束了,你明白吗?"

特威特敦小姐发出一声低吟。他粗鲁地继续说:

"一个想开始生活的男人需要一个妻子,明白吗?回到家里有个可爱的小东西,她可以拥抱——不是一个骨瘦如柴的老母鸡,带着一窝暗黄色奥品顿小鸡。"

"你怎么可以这样说话呢?"

他粗暴地抓住她的肩膀,把她的脸转向画着玫瑰花的镜子。

"看看镜子里的你自己,你这个老傻子!你想让一个男人娶他的祖母吗?"

她往回退缩,他把她推开。

"伴随女学究一起发生的,是你的'注意你的举止,弗兰克','注意你的问题',还有对老爷拍马屁——'弗兰克真聪明'——去死吧!你让我看起来像个大傻瓜。"

"我只是想让你和大家融洽相处。"

"是的——拿我来炫耀,好像我是你的附属品。你还想把我当做银茶壶一样带上床——我想,银茶壶对你的用处是一样的。"

特威特敦小姐用双手捂住耳朵。"我不想听你说话——你疯了——你——"

"你以为你可以用你舅舅的钱买下我,是不是?好啊——钱呢?"

"你怎么能这么残忍呢?我为你做了那么多事情。"

"你为我做事情,好。让我成为笑柄,让我的生活一团糟。我想你肯定到处散布谣言,说我们就差找牧师贴出结婚预告了——"

"我什么都没说过——真的,真的,从来没说过。"

"哦,是吗?你应该听老拉德尔谈论过。"

"如果我说了,"特威特敦用最后的绝望气息喊道,"又有什么不可以呢?你多少次说你喜欢我——你说过你喜欢我——你说过你喜欢我——"

"哦,别吵了!"

"但你确实这么说的。哦,你不能,你不能这么残忍!你不知道——

你不知道——弗兰克，求你！亲爱的弗兰克——我知道这让你很失望——但是你说的不是真的——你不能！我——我——我——哦！请对我好一点，弗兰克——我是如此的爱你——"

她恳求着，癫狂地扑到他怀里。她湿漉漉的下巴和青筋暴露的身体刚一接触他的身体，他就勃然大怒起来。

"该死，滚开！把你该死的爪子从我的脖子上拿开！闭嘴！我不想见到你，看见你就恶心！"

他松开她的手，重重地把她一把推倒在椅子上，她擦伤了，帽子的一边磕在椅子沿上。当他看着她抽着鼻子、屈辱无助的惨相高兴时，戴姆勒轿车的轰鸣声在门口响起，车停了下来。特威特敦小姐抽泣着，吞咽着唾沫，疯狂地寻找她的手绢。

"铃声响了。"克拉奇利说，"他们正往里面走。"

碎石路上的脚步声伴随着两个人轻柔的歌声。

> "和我美丽的鸽子
> 唱一天一夜，
> 和我美丽的鸽子
> 唱一天一夜，
> 唱歌的女孩
> 没有丈夫——
> 我的女友
> 它是好的，好的，好的，
> 我的女友
> 它安然入睡。"

"起来，你这个傻子！"克拉奇利一边说，一边找他的帽子。

> "唱歌的女孩
> 没有丈夫，

唱歌的女孩

没有丈夫——"

他在窗台上找到了帽子，戴在头上。"你最好立刻收拾干净。我走了。"

女人的歌声又响起了，独自欢欣地唱着：

"不唱我很难

因为我有一个漂亮的——"

如果不是歌词，那就是旋律刺痛了特威特敦小姐傲慢的意识，当两个人又开始合唱的时候，她可怜地从坚硬的椅子上站起身来。

"我的女友

它是好的，好的，好的，

我的女友

它安然入睡。"

她抬起泪痕斑斑、愁容密布的脸。但是克拉奇利走了——歌词又钻进她的耳朵。她的母亲，那个女教师的法语歌本里也有这首歌——当然她不能教给学校的孩子。外边的过道里传来声音。

"哦，克拉奇利！"随意，又带着命令口气，"你可以把车停好。"

克拉奇利面色苍白而毕恭毕敬，好像从来不会使用任何残忍言辞：

"好的，老爷。"

从哪里出去？特威特敦小姐擦掉脸上的泪水。不能从过道，他们会从那里经过——弗兰克在那里——本特可能从厨房出来——彼得勋爵该怎么想呢？

"还有什么吩咐吗，老爷？"

"没有了，谢谢！就这样吧。晚安！"

门环在他手下转动。然后传来夫人的声音——温暖而友好：

"晚安，克拉奇利！"

"晚安，老爷。晚安，夫人。"

门打开的一刹那，特威特敦小姐因为恐惧，仓皇地逃向楼上的卧室。

第十六章　婚姻的王冠

诺伯特：不要解释——随它去吧。
这是生命的高度。
康士坦茨：你的，你的，你的！
诺伯特：你和我——
为什么要在乎我们为何蜿蜒至此。
我是迷宫的中心！人们拼死寻找这个地方，却让我们找到了。
　　　　　　——罗伯特·布朗宁[①]，《在阳台上》

"好了，"彼得说，"我们又回来了。"他把妻子的斗篷从肩上撩起，轻柔地问候了一下她的后脖颈。

"光荣地履行了义务。"

他的眼神跟着妻子穿过房间。"履行职责真给人灵感。给人一种崇

[①] 罗伯特·布朗宁（Robert Browning, 1812—1889）英国诗人，剧作家，主要作品有《戏剧抒情诗》、《环与书》，诗剧《巴拉塞尔士》。

高的感觉。我感觉有点头昏眼花。"

她躺倒在沙发上，懒洋洋地枕着胳膊。

"我也有点陶醉。难道是牧师的雪利酒在作祟？"

"不，"他坚决地说，"不可能。虽然我想我的情况更糟。不多，不会超过一次。不——只是善行的刺激效果——或许是乡下的空气——或者什么东西。"

"让人头晕，却也美好。"

"哦，的确。"他把围巾从脖子上解下来，和斗篷一起挂在高背椅上，然后犹豫不决地移步到长沙发背后的位置，"我是说，的确。就像香槟。几乎是恋爱的感觉。但我不认为是因为这个，你呢？"

她仰起脸，微笑地看着他。他看到她古怪的倒着的脸。

"哦，为什么不呢。"她抓住他在她胸前游走的手，把它们放在她的下巴处，固定在那里。

"我想不是的。因为，毕竟，我们结婚了。或者我们没有？一个人不可能又结婚又恋爱。我的意思是，不会和同一个人。"

"当然不会。"

"可惜。因为今晚我感觉自己非常年轻而愚蠢，温柔而纠缠，就像个涉世未深的年轻人。绝对浪漫。"

"老爷，这对于你这种条件的绅士来说简直是可耻的。"

"我的精神状况是令人震惊的。我让管弦乐队的小提琴开始演奏，当灯光师打开月光的时候听到轻柔的音乐……"

"让歌手轻声合唱。"

"该死，为什么不呢？我要听我的轻音乐。放开我的手，女孩！让我们看看英国广播电台能为我们做什么。"

她放开他。她的眼睛跟随他来到半导体柜前。

"在那儿站一会儿，彼得。不——别转过来。"

"怎么了？"他顺从地站着，"我这张不幸的脸让你不安了？"

"不——我只是在欣赏你的脊骨，就这些。它那有弹性的线条真是悦目，我完全沉溺其中。"

"真的吗？我看不见。但是我必须告诉我的裁缝。他总是想让我明白是他创造了我的后背。"

"他是不是还想让你想象是他创造了你的耳朵，后脑和鼻梁呢？"

"什么恭维话对我这个可怜的性别都不过分。我正在像一个咖啡机一样发出欢快的咕噜声。但是你可能选择了一个更容易做出响应的面容。很难表达对后脑的热爱。"

"就是这样。我想拥有无望激情的奢华。我可以对自己说，那就是他可爱头颅的后部，我说什么都不能将其软化。"

"我可不敢肯定。然后，我会尽量满足你的要求——我的真爱得到了我的心，但是我的骨头还是自己的。虽然，就在这时，不朽的骨头服从了必死的肉体和精神。我怎么说到这儿了？"

"轻柔的音乐。"

"对。现在，我年轻的波特兰行吟诗人！弹奏吧！你们这些戴着桃金娘花冠的男孩，常春藤遮盖着的少女们，一起演奏吧。"

扬声器发出声音。"床应该事先仔细地铺好，用优质的、腐烂的马粪或者……"

"救命啊！"

"就到这里吧。"彼得关掉扬声器。

"这个男人的脑子很肮脏。"

"恶心。我应该给约翰·赖特先生写封义正词严的信。一个男人说出最纯粹圣洁的感情——当他感觉自己是加拉哈①、亚历山大和克拉克·盖博②的灵魂附体的时候，是多么美妙的事情——当他骑在云端，坐在空气中——"

"亲爱的！你确定不是因为雪利酒吗？"

"雪利酒！"他飞升的情绪突然化作一阵亮晶晶的雨，"夫人，我对着圣洁的月亮发誓……"他停下来，朝着阴影处做了一个手势，"喂！你们把月亮挂反了。"

---

① 亚瑟王传奇中的圣洁骑士。
② 克拉克·盖博（Clark Gable，1901—1960），二十世纪三十年代好莱坞最著名的男明星。

"灯光师太不认真了。"

"又醉了,又醉了……也许你说得是对的,雪利酒……该死的月亮,它漏水。哦,不只是月亮,不要把潮汐吸引过来,让我淹死在你的球体里!"他用手绢把灯柱包住,放在桌子对面,她的旁边,这样,她橙红色的裙子就在灯光下像旗帜一样闪亮。"这样好多了,我们再重新来一次。夫人,我对着月亮发誓。那果树顶部的银光……看那些果树。是特别用天价进口的……"

他们的声音微弱地传到在楼上房间瑟缩的艾吉·特威特敦的耳朵里。她本打算从后楼梯逃走,但是那里站着拉德尔夫人,正在连篇累牍地劝告本特,他从厨房传出来的声音几乎听不到。显然在她离开之前,又加了几句新的评论。她随时可能离开,然后——

本特静悄悄地进来,特威特敦小姐没有听到,直到他低沉有力的声音突然从她下方发出:

"我没什么可说的了,拉德尔夫人。祝您晚安。"

后门被用力地关上了,还有门闩滑动的噪声。这样就不可能悄无声响地逃走了。又过了一会儿,楼梯上传来脚步声。特威特敦小姐匆忙地躲入哈丽雅特的卧房。脚步声更近了。路过楼梯的分叉口,他们进来了。特威特敦小姐往更深处退,她惊奇地发现自己身处充满淡淡发用香水和哈里斯花呢味道的男人卧房。她听到隔壁房间点燃蜡烛、拉动窗帘的声音,玻璃杯柔和的撞击声,水倒入罐子的声音。接着门插销被抬起,她气喘吁吁地逃入楼梯的黑暗之中。

"……罗密欧是个绿色的傻瓜,所有他的树都结着绿色的苹果。坐在那里的是阿荷利巴①,演你的王后,戴着葡萄叶王冠,手执蒲草做的权杖。把你的斗篷借给我,我来演国王和他所有的骑兵。说啊,我祈求你,用你敏捷的舌头,说啊!我雪白的马烦恼地吐着白沫——对不起,

---

① 《圣经》里行淫的女人。

我念错诗了,但是我在用爪子抓地。继续说,金嗓子女士。'我是阿荷利巴王后——'"

她大笑,任凭那绝妙的废话滔滔不绝:

"我的嘴唇愚蠢地亲吻了'啊'这个词

奇怪的嘴唇叹了口气,从此病得越来越重。

上帝给我造就了我的皇家床;

因此它里面的材料是红的,

外面的材料是象牙色。

我口腔里的热量是火焰的热量

对国王来了情欲

对骑手骑着皇室的——

彼得,你会把那个椅子弄坏的。你这个疯子!"

"我最亲爱的,我应该是。"他把斗篷扔在一边,站在她面前。"当我试图严肃的时候,我就是个该死的傻子。"他的声音颤抖着,带着不明确的弦外之音,"想一想——嘲笑吧——一个出身良好、举止优雅、富有身价的四十五岁英国男人穿着一件硬前襟的衬衫,戴着一副眼镜,在妻子面前跪下身去——对他的妻子来说,这样会更滑稽——然后对她说——说——"

"告诉我,彼得。"

"我不能,我不敢。"

她抬起头,看到那张脸,让她的心脏停止跳动。

"哦,亲爱的,不要……不要那样……这样的幸福太可怕了。"

"啊,不,不会的。"他快速地说,在她的恐惧中找勇气。

"所有其他的事情与他们的破坏打成平局,

只有我们的爱没有衰减;

这没有明天,也没有昨天;

它运行着，从来没有远离我们运行

　　但是忠诚保持他的第一、最后、永恒的一天。"

"彼得——"

他摇摇头，因为自己的无能为力而恼怒。

"我怎么能找到语言呢？都让诗人们说光了，现在我不知道该说什么，也不知道该怎么做——"

"头一次期待有人教我那意味着什么。"

他感觉难以置信。

"我这么做了吗？"

"哦，彼得——"不管怎样，她必须让他相信。因为，他相信太重要了。"我的一生都在黑暗中徘徊——但是现在我找到了你的心——我满足了。"

"一切美妙的词语最终会归结为什么呢？——我爱你——我和你在一起很舒服——我回家了。"

　　房间里一片寂静，特威特敦小姐以为里面一定是空的。她一个台阶一个台阶轻轻地往下走，唯恐本特听到声音。门微微敞开，她一英寸一英寸地推开。灯已经被移动了位置，她发现自己处于一片黑暗之中——但是毕竟房间不是空的。在房间的远处，灯光照映的光环下，两个明亮的人形像图片一样一动不动——女人穿着火焰般的裙子，胳膊环抱着男人弯下的肩膀，他金色的脑袋靠在她的膝盖上。他们如此安静，即使她左手戴的红宝石都在平稳地发着光，没有闪烁。

　　特威特敦小姐呆若木鸡，既不敢前进，也不敢后退。

　　"亲爱的。"轻的如同一声耳语，她说话的时候还是没有移动身体。"我的心是心。我亲爱的爱人和丈夫。"她一定加重了拥抱，因为那块红色的石头突然闪了一下。"你是我的，你是我的，全部是我的。"

　　他的头抬起来，胜利的声音回荡着：

"你的,就像我一样,都是你的。我所有的错误,我所有的疯狂,都是你的,永远是你的。这可怜的、激情的身体有一双手可以握住你,有一双嘴唇可以对你说,我爱你——"

"哦!"特威特敦小姐发出一声窒息的抽泣,"我不能忍受了!不能忍受了!"

这一幕像气泡一样喷出来。主要演员突然跳起身来:

"该死的!"

哈丽雅特站起来。她狂喜的情绪被突然打断,出于快速保护彼得的愤怒,她的声音比她自己知道的还要刺耳:

"谁在那里?你在那里做什么?"她从光圈中走出来,注视着外面,"是特威特敦小姐吗?"

特威特敦小姐无言以对,而且超乎想象地恐惧,她继续歇斯底里地哽咽着。一个严厉的声音从壁炉方向传过来:

"我知道我一定看起来很愚蠢。"

"发生了什么事情。"哈丽雅特的声音变得温柔了一些,向她伸出一只手。特威特敦小姐找寻到她的声音:

"哦,原谅我——我不知道——我不想——"她对自己悲惨遭遇的回忆占了恐慌的上风,"我是如此的不幸。"

"我想,"彼得说,"我最好去看看我的波尔多葡萄酒。"

他安静而迅速地退出身来,甚至忘了关门。但是不祥的话已经潜入特威特敦小姐的意识之中。新的恐惧又让她淌下泪来。

"哦,天哪,哦,天哪。波尔多葡萄酒!现在他又要生气了!"

"上帝!"哈丽雅特完全困惑地喊道,"到底怎么了?这是怎么回事?"

特威特敦小姐颤抖着。过道里一声"本特"的大喊警告她危机已经迫在眉睫。

"拉德尔夫人对波尔多葡萄酒做了些可怕的事情。"

"哦,我可怜的彼得!"哈丽雅特说。她焦急地听着。本特的声音,慢慢减弱成不断解释的低语。"哦,天哪,哦,天哪,哦,天哪!"特威特敦小姐呻吟着。

"那个女人怎么可以这么做？"

特威特敦小姐真的不敢肯定。

"我肯定她摇晃了瓶子。"她支吾着说，"哦！"

痛苦的大喊声让空气凝重起来。彼得的声音上升为哀号：

"什么！我所有漂亮的小鸡和他们的母鸡？"

最后一个词在特威特敦小姐听起来痛苦得就像一个诅咒。

"哦！我真的希望他不会很暴力。"

"暴力？"哈丽雅特半开玩笑，半生气地说，"哦，我想不会。"

但是恐慌是会传染的……经验表明，越是经过磨炼的男人越是会把他们的火气撒在男仆身上。两个女人依偎在一起，等待着爆发。

"好吧，"远处的声音说，"我能说的是，本特，不要再让类似的事情发生……好吧……我的上帝，你不应该告诉我这个……当然你不能……我们最好去看看那些酒瓶。"

声音渐渐平息，两个女人终于可以更自由地呼吸了。男性暴力的可怕威胁带着阴影离开了这个房间。

"好了！"哈丽雅特说，"毕竟不是很糟糕……我亲爱的特威特敦小姐，发生了什么？你浑身颤抖……当然，当然你不会以为彼得真的要——到处乱扔东西什么的，是不是？过来，坐在火炉边。你的手冰凉。"

特威特敦小姐任凭哈丽雅特把她带到高背椅边。

"我很抱歉——我真愚蠢。但是……我总是很害怕……男人发脾气……还有……还有……毕竟，他们都是男人，是不是？……男人是可怕的！"

最后一句话是在颤抖声中爆发出来的。哈丽雅特意识到这里不仅仅是可怜的威廉舅舅或者几打波尔多葡萄酒的问题。

"亲爱的特威特敦小姐，你有什么麻烦了吗？我可以帮助你吗？是不是有人对你做了什么可怕的事情？"

特威特敦小姐太需要同情了。她抓住哈丽雅特仁慈的双手。

"哦，我的夫人，我的夫人——我耻于告诉您。他对我说了很多可怕的话。哦,请原谅我!"

"谁干的?"哈丽雅特坐在她身边。

"弗兰克,很可怕的东西……我知道我比他大一点——我想我一直很傻——但是他确实说过他喜欢我。"

"弗兰克·克拉奇利?"

"是的——而且舅舅的钱,也不是我的错。我们本来要结婚的——我们只是在等那四十英镑和舅舅从我那里借走的一点存款。现在全没了,一点钱都没从舅舅那里要回来——现在他说,他讨厌见到我——我是如此的爱他!"

"我很遗憾。"哈丽雅特无助地说。还能说什么呢?这件事如此滑稽可憎。

"他——他——他管我叫老母鸡!"这个词几乎都说不出口,说完这句话,后面就顺畅多了,"他对我把存款借给舅舅的事很生气——但是我从来没想过管舅舅要收据。"

"哦,我亲爱的。"

"我很开心——想着他的修车厂一建起来我们就可以结婚了——只是我们没告诉别人,因为,你知道,我比他的年龄稍微大一点,虽然我的经济状况好一些。但是他非常努力地工作而且也很优秀——"

真悲惨,哈丽雅特心想,真悲惨!于是她大声说:

"亲爱的,如果他这么对待你,他就一点也不优秀。他都没有资格给你擦鞋。"

彼得唱道:

"你会怎么给,美丽,
为你的朋友?
你会怎么给,美丽,
为你的朋友?"

(他看上去已经恢复了,哈丽雅特想。)

"他是那么英俊……我们过去总是在教堂的墓地见面——那里有一张很漂亮的椅子……晚上没人会去那里……我让他吻我……"

"我会给凡尔赛宫，
巴黎和圣德尼①！"

"……现在他恨我……我不知道该怎么办……我应该去投河……没有人知道我为弗兰克做了什么……"

"我的女友
它是好的，好的，好的，
我的女友
它安然入睡！"

"哦，彼得！"哈丽雅特用一种愤怒的音色说道。她站起来，在这无情的展示中关上门。特威特敦小姐被自己的感情搞得筋疲力尽，坐在椅子的一隅哭泣。哈丽雅特意识到一系列的感情像那不勒斯冰一样是能够分层排列的。

在这世上我可以为她做什么？……
他在用法语唱歌……
接近晚餐时间了……
某人在叫波莉……
拉德尔夫人会使这些男人心烦意乱……
善良的心……
老诺阿克斯在我们的地下室死了……
（我的心已说出！）……

---

①圣德尼（Saint Denis），法国圣德尼教堂。

可怜的本特！……

塞伦？……

（它安然入睡）……

如果你知道是怎么回事，你知道是谁……

这所房子……

我的真爱拥有我的心，我有他的……

她站在椅子边。"听着！别这么号啕大哭！为了他根本不值得。说实话，一千万个男人里也找不到一个值得你为他心碎的。"（告诉人们这个无益。）"试着忘了他。虽然这样听起来很难……"

特威特敦小姐抬起头来。

"你不会觉得这样很容易吗？"

"忘记彼得？"（不，不是其他。）"呃，当然了，彼得……"

"是的，"特威特敦小姐毫无仇恨地说，"你是一个幸运的人。我相信你也应该有这样的好命。"

"我肯定我没有。"（该死，男人，要好得多……每个男人在他逃离后？）

"那你想想我吧！"特威特敦小姐突然反驳道，"我希望他没有很生气。你瞧，我听见你们走进来——就在门外——我只是不能见任何人——于是我跑到楼上——接着我什么声音都听不见了，我以为你们都走了，于是走下楼来——就看见你们在一起幸福的一幕……"

"这么一点事他不会介意的，"哈丽雅特赶忙说，"请不要再多想了。他知道那是意外。现在——别再哭了。"

"我该走了，"特威特敦小姐徒劳地梳理了一下弄乱的头发和那时髦的小帽子，"恐怕我看起来很滑稽可笑。"

"不，一点都没有。你只是需要扑点粉。在哪里，我的——哦！我把它忘在彼得的口袋里了。不，在古董架上。是本特干的。他总是给我收拾东西。可怜的本特和波尔多葡萄酒——这对他来说肯定是个打击。"

特威特敦小姐耐心地站着,让哈丽雅特给她扑粉,就像一个轻快的护士手中的小孩。"那——你现在好了。看!没有人能发现。"

镜子!特威特敦小姐一想到镜子就浑身发抖,但是好奇心还是驱使她走到镜子前。这就是她的脸——真奇怪!

"我以前从来没有擦过粉。这——这让我感觉很放荡。"

她出神地盯着自己。

"好了,"哈丽雅特欢快地说,"有时候确实有帮助。让我们把后边这个小卷折起来——"

她自己闪亮的脸出现在特威特敦小姐身后,她惊奇地发现葡萄叶还在她的头发里。"天哪!我看起来真荒唐!我们当时在玩愚蠢的游戏——"

"你看起来很可爱!"特威特敦小姐说,"哦,亲爱的,我希望没人会认为——"

"没人会想什么的。现在,你答应我别让自己这么可怜了。"

"好的,我会努力的,"特威特敦小姐哀声说,两颗晶莹的泪珠慢慢滚入她的眼睛里,但是她记起香粉,小心地揩掉了,"你对我真好。我必须得走了。"

"晚安。"打开的门外是本特,徘徊在背景中,手拿一个托盘。

"希望我没耽误你们吃晚饭。"

"没有,"哈丽雅特说,"还没到吃饭的时间。再见了,别担心。本特,请带特威特敦小姐出去。"

她茫然地看着镜中的自己,葡萄王冠从手中垂落。

"可怜的小家伙!"

第十七章　皇室的王冠

　　他们看到我这双刽子手的手时，
　　一个人大喊："上帝保佑我们！"
　　另一个人念"阿门"。

　　　　　　　——威廉·莎士比亚，《麦克白》

彼得拿着一个醒酒瓶谨慎地走进来。
"好了，"哈丽雅特说，"她走了。"
他小心地把酒瓶放在离火有一定距离的地方，说：
"毕竟我们还是找到了一些醒酒瓶。"
"是的——我看见了。"
"我的上帝，哈丽雅特——我都说了什么？"
"没什么，亲爱的。我们就是背诵了多恩的诗。"
"就这些？我以为跟我有点关系呢……哦，好了，发生什么了？我爱你，我不介意别人知道。"
"上帝保佑你！"

"都一样，"他继续说，决定把尴尬的话题进行到底，"这个房子让我神经质。烟囱里的骷髅，地下室里的尸体，藏在门后的老女人——我今天晚上得往床下看看——哦！"

本特端着一盏灯走进来，把他吓了一跳。为了掩饰困惑，他下意识地弯下身摸了摸醒酒瓶。

"那是波尔多葡萄酒吗？"

"不，是波尔多红葡萄酒。这是酿造时间稍短的法国南部葡萄酒，有轻微的沉淀。看来旅行也没带来什么坏影响——看起来还很清亮。"

本特把灯放在炉子旁边，无声地看了一眼醒酒瓶，悄悄地退了出去。

"我不是唯一的受害者，"他的主人摇摇头说，"本特的神经也受到了很大影响。他敏锐地洞悉了这个拉德尔夫人——什么事情都要插一手。我能享受有些匆忙的生活，但是本特有他的标准。"

"是的——虽然他对我来说是迷人的，但是我们的婚姻对他来说还是一个沉重的打击。"

"更多是出于情感上的紧张，我想。他有点担心这个案子。他认为我没有上心。比如，今天下午——"

"恐怕是的，彼得，是的。那个女人诱惑你——"

"啊！幸运的罪过！"

"在墓碑前慢慢消耗你的时间，而不是追寻线索。但是也没什么线索可言。"

"如果有什么线索，本特很可能已经用他的手抹掉了——他和拉德尔，他的同犯。悔恨就像卷心菜里的毛虫一样啃噬着他的心……但他是对的。因为目前为止，我做的一切都是为了把怀疑抛向那个可怜的男孩——塞伦。看来，我也可以怀疑任何其他的人。"

"比如古达克先生。他对仙人掌有一种病态的狂热。"

"或者那个恶魔般的拉德尔。我可以爬过那扇窗户，顺便说一句，我午饭后试过了。"

"你试过了？你明白为什么塞伦要更改拉德尔夫人挂钟的时间了吗？"

"啊！……你说到点子上了。相信一个急切解决时钟问题的侦探小说家。你现在看起来像一只吞了金丝雀的猫。说出来吧——你发现了什么？"

"位置的改变不可能超过十分钟。"

"真的吗？拉德尔夫人怎么会有一个每一刻钟就报一次时的挂钟呢？"

"结婚礼物。"

"有可能。是的，我明白了。你可以提前，但是你不能把它调回来。更不可能完全放回。大约不会超过十分钟。十分钟是有价值的。塞伦说当时是九点过五分。那么，不管怎样，他都需要一个不在现场的证明——哈丽雅特，不！这样没道理。在凶杀当时不在场是没用的，除非你想费力确定凶杀的时间。如果不在现场十分钟管用，那么这个时间必须确定在十分钟之内。这样只能在九点二十五分以前——即使那样，我们也不能肯定半导体的问题。你能把半导体怎么办呢？那可是猎奇者的幸运儿。"

"不，我不能。一个挂钟和一个半导体应该累积成个什么，但它们没有。我想了又想——"

"你知道，我们昨天才开始的。看起来时间很长，其实就这么点时间。见鬼！我们才结婚五十五个小时。"

"感觉像度过了一生——不，我不是那个意思。我是说，就好像我们一直都是结婚的。"

"是这样——从世界的起源开始——该死的，本特，你想干什么？"

"菜单，老爷。"

"哦！谢谢。乌龟汤……这对帕格福德来说有点城市化了——不合时宜的小事。没关系，烤鸭和豌豆更好。当地产的？好的。蘑菇吐司——"

"农舍后的田地里种的，老爷。"

"种的——上帝,我希望它们是蘑菇——我们不希望再有什么神秘的中毒事件发生。"

"没有毒,老爷,没有。我先尝过了。"

"是吗?专为主人承担风险的生活。很好,本特。哦!顺便问一句,是你跟特威特敦小姐在我们的楼梯上玩捉迷藏的游戏吗?"

"老爷?"

"好了,本特。"哈丽雅特马上说。

本特明白了暗示,消失了,嘴上嘟囔着:"很好。"

"她躲着我们,彼得,是因为我们进来的时候,她不想被抓到。"

"哦,我明白了。"彼得说。这个解释已经让他满足了,他随之把注意力转向了葡萄酒。

"克拉奇利在她面前表现得像个野兽。"

"是吗?好家伙!"他把醒酒瓶转了半圈。

"他一直向那个小可怜人示爱。"

好像为了证明自己是男人,不是天使,他发出一声轻蔑的笑声。

"彼得——这并不好玩。"

"请再说一遍,亲爱的。你说得很对。不好玩。"他突然直起身子,加强语气说,"一点都不好玩。她喜欢那个讨厌鬼吗?"

"亲爱的,是的。他们要结婚,开自己的修理厂——用那四十英镑和她的一点积蓄,只是现在都没了。现在他发现她不能从她舅舅那里得到一分钱……你为什么这么看着我?"

"哈丽雅特,我一点都不喜欢这个。"他用越来越惊愕的表情盯着她。

"当然,他现在把她抛弃了——这个浑蛋!"

"是的,是的——但是你没明白你在跟我说什么吗?她给过他钱,当然?为他做世上的任何事情?"

"她说,没人知道她都为他做了什么。哦,彼得!你不是那个意思!不可能是小特威特敦干的!"

"为什么不?"

他把这些话像挑战一样抛给她;她直面这个问题,站在他面前,把双手放在他的肩膀上,这样他们的眼睛就在一个水平线上。

"这是一个动机——我明白是个动机。但是你不想听什么动机。"

"可你在用动机敲打我的耳膜。"他几乎愤怒地喊道,"动机不会构成一个罪案。但是一旦你知道'怎么做',那个'为什么'就能理解了。"

"好吧。"他想坚守自己的阵地,"怎样?你没有证据为她辩护。"

"没有这个必要。她的'怎么做'是儿童的游戏。她有房子的钥匙,七点半后在现场。杀鸡不意味着杀人。

"但是像那样敲碎一个男人的脑壳——她很娇小,他是个大高个子。我不能那样把你的脑袋敲开,虽然我和你差不多一样高。"

"你这样的人也有可能。你是我的妻子,你可以趁我不备——一个亲爱的侄女也可以这样对待她的舅舅。我不能想象诺阿克斯坐在那里,让克拉奇利或者塞伦像小猫一样轻手轻脚地在他的身后走动。但是一个他认识信任的女人——就不一样了。"

他坐在桌边,背对着她,拾起一个叉子。

"你看!我在这里写一封信或者算账……你在背景里坐立不安……我没注意到,我习惯了……你轻轻拿起拨火棍……别怕,你知道我有点耳聋……从左边过来,记住;我的头朝钢笔这边倾斜一点……现在……两个快步,往颅骨上啪的一拍——你不用很用力——接着,你就成了一个非常富有的寡妇了。"

哈丽雅特迅速把拨火棍放下。

"侄女——寡妇是个可恶的词;跑题了——咱们继续说侄女。"

"我猛然跌倒,椅子滑开,我在摔下来的过程中磕到了桌子,擦伤了右侧。你把凶器上的指纹擦掉——"

"是的——然后我用自己的钥匙出去,在身后锁上门。非常简单。而你呢,我想,当你苏醒过来的时候,把写的东西都收拾起来——"

"然后把自己也收拾到地下室去。就是这个意思。"

"我怀疑你看了全过程了。"

"是的。但是我非常不理智地告诉自己动机不足。我不认为特威特敦杀人就是为了获得一些运转资金。这只适用于低能儿。关键是，如果关注'怎么做'，就有人用银色托盘把'为什么'给你送过来。"

他看到她眼中的抗议，于是又诚挚地补充道：

"这是惊人般了不起的动机，哈丽雅特。一个中年女人最后一次为爱投标——用钱投标。"

"这也是克拉奇利的动机。难道不可能是她放他进来的吗？或者把钥匙借给他，在不知道他用钥匙做什么的情况下？"

"克拉奇利的时间都不对。虽然他可能是同谋。如果是这样，他就有足够好的理由现在才抛弃她。实际上，这是能走的最好一步棋，虽然他只怀疑是她干的。"

他的声音就像打火石，刺激着哈丽雅特的耳朵。

"很好，彼得，但是，你的证据在哪里？"

"哪里也没有。"

"你自己说过什么——表示可能是怎么做的是没有用的。任何人都可能做——塞伦、克拉奇利、特威特敦小姐、你、我、牧师或者柯克警督。但是你没有证明是怎么做的。"

"我的上帝，我难道不知道吗？我们需要证据。我们需要事实。怎么做？怎么做？怎么做？"他从椅子上弹了起来，向空中挥动拳头，"这个房子可以告诉我们，如果屋顶和墙壁可以说话。所有的人都在撒谎！给我叫一个不会撒谎的哑巴过来！"

"房子……我们自己让房子安静了，彼得。堵上它的嘴，约束它。如果我们周二晚上问了——但是现在无望了。"

"这正是刺痛我的地方。我讨厌总是说也许，和也许发生了什么。柯克好像也不太愿意严密地检查。如果他知道特威特敦和克拉奇利的动机，会很高兴能找到一个比塞伦更可疑的人，这样塞伦就无罪了——"

"但是，彼得——"

"然后，多半，"他继续说，专注于事情的技术层面，"他在法庭上会失败，因为缺乏证据。但愿——"

"但是，彼得——你不会到柯克那里告发特威特敦和克拉奇利吧！"

"他当然应该知道。就现状来说，这是事实。问题是，他会不会看见——"

"彼得——不！你不能这么做！那个可怜的小女人和她可悲的桃色新闻。你不能这么残忍地告诉警察——警察，我的天哪！"

他好像第一次意识到她在说什么。"哦！"他温柔地说，身子转向火炉，"恐怕只能如此。"然后，扭头说：

"证据是不能被掩盖住的，哈丽雅特。你跟我说过，'继续'。"

"我们当时还不认识这些人。她信任我，才告诉我的。她——她很感激我。她相信我。你不能取得他人的信任，再把信任当做绳索勒住他们的脖子。彼得——"

他低头看着火苗。"真令人憎恶！"哈丽雅特惊愕地大叫着。她的激愤像石头上的泉水打破了他的刚硬，"这——这很残忍。"

"谋杀是残忍的。"

"我知道——但是——"

"你见过被杀死的人是什么样子。唔，我看到了那个老人的尸体。"他转过身来，面对她，"可惜死人们的安静让我们忘记了他们。"

"死人——已经死了。我们应该对活着的人好一些。"

"我在考虑活着的人。直到我们发现真相之前，村子里所有的人都是嫌疑犯。你希望因为我们没有说话而导致塞伦破产、被吊死吗？其他人没有认识到罪过，克拉奇利就应该被怀疑吗？因为一起没有被侦破的凶杀案，所有的人都应该惶惶不可终日吗？"

"但是没有证据——没有证据！"

"有迹象。我们不能挑三拣四。不管谁受苦，我们都必须知道真相。其他都见鬼的无所谓。"

她无法否认这一点。绝望中，她点破真正的问题：

"但是你必须亲自这么做吗？"

"啊!"他变换语气说,"是的。你有权问我这个。当你嫁给我和我的工作时,你就嫁给了麻烦。"

他摊开双手,好像要求她看着它们。奇怪,这就是昨夜的那双手……它们温柔的力量吸引了她。他的手,如此轻柔,富有经验……什么方面的经验?

"这双刽子手的手,"他看着她说,"你早就知道,不是吗?"

她当然知道,但是——她突然说出真相:

"我当时还没嫁给你!"

"不……那有什么不同,是吗?……好吧,哈丽雅特,我们现在结婚了。我们连在一起。恐怕现在到了需要让步的时候了——你,或者我——或者这种纽带。"

(这么快?……你的,全然,永远——他是她的,否则所有的信仰都很可笑。)

"不,不!……哦,亲爱的,我们怎么了?我们本来好好的。"

"破坏了,"他说,"这就是暴力。一旦爆发,无法停止。它抓住了我们所有人,迟早。"

"但是……别。我们能逃走吗?"

"除非我们逃走。"他无助地放下手,"也许我们最好抛掉一切。我没有权利把任何一个女人拖入这团混乱当中——至少,不能是我的妻子。原谅我。我有太长的时间做自己的主人——我想,我忘记了义务的含义。"她患病般苍白的脸色把他吓了一跳。"哦,我亲爱的——不要如此不安。你只要说一句话,我们就离开。我们马上抛开这个该死的事情,而且永不插手。"

"你真的这么想吗?"她充满怀疑地问。

"当然是这么想的。我已经说过了。"

他的声音是一个被打败的男人的声音。意识到自己都做了什么,她开始胆寒。

"彼得,你疯了。永远不要建议这样的事情。不管婚姻是什么,反正不是那个。"

"不是什么，哈丽雅特？"

"让你的感情腐蚀你的判断。如果我知道你娶了我，你就变得不再是你自己了，我们会有怎样的生活？"

他又扭过身去，说话的声音里有着轻微的颤抖：

"我亲爱的女孩，大多数女人会把这个当做一种胜利。"

"我知道，我听她们说过。"她用轻蔑鞭打着自己——一个她刚刚看到的自己，"她们炫耀——我的丈夫可以为我做一切。这是堕落。没有一个人有如此的力量控制另外一个人。"

"这是真正的力量，哈丽雅特。"

"那么，"她激情地回答道，"我们就不使用它。如果有不同意见，我们应该像绅士那样解决。我们不支持婚内勒索。"

他沉默了一会儿，背靠在壁炉腔上。然后，他用一种背叛的轻松说：

"哈丽雅特，你没有意识到戏剧的价值。你想说，我们不需要在卧室大闹一场，只要通过家庭喜剧就能解决？"

"当然，我们没有这么庸俗的东西。"

"好——谢天谢地。"

他紧张的面孔上泛出一个熟悉的淘气的笑容。但是她很恐惧，没有用微笑回应他。

"本特不是唯一一个有原则的人。你必须做你认为正确的事情。答应我。我怎么想没关系。我发誓没关系。"

他抓住她的手，郑重地亲吻着。

"谢谢你，哈丽雅特。那是充满敬意的爱。"

他们就这样站了一会儿，两个人都意识到什么伟大、重要的东西实现了。接着哈丽雅特很实际地说：

"不管怎样，刚才你是对的，我是错的。那件事必须做。不管用什么手段，直到事情水落石出。那是你的工作，值得这么做。"

"只在我胜任的情况下。我当时感觉自己不是很聪明。"

"你最终会成功的。没事，彼得。"

他大笑起来——本特端着汤进来了。

哈丽雅特看了看钟。她感觉好像经历了无数年的感情。但是指针指着八点十五分。从他们走进这所房子，仅仅过去了一个半小时。

第十八章　头发中的稻草

跟着那个流氓，把这个淫妇带走。

——威廉·莎士比亚，《亨利六世》

"最基本的事情，"彼得说着，用汤勺把在桌布上画了一张草图，"是安装一个热水系统，然后在碗碟洗涤处再建一个浴室。我们可以在这里盖一个锅炉房，在那儿再弄一个蓄水池。这样从浴室到下水道就有直接的排水口了。我想，浴室旁边还有足够空间，可以辟出一间小卧室。如果我们还需要更多的空间，可以改造一下阁楼。发电厂可以设在马厩里。"

哈丽雅特表示同意，并说出自己的想法：

"本特对厨房的布置也不是很满意。他说想置办一些仿古家具，夫人。但是，如果我允许他这么说的话，在一个不太好的时期，我想，应设计成维多利亚中期风格的。"

"我们再倒退几个时期，可以退到都铎。我提议安装一个敞开式的壁炉和烧烤架，这样就可以过上男爵一样的生活。"

"让一个讨厌的家伙转动烤肉架？或者其中一个长着罗圈腿的走狗？"

"呃——不。我打算在这方面妥协，电动旋转烤肉架。用电厨具做饭，当我们不想这么郑重其事的时候。我喜欢两个世界的精华——我喜欢美丽如画，只要不带来太多的不便和困难的工作。我肯定，训练一条现代的狗去转动烤肉架不是件容易的事。"

"说到狗——我们是不是养了一条很棒的獒犬？"

"我们只是租用了一条，直到葬礼结束。除非你喜欢上它。他很喜欢令人尴尬地表达感情，但是他可以和孩子们一起玩。另外，那只山羊我送回家了。我们出去的时候，它跑出来吃了一排卷心菜，还咬了拉德尔夫人的围裙。"

"你确定不想让它提供羊奶给小孩子喝？"

"肯定。这是只雄山羊。"

"哦！那很臭，而且没用。我很高兴它不在了。我们还养了什么吗？"

"你想养什么？孔雀？"

"孔雀需要一个露台。我在考虑养猪。它们很令人舒服。当你感觉精神恍惚、懒懒懈怠的时候，你就去像鲍德温先生那样挠挠它们的背。鸭子的叫声很好听。但是我不太喜欢母鸡。"

"母鸡长了张易怒的脸。顺便说一下，我不确定晚餐前你做得对不对。原则上，应该跟柯克通个信，但是我希望知道他会怎么利用这个消息。如果他一旦有了个固定的想法——"

"门口有人来了。如果是柯克，我们必须想好主意。"

本特走进来，带着一阵香气——但只有香气——鼠尾草和洋葱的香气。

"老爷，有一个人——"

"哦，让他走。我再也忍受不了什么人了。"

"老爷——"

"我们在吃饭。让他晚些时候再来。"

门外的石子路上传来急促的脚步声。与此同时，一个矮胖的上了年纪的希伯来人突然出现了。

"很抱歉闯进来，"这个神色惊慌的先生气喘吁吁地说，"我不想给你们带来不便。我，"他补充着，"是摩斯和伊萨克斯的。"

"你错了，本特。这不是一个人——是一个公司。"

"——现在我手上有——"

"本特，接着那个公司的帽子。"

"很抱歉。"那个公司说，他没有脱帽不是因为不懂礼貌而是因为忘记了，"没有冒犯的意思。但是我这里有一张这个房子里家具的抵押券。我是一路跑过来的——"

震天的敲门声让他向上举起绝望的双手，本特奔了出去。

"抵押券？"哈丽雅特大喊着。

入侵者急切地对她说：

"因为一笔七万三千一百六十六元的债务，"他说着，激动得都快说不下去了，"我从汽车站一直跑过来，那里有一个人——"

他是对的，那里有一个人。他从本特身边挤过来，用责备的腔调大叫着：

"所罗门斯先生，所罗门斯先生！这不公平！这个房子里所有的东西都是我客户的财产，女遗嘱继承人已经同意了——"

"晚上好，麦克布赖德先生。"房子的主人礼貌地说。

"这我爱莫能助。"所罗门斯先生说，他的声音淹没了麦克布赖德先生的回答。他用手绢擦着前额，"我们手头有家具的抵押券——你看看文件上的日期。"

麦克布赖德先生斩钉截铁地说：

"我们的已经有五年的时间了。"

"我不在乎，"所罗门斯先生反驳道，"即使它和查理的姑妈①年纪一样大。"

"先生们，先生们！"彼得试图调解说，"大家可以友好地解决问

---

① 十九世纪末英国一部极受欢迎的话剧《查理的姑妈》中的人物。

题吗？"

"我们的货车，"所罗门斯先生说，"明天来拉东西。"

"我们客户的货车，"麦克布赖德先生说，"正在来这里的路上。"

所罗门斯先生大声地劝告他，彼得又试着劝解：

"我请求你们，先生们，请为我的妻子考虑考虑，如果不是看在我的面子上。我们正在吃饭，你们却进来想把桌子和椅子搬走。我们还要睡觉——你们不想给我们留张床吗？既然如此，我们也有个要求，既然我们租用了家具，请不要如此贸然行动……麦克布赖德先生，您认识我们很长时间了，我希望您也很爱我们——我相信，您同情我们的神经和感情，不要让我们没饭可吃，睡在干草垛上。"

"老爷，"麦克布赖德先生说，好像被他的请求感动了，但还是意识到自己的职责，"考虑到我们客户的利益——"

"为了我们公司的利益。"所罗门斯先生说。

"为了我们大家的利益，"彼得说，"你们可以坐下来享用我们用鼠尾草、洋葱做填料并配有苹果酱的烤鸭吗？你，所罗门斯先生，跑得这么快这么远——需要补充能量。你，麦克布赖德先生，昨天早晨我们还在充满感情地讲述英国的家庭生活——你是否同意往好的方面看？不要破坏一个幸福的家庭！吃一小块鸭胸肉，喝一杯好酒，小问题就都解决了。"

"确实如此，"哈丽雅特说，"和我们一起吃吧。如果鸭子在烤箱里干掉了，本特会伤心的。"

麦克布赖德先生迟疑着。

"你们真好，"所罗门斯先生充满渴望地说，"如果夫人您——"

"不，不，所利，"麦克布赖德先生说，"这不公平。"

"我亲爱的，"彼得礼貌地欠了一下身，"你知道，不管在什么情况下，不提前通知就请商业伙伴共进晚餐是一个丈夫无可救药的习惯。没有这个习惯，家庭生活就不是这个样子。所以我并不为此感到抱歉。"

"当然不用，"哈丽雅特说，"本特，这些先生要和我们共进晚餐。"

"很好,夫人,"他灵巧的手放在所罗门斯先生的肩膀上,帮他脱下大衣。"请允许我,"麦克布赖德先生没有继续争论,而是帮着彼得在桌前添了两把椅子,接着说,"我不知道你这么做有什么企图。所利,但是,他们真的不该被这样对待。"

"目前就我们看来,"彼得说,"明天你可以都拿走。现在——我们大家都感觉舒服了吗?所罗门斯先生在右边——麦克布赖德先生在左边。本特——上波尔多红葡萄酒!"

麦克布赖德先生和所罗门斯先生老练地喝着红酒,抽着雪茄,在房子里转了转,共同查验一下存货。彼得也陪同前往,告诉他们哪些是他自己的财产。他回来的时候,手中有一个稻草发套,旅行的时候,这里面裹着红酒瓶。

"那是干什么用的,彼得?"

"瞧我的。"老爷说。他非常讲究方法地把稻草一根根分开,然后穿到头发里。通知柯克警督到的时候,他已经给自己做了一个很不错的鸟窝。

"晚上好,柯克先生。"哈丽雅特热情地欢迎寒暄。

"晚上好,"警督说,"恐怕我又打扰了。"他看了看脸色不对的彼得,"来得有点晚了。"

"这,"彼得疯狂地说,"这就是邪恶的恶魔,他在宵禁时分出门,一直走到公鸡报晓。拿一根稻草,警督。在您完成前,您需要一根。"

"还没解决办法,"哈丽雅特说,"您看起来很疲倦。喝杯啤酒或者威士忌,别理我丈夫。他有时会发疯。"

警督心不在焉地谢了她。他好像在痛苦地思考一个问题,慢慢张开嘴,又看着彼得。

"坐下,坐下,"后者殷勤地说,"我会和这个有相同教训的底比斯人说一个字。"

"知道了!"柯克先生喊道,"李尔王!虽然他们的禁令让我深锁家中寸步难行，这暴虐的夜晚俘获了你，我还是要鼓起勇气把你找出来。"

"差不多对了，"哈丽雅特说，"我们真的以为我们的夜晚要变成暴虐的了，所以才会有娱乐和稻草。"

柯克先生问怎么会这样？

哈丽雅特让他坐在一把高背椅子上，说："一边有摩斯和伊萨克斯的所罗门斯先生，手里拿着家具的抵押券，一边有您的老朋友麦克布赖德先生，想拿他的文件扣押家具。他们都想把家具运走。但是我们请他们吃了晚饭，于是他们和平地离去了。"

"您也许会问，"彼得说，"为什么他们宁可选择吃一定重量的腐肉，而不是接受三千硬币呢——我无法告诉您，但就是这样。"

这次柯克先生停顿了很长时间，以至于彼得和哈丽雅特都以为他患了失语症。但是最后，带着大大的胜利的笑容，他说出话来：

"他薪水高，很满足！威尼斯商人！"

"丹尼尔来判决了！哈丽雅特，警督已经抓住我们愚笨至极的谈话方式的大意了。他是一个男人，把他看得头等重要，我们不能再如此看待他的同类了。给他酒——他配得上。说什么时候。我应该让烈酒来帮我解决所有的含糊不清吗？"

"谢谢您，"警督说，"不要太拘谨，如果您不介意。我们慢慢来，很多因素交织在一起——"

"没什么做不到的。"彼得说。

"不，"柯克先生说，"这件事看起来并不是解决得很好。但还是感谢您。祝您健康。"

"您整个下午都干什么了？"彼得问。他拿了一个凳子放在炉边，坐在他妻子和柯克之间。

"呃，老爷。"柯克说，"我去伦敦了。"

"伦敦？"哈丽雅特说，"是的，彼得。再靠过来一点，我把稻草拿出来。他爱我，刚刚很多——"

"但不是去见女王。"警督继续说，"我去见弗兰克·克拉奇利的年轻女人,在克拉肯威尔。"

"他在那儿也有一个女朋友?"

"热情——疯狂——"

"他曾经有一个。"柯克说。

"不是所有。他爱我——"

"我在汉考克先生手下的威廉斯那里要到地址。她看起来是个漂亮的姑娘——"

"很少——很多——"

"有点钱——"

"热情——"

"她以前和父亲住在一起,好像很迷弗兰克·克拉奇利,但是——"

"疯狂——"

"您也知道女人。其他的男人出现了——"

哈丽雅特停顿了一下,手里握着第十二根稻草。

"大致如此,三个月前她嫁给了另一个小子。"

"不是所有!"哈丽雅特说,把稻草扔进火堆。

"真该死!"彼得说。他接触到哈丽雅特的眼神。

"但是让我感兴趣的是,"柯克说,"他父亲是谁。"

"她是抢劫犯的女儿,她的名字是爱丽丝·布朗。她父亲是一个意大利小镇的霸王。"

"根本不是,他从事——"柯克说,停住快要碰到嘴边的酒杯,"一个欢迎任何人加入的行业,你们说他是做什么的?"

"从您的口气来看,"彼得回答,"这么说,您已经找到解决难题的钥匙了。"

"我不能想象。"哈丽雅特性急地说,"我们放弃。"

"呃,"柯克宣布,带着点怀疑的神色看着彼得,"如果你们放弃,就让我来告诉你们。她的父亲是个铁贩子、锁匠,需要钥匙的时候就做一把。"

"上帝,您别这么说。"

柯克喝了一口酒,猛地点点头。

"而且,"他继续说,并把酒杯啪的一声放在桌子上,"而且,不是很长时间以前——大约六个月前——年轻的克拉奇利去过,让他配一把钥匙。"

"六个月前!好啊,好啊!"

"六个月前,但是,"警督又说,"我现在要告诉你们的才让人吃惊呢。我不介意说我也吃了一惊……谢谢,我不介意这么做……呃——那个老家伙没把钥匙当秘密。在他们分道扬镳前,他们好像进行了一场年轻人式的争吵。不管怎样,他好像对为弗兰克·克拉奇利说好话没有什么特殊的想法。于是,当我问他问题的时候,他马上作答。而且,他带我看了车间。他是个有条理的人,他配一把新钥匙,就留一个模子。他说,人们总是丢钥匙,所以最好有个记录。他带我看车间,和那把钥匙的模子。你们认为那把钥匙什么样?"

彼得曾经被指责过,这次不敢贸然猜测。但是哈丽雅特认为有必要回答一下。她集聚所有人类能够表达的惊奇,说:

"您的意思是说,和房子某个门的钥匙一模一样?"

柯克先生用他的大手拍了一下大腿。

"啊哈!"他大叫着,"我说什么了?我早就知道能在这里等到您!不——不是,也不像。现在!您怎么想的?"

彼得拾起剩余的稻草,开始给自己织个新头巾。哈丽雅特觉得她的努力比自己想要的还要好。

"真令人惊异!"

"一点都不像,"警督重复着,"一个大家伙,看起来像教堂的钥匙。"

"它是,"彼得的手指飞快地在稻草间穿梭,"按照钥匙还是蜡质模型配的?"

"钥匙。他带过去的。他说那是他租用的一个谷仓的钥匙。他说那把钥匙是谷仓主人的,当时他也想有一把。"

"我认为应该由主人给租户提供钥匙。"哈丽雅特说。

"我也这么想。克拉奇利解释说,他曾经有一把,后来丢了。注意,这可能是真的。反正,那是那个老人给他配的唯一的一把钥匙——至少他是这么说的,我不认为他在撒谎。于是我就坐着夜班火车离开了,这其实很不明智。但是吃完晚饭,我对自己说,呃,这是一条线索——不要放弃,要追踪下去。于是我去了帕格福德找我们的年轻朋友。呃,他不在修车厂,但是威廉斯说看见他骑着自行车去安布尔登·欧弗布鲁克了——你也许知道——沿着洛普斯利路大约一英里半的帕格福德城外。"

"我们今天下午走过那条路。可爱的有着胸针尖顶的小教堂。"

"是的,是有个尖顶。我想我得去看看他。于是我继续向前——你们记得帕格福德城外四分之三英里的地方有个大的带瓦顶的老谷仓吗?"

"我注意到了。"哈丽雅特说,"孤零零地立在田野间。"

"说得对。路过那里的时候,我看见一束光——可能是自行车的车前灯——从田野上划过,这时我突然想到六个月前,克拉奇利给谷仓的主人莫法特先生开过拖拉机。看见了吗?我把所有的东西在脑子里整合在一起。于是我从汽车里走下来,跟着自行车穿过田野。他骑得并不快,我走得非常快,当他走到一半的时候,一定是听到我的脚步声,因为他停了下来。于是我走上前来,看清了那个人是谁。"

警督又停顿了下来。

"继续,"彼得说,"我敢肯定,这次不是克拉奇利。是古达克先生或者皇冠酒吧的主人。"

"又说错了,"柯克愉快地说,"是克拉奇利。我问他在那里干什么,他说那是他的事情,我们争论了一会儿,我说我想知道他拿着莫法特先生谷仓的钥匙干什么,他想知道我是什么意思——反正,大概意思就是,我说我想看看谷仓里有什么,他要和我一起进来。于是我们一起走,他听起来很生气,他说:'你攻击错了目标。'我说:'我们走着瞧。'他说:'我告诉你我没钥匙。'我说:'那你在田地里做什么,因为这里并不通向什么地方。'我说:'我还是要看看。'于是我把手放在门上,门很轻易地就开了。你们知道谷仓里有什么吗?"

彼得摆弄着稻草，把稻草根扭结在一起，做了一个王冠。

"我猜，"他回答道，"我想应该是——波莉·梅森。"

"猜对了！"警官惊叫着，"我以为您又让我抓个正着！就是波莉·梅森，而且她见了我一点都不害怕。'现在，我的女孩。'我对她说，'我不喜欢在这里见到你。'我说，'这到底是怎么回事？'接着克拉奇利说：'跟你没关系，你这个笨警察。她到了这个年龄已经可以自己做主了。'我说：'也许，但是她还有个母亲把她养大成人，而且，'我说，'莫法特先生也许有什么话要说。'然后我们又说了一些话，接着我对那个女孩说：'你摸过那把钥匙，但是你没有权利这么做，如果你有任何理智和感觉的话。'我说，'你得跟我回家。'最后，我把她带回来了——她很莽撞，年轻人的特点。至于我的老爷——我让他闲得无聊——很抱歉，老爷——我本不想冒犯。"

彼得编完王冠，戴在头上。

"真奇怪，"他发表评论，"那些像克拉奇利的人，长着很多颗大白牙，实际上都是快乐的好色之徒。"

"也不是轻佻的人，"哈丽雅特说，"弓的两根弦是用的，一根为了享乐。"

"弗兰克·克拉奇利，"柯克说，"他有一屁股不干不净的东西，笨警察，是啊——警察就抓他，这个厚颜无耻的家伙，就在这几天。"

"肯定缺乏细腻的感情，"彼得说，"奥菲莉亚是起装饰作用的，我真正的情人无疑是克洛伊①。但是让奥菲莉亚的父亲为克洛伊配一把钥匙——是不明智的。"

"我不负责经营周日学校。"警督说，"但是波莉·梅森正在自找麻烦。'结婚预告下星期日就贴出来了。'她厚脸皮地说。'是吗？'我说，'那么，如果我是你，姑娘，我就马上自己去教区，在你的男人改变主意之前。如果你和他是正当交往，不必拿着别人家谷仓的钥匙吧。'我没提伦敦的那个姑娘，因为那已经结束了，但是如果有一个，就可能

---

① 奥菲莉亚和克洛伊是英国诗人马修·普赖尔（Matthew Prior, 1664—1721）的诗《颂歌》中的两个人物。在两位亲密交往的女子中间，一位作为掩护，把真正的选择隐藏起来。

有两个。"

"是有两个，"哈丽雅特毅然地说。"另一个在这儿，帕格福德。"

"怎么回事？"柯克说。

哈丽雅特把那天晚上的故事又讲了一遍。

"哦，我困惑了！"柯克呼喊着，尽情地大笑，"可怜的艾吉·老特威特敦！她居然在教堂的墓地亲吻克拉奇利。这真是个大笑话！"

另外两个人没发表评论。柯克马上收起笑容，进入一种沉思状态。他的眼睛开始固定在一处，嘴唇无声地蠕动着。"稍等！稍等！"他们屏息看着他。"艾吉·特威特敦？年轻的克拉奇利？现在，我想起来了……你们别说……好了！我知道了。"

"我猜您也会想起来的。"彼得说，声音低了一半。

"第十二夜！"柯克大叫，欣喜若狂，"奥尔西诺，正是！'太老了，上帝作证，让这个女人找一个比她年龄大的。'我知道莎士比亚说了些什么。"他又一次陷入沉默。"唉！"他换了个口气，"你们看！如果艾吉·特威特敦想给克拉奇利钱，而且还有房子的钥匙，是什么阻止了她呢——嗯？"

"没什么。"彼得说，"只是你得证明这一点，你知道的。"

"我一直盯着艾吉·特威特敦。"警督说，"毕竟，您不能明白她说的那些事。她还知道遗嘱。不管是谁干的，都要进入房子，对不对？"

"为什么？"彼得问，"你怎么知道诺阿克斯不会自己出来，在花园里被杀呢？"

"不，"柯克说，"您和我都知道，他不可能那么做。为什么呢？他的鞋上没有沙子，也没有土，他摔倒的时候大衣上也没有。而且是这个季节，上个星期还下了那么多雨。不，老爷，弹簧抓鸟①！您别把我往那个方向引。"

"哈姆雷特，"彼得恭顺地说，"很好。现在我们得告诉你我们想出的进入这所房子的所有办法。"

---

①引自莎士比亚剧作《哈姆雷特》。

过了差不多一个小时,警督浑身颤抖,但还是没有被说服。

"听着,老爷,"他最后说,"我知道您的意思,您说得很对。说他或者她都可能是没有用的,因为总会有一个聪明的辩护律师会说:'这也许不是事实。'我可能太着急了,忽视了窗户、天窗和扔向死者的东西。迟做总比不做好。明儿早上我还会过来一趟,我们把所有的细节都考虑到。还有一件事。我会把乔·塞伦带来。您可以自己试着穿过那个——窗棂,您是不是这么称呼的?因为,坦率地说,他一个人顶您两个,老爷——还有,我相信,您可以相当不错地解决所有事情,包括法官和陪审团,如果你原谅我这么说……不,不要误解我。我并不想怀疑艾吉·特威特敦——我只是想找到是谁杀死了诺阿克斯,然后加以证明。我会证明的,如果我必须拿着细齿梳子缜密检查每个角落。"

"那么,"彼得说,"您最好早点来,阻止我们伦敦来的朋友把家具、锁、储备物和桶搬走。"

"我要看看他们是不是把天窗也拿走。"警督反驳道,"门窗是不会动的。我现在要回家了。抱歉打搅您和夫人休息了。"

"没关系,"彼得说,"分离真是甜蜜的忧愁——我们度过了一个非常好的莎士比亚之夜,是不是?"

"好了,"彼得把警督送到门口回来后,哈丽雅特说,"毕竟,他不是没有道理的。但是!我确实希望今晚不会再有人来了。"

"我们过着非常忙碌的生活。我从来没有过这样的一天。本特看起来很憔悴——我让他睡觉去了。而至于我,我感觉都不是早饭前的自己了。"

"我都感觉不是晚饭前的自己了。彼得——我真的吓坏了。我一直憎恶、惧怕任何形式的占有。你知道我总是逃离。"

"我有理由知道。"他做了个鬼脸,"你像红桃皇后一样逃开了。"

"我知道。现在——我开始针对所有人!我甚至不能想发生了什么。太可怕了。这样的事总是发生在我身上吗?"

"不知道。"他轻松地说,"我无法想象。一个经验延伸到很多国家和三个分离的大陆的女人,像华生医生的——"

"为什么分离?普通的大陆是像茶那样混合起来的吗?"

"我不知道。这是书里面写的。三个分离的大陆。据我的经验,你是绝无仅有的。我从来没见过你这样的人。"

"为什么?占有欲不是前无古人的。"

"相反——和泥巴一样普通。但是意识到自己的占有欲并把它扔出窗外——不是普通的。如果你想做个普通的人,我的女孩,你应该把它撕碎,并让它见鬼去。你应该把它称做——奉献或牺牲一类的东西。如果继续用这种理由和慷慨行事,所有人都会认为我们根本不在乎对方。"

"好吧——如果我再这样做事,看在上帝的分上,别放弃……你不会这样的,是吗?"

"如果到了这个分上——是的,我应该。我不能生活在争辩之中。不管怎样,不能和你。"

"我不敢相信你这么脆弱。好像一个充满占有欲的人总会被满足。如果你屈服一次,就得一次次屈服。"

"别对我这么苛刻,多米娜。如果再次发生,我就用棍棒惩罚你。我发誓。但是我不清楚自己面临的是什么——女人的嫉妒,或者一个合理的反对,或者婚姻就是这样。我不能期待结婚和没结婚一个样,是不是?我想也许我走错了路,我想如果我告诉你阻碍在哪里——我不知道我想了些什么。没关系。我只知道你说的让我大吃一惊。"

"我只知道我开始表现得像头猪,把它想得太好了。彼得——这没有推翻你之前说的吧?不会把一切扰乱吧?"

"想知道我是不是比相信自己更相信你?你怎么想的?……但是听着,亲爱的——看在上帝的分上,让我们把'占有'这个词拎出来,在它的脖子上系一块砖,然后沉到水底。我不会再使用它,也不想听别人使用它——即使在最严峻的身体条件下。没有意义。我们不能占有对方。我们只能给予和赌运气——莎士比亚,像柯克会说的那样……我不知道今晚我怎么了。我说了我即使活一百年都没想过自己会说的话——在一百年的时间里都不值得说的话。"

"我也说了很多话。我也说了。我想我什么都说了,除了——"

"说得对。你从来没说过。你总是能找到其他的句子代替。有点大胆,恶魔!……那么?"

"我爱你。"

"说得很勇敢——虽然我不能把你的嘴撬开,就像拔掉旧瓶上的木塞。为什么说那句话那么困难?我——人称代词,主语;爱,主动动词,含义——按照斯奎尔先生的原则,就是上床解决。"

窗子还开着。十月的时光,空气奇怪得如此柔和静寂。附近的一只猫——很可能是那只姜黄猫,提高嗓门发出一声长长的充满渴望的哀号。彼得的右手摸索着窗台,用花岗岩的镇纸把窗子关上。但是在做这个动作的时候,他改变了主意,放开手,用另一只手把窗扉拉近,闩牢。

"我是谁,"他大声说着,"朝我的同类扔石头?"

他点燃蜡烛,把灯熄灭,上楼去。

两分钟后,本特不知道是在什么野蛮的情欲的驱使下,从后边的卧室扔过来一只靴子。这时哀号声渐渐消失了。

第十九章 霸王树①

这是死亡的国度
这是仙人掌的土地
这里矗立着石制偶像
在升起，在这里它们接受
一只死人手的哀求
在衰落明星的闪烁下……

在理想和现实之间
在运动和行动之间
阴影下落。

——T.S.艾略特，《空心人》

"彼得，你今早做什么梦了？听起来很可怕。"

---

①又名仙人掌果。

他看上去很恼怒。

"哦，我的上帝。我又开始了吗？我以为我只会把梦留给自己。我说什么了？把最糟糕的告诉我。"

"我没听明白你说什么。但是听起来好像——委婉地说——你在担心着什么。"

"我一定是个非常令人愉快的伙伴。"他讽刺地说，"我知道。别人跟我说过。完美的床伴——只要我醒着。我没有机会冒险，但总是希望什么时候能好起来。将来我会抽身事外。"

"别傻了，彼得。我抓住你，你就不做梦了。"

"我是不做了。我现在想起来……我们十五个人穿行在长满荆棘的沙漠上，都被锁链捆在一起。我忘了某些细节——做什么或者告诉某人——但是我不能停下来，因为有锁链……我们的嘴里塞满了沙子，到处都是苍蝇……我们穿着深蓝色的制服，必须继续往前走……"

他中断讲述。"我不知道为什么穿深蓝色的制服——一般都是和战争有关。自命不凡的人一般都不讲自己的梦。"

"我想听，听起来非常糟糕。"

"唔，在某种意义上来说是的……因为行军，我们的靴子破了……我低下头来，看见脚上的骨头，黑色的，因为我们被锁在链子上很长时间，它们正在裂成碎片。"

"但祈求上帝，我们都希望开脱。"

"是的。很像《绞刑犯之歌》①。在铜一样的天空下，只有它是热的——我们知道旅行的结束比开始还要糟糕。都是我的错，因为我忘了——不管它是什么。"

"结果怎么样？"

"没结束。你碰我的时候改变了——下雨了，还有一束菊花什么的……哦，只是关于责任的梦，稍微柔和一些。滑稽的是，我知道自己的确忘记了什么。我醒过来的时候梦还在嘴边——后来就消失了。"

---

①法国中世纪杰出诗人弗朗索瓦·维庸（Fransois Villion，1431—1463）的作品。

"如果你不担心，它们就回来了。"

"我希望如此，这样我就不会这么内疚了……嗨，本特，那是什么？邮局？上帝啊，小子，你拿的是什么？"

"我们的丝绸帽子，老爷。"

"丝绸帽子？别荒唐了，本特。在乡下我们不需要这个。"

"葬礼就在明天早晨，老爷。我想老爷可能会参加。祈祷书和黑色西装一起放在另一个包裹里。"

"但是该死，我可以不穿戴丧服和高帽参加乡村的葬礼！"

"按照乡下的习俗，尊重别人是被欣赏的。但是您还是按照自己的意愿行事吧。搬家具的两辆货车已经到了。柯克警督在楼下和麦克布赖德先生、所罗门斯先生一起。如果老爷同意，我提议开车去布若克斯福德，采购一些临时必需品——比如两张行军床和一个水壶。"

"彼得，"哈丽雅特从她的信件上抬起头来，说，"有你妈妈来的一封信。她说她今天早晨要去老房子。射击聚会取消了，杰拉德和海伦周末要去阿顿伯里勋爵家。她问我们想不想和她共度一两天。她想我们也许需要休息，换换空气——不是从对方那里，她很小心地解释，而是从她所说的家务管理那里。"

"我妈妈是个了不起的女人。她能把正确的钉子钉在脑袋上的本事真是不可思议——尤其是她的打击都带着随意的风格。家务管理！这个房子是我们想保存的所有的东西，看情况吧。"

"你觉得她的建议如何？"

"我希望由你来说我们应该去什么地方。我们不得不去某些地方，除非你真的喜欢本特充满感情暗示的这个水壶和行军床。但是据说，最好别太早让婆婆介入小两口的婚姻生活。"

"婆婆，婆婆。"

"的确，你不要介意那些姻亲，他们不一样。我们曾经讨论过，我们在能够自己生活的时候再回去看他们。"

"我想去，彼得。"

"很好，那么，你应该这样做。本特，给老夫人打电话说我们今晚过去。"

"好的，老爷。"

"由衷的满足。"本特离开后，彼得说，"他放弃调查会很难过，但是行军床和水壶也会打击本特的精神。在某种程度上，我应该感激所罗门斯先生促成此事。我们没有临阵脱逃，而是接到撤退的命令，这样可以带着战争的荣誉走出去。"

"你真是这么想的？"

"是的，我就是这么想的。"

哈丽雅特看着他，感到压抑，就像一个人得到自己梦寐以求的东西时通常会有的感觉。

"你永远也不会想回到这所房子了。"

他心神不安地移动着身子。"哦，我不知道。我可以被束缚在一个坚果壳里……如果不是因为我做了噩梦。"

但是如果失败的阴影总是笼罩着他，他在这所房子里就会一直做噩梦……他把这个话题放到一边，问：

"妈妈那边还有什么新闻吗？"

"准确地说，不是新闻。当然，她为我们遇到这么多麻烦感到抱歉。她想她给我们找到了两个合适的女仆，十一月份入住。支形吊灯已经挂起来了，每一粒水晶都已经分离、静音了，这样它们就不会碰撞发出叮当声；她让调音师连续弹了一个小时钢琴，这样就不会发出单一的叮咚声。亚哈随鲁星期二晚上抓到了一只老鼠，放在富兰克林卧室的拖鞋里了。你的侄子杰里和一个警察争执，但是又解释道说他的叔叔结婚了，便带着警告和罚单逃跑了。就是这些。其余的——呃，大概意思就是她很高兴我能给你帮助，有点小逆境也不是什么坏事。"

"也许她是对的。总之，我很高兴这是一张令人愉快的便函。还有，这儿有潘达洛斯叔叔给你的便条——我的意思是，保罗叔叔——封在给我的那封信里。他在信中说，他很鲁莽地希望我过去那些年沉迷于他所谓的'对美德的放纵狂欢'并没有给我留下太多训练出来的专业配偶。他推荐有序的生活，请求我不要允许自己变得太感性，既然情感总是损害生命的力量。我不认识任何一个像潘达洛斯叔叔这样可以在一封信中写满这么多玩世不恭的粗俗忠告的人。"

"我的忠告也是好的。但是不那么玩世不恭。"

德拉盖蒂先生实际上是这样写的：

  （我的侄子）他只是有点过于敏感，或者说只是有点好色。他对您的渴望远远大于您对他的渴望。勇敢点吧，不要破坏这种自然流露的感情。他非常清楚自己的想法，他需要全情付出，需要向您倾诉，请不要拒绝他的好意。冷淡，或者卖弄风骚，都会让他受不了，他不懂得约束自己，争吵也会让他感到厌恶，这些您其实早已清楚，对不起！我觉得您是一位非常善良的小姐，相信我侄子的幸福对你我二人都非常重要。也就是说，他是我们幸福生活的来源，希望您从他身上找到自己的幸福。同时，为了让他开心，您只能保持幸福的状态，因为他不能容忍自己的家人过得不开心。此致，祝您一切顺利。

彼得咧嘴笑了笑。

"我不会问写了什么。越是不谈论保罗叔叔的好忠告，就能越快地恢复。他是一个非常可敬的老人，他的判断是如此令人讨厌的合理。按照他的想法，我忍受着浪漫的心，这和我现实的头脑做着捉迷藏的游戏。"

德拉盖蒂先生实际上是这样写的：

  ……你肯定已经受够了这个女人。她到目前为止经历的爱情都是痛苦的，是让你让她知道了爱情的美好。在你身边她体会到了从未体会过的温柔，她应该懂得珍惜。但是，我亲爱的，不要显得那么软弱！她不是那种无知，不成熟的女人，她既聪明又有想法，懂得怎么用大脑解决问题。所以你不能显得太顺从，她不会因为你的顺从而感谢你,而且,也不要对她说这么多的甜言蜜语,说再多好听的她也不会回心转意。你需要征服她,我觉得她还是有宽广的胸怀的。你现在需要克制内心的热情,或者把它们先存起来,等到你们夫妻温存的时候再表露也不迟。另外在适当的情况下,展现一下你雄辩的口才也是必不可少的。你这个年纪,需要明确一点,你现在还远没有到那种被逼得走投无路,必须要发出最后呼救的情况。为了让你的妻子更尊敬你,好好想想用什么方法可以让她不再感到这么无聊……

彼得扮着鬼脸把这封信折起来,问:
"你打算去葬礼吗?"
"我不去了。我没有黑色的大衣用来陪衬你的高帽子,我最好留在这里,留心麦克布赖德先生和所罗门斯先生的货车。"
"本特可以负责这个。"
"哦,不——他渴望参加葬礼。我刚才看见他正在刷他最好的礼帽。你要下楼吗?"
"现在还不去。我的代理商来了一封信。我以为我把一切都处理好了,但是其中一个房客偏偏选择这个时候惹麻烦。杰里跟一个女人搞得不明不白,很抱歉打扰我。但是她丈夫的眼睛里已经冒出勒索的光了。他会做什么呢?"
"我的天!又是那个孩子?"
"我不该做的是给他寄了一张支票。我清楚那个男人和那个女人的底细,现在需要做的是写一封措辞严厉的信,并附上同样了解他们的我律师的地址。但是我不能下楼,柯克正在窗户那里钻进钻出,掮客手下的人正在古董架那里扯皮。"
"你当然不能。我下去看看。乖乖地忙吧……我过去一直以为你是一个游手好闲的人,世界上所有的责任都与你无关。"
"财产不能经营自己,真倒霉!侄子们也不行。啊哈!潘达洛斯叔叔喜欢给出长辈的忠告,是不是?相信我到时候也应该给出长辈的意见,这样非常有用。人人皆有得意的时候……很好,吻我……啊,不!看,你向我描述……来吧,跳!你必须认真。"

彼得处理完信件,被好说歹说地劝着穿上了黑色的西服,戴上了拘谨的领结。来到楼下时,看到柯克警督正要离开,麦克布赖德先生正和所罗门斯先生以及一个满面灰尘的自称是女遗嘱继承人代表的职业人士争论得热火朝天。到底他们达成了什么意见,彼得没有过问。结果家具还是要搬走,哈丽雅特(代表彼得)放弃了一切要求,原因有四个:一、他们没有为使用它付过一分钱;二、即使原来的主人用一磅茶的价钱就把它们送掉的话,他们也得不到;三、他们周末要去度假;四、很高兴能尽快把它们搬出房子,这样就能腾出空间来干点别的。

这个问题算是解决了。麦克布赖德先生征求警督的同意继续搬家具。柯克忧伤地点点头。

"不走运?"彼得问。

"一点也不。"柯克说,"就像你说的那样。帕菲和伯特·拉德尔弄得楼上都是印子,但是分不出哪些是上个星期留下的。地板上没有击打后的凹痕。如果一个石头落下来就应该留痕迹——但另一方面,老橡木那么坚硬,如果你举起石头砸它,过一个星期也不会留下什么印儿。我从来没遇到过这样的案子。好像都不知道从何入手。"

"你试着把塞伦从窗户外挤进去了吗?"

"乔·塞伦?"柯克喷着鼻息,"如果你去村子里,就能见到乔·塞伦了。谈到交通阻塞!我长这么大都没见过。半个帕格福德的人都在,整个布若克斯福德的人也在,伦敦的报社记者全来了,还有《布若克斯福德和帕格福德公报》和《北赫特福德广告报》的记者,还有一个小伙子扛着拍电影用的摄影机,小汽车堆满了皇冠酒吧的门口,人都进不去,酒吧前面人山人海,进去也没人给他们服务。乔应付不过来了。我派手下的中士去那里,助他一臂之力。"还有,"警督说,"当我们知道吉蒂先生的地盘上整整停着二十辆车的时候，走过来一个小孩，尖叫着，'哦，求求你了，先生——能不能让我过去？我牵着牛。'——我们不得不再次换地方。事态恶化得难以形容。不会总是这样，我们只能这样安慰自己。葬礼结束后我会把塞伦带过来。"

麦克布赖德先生手下的人工作得很专业。哈丽雅特眼看着她的蜜月住所瞬间被拆分成草、包装箱、卷起来的窗帘、照片像蜘蛛网般乱扔着，屋子仿佛是尘土飞扬的沙漠。她在想，是不是她整个婚姻生活的质量也会像这个万花筒一样。性格就是命运。她和彼得的性格里很可能有什么东西，让他们在没有荒谬的打扰和命运突变的情况下，注定不可能跟冒险靠近。她在帮着收拾火炉用具的时候，突然想起一个结了婚的朋友曾经向她倾诉她的蜜月生活，于是她大笑起来：

"吉姆想去个安静的地方，于是我们去了布里塔尼的一个小渔村。那当然是个可爱的地方，只是经常下雨，我想我们是不是来错地方了，因为我们真是闲得无聊。我们当时很相爱，我没说我们现在不相爱——但我们有很多时间需要打发，总是静静地坐在那里读书好像也不是个事儿。对于一个观光性质的蜜月来说，至少还有话可说——至少那也是一种安排。"

唉，计划赶不上变化。哈丽雅特从火炉用具上面抬起头来，弗兰克·克拉奇利带着惊奇的表情说道：

"您需要什么帮助吗，夫人？"

"呃，克拉奇利，我不知道。今天上午你有时间吗？"

克拉奇利解释说，他从大帕格福德带来一群参加葬礼的人；但是他们会在皇冠吃午饭，那之后就不需要他陪同了。

"但是你不想参加葬礼吗？你是帕格海姆合唱团的，是不是？牧师提到会有合唱的节目。"

克拉奇利摇摇头。

"我和古达克夫人吵架了——至少，她和我吵架了，那个柯克……

从中作梗。与牧师的妻子和波莉·梅森没有关系。我去找她公布结婚预告，古达克夫人就开始攻击我。"

"哦！"哈丽雅特说。她本人对克拉奇利也不是很满意。但是既然他不知道特威特敦小姐已经把她的麻烦公开了，看来最好也就别提这个茬。现在特威特敦小姐可能已经后悔自己把这件事说出来了。如果把这当个重要的事情告诉克拉奇利，对这个可怜的小女人来说就是更大的羞辱了。况且，一个搬家工人正跪在窗前把青铜骑士和其他艺术品轻轻地放入包装箱，另一个工人正站在梯子上把镜子从墙上取下来，同时思量着怎么对挂钟下手。

"很好，克拉奇利，你可以帮这些小伙子们一把，如果他们需要的话。"

"好的，夫人。我可以把其中一些东西搬出去吗？"

"呃——不，现在还不用。"她转向窗前的工人，他正在把最后一件赃物放进箱子里，并盖上盖子。

"你介意这个房间里的其他东西等到最后再搬吗？我丈夫葬礼后会回到这里，有一两个人随同前来。我们还需要几把椅子。"

"好的，夫人，我们可以去楼上了吗？"

"是的，当然。我们也不会占用这个房间很长时间。"

"好的，夫人。比尔，这边走。"

比尔这个留着小胡子的瘦子从梯子上顺从地走下来。

"好了，乔治。拆下有四根帷柱的床会花我们一点时间。"

"这个人可以帮你们吗？他是这里的园丁。"

乔治看了一眼把梯子拿到房子中央的克拉奇利。"花园里还有几盆植物。"乔治说，"关于它们，我们也没接到什么特殊的指令，我们只知道要把所有的东西都搬走。"

"是的，植物得搬走，还有这里的东西。但这里的东西后搬。你去看看暖房，克拉奇利。"

"外屋还有一些东西，杰克在那里，他也许很高兴有人来帮忙。"乔治说。

克拉奇利把梯子靠在墙上，走了出去。乔治和比尔上了楼。哈丽雅特记起彼得的烟斗和雪茄还放在古董架上，就收了起来。接着传来啪的一声巨响，她迅速地走进食品储藏室。这里已经空空如也了。她脚跟上都带着愤怒地冲向地下室的台阶，甚至都来不及想起来这里曾经躺过什么人。地下室像埃及坟墓一样漆黑一片，她划亮一根火柴，沉重地呼吸着。一切都好。两打半波尔多葡萄酒整齐地排列在架子上，上面用大头钉钉着一张告示，上书几个大字：老爷的财产，勿动！她再次回到光明之中，碰到从后门进来的克拉奇利，他看着她。

"我去看葡萄酒是不是还好。我看见本特贴出告示。但是请告诉其他人无论如何都不能动那些葡萄酒一根指头。"

克拉奇利的笑脸表明哈丽雅特的脸有多么迷人，对比之下，特威特敦小姐和波莉·梅森又是多么的鲁莽妄动。

"他们不可能忘记的，夫人。本特先生已经亲自同他们讲过了——非常郑重地。他看起来非常重视那些瓶子。如果您看见他昨天是怎么责备玛莎·拉德尔的——"

哈丽雅特真希望当时自己在场，而且想听证人到底怎么叙述，但是考虑到克拉奇利的鲁莽又泄了气。此外，不管他知道与否，他在她眼中都不怎么样。她压制了自己的欲望说：

"好了，一定不要让他们忘了。"

"好的，我想，他们不会把桶拿走的。"

"哦，是的——那也不属于我们，除了那些瓶装的啤酒。"

"很好，夫人。"

克拉奇利没拿走任何他想拿的东西，又走了出去，哈丽雅特回到起居室。带着宽恕的怜悯，她把蜘蛛抱蛋从装着它们的花盆里取出来，把它们集中在地板上可怜的一小堆里，和令人讨厌的像塞得太满的针垫样的小仙人掌以及一小株橡胶树摆放在一处。她几乎不怎么管她不喜欢的植物，但它们因为感伤的原因而变得空空荡荡了。彼得嘲笑过它们。如果他的嘲笑能让一株蜘蛛抱蛋变得神圣，她一定会迷恋他的。

"很好,"她大声地对自己说,"我会迷恋他的。"她挑出最大的一株蜘蛛抱蛋,亲吻了它冷漠闪光的表面。"但是,"她开心地对着一棵仙人掌说,"除非你刮胡子,否则我是不会亲吻你的。"一个脑袋突然探出窗口,吓了她一跳。

"对不起,夫人,"那个脑袋说,"外屋的那个婴儿车是你们的吗?"

"什么?哦,亲爱的,不,"哈丽雅特说,她开始身临其境地同情起昨夜彼得的感受,(我知道我应该让自己瞎胡闹——他们两个似乎注定这样。)"那一定是前任主人在大减价的时候买的。"

"说得对,夫人。"那个脑袋说完,吹着口哨消失了。

她自己的衣物收拾好了。本特午饭后不久出现——彼得正在写信——而且发现她正在和橙色的外套作斗争。看了一会儿,他提出帮忙,被允许了。最私密的部分毕竟此前已经打理完毕——虽然,哈丽雅特看到她的内衣还没有装箱,她不记得曾经用过这么多棉纸,而且很吃惊自己居然是这么一个善于打包的人。

不管怎样,都做好了。

克拉奇利走进起居室,手中的托盘里放着很多杯子。

"也许您需要这些,夫人。"

"哦,谢谢你,克拉奇利。你真细心。是的,我们很可能需要。把它们放在那里,好吗?"

"好的,夫人。"他准备好了在此逗留。

"那个叫杰克的家伙,"他停顿了一下突然说,"想知道该拿那些锡制的瓶装的东西怎么办?"

"告诉他就放在食品储藏室里吧。"

"他不知道哪些是您的,夫人。"

"所有贴着'福特娜姆和梅森'标签的东西。如果还有其他的东西,很可能属于这所房子。"

"很好,夫人……您和老爷以后还会回到这里吗,如果我可以冒昧地问一句?"

"哦,是的,克拉奇利——我确信我们会回来的。你是不是在考虑你在这里的工作？当然。房屋改建的时候我们会离开一段时间，但是我们希望有人照料花园。"

"谢谢您，夫人。很好。"接着是一阵令人感到尴尬的宁静。

接着，"对不起，夫人。我在想"——他把帽子拿在手中，笨拙地绞着，"您看，我和波莉要结婚了，老爷是否……我们本打算开个修车厂，只是我丢了那四十英镑……如果您可以借给我，夫人，我们一定会还给您的——"

"哦，我明白了。呃，克拉奇利，我说什么都不算数。你必须自己和老爷谈。"

"是的，夫人……如果您能帮我说句话，也许……"

"我会考虑的。"

她一辈子也不可能在她的口气里注入真正的温暖。她很想说："你难道还想让我们把特威特敦小姐的存款也预先支付给你吗？"另一方面，这个要求也不是无理的，既然克拉奇利不可能像她一样知道这么多。面谈结束了，但是年轻人还是站着不走，直到她听见门口传来的汽车声，她才松了口气。

"他们回来了。他们没去多久。"

"是没多久，夫人，不需要很长时间。"

克拉奇利犹豫了一会儿，走了出去。

进来好大一帮人——如果他们都是坐戴姆勒来的，一定看起来像是赶赴葬礼承办人每年请雇工参加一次的宴会；但并非如此！牧师在，有的人可能是坐着他的小车来的。他走了进来，白色法衣和牛津学位服挂在一只胳膊上，像父亲一样用另一只胳膊搀扶着特威特敦小姐。哈丽雅特扫了一眼特威特敦，她看起来比前一天晚上恢复了一点活力。虽然她的眼睛依然因为葬礼的眼泪而红肿着，她戴着小山羊皮手套的手里攥着黑貂皮镶边的手绢。在如此重要的灵车上能成为主哀悼人的激动心情显然让她恢复了一些自尊。拉德尔夫人跟随其后。她那式样老旧古怪的斗篷上镶着闪闪发光的黑珠子，帽子上夸张的装饰快乐地舞动着。她满面红光。本特跟在她身后，手里捧着一摞祈祷书和一顶庄重的高帽子，相比之下，他倒像是死者最亲近的人。他的面色是非常合时宜的阴沉。出人意料的是，跟在本特后边的是帕菲特，穿着一件墨绿色的不知道有多少年头的旧外套，工装服外面套着毛衣，扣子摇摇欲坠。他的高帽不是星期三早晨那顶，帽檐儿是卷边的，显然受到十九世纪风格的影响。

"好了！"哈丽雅特说，"你们都在这里了。"

她疾步向前和特威特敦小姐打招呼，但是被往散热器上放毯子的她的丈夫中途截住了。他一副很有勇气的样子，很可能是因为自我意识引起的。他暗淡的西装和围巾，线条刚硬的黑色外套，卷得很紧的丝绸雨伞造就的氛围被他稍微有点歪斜的大礼帽给破坏了。

"你好啊。"老爷亲切地打着招呼。他把雨伞支在地上，踌躇地微笑着，挥动了一下大礼帽。

"过来坐下吧。"哈丽雅特恢复原本的样子，把特威特敦小姐带到一把椅子前。她接过黑色的小羊皮手套，安慰地捏着。

"耶路撒冷，我幸福的家园，"老爷俯瞰着他的领地，充满感情地吟颂着，"这是被所有人称做完美的城市吗？破坏它的人真是悲哀呀！以色列的战车和它的骑兵！"

他好像还沉浸在参加葬礼和其他庄严仪式后的那种不可靠的情绪中。哈丽雅特严厉地说："彼得，行为规矩些。"然后迅速转向古达克先生。

"葬礼上有很多人吗？"

"是有很多人参加，"牧师回答道，"真的人数庞大。"

"非常令人满意，"特威特敦小姐大声说道，"——所有这些对舅舅的尊重，"她的脸上一片绯红——她看起来差不多算是漂亮了，"那么一大团花！十六个花圈——也包括您送来的美丽的礼物，亲爱的彼得夫人。"

"十六个！"哈丽雅特说，"想想啊！"她感觉她的腹腔神经丛猛烈地晃了一下。

"还有合唱队！"特威特敦小姐继续说，"这些动人的赞美诗。还有亲爱的古达克先生——"

"牧师的话,"帕菲特先生指出,"如果我可以这样说,先生,真令人激动。"

他掏出一张红底白点的棉布手绢,精神勃勃地大声擤鼻涕。

"哦,"拉德尔夫人同意她的看法,"一切都很完美。在帕格海姆这四十多年,我参加过所有的葬礼,但从来没见过今天这样的。"

她转向帕菲特先生,希望求得他的肯定。趁着这个机会,哈丽雅特问彼得:

"彼得——我们送过花圈吗?"

"上帝才知道!本特——我们送过花圈吗?"

"是的,老爷。温室百合和白色的风信子。"

"多么圣洁得体!"

本特说这是他应该做的。

"大家都在,"特威特敦小姐说,"克拉文医生也过来了,还有老索沃顿先生和夫人,还有布若克斯福德来的杰根斯一家,还有那个告诉我们威廉舅舅不幸的奇怪的年轻人,还有格兰特小姐,她还让所有的小学生捧着花——"

"福利特大街全面戒严。"彼得说,"本特,我看见半导体柜上有杯子。我们应该喝点什么。"

"好的,老爷。"

"恐怕他们强占了啤酒桶。"哈丽雅特扫了一眼帕菲特先生说。

"真棘手,"彼得说,他脱掉大衣,还剩下最后一丝庄严,"好了,帕菲特,也许你可以用其他瓶装的东西补救一下。首次发现,于是他们说,当艾萨克·沃尔顿[①]有一天捕鱼时——"

正当彼得长篇大论的时候,比尔和乔治出人意料地从楼梯上走下来,一个人扛着一个梳妆镜和一个洗手盆,另一个人扛着一个大口水罐和一小束卧室用具。他们好像很高兴屋子里有这么多人,乔治开心

[①] 艾萨克·沃尔顿(Lazzk Walton),英国作家,著有《高明的垂钓者》。

地走向彼得。

"打扰了,老爷,"乔治说着,朝着坐在台阶附近的特威特敦小姐的方向轻轻挥动了一下手中的用具,"所有的剃刀和银边的刷子都留在楼上了——"

"呸!"老爷严肃地说,"没什么是靠粗俗获得的。"他把大衣挂在让人厌恶的陶器上,再加上他的围巾,给水罐盖上他的大礼帽,同时把他的雨伞挂在乔治伸出的胳膊上。"从另一个门把它们运出去,马上把我的人叫过来,告诉你什么是什么。"

"是,老爷。"乔治说,笨拙地慢慢走开了——因为礼帽有倾斜的趋势。令人吃惊的是,牧师用回忆往事的微笑缓解了整体上的尴尬。

"现在,您也许不相信,但是我在牛津的时候,曾经把帽子盖在烈士纪念碑上。"

"是吗?"彼得说,"我曾经和一群人一起把一个敞开的雨伞绑在恺撒的塑像上。那是学会会员的雨伞。啊!饮料来了。"

"谢谢。"特威特敦小姐说。她悲伤地对着杯子摇摇头,"想想我们上次参加彼得勋爵的雪利酒会——"

"天哪,天哪!"古达克先生说,"谢谢,啊!是的,真是这样的。"

他把葡萄酒在舌头上翻转,好像是在和帕格福德最好的雪利酒作比较。

"本特——把厨房里的啤酒拿给帕菲特。"

"是,老爷。"

帕菲特先生说话的语气好像是记起来自己待在不该待的地方,他拾起卷边的礼帽,衷心地说:

"您太仁慈了,老爷。过来,玛莎。把你的帽子和围巾摘下来,我们出去给那些小伙子们帮帮忙。"

"是的,"哈丽雅特说,"本特也许需要你做点午饭什么的,拉德尔夫人,您会留下来跟我们一起吃饭吗,特威特敦小姐?"

"哦,不了。我得回家了。这样不好——"

"您也不必匆忙,"哈丽雅特看到帕菲特和拉德尔夫人离去后说,

"我说这个是因为拉德尔夫人——虽然她在某些方面来说是个优秀的仆人——有时还是需要提醒。古达克先生,您还想再来点雪利酒吗?"

"不,真的——我也要回家了。"

"不带着你的植物吗?"彼得说,"古达克先生战胜了麦克布赖德先生,哈丽雅特,让仙人掌去个好人家。"

"考虑过了,没有问题吗?"

"当然,当然,"牧师说,"我付给他钱。这样才对。他得考虑他的客户。另外一个人——所罗门斯,我想这是他的名字——制造了点小困难,但是我们成功克服了。"

"你们怎么做到的?"

"呃,"牧师承认道,"我也给他钱了。但只是点小钱,数目非常少,真的。比不上植物本身的价值。我不希望它们被送进仓库,没人照管。克拉奇利一心一意地照料它们。他很精通有关仙人掌的知识。"

"真的吗?"特威特敦小姐尖声地说,牧师禁不住有点吃惊地看着她。"我真高兴听说弗兰克·克拉奇利完满履行了他的某些职责。"

"呃,牧师,"彼得说,"归你比归我强。我不喜欢这些东西。"

"也许它们不能满足所有人的口味。但是比方说这个——你必须承认它是这种植物中的极品。"

他慢吞吞地走向悬挂的仙人掌,用他的近视眼凝视着,充满了预期的占有的骄傲。

"威廉舅舅,"特威特敦小姐用颤抖的声音说,"一直都是以这些仙人掌为荣的。"

她泪眼盈盈,牧师很快转向她。

"我知道。真的,特威特敦小姐,放在我这里它们会很安全幸福的。"

特威特敦小姐无言地点点头。这时本特走进来,打断了任何进一步的证实,对她说:

"对不起,搬家具的人要清理阁楼,他们想让我问一下那些贴着'特威特敦'标签的箱子和物品怎么处理。"

"哦！天哪！当然，是的。哦，天哪——是的，请告诉他们我想我最好亲自去看看……你看——天哪！——我怎么能忘了呢？——那儿还有很多东西呢。"她对着哈丽雅特焦急地说，"我希望您别介意——我不会占用您太多时间——但是我最好看一下哪些是我的，哪些不是。您看，我的家太小了，舅舅很好心地让我把一些东西存放在这里——一些我亲爱的母亲的东西——"

"当然了，"哈丽雅特说，"您去哪里都可以。如果您需要什么帮助——"

"哦，非常感谢。哦，古达克先生，谢谢您。"

牧师非常礼貌地把楼梯间的门打开，伸出手。

"我过几分钟就走了，所以现在我要说再见了。当然我还会再来看您的。您也不要太忧伤了，知道吗？实际上，我请求您勇敢起来，像平时一样，星期日来我们这里演奏管风琴。好吗？我们大家都是如此依赖您。"

"哦，是的——星期日。当然，亲爱的古达克先生，如果您希望这样，我会尽力的——"

"哦，谢谢您。我——您——每个人都对我这么好。"

特威特敦小姐在感激和困惑中一溜烟地消失在楼上。

"可怜的小女人！可怜的小灵魂！"牧师说，"真让人悲伤。这个悬在我们上空尚未解决的谜团——"

"是啊，"彼得心不在焉地说，"这不太好。"

他冰冷多思的眼神让哈丽雅特震惊，他还在注视特威特敦小姐出去的那扇门。她想起阁楼上的天窗——还有盒子。柯克先生检查过那些盒子吗，她在想。如果没有——那么，怎么样呢？盒子里会有什么东西吗？一个钝器，也许上面还沾着一些皮肤毛发？她感觉大家沉默了很长时间，直到古达克先生重又突然说起他挚爱的仙人掌：

"现在，这很奇怪——真的很奇怪！"

她看见彼得好像刚从恍惚中清醒过来，走向那个奇怪的东西。牧师带着困惑的表情盯着头顶这个噩梦般的植物。彼得也盯着看，但是盆底离他的脑袋有三四英寸远,所以他能看见的很有限。

"看看那儿!"古达克先生用几乎颤抖的嗓音说,"您看见那是什么了吗?"

他从口袋里摸出一支铅笔,用它激动地指着仙人掌中心的东西。

"从这里看,"彼得向后退一步说,"它看起来像一粒霉菌,虽然从这个位置看不太清楚。但是也许对于仙人掌来说只是繁盛的结果。"

"是霉菌。"牧师严肃地说。哈丽雅特感觉他需要明智的同情,于是爬到高背椅子上,这样就可以在一定的水平线上观察这株植物。

"叶子上面也有一些霉菌——如果那是叶,不是茎。"

"有人,"古达克先生说,"给它浇了太多的水。"他责难地看着这对夫妇。

"我们谁也没动过它。"哈丽雅特说。她停顿了一下,想起柯克和本特曾经动过。但是他们不太可能给它浇水。

"我是个非常讲人性的人,"彼得说,"虽然我不喜欢这些长刺的东西——"

他也停止说话了。哈丽雅特看到他的脸色变了。她被吓住了。那张脸属于早晨痛苦地做噩梦的那个人。

"怎么了,彼得?"

她几乎耳语地说。

"在这儿,我们绕过霸王树,霸王树,霸王树——"

"一旦夏天结束,"牧师继续说,"必须控制浇水的次数,真的必须控制。"

"当然,"哈丽雅特说,"不可能是那个博学的克拉奇利干的。"

"我想是的,"彼得好像长途旅行后回到他们身边,"哈丽雅特——你听到克拉奇利是怎么跟柯克说的,他说,上星期三从老诺阿克斯那里领到工资之前,他浇过水,给挂钟上了发条。"

"是的。"

"前天你也看见他又浇水了。"

"当然,我们都看见了。"

古达克先生吓呆了。

"但是,我亲爱的彼得夫人,他不可能那么做。仙人掌是沙漠植物。它在最冷的季节也只需要一个月浇一次水。"

彼得解决了小疑团后,好像重又回到噩梦的轨道上。他嘟囔着:"我记不起来了——"但是牧师没注意。

"有人最近碰过它。"他说,"我看到你们把它放在一个长链子上。"

彼得的喘气就像在抽泣。

"就是。链子。我们都被捆绑在一起。"

挣扎从他的脸上闪过,留下一个空空的面具。"锁链怎么了,牧师?"

第二十章　当你知道"如何"的时候，就知道是"谁"了

> 这就是适合我下一步行动的工具！
> ——威廉·莎士比亚，《维罗纳的两个绅士》

时不时被危机打断，已经成为塔尔博伊斯日常生活的特征了，所以哈丽雅特看到本特走进来说那些话并不感到吃惊。在他身后徘徊着帕菲特和克拉奇利的身影。

"如果不会给老爷带来任何不便的话，这些人想尽快把家具搬出去。"

"你看，"帕菲特向前一步，补充道，"他们是有合同的。现在，如果我们可以把其中一些东西给他们——"他朝着一个角柜摇晃着一只胖手，那个柜子是梳妆台，一体做成，非常重。

"好吧，"彼得说，"但是动作快点。拿走吧。"

本特和帕菲特抓住梳妆台的一角，摇摇晃晃地让它脱离墙壁，只见柜子后面结满了蜘蛛网。克拉奇利抓住更远的那个角，向后退着朝

门口走去。

"是的,"古达克先生继续,他的头脑一旦集中于某事,就会像海葵一样柔软而坚韧地吸附在上面,"是的,我想老链子已经不安全了。这是一种进步。现在你对仙人掌有所了解了。"

角柜慢慢地在门槛上移动。但是那些非职业的工人不太擅长这份工作,柜子卡住了。彼得突然不耐烦地脱掉外套。

"他是多么讨厌,"哈丽雅特说,"看见笨手笨脚的人。"

"放松点。"帕菲特先生说。

不知道是运气好还是管理出众,彼得的手刚放在那个大家伙上,它就离开了原来的位置。

"成了!"彼得说。他关上门,站在它面前,他的脸因用力而变得有些发红,"是的,牧师——您刚才在说链子。以前比较短吗?"

"哎呀,是的。我肯定是这样的。非常肯定。让我看看——盆底以前在这儿。"

他把手放在比他的头还要稍稍高一点的位置。

彼得弯腰在他身下。

"大约四英寸高。您肯定吗?"

"哦,是的,非常。是的——而且——"

本特又拿着一个衣服刷从没人看守的门进来了。他走向彼得,从身后抓住他,开始刷他裤子上的灰尘。古达克先生非常感兴趣地看着这个过程。

"啊!"帕菲特和克拉奇利挪动窗前的高背椅子时,他让开道,"那些沉重的旧角柜真是糟糕。很难把后面清扫干净。我的妻子总是因此抱怨。"

"这样可以了,本特。我身上不能有灰尘吗?"

本特微微笑了笑,又开始刷另一条腿。

"恐怕,"牧师说,"如果我是您优秀仆人的主人,肯定会让他很忧伤。我总是因为不够整洁而被数落。"他从眼睛的余光看到门在那两个男人身后关上了。他的思想落在视力后面,他突然说:"那不是克拉奇利吗？我们应该问问他——"

"本特，"彼得说，"你听见我说什么了。如果古达克先生愿意，你可以给他刷刷。我不想刷了。我拒绝。"

他轻快的语气中带着更多的锐利，哈丽雅特从没听他这样说过话。她想："自从我们结婚，他这是第一次忘记我的存在。"她走到他脱下的大衣前找烟。但是她还是看见了本特突然抬起的眼光和彼得的手几乎察觉不到的突然一拉。

本特一言不发地去给牧师刷灰。解放了的彼得径直走向壁炉。他站在那里，眼睛扫视着四周。

"呃，真的，"古达克先生用一种新鲜清爽的语气说，"被人伺候对我来说可是全新的经验。"

"链子，"彼得说，"现在在哪里——"

"哦，对了，"古达克先生又接上了思绪，"我刚才想说，那一定是条新的链子。老的链子为了和花盆相配是铜制的，然而这个——"

"彼得！"哈丽雅特无意识地喊了一声。

"是的，"他说，"现在我知道了。"他用手抓住装饰性的排水管，把蒲草从中拎出来，把它靠在一边，这时克拉奇利走了进来——这次是和比尔一起——朝另一个高背椅子走去。

"如果您不介意，老爷。"

彼得把管子迅速拉一下，然后坐在上面。

"不，"他说，"我们这里还没结束呢。你们先离开，我们需要有东西坐着。我会跟你的雇主说清楚的。"

"哦！"比尔说，"好的，老爷。但是请注意，我们今天就得把活儿干完。"

"会的。"彼得说。

乔治可能想坚持，但是比尔的性格显然是敏感的，希望平衡一切，或者能够看到最大的获利机会。他恭顺地说："好的，老爷。"然后走了出去，把克拉奇利也带走了。

门关上后，彼得举起管子。它的底部有个铜制的链子，盘在一起，像条沉睡的蛇。"

哈丽雅特说:"烟囱上掉下来的链子。"

彼得的眼光扫过她的脸颊,好像她是个陌生人。

"一个新的链子安在这里,另一个藏在烟囱里。为什么?"他举起链子,看着挂在半导体柜上方中央位置的仙人掌。这激起了古达克先生的好奇心。

"这个,"他一只手抓住链子的末端,"看起来和原来的那个太像了。看。它被烟灰弄黑了。但如果你摩擦它,它就亮了。"

彼得扔掉手里的链子,让链子在牧师的手里晃荡。他从一群人中选中哈丽雅特,好像向不太有希望的一类人中长得最聪明的那个提问题。

"克拉奇利上个星期浇水了,仙人掌只能一个月浇一次水——"

"——在最寒冷的天气。"古达克先生说。

"——他站在这个梯子上。他擦干了花盆。他走下来。他把梯子放在挂钟下面。他走回柜子这里。你还记得接着他做了什么吗?"

哈丽雅特闭上眼睛,那个奇怪的早晨的场景又出现在眼前。

"我相信——"

她再次睁开眼睛。彼得把手轻轻地放在柜子两端。

"是的——他做了。我知道他做了。他把柜子往前拉到盆子下面中间位置。我坐在椅子上,离他很近——这就是为什么我注意到了。"

"我也注意到了。那就是我记不起来的东西。"

他把柜子轻轻推了回去,移到花盆下面,花盆正好悬在他的头顶上,大约三英寸的距离。

"天哪,"古达克先生惊奇地发现非常重要的事情正在发生,"这太神秘了。"

彼得没有作答,只是轻轻地提起并放下半导体柜的盖子。"就像这样,"他轻声地说,"像这样……这是个值得纪念的时刻。"

"恐怕我很笨。"牧师又斗胆地说。

这次彼得抬起头来,微笑地看着他。

"看！"他说。他举起手，轻轻地接触花盆，把它轻轻地朝着链子的末端旋转。"这是可能的，"他说，"我的上帝！这是可能的。诺阿克斯先生跟你差不多高，是不是，牧师？"

"差不多，差不多，我可能比他高一英寸，不会再高了。"

"如果我再高几英寸，"彼得遗憾地说（因为他的身高是个敏感话题），"我也许可以更聪明。迟做总比不做好。"他的眼睛在房间里逡巡，经过哈丽雅特和牧师，落在本特身上。"你看，"他说，"我们得到了第一个也是最后一个进展的条件——如果我们能填满中间的条件。"

"是的，老爷。"本特用无趣的声音应答。彼得的心在身体里跳动，这次不是他的新婚妻子，而是跟随他破过上百个案子的老随从——这次是求助他。本特咳嗽着，"我可以提个建议吗？我们继续前最好查验这些链子的区别。"

"很正确，本特。就像你说的那样。把梯子拿过来。"

哈丽雅特看着本特登上梯子，接过牧师机械地递给他的铜制链子。彼得听见楼梯上的脚步声。在特威特敦小姐走进房间之前，他已经穿过半个房间，她关上门的时候，他已经站在她眼前了。

"一切看起来都——"特威特敦小姐欢快地说，"哦，古达克先生，没想到还能见到您。您能拥有威廉舅舅的仙人掌真好。"

"本特正在处理这件事。"彼得说。他站在她和梯子之间，对于她四英尺八英寸的个子，他的五英尺九英寸就是个屏风。"特威特敦小姐，如果您真的弄完了，我想知道您是否能给我帮个忙？"

"当然了——如果我可以的话。"

"我想我可能把钢笔忘在卧室的什么地方了，我害怕这些人把它踩坏了。如果我可以麻烦您——"

"很高兴为您效劳！"特威特敦小姐大声说，好像很高兴这件事没有超出她的能力范围，"我现在就上楼找一找。我总是说我找东西的技术一流。"

"您真是太好了。"彼得说。他很绅士地把她带到门前，为她打开门，在她身后把门关上。哈丽雅特什么也没说。她找烟的时候看到彼得的钢笔就在他衬衫前襟的口袋里,她感到自己的胃部冰凉。本特迅速地从梯子上滑下来,手里拿着链子,站在那里,好像准备好了,只要一听到指令就把脚镣套在重刑犯的身上。彼得急忙赶下楼来。

"相差四英寸,老爷。"

他的主人点点头。

"本特——不,我还需要你。"他看见哈丽雅特,开始对着她说话,好像她是他的男仆。"你,去把后面楼梯的门锁上。别让她听见你的动静。这是房子的钥匙。把前后的门都锁上。一定要保证拉德尔、帕菲特和克拉奇利都在里面。如果有人说什么,就说是我的命令。然后把钥匙拿回来——明白了吗?……本特,拿着梯子,看看是否能在墙上或者烟囱那边的天花板上找到挂钩或者钉子。"

哈丽雅特走出房间,轻手轻脚地沿着走廊走。厨房里有声音,柔和的叮当声告诉她午饭已经准备好了——很可能已经吃过了。从敞开的门缝,她瞥见克拉奇利的后脑勺——他正歪着一个水罐往嘴里倒。他对面站着帕菲特,他宽大的下巴正在鼓鼓囊囊地缓慢蠕动。她看不到拉德尔夫人,但是她的声音马上从碗碟洗涤处传了过来。"……看,乔在那里,跟他打了个照面,天知道,他那么高大,他和他的夫人很亲密……"有人大笑。哈丽雅特想那可能是乔治。她疾跑过厨房,跑进密室,跑到她自己房间的门前,气喘吁吁的,不是因为匆忙,更多是因为激动。钥匙插在门上。她轻轻旋转门把手,蹑手蹑脚地走进去。除了她自己捆扎好的静静等待的箱子之外什么都没有,床也被拆成几部分,等着被搬走。她能听见隔壁房间拖着脚走路的声音,那是特威特敦小姐正在尖声尖气地和自己说话(哈丽雅特心想,就像个白兔),"哦,天哪,哦,天哪!发生了什么?"(或者是,"什么事会发生在我身上?")哈丽雅特在那里站了一小会儿,她的手已经放在钥匙上。如果她走进去说:"特威特敦小姐,他知道谁杀了你舅舅,还有……"像个白兔——笼子里的白兔……

接着她走出来,在身后锁上门。

又回到走廊里……悄悄地经过敞开的门。好像没有人注意她。她锁上前门，整个房子密不透风，就像发生凶杀案的那个晚上。

她回到起居室才发现自己动作真迅速，本特还在壁炉旁的梯子上，用一个手电筒在暗黑的房梁上寻找。

"一个丝杆吊钩，老爷，漆成黑色，拧在房梁上。"

"啊！"彼得用眼睛量了一下从吊钩到柜子的来回距离。哈丽雅特把钥匙递给他，他稍微点了下头，心不在焉地把它们放进口袋里。

"证据，"他说，"最终有点证据了。但是——在哪里？"

牧师好像在脑子里把二加二等于几好好算了一遍，然后清了清嗓子说：

"我是不是明白了，"他说，"您已经发现了一个——被我称做破案线索的东西？"

"不，"彼得说，"我们正在找。线索。阿里亚德妮①的线索——缠绕迷宫的小线球——是的，线绳。谁说过线绳？帕菲特，天哪！他是我们的人！"

"汤姆·帕菲特！"牧师喊道，"哦，我不认为帕菲特——"

"把他带过来。"彼得说。

本特开口前已经从梯子上下来了。"是，老爷。"他说完，像闪电一样离开了。哈丽雅特的视线落在链子上，链子就在本特放下的地方——柜子上。她捡起来，叮当声刺痛了彼得的耳朵。

"最好把它消灭。"他说，"给我。"他环顾四周找一个藏起来的地方——然后，他笑了笑，走向烟囱。

"我要把它放在找到它的地方。"他说着跳向通风帽下面，"藏得好就找得到，就像帕菲特经常说的那样。"他又出现了，拍拍手上的尘土。

"那儿有一个壁架，我想。"哈丽雅特说。

"是的。那一枪把链子打下来了。如果诺阿克斯保持烟囱的干净，杀他的凶手就安全了。牧师，做完坏事，好事就会来吗？"

---

①希腊神话中克里特岛国王米诺斯的女儿。阿里亚德妮的线索用来比喻解决问题的方法。

帕菲特先生的出现和已经近在身边的本特让古达克先生不用再探讨教义。

"您找我，老爷？"

"是的，帕菲特。星期三早上我们把烟灰松动后你清扫房间的时候，是否见到地上有条细绳？"

"细绳？"帕菲特先生说，"如果您找的是细绳，我想您找对人了。我看到一条细绳，老爷，我捡起来，放在想要找就能找到的地方了。"他哼哼着拉起一层层的毛衣，开始从口袋里掏出一团团的细绳，就像魔术师变出很多彩纸。"都在这里了，您可以选择。就像我对克拉奇利说的，藏得好就找得到……"

"你指的是一条细绳，是吗？"

"对，"帕菲特先生说，有些费劲地提出了一条厚实的线头，"我在这层楼上捡起一条细绳，然后我对他说——他的四十英镑保有绝对权——我对他说——"

"我想我看见你把什么东西捡起来了。也许你现在说不出具体是哪条？"

"哦！"帕菲特先生受到启发后说，"我现在明白了，老爷。你就想要那条特别的细绳。唔，但是现在我也说不出究竟是哪条。不是这条，我说不出。但是也是条好绳子——结实的一条，大概是一码长，没有绳结的那条。但是究竟是这条，还是那条，我也不能确定。"

"一码长？"彼得说，"应该比这长吧。"

"不，"帕菲特先生说，"不是这条细绳——呃，也许四英尺长，但是不会再长了。还有一些黑色的钓鱼线，也许有二十英尺左右——但是您找的是细绳。"

"我犯了个错误，"彼得说，"我应该，当然，说的是钓鱼线。当然应该是钓鱼线。而且是黑色的。应该就是这样。你见过吗？"

"哦！"帕菲特先生说，"如果您找的是钓鱼线，为什么不早说呢？锁得牢，丢不掉——"

"谢谢你，"彼得说。他熟练地在清扫工的手指上缠绕着那卷黑线。

"是的，就是它。这禁得住二十磅的鲑鱼。我敢打赌两端都有坠子。我就是这么想的——是的。"

他把线的一端穿过花盆沿上的一个环，把带有坠子的两端整合在一起，交给本特。本特一言不发地拿着它登上梯子，把双重线穿过天花板上的吊钩。

"哦！"哈丽雅特说，"我现在明白了，彼得，太可怕了！"

"举起来，"彼得没注意到她在说话，"小心别让线纠缠在一起。"

本特把线拉起来，线陷入他的手指时，他嘟囔了一句。那个花盆被彼得伸出的手从下面固定住，晃动，提起，向上拉到够不着的距离，在铁链子的底端画着半圆形，升起。

"好的，"彼得说，"植物不会掉出来。固定得很稳，很合适。"

现在花盆在一个水平线上停住，平伸在椽子下面。仙人掌从旁边伸出来，在微暗中看起来像个畸形的寄居蟹贪婪地从壳子中伸出爪子来。

牧师凝视着上方，沉思后表示抗议。

"请小心一些。如果那个东西滑下来会砸死人的。"

"很容易，"彼得说，"我就是这么想的。"他朝半导体柜退了两步，依然拉紧手中的两根线。

"一定有十四磅的重量。"本特说。

"我能感觉到，"彼得严肃地说，"你和柯克检查它的时候怎么就没注意到它的重量呢？这里面一定装满了什么东西——感觉可能是铅弹。这肯定是一段时间以前就计划好的。"

"所以，"哈丽雅特说，"这就是为什么一个女人可以敲碎一个高个男人的脑壳。一个有着强壮手臂的女人。"

"可能是任何人。"彼得说，"当时恰巧不在场。任何一个有证据不在现场的人。上帝创造能量，人类创造工具。"

他把线的两头拉到柜子边上，它们正好可以到那个位置。他揭开盖子，把它们压到下面。然后把盖子盖在上面。弹簧档被拉紧了，坠子结实地靠着边缘。哈丽雅特注意到沉重的花盆的牵引力轻轻地从地面升至柜子的边缘。但是不能再往上升了，因为它的脚被椅子腿绊住了。紧绷在房梁上的细细的黑线几乎看不见。

急促敲窗的声音把所有人都吓了一跳。柯克和塞伦站在外边，激动地挥着手。彼得快步走过去，打开窗格子。本特走下梯子，把它们折叠起来，放在墙边。

"什么事？"彼得说。

"老爷！"塞伦的声音快速而焦急，"老爷，我从来没跟您撒过一句谎。您可以在窗户这儿看到挂钟。柯克先生刚才告诉我——"

"是的，"柯克说，"十二点半，绝对没错。"他现在能看见窗户是开着的了，"他们把仙人掌取下来了。"

"不，他们没有。"彼得说，"仙人掌还在那里。你最好进来。前门上锁了。拿着钥匙，把门从身后锁上。"他对柯克耳语，"但是最好悄悄进来——你得发布逮捕令。"

两个警察以惊人的速度消失了。

帕菲特先生困惑地挠着头，向前和彼得搭话。

"您这个装置看起来真的很笨拙，您肯定它不会掉下来吗？"

"除非有人在十二点半的时候打开柜子……看在上帝的分上，牧师，离那个盖子远点。"

正朝柜子走的牧师马上内疚地走开了，并用断然的语气说：

"我只是想近距离看看钓鱼线。"他解释着，"你知道根本看不见。这么黑，这么巧妙。"

"那，"彼得说，"就是为什么想出钓鱼线的主意。对不起我大声喊了。但是一定要靠后，免得发生意外。您意识到您是这个房间里唯一不安全的人了吗？"

牧师退到一个角落里。门被推开了，拉德尔夫人没有被召唤就大声地通报：

"警察来了。"

"哎！"帕菲特先生想让她出去，但是她似乎下定决心一定要弄明白，他们开这么长时间的会都是在说什么。她像木桩子一样双手叉腰站在门旁。

柯克的牛眼睛看看彼得,然后跟着他的目光看看天花板,吃惊地发现胡迪尼①风格漂浮着的没有任何支撑物的仙人掌。

"是的。"彼得说,"它就在那里。但是千万别碰那个柜子,如果有什么后果,我可不负责。我想上个星期三九点半仙人掌就在那里,这也就是为什么塞伦能看到挂钟。这就是所谓的'设想犯罪情况'。"

"犯罪,呃?"柯克说。

"你想要一个可以从后上方击打一个高个男人的钝器,就在那里。它可以敲碎公牛的头颅——您知道它后面的力量有多大。"

柯克又看了看花盆。

"嗯,"他慢慢说,"很漂亮——但是我想要一点证据。上次我见到花盆,上面没有任何血迹。"

"当然没有!"哈丽雅特说,"已经被擦掉了。"

"什么时候,怎么做的?"彼得说着,急速转身面对哈丽雅特。

"上星期三上午还没有。是在前天。刚才您提醒了我们。星期三早上,就在我们的眼皮子底下,我们都站在那里看。就是这么做的,彼得,就是这么做的!"

"是的。"他微笑着看着她,"那就是'如何'。现在我们知道如何,也知道是谁了。"

"感谢上帝,我们终于知道了点什么。"哈丽雅特说。她的欣喜是因为彼得警觉的头脑,他用脚尖保持着身体的平衡。完成了一个任务——最终,没有失败——不会再做关于锁链、失败的男人徒然寻找热带可怕的沙漠中多刺仙人掌的梦了。

但牧师不是彼得的妻子,他往别的方向想了。

"您的意思是,"他用惊奇的声音说,"克拉奇利给仙人掌浇水的时候,把血迹擦掉了?但这是个可怕的结论!弗兰克·克拉奇利——我们合唱队的成员。"

---

① 西方现代魔术之父,逃脱术大师。

柯克更满意了。

"克拉奇利!"他说,"啊!现在我们明白了!他对那四十英镑的事怀恨在心——他想这样就能跟那个老头扯平了,再娶上女继承人——一个钝器击中两只鸟,是不是?"

"女继承人?"牧师慌张地大喊着,"但是他要和波莉·梅森结婚了——他今天早晨还和我谈过结婚预告的事情。"

"这是个让人伤心的故事,古达克先生,"哈丽雅特说,"他和特威特敦小姐秘密订婚了,然后他——嘘!"

"你认为他们是同谋吗?"柯克刚开始问——然后立刻想到特威特敦小姐就在这个房间里。

"我到处找也找不到您的钢笔,"特威特敦小姐真诚而抱歉地说,"我真的希望——"她意识到房间里的气氛奇怪而紧张,塞伦正朝着大家都回避的方向张口结舌地看着。

"我的天哪!"特威特敦小姐说,"真不得了!舅舅的仙人掌怎么到那儿去了?"

她径直走向柜子,彼得把她拉回来。

"我不这么认为。"彼得含义模糊地对柯克说。然后把特威特敦小姐带到一边,留下牧师呆若木鸡地站在那里。

"现在,"柯克说,"我们都说清楚。您具体是怎么弄明白是他干的?"

"如果那个陷阱是谋杀当夜克拉奇利在六点二十离开前设的,"特威特敦小姐发出轻声尖叫,"那么,诺阿克斯走进来的时候,既然他总是在九点半,打开半导体收听新闻广播——"

"他的作息就像闹钟一样有规律。"拉德尔夫人说。

"那么,然后呢——"

但是哈丽雅特有反对意见,无论彼得怎么认为她,她都要插话。

"但是,彼得——一个人举着蜡烛径直走到柜子前都注意不到仙人掌在那里吗?"

"我想——"彼得说。

门迅速打开，撞到了拉德尔夫人的胳膊肘——克拉奇利走了进来。他一只手提着灯走进来，显然是想来拿什么东西，然后再回到外边的货车那儿去。他朝着身后看不见的某人喊着：

"好的——我给你拿，然后替你锁上。"

彼得开口讲话之前，他已经站到柜子旁边。

"你想要什么，克拉奇利？"

他的声音让克拉奇利掉过头来。

"半导体的钥匙，老爷。"他简短地说，一边看着彼得，一边打开盖子。

百万分之一秒的时间内，大家一动不动地站着。沉重的花盆像连枷一样翻滚下来，闪着光，在离克拉奇利头部一英寸的地方滑了过去。经过时，克拉奇利的脸色变得煞白，灯球掉在地上，叮叮当当摔成无数碎片。

那时，就在那时，哈丽雅特意识到所有人都大喊出来，也包括她自己。之后是几秒钟的沉默，花盆就在他们眼前，以若隐若现的弧形摆动着。

彼得警告牧师：

"靠后，牧师！"

他的声音打破了紧张。克拉奇利的脸变成了一只野兽的模样。

"你这个魔鬼！你这个该死的狡猾的魔鬼！你怎么能如此诅咒——你怎么知道是我干的？我要割开你的喉咙！"

他跳过来，哈丽雅特看到彼得振作起精神。但是柯克和塞伦抓住了他，他们厮打着，发出喘息声和号叫。

"放开我，见鬼！让我数落他！你们可以给我设个陷阱，是吗？是啊，是我杀了他。那个该死的老浑蛋骗了我。你也一样，艾吉·特威特敦，去死吧！我杀了他，我告诉你，什么都不为。"

本特悄悄地走上来，抓起摇摆的花盆，放在一个静止的地方。

柯克在说话：

"弗兰克·克拉奇利，我要逮捕你……"

其余的话淹没在恼人疯狂的喊叫声中。哈丽雅特走过来站在窗前。彼得原地没动,任凭本特和帕菲特帮助警察。他们把克拉奇利拖出房间。

"天哪!"古达克先生说,"真令人震惊!"他拿起他的白色法衣和长巾。

"让他出去!"挣扎的人群从她眼前经过时,特威特敦小姐尖叫着。"真可怕!让他出去!想想我还曾经让他那么亲近过!"她的小脸因为愤怒而扭曲了。她在他们身后跑,摇晃着她紧握的拳头,滑稽地大喊着:"畜生!畜生!你怎么可以杀死可怜的舅舅!"

牧师转向哈丽雅特。

"原谅我,彼得夫人。我的职责需要我和那个不幸的年轻人在一起。"

她点点头,他跟着其他人走出房间。拉德尔夫人在往门外走的路上看到悬挂着花盆的钓鱼线,好像突然明白了什么。

"看那儿!"她胜利地大喊着,"真是可笑啊!星期三早上来打扫的时候,我亲自把它摘下来,扔到地板上的。"

她环顾四周寻求赞许,但是哈丽雅特已经没有力气作出评论,彼得也是站在那里一动不动。渐渐地,拉德尔夫人意识到鼓掌的时机已经过去了,于是慢吞吞地走掉了。接着塞伦离开人群又回来了,他的头盔歪了,外衣的领口也被撕开了。

"老爷——我不知道应该怎样感谢您。您终于还了我一个清白。"

"好了,塞伦。这样就可以了。像个好小伙那样赶紧离开吧。"

塞伦走了出去。接着又是一阵沉默。

"彼得。"哈丽雅特说。

他看了看四周,正好看见克拉奇利从窗前被拉走,他还在四个男人的手心里挣扎着。

"过来,握住我的手。"他说,"这个部分总是让我沮丧。"

颂歌

第一章 伦敦：正式道歉

> 弗吉斯：伙计，你一向是个出了名的好心肠人。
> 道格培里：是呀，就是一条狗我也不忍心把它勒死，何况是个还有几分天良的人。
>
> ——威廉·莎士比亚，《无事生非》

哈丽雅特·范内小姐，在她那些令人羡慕的侦探小说里习惯于让迷恋谋杀的人们欣喜，因为她通常让故事结束在一个高音符上。罗伯特·坦普尔顿先生，那个著名但是怪异的侦查员会在最后一章用华丽的盛宴揭开凶手的面具，然后在一阵雷鸣般的掌声中，突然从舞台上跳出来，让其他人通过琐碎的细节把案子拼凑在一起。

她发现，在现实生活中，那个著名的侦查员在快速地往肚子里塞满由面包奶酪组成的、通常忙得没时间吃的午餐后，会在警察局待上一下午，做一番冗长的供述。侦查员的妻子和仆人也发表供述，清扫工、女佣和牧师录完口供后，三个人就被随便地打发走。然后，如果事态进展顺利，警察会整夜不睡给嫌疑人录口供。更进一步的、使人愉快的特征是警告他的律师，本人和他的财产在没有通知警方的前提下，都不能离开这个国家，即使是离开当前所在地，因为下一步程序也许就是等待被法庭传唤。从警察局回到家中，侦查员一家发现房子已经被两个警员霸占了，他们正在那里拍照片、量尺寸，准备搬走半导体柜、铜制的锁链、吊钩和仙人掌，同时给它们命名为 A、B、C、D。这些是目前为止房子里剩下的，除了主人的财务之外仅有的可以搬走的东西。乔治和比尔已经完成工作，开着货车走了。警察花了很长时间、费了很大力气才说服他们把半导体柜留下。但是在这里，法律还是占了上风。最终警察走了，孤独地留下他们两个人。

哈丽雅特环顾着空荡荡的起居室，茫然若失。除了窗台，连坐的地方都没有，于是她干脆坐在窗台上。本特在楼上给旅行箱和手提箱上锁。彼得毫无目的地在房间里踱步。

"我要去城里。"他突兀地看着哈丽雅特，含糊地说，"我不知道你想要做什么。"

这让她惊慌失措，因为她从他的语气中无法判断他是否想让她也跟着去伦敦。她问道：

"你晚上会留在城里过夜吗？"

"我不这么想，但是我必须见到因佩·比格斯。"

这就是困难所在。她接受审讯的时候，因佩·比格斯爵士曾经是她的辩护律师，彼得不知道提起他的名字，她会怎么想。

"他们是不是需要他来起诉？"

"不，我想让他来辩护。"

当然了——多么愚蠢的问题。

"克拉奇利需要一个辩护律师，这是当然。"彼得继续说，"虽然从目前的情况来看，他不能谈论任何事情。但是他们已经说服他请一个律师替他出面。我已经见到那个人，提出给他们找因佩。克拉奇利不需要知道我们和这件事情有关。他很可能都不会问。"

"你必须今天见因佩先生吗？"

"我应该去。我从布若克斯福德给他打过电话。他今晚在家，但是在见我之前他还需要讨论一下他关心的某个法案。这样恐怕我回来得就很晚了。"

"好的,"哈丽雅特决定无论发生什么都尽量表现得很理智,"我想你最好也把我带到城里,我们可以住在旅馆里,或者如果你喜欢的话,去你妈妈家里住,如果仆人们在的话。或者住在你的俱乐部里,我可以打电话给一个朋友。或者我可以开自己的车,先你一步去丹佛。"

"足智多谋的女人!那么,我们去城里吧。"

他好像感到很安慰,毕竟她已经准备就绪。于是他立刻走出去做点和他的车有关的事情。本特从楼上走下来,一脸的担忧。

"夫人,您打算拿这些沉重的行李怎么办?"

"我不知道,本特。我们最好别带到老夫人的房子里,如果我们把它带到城里,也没什么地方可放,除非放在新房子里——我并不认为我们会去那里,哪怕就一会儿。我不喜欢把它们留在这里,没人照看,而且我们一时半会儿也回不来。即使老爷——也就是说,我们应该弄些家具过来。"

"说得对,夫人。"

"我猜你不清楚老爷可能有什么决定?"

"不,夫人。我遗憾地说不知道。"

差不多二十年了,本特对计划一无所知,除了皮卡迪利街上的那套公寓。他只有一次感到困惑。

"我告诉你是什么。"哈丽雅特说,"替我去牧师家,问问古达克夫人是否愿意我们把行李留在她那里几天,直到我们做出下一步的计划。她到时可以把行李寄过来。跟她说声抱歉,我不能亲自前往。要不你给我找张纸,我写个条子给她。我希望老爷需要我的时候可以在这里找到我。"

"我很明白,夫人。我冒昧地说一句,我想这是极好的安排。"

不去和古达克夫妇道别也许很没礼貌,先不说彼得是否愿意,只要想到古达克夫人没完没了的问题和古达克先生的哀叹就很令人畏缩的了。本特回来的时候,带着牧师妻子诚恳同意的纸条,他说,特威特敦小姐也在牧师家里,哈丽雅特庆幸自己逃过一劫。

拉德尔夫人看起来消失了。(她和伯特确实和霍奇斯夫人以及少数几个邻居在六点喝了一次奢侈的茶,并热切希望把他们得到的滚热的新闻传播出去。)唯一和他们道别的是帕菲特先生。他没有闯到家里来,只是在汽车开出小径的一瞬间,从临近的大门突然跳入他们的视线,他好像正在安详地享受一支烟。

帕菲特说:"我只想祝你们好运,老爷和夫人。同时希望很快能再见到你们。如果您对这里存有希望,可能不会得到很多令人舒服的东西,但是如果您因为这个缘故开始讨厌帕格海姆,您能感到的就不只是遗憾了。如果你们想疏通烟囱,或者干些其他清扫方面的小活,只要说一声,我会很高兴为你们效劳的。"

哈丽雅特诚挚地感谢他。

"有一件事,"彼得说,"洛普斯利的老墓地里有一个我们的烟囱顶管做的日晷。我给乡绅写信提议给他换一个新的日晷。我可以告诉他让你去把旧的换回来吗?"

"我可以做到。"帕菲特先生说。

"如果你知道其他几只顶管的下落,也请告诉我。"

帕菲特先生答应了下来。他们和他握手,留下他站在小径的中央,欢快地挥动着帽子,直到汽车转过街角。

车已经开出去五英里了,他们还处于沉默中。然后,彼得说:

"有一个小建筑师可以把浴室拓宽的工程做得很漂亮。他的名字是蒂普斯。他是个普通的小家伙,但是他对阶段性的东西非常有感觉。他做了丹佛的那个教堂。十三年前,他曾因为在他的浴室发现一具尸体而卷入麻烦中,那时我们关系还不错。我想我要给他写封信。"

"他的话听起来很对……你没有像帕菲特说的那样讨厌塔尔博伊斯吧?我害怕你想毁了它。"

"我住的地方,"他说,"只有我们是主人,其他人都不应该涉足。"

她很满意,再也没说话。他们到伦敦的时候正赶上吃晚饭的时间。

因佩·比格斯爵士到了半夜才从辩论中脱身。他友好地和哈丽雅特打招呼。彼得是他一生的朋友和熟人,他们都就对方的结婚表示了礼貌的祝贺,虽然之后他们并没进一步谈这个话题,但是不管怎样,哈丽雅特去和一个朋友睡或者一个人开车去丹佛都没什么问题。晚饭后,彼得只是说:"现在回家也没什么好处。"于是他们拐进一家新闻电影院,看了一场《米老鼠和唐老鸭》,还有一部关于钢铁工业的教育电影。

"好,好,"因佩爵士说,"你是想让我为你处理一个辩护。我猜是赫特福德郡的那件案子吧。"

"是的。我事先警告你这次可不太容易。"

"没关系。我们以前也处理过一些完全没有希望的案子。有你的支持,我们肯定能打胜仗。"

"比吉,我是起诉方的证人。"

"你这个魔鬼,你为什么要为嫌疑人聘请律师?为了良心还是钱?"

"差不多吧。总而言之就是个劣等的表演,我们尽力想为这个人做点什么。我的意思是说,你不知道吗——我们刚结婚,一切都很美好。接着这件事情就发生了,当地的警察又帮不上什么忙。于是我们就介入了,最后把目标锁定在一个可怜的家伙身上,这个家伙从这个世界上没得到过一分钱,也没伤害过我们——不管怎样,我们希望你给他辩护。"

"你最好从头说起。"

彼得于是从头讲起,偶尔被律师精明的问题打断,从头讲到尾。整个讲述持续了很长时间。

"唔,彼得,你给我介绍了一个自负的傻小子。还包括嫌疑人自己的坦白。"

"他并没有发誓。震惊——紧张——害怕,那个不公平的把戏把他搞成那个样子。"

"你猜他在警察局还会再闹一回吗?"

"问题迫使他说出真话。你自然不要担心那样的小事。"

"花盆里有链子、吊钩和铅块。"

"谁说是克拉奇利放在那里的?也许这都是老诺阿克斯小把戏的一部分。"

"还有给仙人掌浇水和擦花盆?"

"不值一提!我们只从牧师那里听到过仙人掌变形的说法。"

"你能转移动机吗?"

"动机并不构成犯罪。"

"对十分之九的陪审团成员是的。"

"很好——还有几个其他人也有动机。"

"比如,那个姓特威特敦的女人,我是不是最好试着暗示一下可能是她干的?"

"如果你认为她聪明到可以明白钟摆必须始终经过它悬挂点的下方。"

"哼!——顺便说一句,如果你们俩没出现,设想一下凶手下一步会做什么?他认为下一步会发生什么?"

"他一定期待下一个人走进房子的时候尸体正躺在起居室的地板上。"

"我也想到了。下一个进来的人,在正常的情况下,应该是有钥匙的特威特敦小姐。她完全在他的控制之下。记住,他们以前总是在大帕格福德的老教堂墓地见面。他毫不费力就能弄清楚她什么时候去看望舅舅。如果她说出了意图,他就可以采取行动——向修车厂请一个小时的假,办点私事,图谋在特威特敦小姐说去房子的路上遇到她。如果拉德尔夫人想到告诉特威特敦小姐,老诺阿克斯消失了,也许会更容易。第一个被问到的人就是亲爱的弗兰克,他差不多什么都知道。最好,拉德尔夫人把一切情况都想当然,而且谁都不告诉。然后克拉奇利会像往常一样星期三早上到塔尔博伊斯,吃惊地发现进不去,接着到特威特敦小姐那里去拿钥匙，然后自己发现尸体。在任何情况下，不管有没有特威特敦，他都是第一个见到尸体的人。如果他是一个人，就太好了。如果不是，他就派特威特敦骑自行车去警察局报案，然后抓住她转身的机会挽救那根绳子，清洁花盆，把其他链子从烟囱里拿走，让这个地方总体上呈现出一幅清白无辜的表象。我不明白为什么链子首先被放在烟囱上，我猜想老诺阿克斯进来的时候他并没有防备，他想最好尽快除掉它。很有可能他认为这样才够安全，也不是很麻烦。"

"假设诺阿克斯是在六点二十到九点之间走进起居室的呢？"

"那就危险了。但是诺阿克斯总是像钟表一样准时。他七点半吃晚饭，太阳六点三十八分落山，房间的窗户已经放下了，有点黑。七点之后的任何时间他都不会注意到什么。但是你们希望什么戏剧上演？

"你们到的那天，他的心情肯定很糟糕。"因佩爵士说，"当然是设想。这个起诉是正当的。我想，罪行暴露以后，他并没有试图把链子移除。"

"他尝试过了。"哈丽雅特说，"搬家具的工人在的时候他进来三次。而且特别明显地想让我从房间里出去调查锡纸货物的事情。我确实出去过一次，在走廊里碰见他，他正朝着起居室的方向走。"

"啊！"因佩爵士说，"你得做好走进证人席并发誓所说都是事实的准备。你们并没给我留下太多机会。彼得，如果你曾经为我考虑过，就不会娶这么聪明的女人。"

"恐怕在这方面我有些自私。但是，你会接下这个案子，比吉，可以尽力而为吗？"

"为了让你高兴，我会的。我会享受对你的交互审问。如果你想到任何棘手的问题，请告诉我。现在你可以走了。我老了，床对我来说才是最好的地方。"

"那么就这样了。"彼得说。他们站在人行道上，颤抖了一下。当时差不多是早上三点钟,空气清冷。"现在怎么办?我们找家旅馆?"

(什么才是正确答案?他看起来疲倦不安——在这种身体状况下,任何答案都有可能是错误的。她想出一个大胆的决定。)

"丹佛公爵的家离这里有多远?"

"九十多英里——就算九十五吧。你想把车直接开到那里去吗?我们可以三点半的时候开车出城。我发誓不会开快车——这样你就可以在路上小睡一会儿。"

这个回答奇迹般的正确。她说:"好的,我们就这么办。"他们找到一辆出租车。彼得把停车场的地址告诉司机,车轮在寂静的街道上滚滚前行。

"本特在哪儿?"

"他搭火车走了,留下口信说我们可能会晚到一会儿。"

"你母亲会介意吗?"

"不。她已经认识我四十五年了。"

第二章　丹佛公爵府：权力与光荣

"那件事的寓意是……"公爵夫人说……
　　　　　　——刘易斯·卡洛尔，《爱丽丝漫游仙境》

一英里又一英里,穿过哈特菲尔德、斯蒂夫尼奇、波多克、比格思维德、赫特福德郡的北部和西部边界,又到了大北路——他们四天前走过同一条路,那时本特坐在后座上,两打半波尔多葡萄酒用鸭绒卷着放在他脚下。哈丽雅特发现自己正在打瞌睡。彼得碰了一下她的胳膊,在她耳边说:"再转弯就是帕格福德了……"亨廷登郡、查特来斯、马齐——还要向北、向西,从严酷的北海吹来的风一阵紧似一阵,预兆黎明的灰色寒冷地揭开头顶的天空。

"我们在哪儿?"

"快到当海姆市场了。我们刚刚经过丹佛——老丹佛。公爵的丹佛还在十五英里以外的地方。"

汽车在辽阔的高地上回转,朝着正东方向驶去。

"几点了?"

"刚六点。我只开到三十五码。"

沼泽地被他们甩在身后，眼前的乡村树木更加繁茂。太阳升起时，他们拐入一个小村庄，教堂塔里传出的钟声正好敲着一刻钟。

"丹佛公爵府邸。"彼得说。他开着车在狭窄的路上闲逛。农舍的灯光里映出早起去做工的男人和女人。一个男人走出大门，盯着汽车，摸了摸自己的帽子。彼得知道这种敬礼方式。现在他们又开出村庄，车沿着一堵浓荫遮蔽的矮墙前行。

"老夫人的房子在另一面。"彼得说，"从公园穿过去会节省时间。"他们的车拐入一个有门房的高高的大门。灯光渐渐亮起来，门前的石兽蹲伏在柱子下。喇叭声响，一个只穿着衬衫的男人从门房里跑出来，将门推开。

"早上好，詹金斯。"彼得说着，把车停下来，"对不起这么早就把你叫起来。"

"您没必要道歉，老爷。"看门人扭过身去喊道，"母亲！老爷来了！"他是个上了年纪的人，从语气上就能听出来他已经在这里服务多年。"我们随时等候着您，越早到越好。这就是新夫人吧？"

"就是她，詹金斯。"

一个蒙着围巾的女人出来行了个屈膝礼。哈丽雅特和他们握手。

"真不应该这样就把新娘带到家里来，老爷。"詹金斯责备地说，"我们星期二准备给您举行一个欢迎仪式。"

"我知道，我知道，"彼得说，"但是我从小就没做对过什么，不是吗？既然说到这儿，你们的孩子好吗？"

"非常好，老爷，谢谢您。比尔上个星期已经升为上士了。"

"祝他好运！"彼得衷心地说。他踩了下离合器，他们继续朝着宽敞的种满山毛榉的大路开去。

"我想从大门到前门还有一英里的距离吧。"

"差不多。"

"你们在园子里养鹿了吗？"

"是的。"

"阳台上养着孔雀?"

"恐怕是这样。和故事书上讲的差不多。"

在大路的远处,一幢大房子在阳光下隐约间闪着灰色的光芒。从正面看是帕拉蒂奥风格的,窗户依旧关着,后边有烟囱、不规则的带翼的塔楼和各种奇怪的、充满建筑灵感的想象力的产物。

"不是很老。"彼得抱歉地说着,朝房子的右边开去,"不是伊丽莎白女王之前的。没有中世纪城堡的主楼。没有护城河。城堡很多年前就倒塌了,对此我充满感激。从那以后,我们有过所有不好时期的样本,也有一两个好的。这所房子是完美无瑕的伊尼戈·琼斯①风格。"

哈丽雅特跟在一个高大的男仆身后蹒跚地走在伊尼戈·琼斯风格的台阶上,忽然听到一阵急促的高跟鞋落地声和喜悦的呼喊声。男仆迅速地闪到墙边,这时,穿着玫瑰红晨衣的老公爵夫人从他身边像子弹一样飞了过去,她白色的辫子在空中飞扬着,亚哈随鲁吊在她的胳膊上。

"我亲爱的,见到你们真高兴!——莫顿,去把富兰克林从床上叫起来,让她快来见夫人——你们一定累坏了、饿坏了——多么可怜的年轻人!——你的手冰冷,我亲爱的——我真的希望彼得在这么寒冷的早晨不会每小时开一百英里——莫顿,你这个笨蛋,你没看到亚哈随鲁正在抓我吗?赶紧把它拿走——我已经把你放在织锦房里了,那样更暖和——天哪!我感觉好像有一个月没见到你们其中任何一个人了——莫顿,告诉他们立刻把早餐端到这里来——彼得,你需要洗个热水澡。"

"洗澡,"彼得说,"能洗澡确实是个好主意。"他们沿着一个长长的平台散步,墙上布满蚀刻画,平台上放着两三张安妮女王时期的中国风格的桌子,桌子上摆着粉彩罐子。本特站在织锦房门口——或许

---

①伊尼戈·琼斯(Inigo Jones, 1573—1652),英国建筑师。他把意大利文艺复兴时期的风格带入英国建筑中。

他起得很早，或许他根本没睡，因为他穿得无懈可击，与伊尼戈·琼斯风格很相配。同时到达的富兰克林一样无可挑剔，只是神情稍显困惑，流水的声音在耳边清新地响起。老夫人吻了他们两个人，让他们想干什么就干什么，她不再打扰了。门关上之前，他们听到她正在责备莫顿没有去找牙医，还用牙龈溃疡、脓溢、败血症、不消化来威胁他，如果他坚持像个孩子一样行事，她就得镶一整套假牙。

"这，"彼得说，"就是温西家族最体面的成员之一——罗杰勋爵。他是西德尼的朋友，写过诗歌，患了结核病，年纪轻轻就死了。你看到的那个是伊丽莎白女王；她经常住在这里，几乎让这个家族破产。这幅画像据说是苏可洛画的，其实不是。另一方面，当代公爵的画像出自安东尼奥·莫罗之手。这是最令人生厌的温西成员，贪婪是他主要的性格特征。这个丑婆娘是他的妹妹，斯塔维特里夫人，她扇过弗朗西斯·培根的耳光。她不应该在这儿，但是斯塔维特里家经济困难，我们就把她带到了这里……"

午后的阳光从走廊的长窗里斜射进来，照着这里的一条蓝色绶带，那里的一件猩红制服，凡·戴克画的一双玩弄着上了粉的假发卷的细长的手，或者投映着一张黑色阴暗的假发下令人吃惊的惨白的脸上。

"那个看起来脾气很坏的家伙是——我忘了是哪个公爵，他的名字叫做托马斯，大概是在一七七五年去世的——他的儿子很可悲轻率地和一个袜子商的遗孀结婚了——这就是她，看起来很厌倦的样子。这就是那个浪荡的儿子——看起来很像杰里，是不是？"

"是的，是很像。这个人是谁？他的脸很古怪又充满幻想，很好看。"

"那是他们的小儿子，莫蒂默；他像个疯狂的帽子商，他独创了一门宗教，但只有他一个追随者。那是葛维斯·温西博士，圣保罗大教堂的主教，他是玛丽女王时期的烈士。这是他的兄弟，亨利——他在玛丽皇后就任的时候在诺福克制定了标准。我们的家族一直很擅长在两个阵营立足。那是我父亲，很像杰拉德，但是比他更英俊……那是萨金特的作品，也许这就是它存在的唯一借口。"

"你那时多大，彼得？"

"二十一岁；充满幻想，努力让自己看起来很老练。萨金特看穿了一切，该死的家伙！这是骑马的杰拉德。楼下那个被他称做书房的糟糕的房间里有这匹马的画作。这是我母亲——这是她最好的画像，当然是很多年前的事情了。快速移动的图片并不能传达她真正的品质。"

"她让我充满喜悦。我午饭前下楼时，看到她在大厅，往被亚哈随鲁抓过的本特的鼻子上抹碘酒。"

"那只猫见谁都抓。我看见本特，他说：'我感激地说，老爷，碘酒颜色停留的时间很短。'我的母亲在小型家务上相当浪费时间。她尽她最大的努力在大厅里帮助工作人员，他们对于她处于极端的恐怖之中。有一个传说，说我母亲因为老管家腰痛亲自为他熨了后背。但她说没有用熨斗，而是用芥末硬膏。你看够了这恐怖的房间没？"

"我喜欢看着他们。虽然我对袜子商的遗孀难免有些同情。但是我还想多听一点有关他们的故事。"

"你应该找甜苹果夫人，她是管家，这些故事她烂熟于心。我最好带你看看图书馆，虽然这个地方不应该叫这个名字。这里充满了可怕的垃圾，即使是好书也没有好好地做目录索引。无论是我父亲还是我祖父都没做什么，杰拉德更是别指望。现在有一个老家伙算是在管理那里，他是我的三表哥，不是那个住在尼斯的不值一提的他的弟弟。他不名一文，所以在那儿干活也算合适。他尽力了，而且确实知道很多古董方面的知识，只不过他近视得很厉害，也没有什么方法，所以不可能一次专注于一个主题。这是大舞厅——非常精美，真的，如果你原则上不反对富丽堂皇。你从这里可以欣赏到露台下面花园的景色，如果喷泉打开就更美了。那个树间看起来很愚蠢的东西是威廉·钱伯斯爵士的圣殿，你刚好可以看见橘园的屋顶……哦，看哪！在那里——你坚持要看孔雀。别说我们没给你准备。"

"你说得对，彼得——这是个故事书中描写的地方。"

他们走下大台阶,穿过一个立着雕塑的厅,接着穿过一个长长的回廊到达另一个厅。他们停在一个装饰着古典风格壁柱和雕刻的檐口的门前,一个男仆走上前来。

"这就是图书馆。"彼得说,"嗯,贝茨,什么事?"

"勒盖特先生,老爷。他迫切地想见公爵先生。我告诉他不在,但是勋爵在。他问,您有时间见他吗?"

"是为了抵押贷款来的,我想——但是我无能为力。他必须见我的兄弟。"

"他看起来很焦急,想和您谈谈。"

"哦——好吧,我见他。你介意吗,哈丽雅特?——我不会耽搁很久的。你在图书馆转转——你可以在那里见到马修表哥,他没有恶意,就是很害羞,还有点耳聋。"

悬挂着画像的朝东的图书馆里已经很昏暗了。哈丽雅特感觉着这里的宁静。她随手拿起小牛皮装订的书籍,闻着古书散发出来的甜蜜、发霉的味道,微笑地注视着壁炉上方雕刻的嵌板,在那上面温西家的老鼠曾经逃脱盾徽,在被切除底部的贵重而繁茂的花朵和麦穗间进出玩耍。一张扔满书籍和文件的大桌子,据哈丽雅特的判断,应该属于马修表哥——一个上了年岁的人用颤抖的手书写的半张纸上一定记录了家族的编年史。旁边架子上打开的手稿上记载着一五八七年的费用支出情况。她凑近凝视了一会儿,接着继续探索,绕着书架的角落转圈,忽然惊奇地发现一个穿着晨衣的老人。他站在窗前,手里拿着一本书,家族的特征明显地刻在他的脸上——特别是鼻子——她对他的身份毫无怀疑。

"哦!"哈丽雅特说,"我不知道这里有人。你是——"马修表哥一定有姓。不值一提的在尼斯的表亲是杰拉德和彼得之后的下一个继承人,所以他们一定是温西家的人——"你是温西先生吗?"(当然,他也许是温西上校,或者马修·温西爵士,或者某某勋爵。)"我是彼得的妻子。"她解释着自己为什么会在这里。

那个老绅士温和地笑着,鞠了一个躬,轻轻地挥了挥手,好像在说:"不要拘束。"他有点秃顶,灰白的头发紧紧地贴着耳朵和太阳穴。她猜他差不多六十五岁。他回到他的书前,哈丽雅特发现他说话有些语无伦次,这才记起他有点聋,而且很害羞。她决定不让他操心。五分钟后,她从展示在玻璃柜里的微小模型上抬起头来,看到他正站在通往画廊的台阶上向下看她。他又鞠了一个躬,接着"绣花的晨衣"迅速逃离了视线,就像有个人一下子打开了房间内尽头的灯。

"一直在黑暗中,夫人?对不起我耽搁了这么久。过来,喝杯茶吧。那个家伙没完没了地说话。如果杰拉德想取消抵押品赎回权,我也无法阻止他——实际上,我建议他这么做。顺便说一句,母亲要过来了。蓝房里有个茶会。她想让你看看那里的瓷器。她对瓷器非常感兴趣。"

在蓝房陪伴公爵夫人的是一个瘦小的老头,腰弯得很厉害,穿着整洁的老式西装,戴着眼镜,唇上一抹稀疏的山羊胡。哈丽雅特走进来的时候,他从椅子上站起身,伸出手走过来,紧张地低低叫了一声。

"哦,你好,马修表哥!"彼得发自内心地喊了一声,潇洒地拍了拍老先生的肩膀,"过来,我给你介绍我的妻子。这是我的表哥,马修·温西先生,没有他的照料,杰拉德的书就会因年久和忽略破成碎片了。他正在撰写查理曼大帝以后的家族历史,已经写到隆塞瓦克斯之战了。"

"你好吗?"马修表哥说,"我——我希望你旅行很愉快。今天的风很刺骨。彼得,我亲爱的孩子,你好吗?"

"见到你就好了。你有没有新的篇章给我看呢?"

"一章还没有。"马修表哥说,"不。又写了几页而已。我想我写到难以捉摸的西蒙了——那个双胞胎之一,你知道,他消失了,据说后来当了海盗。"

"是吗?天哪!好家伙!真不错。这些是松饼吗?哈丽雅特,我希望你和我一样热爱松饼。我希望在和你结婚之前就如此,但是机会一直没有出现。"

哈丽雅特接过松饼,转向马修表哥说:

"刚才我犯了个大错。我在书房见到一个人,我以为他一定是你,把他叫做温西先生了。"

"哦?"马修表哥说,"那是谁?书房里有人?"

"我以为大家都走了。"彼得说。

"也许利德尔先生到书房看'县志',"公爵夫人提醒道,"为什么他不让人给他上茶?"

"我想是住在这个房子里的人,"哈丽雅特说,"因为他穿着晨衣,大概有六十岁的样子,头顶有点秃,头发很短,他和你长得很像,彼得——从侧面看。"

"哦,天哪。"公爵夫人说,"那一定是老格列高利。"

"我的天!一定是他。"塞了一嘴松饼的彼得说,"好,现在真的,老格列高利人很好。他一般这么早都不出来——对于一个访客来说是这样的,无论如何。这是你的荣幸,哈丽雅特。那个老家伙很不错的。"

"老格列高利是谁?"

"让我想想——他是第八——第九代公爵那边的表亲——哪个公爵,马修表哥?——威廉和玛丽那个,还是。他不说话,我猜?……不,他从不,我们一直希望他有一天可以下定决心。"

"我想他上个星期一晚上打算说,"温西先生说,"他靠在书架前,我一定是干扰他拿到布来登的信件。我说:'对不起,稍等一会儿。'他微笑着点了点头,好像要说什么。但是他又考虑了一下,就消失了。我以为冒犯了他,但过了一两分钟,他又非常礼貌地回来了。就站在壁炉前,一点不好的情绪都没有。"

"你一定浪费很长时间向家里的幽灵鞠躬道歉。"彼得说,"你应该像杰拉德那样在他们之间穿行。那样会更简单,这样对任何一方好像都不会造成伤害。"

"你不需要这么说,彼得。"公爵夫人说,"我亲眼见到你有一天在露台上向苏珊夫人脱帽。"

"哦,好了,母亲!那纯粹是发明。为什么我在露台上还要戴着帽子呢?"

想象如果不是彼得就是他的母亲失礼,哈丽雅特一定怀疑这是精心安排的恶作剧。她试探着说:

"这听起来几乎是个故事。"

"不是的,"彼得说,"因为这一切毫无意义。他们从来不会预告死亡,或者找到藏匿的宝藏,或者揭示某事,或警告某人。仆人们都不介意。有些人根本见不到他们——比如,海伦。"

"对了!"公爵夫人说,"我说我想告诉你点什么呢。你相信吗?——海伦坚持要在西翼建一个新的客房,就在罗杰叔叔经常散步的那个中间地方。这么愚蠢,不替别人考虑。因为,无论是否有人知道他们意见多么不一,对于安布罗塞夫人这样的人来说,看到一队守卫从毛巾柜里走出来,不知道该接待他们还是退回走廊的时候都是惊慌不已的。此外,我不认为那些潮湿的热气对他的颤抖有好处。上次我见到他,他看起来雾蒙蒙的,可怜的东西!"

"海伦有时有点不老练。"温西先生说,"那个浴室确实有必要,但是她可以把它加宽,给罗杰叔叔的女仆做食品储藏室。"

"我就是这么跟她说的。"公爵夫人说,谈话内容到此又有了一个转折。

哦,不!哈丽雅特想着,又喝了第二杯茶。老诺阿克斯的阴魂似乎并没有怎么让彼得烦恼。

"……因为,如果我介入,你知道。"公爵夫人说,"我最好被立刻放入死刑室——如果所有人愿意这样,为什么不能这样呢,我不知道,他们变老、生病,变成让自己都厌烦的东西——但是恐怕第一次发生的时候你会有些担忧,所以我提到……虽然结婚可能会不同,也许根本不会发生……是的,那是罗金厄姆①——最佳设计之一——其中大

---

①英国地名。

部分是两便士的颜色,但这是布拉美尔德的风景……你不会想到任何一个絮絮叨叨的人可能如此难以接近,真的,但是我总是对自己说,就是因为那个荒唐的借口,一个人才没有弱点——如此愚蠢,因为我们都有,只有我的丈夫从来没听说过……现在你看,这个碗有意思吗?……你从上釉上可以看出这是德贝的作品,但是绘画出自嫁到塞弗恩和泰晤士家族的莎拉·温西夫人之手——这是他们的群像,她、她的兄弟和他们的小狗,你可以认出那个可笑的小寺庙,就是湖边的那个……他们过去卖白瓷,你知道,卖给业余艺术家。然后它们又会被送到工厂里加热。这是要求敏感的工作,对不对?温西家的人对绘画和音乐既不是过分敏感,也不是毫不敏感。"

她把头扭到一边,用她那双明亮的鸟儿一样的棕色眼睛从碗边抬头看哈丽雅特。

"我想应该是那样的。"哈丽雅特回到公爵夫人的话题,"我记得有一次,他结完一个案子,出来吃晚餐的时候,看起来真的像生病了一样。"

"他不喜欢责任,你知道,"公爵夫人说,"还有战争,对于人们有害的这个或者那个……曾经有十八个月……倒不是我以为他会告诉过你,至少,如果他那么做的话,说明他已经治愈了……我也不是说他曾经发疯,他总是很温柔的,他只是非常恐惧入睡……他甚至不能向仆人下命令,这对他来说很糟糕,可怜的小羊羔!……我想如果你差不多四年的时间都在下命令让一个人滚蛋,这会让你——现在人们怎么称呼这个?——压抑或者暴露你的神经质……你没有必要坐在那里攥着茶壶,亲爱的,对不起——给我吧,我把它放回去……虽然我在背地里喋喋不休地谈论这件事,因为我不知道他现在怎么看待这件事,除了本特,我也不应该认为任何人这么做过。考虑到我们欠本特的,亚哈随鲁不该那样挠他。我真的希望本特不感到为难。"

"他很了不起,令人吃惊的老练。"

"唔,他是个好人。"公爵夫人坦率地说,"因为有时这些依附于人的人很为难……如果有人能让彼得复原，那就是本特，一个人要给自己留有余地。"

哈丽雅特想知道本特的一些事。

"呃，"公爵夫人说，"他在战前是约翰·山德顿爵士的男仆，他和彼得在同一个部队……最后当上了中士还是什么的……但是当时他们处于——一个美国词汇表达一个紧要的状况？——困境，对吗？——是的，困境或者其他种种原因，他们喜欢上了对方……于是彼得向本特保证，如果他们能活到战争结束，本特就跟他走……一九一九年一月，我想是那个时间——是的，因为我记得那天出奇的冷——本特出现在这里，说他因为吵架出走了。"

"本特从来没说过，公爵夫人！"

"不，亲爱的，那是我庸俗的讲述方式。她说他成功地复员了，马上就到了彼得许诺给他的岗位。哦，亲爱的，那个时候，彼得的状况很糟糕，他每天只能坐在那里发抖……我喜欢这个男人的样子，于是我说：'好吧，你可以试一下——但是我不认为他能下定决心。'于是我把本特领进来，屋里很黑，因为我想彼得没有力气把灯打开……所以他问谁呀。本特说：'本特中士，老爷，照您的吩咐来为您服务。'接着他打开灯，拉开窗帘，从那时开始他就掌管一切。我相信他可以做到，几个月的时间内彼得不用再下命令给他拿苏打吸管……他觉得很无聊，就把彼得带到城里玩……我记得……我不想让本特的事情烦扰你，我亲爱的，但是，这确实很感人——一天清早我去看彼得，我往公寓里看，本特正端着彼得的早餐……他那些日子起来得都很晚，睡眠很差……本特手里端着一个盘子说：'哦，老夫人，老爷让我把这些该死的鸡蛋拿走，给他送一根香肠。'……他喜出望外，把盘子放在起居室的桌子上，把所有香肠上的上光剂都弄掉了。"公爵夫人得意扬扬地说，"我不认为彼得会走回头路！"

哈丽雅特感谢她的婆婆提供了这些细节。"如果有什么危机出现，"她说，"等到巡回审判的时候，我一定接受本特的忠告。不管怎样，我很感谢您提醒我。我发誓不再担心——那样很可能会让事情发展到无以复加的地步。"

"顺便说一句,"彼得第二天早上说,"很抱歉,你可不可以忍受被拉到教堂去?……我的意思是,如果我们在家庭固定的教堂长椅上出现,是为别人考虑的……给人们一点谈资什么的。当然,如果这样让你如坐针毡的话——浑身灼热,蜷缩在角落里——这只是一个微小的牺牲,好比狭小牢房或者手足枷。"

"我当然可以去教堂。"

即便如此,和彼得一起乖乖地站在大厅里等待一个家长领他们去参加的晨祷,还是感觉有点奇怪。单单就年龄来说,这不是这个年纪该做的事。公爵夫人走下楼来,戴上手套,就像母亲们经常做的那样,她说:"别忘了,亲爱的,今天有一个收藏会。"她把祈祷书递给儿子,让他帮自己拿着。

"还有,"公爵夫人说,"牧师带来口信说他的哮喘病没见好,助理牧师去了别处。而且杰拉德也不在,如果你能朗诵圣讯的话,他会万分感激。"

彼得答应了,但是希望不是关于雅各布的,因为他的性格会激怒他。

"不,亲爱的。是出自耶利米书的一章。你会比琼斯先生做得好,因为我对扁桃腺肿大总是很在意,所以总是让你的鼻子通气。我们在路上要接一下马修表哥。"

小教堂里挤满了人。"这个房子不错。"彼得看了一下门廊前集结的人群,"我注意到,薄荷季节已经开始了。"他摘掉帽子,跟着他的女眷走上有着超自然装饰的过道。

"……无尽的世界,阿门!"

信徒们坐下,发出吱嘎和拖拉的声音,然后准备洗耳恭听勋爵对犹太预言的诠释。彼得环顾建筑的四周,吸引后排听众的注意,紧紧抓住铜鹰的两个翅膀,张开嘴,然后停了下来,眼睛朝坐在诵经台下面的一个小男孩看去。

"那是威利·布罗吉特吗?"

威利·布罗吉特待在那里。

"现在,别再捏你的妹妹了。她不是蟋蟀。"

"听着,"威利·布罗吉特的母亲用大家都能听见的音量在他耳边说,"坐好了!我真为你感到丢人。"

"现在我们翻开耶利米预言书的第五章。"

"在耶路撒冷的大街上来回奔跑,你在那个宽敞的所在观看、了解、寻找,如果你能找到一个人,如果有这样一个人可以执行审判……"

(是的,的确。弗兰克·克拉奇利在当地的监狱里——他当时在聆听审判吗?或者一个被审讯、判刑后的人就不必参加神圣的祷告呢?)

"因此森林中跑出的狮子会杀死他们,夜晚的狼会弄伤他们,豹子会监视这座城市……"

(彼得好像很享受这个动物园。哈丽雅特注意到,家族固定的长椅上原本的罂粟色脑袋被蜷缩的猫取代了,无疑用以恭维温西的顶饰。南边走廊的东部尽头有一个带天棚的歌祷堂,歌祷堂里的坟墓也是温西家的,她想。)

"现在听这个,哦,愚蠢的没有理解力的人们,有眼无珠的人们……"

(想象罐子被擦干净的时候他们是怎么旁观的……诵读者,没有被这些联想干扰,继续快乐地进入下一个诗篇——令人激动的关于汹涌的波浪的一篇。)

"因为我们之间有邪恶的人:他设置陷阱的时候,他们在等待;他们下了圈套,捉住了邪恶的人们。"

(哈丽雅特抬起头来。她是否想象到声音中轻微的停顿?彼得目不转睛地盯着书本。)

"……我的想要拥有这些的人们,你们最终会怎么做?"

"第一课到此结束。"

"诵读得很好。"温西先生靠近哈丽雅特说,"好极了。我总能听见你说的一切。"

彼得在哈丽雅特耳边说:

"你应该听听老杰拉德是怎么诵读的,当他在穿梭在希未人、比利洗人和革迦撒人[①]之间。"

赞美诗的音乐响起来时,哈丽雅特再次想起帕格海姆,她不知道特威特敦小姐是否有勇气再次坐在管风琴前。

---

①希未人、比利洗人和革迦撒人都出自《圣经》。

第三章　塔尔博伊斯：天上的王冠

因此，我要在这儿守过夜
等着看黎明的光
那时候他将听见钟敲八下
现在钟报九声。

——A.E. 豪斯曼，《什罗普郡青年》

法庭审判到巡回审判之间的时间，他们都是自由的，于是他们最终在西班牙度完了蜜月。

老夫人写信说家具已经运到塔尔博伊斯了，粉刷和上石灰的工作已经完成了。最好等到霜冻过后再进行浴室的改造。但是房子已经可以住人了。

哈丽雅特回信说，他们会在巡回审判的时候回家，还说他们是世界上最幸福的夫妻——只不过，彼得又在做梦。

* * *

因佩·比格斯爵士，交互讯问。

"你期望陪审团相信这个高级的机械装置在六点二十到九点之间不会被死者发现？"

"我什么都没期望。设计这个装置的时候我就已经描述过了。"

接着法官说：

"证人只能阐述他知道范围内的事实，因佩爵士。"

"好的，老爷。"

说到了关键处。这个建议给大家灌输了一个思想——就是证人有一点不讲理……

"现在，这个诡雷你是为嫌疑人设置的……"

"我明白证人说下这个圈套是为了试验，嫌疑人在被没有被警告的情况下不期而至并触动了开关。"

"是这样的，老爷。"

"非常感谢老爷……这个愚蠢圈套的偶然触动对嫌疑人来说造成了什么影响？"

"他看起来很恐惧。"

"我们可以很容易就相信这一点。还有震惊？"

"是的。"

"当他遭受如此自然的惊吓和恐慌的情况下，他是否能够冷静镇定地说话？"

"他根本就不冷静镇定。"

"你认为他意识到自己在说什么了吗？"

"我不能做任何判断。他很激动。"

"你是否可以认定这种行为是疯狂的？"

"是的。就是用这个词来形容。"

"他因为恐惧而发疯了？"

"我没有资格这么说。"

"现在，彼得勋爵。你已经解释得很清楚，这个毁灭性的机关的最低触发距离是离地面六英尺?"

"是这样的。"

"任何一个身高不到六英尺的人都是完全安全的,是吗?"

"很正确。"

"我们听说嫌疑人的身高是五英尺十英寸。所以在任何情况下,他是不可能有危险的?"

"毫无可能。"

"如果是嫌疑人本人自己安排的花盆和链子,那么他应该比任何人都清楚,不可能碰到它?"

"在那种情况下,他一定会知道的。"

"然而他还是非常惊慌?"

"确实非常惊慌。"

一个措辞严谨但语意不明的证人。

阿格尼丝·特威特敦,一个激动且怀有恶意的证人,她对嫌疑人明显的仇恨只能给他带来好处,而不是伤害。詹姆斯·克拉文医生,一个技术含量高的证人。托马斯·帕菲特,一个深思熟虑且言简意赅的证人。尊敬的西蒙·古达克,一个不情愿的证人。彼得·温西夫人,一个非常安静的证人。莫文·本特,一个毕恭毕敬的证人。警察约瑟夫·塞伦,一个话不多的证人。一个陌生的从克拉克威尔来的曾经卖给他铅弹的贩铁人,一个破坏性的证人。

接着,嫌疑人本人,为自己辩护:一个非常糟糕的证人,一会儿闷闷不乐,一会儿放肆无礼。

因佩·比格斯爵士,代表嫌疑人滔滔不绝地发言——"那个勤勉刻苦而野心勃勃的年轻人",对偏见的暗指——"一位也许有某种原因想象自己被凌辱的女士",放纵对"由一位手巧到众所周知的绅士制造如此独特的毁灭工具"的怀疑,对"一个被吓坏的男人的口不择言"就如此横加判断表示义愤;很惊讶地发现公诉方居然"没有丝毫直接的证据";充满激情地呼吁陪审团不要因为那些由不可信的东西拼凑起来的证据就牺牲一个年轻而有价值的生命。

公诉方律师收集起已经被因佩爵士扰乱得毫无秩序的证据线索,并把它们编织成电缆一般粗的绳子。

法官,重又解开一团乱麻,向陪审团展示两股绳各自的力量,然后再把材料经过整齐的分类交回到他们手上。

陪审团,缺席一个小时。

因佩·比格斯爵士走过来。"如果他们迟疑了这么长时间,他们可能会宣告他无罪。"

"你本应该让他离开座位。"

"我们建议他离开这里。我想他已经头昏脑涨了。"

"他们来了。"

"陪审团成员,你们已经作出判决了吗?"

"是的。"

"你们认为嫌疑人是否对威廉·诺阿克斯的谋杀负责?他有罪还是无罪?"

"有罪。"

"你说他有罪,这是你们共同的决定吗?"

"是的。"

"受审的嫌疑人,你已经被控告犯了谋杀罪。他们认定你有罪。根据法律,你对施加于你身上的罪行还有什么要说的?"

"我说我一点都不在乎你们这群人。你们没有反对我的任何证据。彼得勋爵是个富人,他讨厌我——他和艾吉·特威特敦。"

"受审的嫌疑人,陪审团经过慎重耐心的听证,认定你犯了谋杀罪。我完全同意这个判决。从此时开始,你将离开关押你的地方,被带到判决执行地。你将被绞死,尸体将埋葬于你最后被囚禁的监狱院内。愿上帝怜悯你的灵魂。"

"阿门。"

英格兰刑法最令人称赞的特征之一就是迅速处决。你被逮捕后会尽快被审判,审判最多持续三四天,宣告有罪后(当然除非你上诉),你将在三个星期内被处决。

克拉奇利拒绝上诉,他宁可宣称是自己做的,而且还想再做一次,让他们执行吧,这对他来说没有什么不同。

结果是,哈丽雅特认为三个星期的等待是最难熬的一段时间。一个囚犯应该第二天早上就被处决,就像送交军事法庭之后,这样一切苦难就一股脑儿地全解决掉了。否则这件事就会像在美洲那样被拖上几个月,甚至几年,直到筋疲力尽,丧失全部激情。

那三个星期里最糟糕的,她认为,是彼得毅然的礼貌和愉快。只要他不在监狱,耐心地询问是否能为囚犯做点什么的时候,他就在塔尔博伊斯,什么都考虑得很周全,欣赏房子和家具的布置,或者随时听候妻子的安排去乡下寻找失踪的烟囱顶管或者其他感兴趣的物件。这令人心碎的礼貌被一阵阵紧迫的、令人疲乏不堪的激情刺痛,这让她惊慌,不只它们的鲁莽终止,而且还有很明显的机械而没人情味的行为。她欢迎它们,因为之后他就像被打晕一样昏睡过去。但是每天她都发现他被更加坚固的防御措施固守起来,而她对他也变得越来越不像原来。在这种情绪下,她像任何一个女人那样感到不幸福。

她对公爵夫人感激不尽,因为她已经事先警告过她,这在某种程度上,也预先武装了她。她不清楚自己"不担忧"的决定是否明智。她写信征求意见。公爵夫人的回答涉及方方面面,总体来说是:"让他自己找到出路。"附言中补充道:"有一件事,我亲爱的——他还在那里,这就足以鼓舞人心。一个男人很容易就到别的地方去了。"

处决前的一个星期,古达克夫人出现了,好像非常激动。"那个可怜的男人——克拉奇利。"她说,"我早就知道他会给波莉·梅森带来麻烦,果不其然。现在可怎么办?我甚至设想他会请假出来娶她,或者想这么做——我认为他根本不在乎那个女孩——一个孩子没有父亲更好,还是有个被绞死的父亲更好呢?我真的不知道!连西蒙也不知道——虽然他说克拉奇利应该娶她。我不知道为什么他不应该这么做——这对他来说没有什么不同。但是现在这个女孩也不想让他这么做——她说她不想嫁给一个杀人犯,我肯定不能就此责备她。当然她的母亲很伟大。她会把波莉留在家里,或者给她找个好工作——我告诉她,她太年轻了,不该去帕格福德的那个窗帘店,而且那个工作也不稳定,但是现在说这个太晚了。"

彼得问是否克拉奇利知道现在的进展。

"那个女孩说他不知道……我的天哪!"古达克夫人说,她突然意识到一系列的可能性,"假设老诺阿克斯先生没有丢钱,克拉奇利没有被发现,波莉会怎么样呢?他会不择手段地得到那些钱……如果你问我,我亲爱的彼得夫人,波莉比她想象得还要在劫难逃。"

"哦,不可能到那个地步的。"哈丽雅特说。

"也许不会,但很多谋杀案都没有破。当然,这不是关键问题。关键是,我们拿这个即将出生的孩子怎么办?"

彼得说克拉奇利至少应该知道这件事。他说至少这个男人应该有机会做他能做的事情。他提出带梅森夫人去见监狱长。古达克夫人说他真是个好人。

哈丽雅特沿着小径把古达克夫人送到门口,说能为克拉奇利做点什么事情对她的丈夫有好处,他非常担心。

"很可能是这样的,"古达克夫人说,"你能看出他是那种人。如果对某人严厉起来，西蒙也一样。但是男人都这样。他们想把事情做了，但是他们又不喜欢结果。可怜的家伙们，他们忍不住这么做。他们真是缺乏逻辑头脑。"

彼得那天晚上报告说克拉奇利非常生气，他明确拒绝和波莉，乃至任何一个该死的女人有进一步的联系。事实上，他拒绝见梅森夫人、彼得以及任何人，他告诉监狱长让他一个人清静点。彼得开始担心那个女孩。哈丽雅特任他就这个问题在内心挣扎（毕竟这是个事实），接着说：

"你可不可以考虑一下克林普森小姐。以她在高教的关系可以给那个女孩安排一个工作。我见过那个女孩，她不是那种坏女孩，真的。你可以给她金钱或者其他方面的帮助。"

他看着她，好像和她两个星期才见一次面。

"哦，当然了。我想我的脑子一定失灵了。克林普森小姐是首选。我现在就给她写信。"

他拿来笔和纸，写上地址和"亲爱的克林普森小姐"，然后手里拿着笔茫然地坐在那里。

"唉——我想你来写这封信也许更合适。你见过那个女孩。你可以解释一下……哦，上帝！我太累了。"

这是防御中的第一条裂缝。

他在行刑前的那个晚上最后一次争取见到克拉奇利。他随身携带着克林普森小姐的书信，信中说明她已经为波莉·梅森把一切安排妥当。

"我不知道什么时候能回来，"他说，"别等我了。"

"哦，彼得——"

"我说，看在上帝的分上，别等我了。"

"好的，彼得。"

她去找本特，本特正在打量着戴姆勒车，从引擎盖到后车轴。

"老爷带你一起去吗？"

"夫人，我不能这么说。我没接到任何指令。"

"试着跟他一起去。"

"我会尽力的，夫人。"

"本特……通常会发生什么？"

"看情况，夫人。如果犯罪的人能够表现出友好的精神，会少一些痛苦。另一方面，我们会乘船或者坐飞机去一个非常遥远的国度。当然现在的情形不同。"

"是的，本特，他明确表示不让我等他回来。但是如果他应该今天晚上回来，但是没回来……"这句话好像没有以一个合适的方式结尾。哈丽雅特又说："我应该上楼去，但是我不知道是否能够睡得着。我要坐在房间的壁炉边。"

"很好，夫人。"

他们心有灵犀地看了对方一眼。

车被带到门前。

"好了，本特，那样很好。"

"老爷，不需要我服侍您吗？"

"当然不。你不能把夫人一个人留在房子里。"

"夫人已经允许我走了。"

"哦！"

停顿的时间足够让站在门廊的哈丽雅特想：假设他问我是否需要一个看护人。

接着是本特的声音，他用威严的语气说：

"我想老爷希望我像往常一样陪同前往。"

"我明白了。好吧。上车吧。"

* * *

老房子是哈丽雅特守夜的伙伴。它和她一起等，它邪恶的精神被驱逐了、清扫了、装饰了，准备迎接魔鬼或者天使的造访。

她听到车回来的声音时已经过了午夜两点。沙砾路上有脚步声，开门和关门声，简短的低语声——随之而来的是寂静。接着，台阶上传来没有预兆的拖沓的脚步声，本特轻轻地敲门。

"是本特吗？"

"该做的都做了，夫人。"他们用肃静的腔调对话，好像那个遭受厄运的男人已经倒毙了。"他迟疑了很久才答应见老爷。最终监狱长说服了他，老爷才能向他传达消息，以及通知他对年轻女人未来的安排。我明白他对这件事并没多大兴趣。他们告诉我他还是那个闷闷不乐、难对付的囚犯。老爷回来的时候非常哀伤。在这种情况下，他通常都会请求死刑犯的原谅。从他的态度来看，我不认为他得到了宽恕。"

"你们直接回来的吗？"

"不，夫人。午夜离开监狱后，老爷飞速地向西开了大约五十英里。我知道他会开上一整夜。然后他突然在一个十字路口停下来，等了几分钟，好像在努力做出什么决定。然后掉转车头，直接开回这里，比先前开得还快。我们进门的时候，他抖得很厉害，拒绝吃任何东西，也不喝水。他说他睡不着，于是我把起居室的火生旺。我让他坐在高背椅上。我从后面进来的，夫人，因为我想他也许不希望看到您因为他而焦虑。"

"做得很对，本特——我很高兴你这么做。你要去哪里？"

"我要留在厨房，给自己做点吃的，夫人，随时等待召唤。老爷不太可能需要我，但是万一他需要，可以很容易找到我。"

"是个好主意。老爷可能更希望自己待一会儿，但是如果他找我的话——不管在任何情况下，你是否可以告诉他——"

"什么，夫人？"

"告诉他我的房间里还亮着一盏灯，还有你认为我很担忧克拉奇利。"

"好的，夫人。您想让我给您端杯茶来吗？"

"哦，本特，谢谢你。是的，我该喝杯茶。"

茶送来的时候，她口渴地一饮而尽，接着坐在那里听。周遭一片寂静，除了教堂的钟声每隔一刻钟就会响起。但是当她走进隔壁房间时，她可以微弱地听见楼下地板上不安的脚步声。

她回去，继续等。她的脑子里只想一件事，反反复复地想。我不能去找他，他必须来找我。如果他不要我，我就全盘皆输了，这个失败会伴随我们的一生。但是这个决定必须由他做出，而不是我。不管发生什么，我都不能去找他。

教堂钟声敲响四点的时候，她才等到了她一直期待的东西：楼下的门"吱嘎"一声响。几分钟的时间里什么都没发生，她想他改变主意了。她屏住呼吸，听到他的脚步慢慢地、不情愿地上了台阶，进入隔壁的房间。她害怕他会停在那里，但是这次他径直过来，推开她故意虚掩着的门。

"哈丽雅特……"

"进来吧，亲爱的。"

他走到她身旁，一言不发，浑身战栗。她把手伸向他，他热切地接过来，把他的另一只手放在她的肩膀上，摸索着。

"你很冷吧，彼得？到壁炉这边来。"

"不是冷，"他半生气地说，"是我虚弱的神经。我控制不住。我想战争结束后我就从来没好过。我讨厌自己这个样子。我曾经试图自己解决。"

"但为什么你会这样？"

"是那个该死的等待结束……"

"我知道，我也睡不着。"

他站在那里伸出手烤火，直到他能控制牙齿不再继续打战。

"对你来说也是糟透了，对不起，我忘了。可能听起来很傻，我习惯了一个人。"

"是的，当然。我也是那样。我喜欢缓慢而走，躲在一个角落里。"

"呃,"他的脸上突然显现短暂的亮光,"你就是我可以用来藏身的角落。"

"是的,我最亲爱的。"

(同时对面的喇叭为她吹响。)

"并没有想象得那么糟。最糟糕的是他们还没承认呢,那个人就检查证据,想知道自己是不是没错,毕竟……他们有时候是如此该死的识时务……"

"克拉奇利怎么样?"

"他好像谁也不在乎,也不后悔,除了他没有得胜。他还像杀死老诺阿克斯先生那天一样恨他。他对波莉不感兴趣——他说她是个白痴、婊子,说自己是个更大的傻子,居然在她身上浪费时间和金钱。艾吉·特威特敦可以和我们所有人一起去腐烂,越早越好。"

"彼得,真可怕!"

"如果有上帝和公正,接下来又怎样?我们都做了些什么?"

"我不知道。但是我不认为我们能做的会妨碍辩护。"

"我也这么认为。我希望我们当时知道得更多。"

五点钟。他起床,看着窗外的黑暗,天没有一点要亮的迹象。

"还有三个小时……他们给他们一些东西让他们入睡……相对于自然的死亡这是慈悲的……只不过等待已知的未来……还有丑陋……老约翰逊是对的……列队前往泰伯恩行刑场更仁慈些……刽子手戴着他的园丁手套从门里走出来……我得到允许现场观看过一次绞刑……我想我最好知道……但是这还是没有治愈我爱管闲事的毛病……"

"如果你没管闲事,可能就轮到乔·塞伦或者艾吉·特威特敦了。"

"我知道。我一直这么跟自己说。"

"如果你六年前没管闲事,那个人可能就是我。"

这句话让他停下笼中鸟般来回踱的步伐。

"如果你可以活过那个夜晚，还知道接下来发生什么，哈丽雅特，我也同样知道我可以活过去。死亡也许什么都不是，虽然你比我年纪小……我到底在干什么，为什么拿这些恐怖的东西提醒你？"

"如果不是那样，我们现在也不会在这里——我们就再也见不到彼此了。如果菲利普没有被谋杀，我们也不会在这里。如果我从来没跟菲利普一起生活过，我也不会嫁给你。一切都是错误的、悲惨的——但我却不知怎么得到了你。这到底怎么解释？"

"什么也解释不了。好像一点意义都没有。"

他把这个问题从自己身边推开，又开始他不安的踱步。

过了一会儿，他说：

"我神圣的寂静——谁这么称呼他的妻子？"

"科里奥兰纳斯①。"

"又一个备受煎熬的魔鬼……我很感激，哈丽雅特——不，不能这么说，你并不仁慈，你只是在做你自己。你难道不感觉很疲惫吗？"

"一点也不。"

她发现很难想象克拉奇利，他很像被夹子夹住的老鼠，死时裸露出他的牙齿。她只能通过支配想象力，间接看到他的痛苦。由于心灵的痛苦和自己的哀伤，保证被无法控制地打破了，就像远处传来的喇叭声。

"他们讨厌行刑，你知道的。因为这样会激怒其他的囚犯。他们猛烈地敲门，惹人讨厌。每个人都很神经质……像笼中的野兽，单独关起来……让人受不了……我们都被关在单独的牢房里……我出不去，椋鸟说……如果一个人可以出去一会儿，或者去睡觉，或者停止思

---

①莎士比亚剧作《科里奥兰纳斯》中的人物，故事发生在古罗马时代，大将军科里奥兰纳斯战功累累，却因为倔犟的脾气被放逐。科里奥兰纳斯因此纠集过去的敌人进攻罗马帝国，最后他终于被自己的母亲说服，却因此献出自己的生命。

考……哦，该死的钟！……哈丽雅特，看在上帝的分上，抓住我……让我解脱出来……把门毁掉……"

"嘘，亲爱的，我在这里。我们一起来完成。"

窗扉的右角透出一片灰色的天空，那是黎明的先锋队。

"别松开手。"

随着他们的等待，天色越来越亮。

突然间，他说："哦，该死！"然后开始大哭——一开始很笨拙，没有练习过，接着越来越容易。他的身体蜷伏在她的膝下，她把他的头抱在胸前，不让他听到八点的钟声。

> 现在，就像在图利亚的墓地，闪着一盏明灯
> 一千五百年从未改变，
> 愿这些我们铭记的爱的灯盏，
> 温暖、明亮、持久，等同神圣。
> 火焰激发渴望，
> 让一切都像它，把一切变成火焰，
> 但是终成灰烬；这些不会，
> 因为没有什么是燃料，都是火焰本身。
> 这是欢乐的篝火，随之，爱的艺术让个体高贵
> 四只炙热的眼睛和两颗相爱的心化作一团火。
> ——约翰·多恩，《献给萨默塞特伯爵新婚的田园诗》

Busman's Honeymoon
by DOROTHY L. SAYERS
Simplified Chinese edition copyright © 2013 New Star Press
All rights reserved.

图书在版编目（CIP）数据

巴士司机的蜜月／(英)塞耶斯著；赵文伟译. —北京：新星出版社，2013.5
ISBN 978-7-5133-1047-5
Ⅰ.①巴… Ⅱ.①塞… ②赵… Ⅲ.①长篇小说－英国－现代 Ⅳ.①I561.45
中国版本图书馆CIP数据核字（2012）第306357号

午夜文库
谢刚 主持

巴士司机的蜜月

(英)多萝西·L.塞耶斯 著 赵文伟 译

责任编辑：王 欢
特约编辑：王 倩
责任印制：韦 舰
装帧设计：祝 蔚

出版发行：新星出版社
出 版 人：谢 刚
社　　址：北京市西城区车公庄大街丙3号楼 100044
网　　址：www.newstarpress.com
电　　话：010-88310888
传　　真：010-88310899
法律顾问：北京市大成律师事务所

读者服务：010-88310811 service@newstarpress.com
邮购地址：北京市西城区车公庄大街丙3号楼 100044

印　　刷：三河市兴达印务有限公司
开　　本：910mm×1230mm　1/32
印　　张：11.75
字　　数：217千字
版　　次：2013年5月第一版　2013年5月第一次印刷
书　　号：ISBN 978-7-5133-1047-5
定　　价：35.00元

版权专有，侵权必究；如有质量问题，请与印刷厂联系更换。